MIA SHERIDAN

O melhor de você

UMA HISTÓRIA DE AMOR

São Paulo
2018

Grupo Editorial
UNIVERSO DOS LIVROS

Diretor editorial: **Luis Matos**
Editora-chefe: **Marcia Batista**
Assistentes editoriais: **Letícia Nakamura e Raquel F. Abranches**
Tradução: **Cristina Calderini Tognelli**
Preparação: **Alexander Barutti**
Revisão: **Mariane Genaro e Juliana Gregolin**
Arte: **Aline Maria e Valdinei Gomes**
Capa: **Elizabeth Turner**

Dados Internacionais de Catalogação na Publicação (CIP)
Angélica Ilacqua CRB-8/7057

S554m

Sheridan, Mia
O melhor de você : uma história de amor / Mia Sheridan ; [tradução de Cristina Calderini Tognelli]. — São Paulo : Universo dos Livros, 2018.
384 p.
ISBN: 978-85-503-0320-8
Título original: *Most of all you: a love story*
1. Ficção norte-americana 2. Família - Ficção 3. Amor - Ficção I. Título II. Tognelli, Cristina Calderini

18-0617 CDD 813.6

Universo dos Livros Editora Ltda.
Rua do Bosque, 1589 – Bloco 2 – Conj. 603/606
CEP 01136-001 – Barra Funda – São Paulo/SP
Telefone/Fax: (11) 3392-3336
www.universodoslivros.com.br
e-mail: editor@universodoslivros.com.br
Siga-nos no Twitter: @univdoslivros

Este livro é dedicado a Danita, que tem seu anjo Gabriel particular.

E àqueles, em todos os lugares, que foram abandonados.

PRÓLOGO

Ellie

Eu não queria ir.

– Por favor, mamãe, podemos ir amanhã?

Minha mãe não respondeu por um minuto, afastando os cabelos loiros do rosto e enxugando o suor que salpicava a testa e o buço. Suas faces estavam coradas devido à febre de novo, e os olhos verdes pareciam opacos e brilhantes ao mesmo tempo, como a superfície das poças de água que se formavam na garagem do nosso complexo de apartamentos depois que chovia.

– Temos que ir, Ellie. Estou me sentindo bem o bastante hoje e não sei se estarei bem amanhã.

Mamãe não parecia estar se sentindo bem. Para mim, sua aparência estava pior do que nas últimas semanas. Ainda pior do que no dia em que encontrara o papel afixado na nossa porta e chorara, para depois ficar na cama por três dias. Eu estava assustada com sua aparência doentia e não sabia o que fazer.

Eu costumava bater à porta da senhora Hollyfield para pedir ajuda, quando ela ainda morava no prédio. Ela vinha, trazia canja de galinha e, às vezes, uma caixa de picolés, e conversava com minha mãe com uma voz baixa e tranquilizadora, enquanto eu assistia a desenhos animados. Eu sempre me sentia melhor depois que a senhora Hollyfield saía, e parecia que a mamãe também. Mas a senhora Hollyfield não morava mais no condomínio. Uma coisa chamada coágulo aconteceu com a senhora Hollyfield, e eles a levaram numa maca branca.

Depois disso, umas pessoas mais jovens que eu nunca vira antes vieram e esvaziaram o apartamento dela. Quando as ouvi discutindo sobre quem pagaria as despesas do funeral, entendi que ela estava morta. Minha mãe chorou e chorou, e ficou repetindo: "O que vou fazer agora? Ai, meu Deus, o que vou fazer agora?". Mas não chorei, mesmo querendo, porque uma vez, quando minha mãe estava no médico, a senhora Hollyfield me disse que, quando se morre, a gente voa para o céu como um passarinho. Ela disse que o céu é o lugar mais maravilhoso que qualquer pessoa poderia imaginar, com ruas pavimentadas de dourado e flores em cores que não existiam na Terra. Por isso, tentei ficar feliz pela senhora Hollyfield, apesar de saber que sentiria saudades dos seus abraços, das suas risadas, dos picolés vermelhos – que eram os meus prediletos –, e do modo como ela fazia a mamãe sorrir.

– Apresse o passo, Ellie. Não posso arrastá-la. – Caminhei mais rápido, tentando acompanhar o ritmo da mamãe. Ela andava rápido, e quase tive de correr para ficar ao seu lado. – Estamos nos aproximando da casa do seu pai.

Engoli com força, sentindo tontura. Não tinha certeza se queria conhecer meu pai, mas estava curiosa. Sempre imaginei como ele seria – se seria bonito como os atores das novelas a que a mamãe assistia. Ela parecia gostar muito delas, portanto eu sabia que tipo de homem ela teria escolhido para ser meu pai. Imaginei-o de terno, com cabelos espessos e ondulados, e dentões alinhados. Desejei que ele *me* achasse bonita, apesar das minhas roupas puídas.

Desejei que ele gostasse de mim, apesar de ter nos abandonado antes mesmo de eu nascer.

Chegamos a uma casinha com pintura descascada e uma porta de tela meio torta, e, quando minha mãe parou diante dela, apertou minha mão.

– Senhor, dê-me forças, por favor. Não tenho escolha, não tenho escolha – minha mãe murmurou antes de se virar e se ajoelhar diante de mim. – Aqui estamos, meu amor. – Seus olhos estavam marejados, os lábios, trêmulos, e fiquei alarmada com o quanto ela parecia doente. Mas ela sorriu com suavidade e me encarou nos olhos. – Ellie, minha doçura, você sabe que eu a amo, não sabe?

– Sim, mamãe.

Ela assentiu.

– Não fiz muitas coisas boas neste mundo, meu amor. Mas uma coisa que fiz à perfeição foi você. Você é uma menina tão boa, tão inteligente, Ellie. Não se esqueça disso, está bem? Não importa o que aconteça, não se esqueça disso.

– Está bem, mamãe – sussurrei. Fiquei com mais medo ainda, e nem sabia por quê. Minha mãe se levantou e depois ajustou o suéter, no qual faltavam botões e a barra era desigual. Franziu a testa ao olhar para os meus sapatos, fixando o olhar no buraco sobre o dedão por alguns segundos antes de se aprumar, pegar minha mão e me conduzir para a porta da casinha feia.

Mamãe bateu, e ouvi um homem gritando do outro lado da porta. Ele parecia zangado, e sua voz me assustou. Apertei-me ao lado da minha mãe. Ela passou um braço ao meu redor e esperamos. Mamãe estava muito quente e agora seu corpo todo tremia. Ela se encostou em mim e pensei que nós duas fôssemos cair. Eu sabia que ela precisava de um médico, mas ela parara de ir a um havia vários meses, ainda que não parecesse estar melhorando. Os médicos não deveriam fazer você melhorar?

Depois de um minuto, a porta se abriu, e um homem alto ficou diante de nós com um cigarro pendurado na boca. Minha mãe arquejou. Eu o encarei, e ele baixou o olhar para minha mãe e para mim.

– Que foi?

Minha mãe passou a mão sobre meus cabelos.

– Olá, Brad.

O homem ficou calado e tragou o cigarro, depois seus olhos se arregalaram e ele disse por fim:

– Cynthia?

Senti minha mãe relaxar e olhei para ela. Ela estampava um amplo sorriso. Aquele que ela costumava usar quando tentava convencer a senhora Gardero a nos deixar pagar o aluguel mais tarde. Dei mais uma espiada em Brad, no *meu papai*. Ele era alto como os atores das novelas, mas essa era a única coisa que tinha em comum com eles. Seus cabelos eram longos e meio ensebados, e seus dentes eram amarelados e tortos. Mas nós tínhamos os mesmos olhos azuis e a mesma cor de cabelo – castanho-dourado, como minha mãe dizia.

– Ora, ora, vejam só. O que faz aqui?

– Podemos entrar?

Entramos na casa, e olhei ao redor para a mobília velha, não melhor do que a que mamãe e eu tínhamos em casa. Ouvi mamãe inspirar fundo.

– Podemos conversar em algum lugar?

Brad estreitou os olhos e os passou de mim para minha mãe antes de dizer:

– Claro, venha para o meu quarto.

– El, sente-se no sofá, querida. Eu volto logo – mamãe disse, parecendo oscilar de leve antes de se recompor. As manchas vermelhas no rosto estavam mais acentuadas.

Sentei e encarei a TV na minha frente. Passava um jogo de futebol, mas estava no mudo, por isso consegui ouvir o que minha mamãe e meu papai diziam no fim do corredor.

– Ela é sua, Brad.

– Que porra você quer dizer com ela ser *minha*? Você me disse que tinha abortado.

– Bem, eu... eu não fui adiante. Sabia que você não a queria, mas não consegui me livrar do meu bebê.

Ouvi papai praguejar, e um nó se formou na minha garganta. Meu papai não me quisera. De jeito nenhum. Ele sequer soubera que minha mãe tinha ficado comigo, até agora há pouco. Ele não sabia que eu estava viva. Mamãe nunca disse nada que sugerisse o contrário, mas, na minha cabeça, eu tinha esperanças de que existisse um bom motivo para o meu pai ter ido embora. Tinha esperanças que de que, quando me visse, ele me tomaria nos braços e diria que tudo ficaria bem, e que tinha orgulho de me ter como sua filha. *Como mamãe sempre me diz*. E então, ele encontraria um médico que faria a mamãe melhorar.

– Ela é uma menina muito boa, Brad. Viu como ela é bonita. E também é inteligente. Ela é muito meiga e bem-comportada...

– O que você quer, Cynthia? Dinheiro? Não tenho dinheiro. Não tenho nada pra você.

– Não quero dinheiro. Preciso que fique com ela. Estou... estou morrendo, Brad. – Sua voz abaixou de modo que quase não a ouvi. – Estou com câncer no estágio quatro. Tenho tão pouco tempo... Semanas, talvez uns poucos dias. Fomos despejadas do apartamento. Pensei que nossa vizinha poderia ficar com a Ellie...

mas ela morreu, e não tenho mais ninguém. Você é tudo o que Ellie tem neste mundo agora. – Meu coração se apertou dentro do peito e, enquanto a sala girava ao meu redor, uma lágrima desceu pelo meu rosto. *Não, mamãe, não*. Eu não queria ouvir aquilo. Não queria que fosse verdade. Não queria que minha mamãe voasse para o céu como um passarinho. *Quero que ela fique aqui. Comigo.*

– Bem, sinto muito por isso, mas ficar com ela? Maldição, eu não a queria há sete anos e não a quero agora. – Contraí o rosto, cutucando a pele ao redor da unha, sentindo-me pequena e feia, igualzinha ao gato de rua que a mamãe nunca me deixou alimentar.

– Por favor, Brad, eu... – Ouvi um barulho de tecido e de molas rangendo em uma cama, como se a mamãe tivesse se sentado. Ela pediu um copo de água e papai saiu do quarto parecendo bravo. Lançou um olhar enfezado para mim e eu me encolhi no sofá. Pensei ter ouvido uma porta se abrindo e se fechando nos fundos da casa, mas não tive certeza, e depois papai saiu do cômodo que devia ser a cozinha com um copo de água na mão e voltou a passar pelo corredor.

Ouvi papai praguejar. Ouvi-o chamar o nome da mamãe, e depois ele veio apressado para a sala de estar, jogando a água na parede, quebrando o copo. Gritei e me encolhi, abraçando os joelhos.

– Mas que maravilha! Aquela vadia foi embora. Saiu de fininho pela porta dos fundos. *Vaca*.

Pisquei com o coração acelerado. *Mamãe? Não, mamãe, não me deixe aqui! Por favor, não me deixe aqui!*

Levantei num pulo e corri pelo corredor, onde encontrei a porta dos fundos. Escancarei-a e corri para o beco atrás da casa. Não havia ninguém ali.

Minha mamãe tinha ido embora.

Sequer disse adeus.

Sequer disse adeus.

Deixara-me ali.

Caí de joelhos e solucei.

Mamãe, mamãe, mamãe.

Brad me levantou, e o formigamento de um tapa no meu rosto me fez engasgar nas minhas próprias lágrimas.

– Cale a boca, menina. Sua mãe foi embora. – Ele me arrastou de volta para casa, onde me jogou de volta no sofá. Cerrei os olhos, o medo trespassando meu corpo como as agulhadas que eu sentia quando ficava tempo demais sentada em cima de um pé. Quando abri os olhos, Brad me encarava. A expressão em seu rosto me assustou ainda mais. Ele emitiu um som de desgosto do fundo da garganta, se virou e se ausentou pelo que pareceram horas. Fiquei enrolada no sofá, me embalando suavemente, enquanto o dia se transformava em noite.

Mamãe nunca me deixou por tanto tempo assim. Sou sempre uma boa menina e faço o que me pedem, mas ela nunca fica tanto tempo fora. Não gosto do cheiro daqui. Não gosto do som da água pingando. Não gosto deste sofá áspero. Estou com medo. Estou com medo. Mamãe, por favor, volte para me buscar.

Quando Brad finalmente retornou, acendendo as luzes, fazendo com que eu estreitasse os olhos ante a súbita claridade, ele parecia ainda mais bravo do que quando havia saído. Sentou-se e acendeu um cigarro, tragando antes de soprar a fumaça, fazendo com que meus olhos lacrimejassem.

– O que vou fazer com você, menina? Mas que porra vou fazer com você?

Desviei o olhar, tentando engolir o soluço que queria escapar.

A senhora Hollyfield me disse que os corações foram feitos para bater o tempo todo para nos manter vivos. A senhora Hollyfield disse que, quando o coração para de bater e você vai para o céu, então não sente mais dor. O coração da senhora Hollyfield havia parado de bater. *O coração da minha mamãe também vai parar.* Meu coração ainda batia, mesmo parecendo estar esmagado dentro do peito. Quis que ele parasse de bater para que eu pudesse voar para o céu e ficar com a senhora Hollyfield. E com a mamãe.

Disse para o meu coração que parasse de bater.

Mandei-o parar de doer.

Declarei a ele que não *permitiria* que ele doesse mais.

Nunca mais.

CAPÍTULO UM

Venha comigo, vou ajudar você.
Parece que está precisando de um amigo.
Racer, o Cavaleiro dos Pardais

Crystal

Dias atuais

Ele não pertencia a este lugar. Por que esse pensamento me surgiu no instante em que pousei os olhos nele, eu não sabia. Mas foi o que aconteceu. Não foi pela sua aparência – eu já vira homens bonitos, arrumados e aparentemente íntegros aqui antes. Depois de ingerirem algumas gotas de álcool, ou aspirarem a atmosfera do grupo que permeava o ar, eles acabavam agindo exatamente como os outros tolos ébrios dispostos a gastar seu dinheiro e dispensar qualquer medida de decência que tivessem. E ele não parecia deslocado por estar com medo. Também já tinha visto isso antes – olhos disparando ao redor, nervosos e excitados pelo ambiente. Não, o homem sentado sozinho na mesa perto dos fundos do salão, segurando uma Miller Lite, não parecia assustado, apenas curioso. Sua cabeça girou lentamente conforme ele observava o ambiente, e não pude evitar que meu olhar acompanhasse o dele, imaginando sua avaliação.

Minha própria curiosidade me confundia e me perturbava. Eu não ficava curiosa a respeito dos homens que vinham ali e não conseguia encontrar uma explicação para isso. Fechei os olhos, empurrando os pensamentos para longe enquanto a música tomava conta da minha mente. Quando minha apresentação chegou ao fim, os aplausos explodiram e fixei um sorriso no rosto.

Anthony caminhou por trás da multidão, garantindo que ninguém tomaria sequer um pouco de liberdade e puxando para longe de mim os que tomavam, enquanto protestavam. Cinco minutos depois, quando me virei para sair, meus olhos se depararam com os do homem nos fundos, ainda sentado na mesma mesa, observando-me. Endireitei a coluna, algo em seu rosto espicaçou minha mente. Eu sabia que nunca o vira ali antes. Eu o conhecia? Seria *isso* o que ficou atiçando minha atenção?

Assim que me vi nos bastidores, tirei o dinheiro de dentro da minha roupa de baixo, desamassando as notas até dobrá-las num bolo grosso.

– Bom trabalho, amor – Cherry disse ao se aproximar de mim, indo na direção do palco.

– Obrigada. – Sorri, apertando-lhe o braço de leve quando nos cruzamos.

Destranquei meu armário no corredor e enfiei as gorjetas na bolsa antes de seguir para o camarim que eu dividia com duas outras garotas. Como era a noite de folga delas, para variar eu tinha o espaço sempre lotado demais só para mim. Afundei na cadeira diante da pequena penteadeira tomada por caixinhas, tubos e estojos de maquiagem, potes de creme e frascos de loções e perfumes. No silêncio do cômodo, os sons dos homens na plateia que me assistiram dançar encheram minha mente – os gritos, os chamados e os assobios que descreviam em detalhes lúgubres o que eles queriam fazer comigo. Ainda sentia o bafo impregnado de cerveja, o cheiro de perfume pungente e de suor que me oprimiam quando eu me inclinara e dançara na direção de todos aqueles gritos masculinos e das mãos que tentavam me apalpar.

Por um instante fantasiei usar o braço para empurrar tudo sobre a superfície diante de mim para o chão, observando tudo se quebrar e se derramar, misturando-se numa bagunça de cores, texturas e fragrâncias. Sacudindo a cabeça, encarei o reflexo no espelho, tomada por uma necessidade de agarrar uma toalha para esfregar e borrar toda a maquiagem que cobria meu rosto. *Deus, o que há comigo?* Um nó se formou na minha garganta e fiquei de pé rápido demais, derrubando a cadeira em que estava sentada com um estrondo.

– Crystal?

Virei na direção da voz do Anthony, e o que quer que estivesse no meu rosto o fez franzir o seu.

– Você está bem, menina?

Assenti, num movimento brusco de cima para baixo com a cabeça.

– Sim, sim, estou bem. Só estou com sede. – Andei até o bebedouro, peguei um copo descartável e o enchi e esvaziei antes de voltar a olhar para o Anthony. – O que foi?

– Você tem dois pedidos de dança particular.

Enchi o copo de novo e sorvi um gole.

– Está bem.

– Dinheiro extra nunca faz mal, não? – Um canto dos lábios dele estava curvado para cima.

– Nunca – murmurei.

Anthony permaneceu imóvel, com os lábios apertados de novo enquanto me estudava solenemente.

– Posso dizer que você está doente.

E estou. Estou cansada. Cansada disto. De viver. Meneei a cabeça, tentando me livrar dos pensamentos sombrios que estavam me incomodando.

– Não, só me dê um minuto que já saio.

Anthony inclinou a cabeça e fechou a porta atrás de si. Inspirei fundo e voltei para perto da penteadeira, inclinando-me e usando o dedo para ajeitar os pontos em que a maquiagem havia borrado. Endireitei a postura e ofereci um sorriso forçado para o espelho.

– Hora do show – sussurrei antes de me virar, abrindo a porta e caminhando pelo corredor, onde um cara magrelo de cabelos loiros e despenteados e rosto alongado me aguardava. Ele se moveu quando me aproximei, empertigando-se, com o pomo de Adão se movendo na garganta. A bile subiu pela minha. Lancei-lhe um sorriso tentador.

– Olá, docinho. Pronto pra mim?

O horário de fechamento se aproximava quando concluí minha última apresentação e voltei para o camarim, alongando o pescoço de um lado a outro, suspirando de alívio e também de cansaço. Quando nós, garotas, não estamos dançando, seja no palco, seja nos bastidores, servimos as bebidas. O gerente, Rodney, gostava da nossa presença na plateia – gostava que o fato de nos inclinarmos sobre as mesas para servir e resvalar nos homens a quem servíamos os excitava e encorajava a continuar gastando. Lidar com um grupo detestável deles, audaciosos por conta dos olhares dos amigos, era nauseante. Tedioso. Mas também aumentava a *generosidade* deles quando eu estava no palco, por isso eu fazia o que tinha de fazer.

Uma piscadela sutil ao redor da mesa e cada um dos idiotas achava que minha dança seguinte era exclusiva para eles.

Vesti rapidamente o uniforme – shorts brancos minúsculos, uma camisa listrada branca e preta amarrada entre os seios e saltos altos vermelhos – e abri a porta para circular pelas mesas do bar mais algumas vezes. Assustei-me, assim como o homem de pé do lado de fora, apoiado na parede oposta do corredor. *Mas que diabos?* Onde estava o Anthony? Meus olhos dispararam pelo corredor vazio, nada do Anthony. O homem – aquele sobre o qual fiquei conjecturando antes – se endireitou e passou a mão pelos cabelos castanhos, parecendo momentaneamente inseguro.

– Você não deveria estar aqui atrás – eu disse, cruzando os braços sobre o peito, sem saber por que tentava cobrir o que ele provavelmente estivera encarando antes.

– Lamento. Eu não conhecia o protocolo.

Arqueei uma sobrancelha.

– Protocolo?

Ele meneou a cabeça de leve.

– O... hã, procedimento para falar com você.

Inclinei a cabeça um pouco para o lado. Muito bem, aquele cara era potencialmente maluco.

– O *procedimento* é você passar pelo Anthony. O negro alto? Com cara de mau? Ele quebra os caras ao meio se eles mexem com as suas garotas. – Meus olhos se desviaram para o corredor de novo.

– Ah. Ele está apartando uma briga do lado de fora.

Voltei a olhar para ele.

– Entendi. E por isso você resolveu agir? – Dei um passo para dentro do camarim, pronta para me fechar ali dentro caso ele tentasse algo.

Ele piscou e fez uma pausa de um segundo antes de enfiar a mão no bolso do casaco. Tirando-a, lançou algo para mim. O instinto me fez estender a mão para segurar. Um molho de chaves. Olhei para ele, enrugando a testa em sinal de confusão.

– Se eu fizer algo que a deixe nervosa, pode furar meus olhos com uma delas.

– Furar seus olhos? Olha só, prefiro não fazer isso.

– Eu não lhe darei motivos. Não quero lhe fazer mal.

Anthony apareceu no fim do corredor, sacudindo a mão como se a tivesse machucado.

– Ei, você não pode ficar aqui.

Ah, graças a Deus.

– Eu sei. Desculpe. Não conhecia as regras.

– Ignorância não é desculpa, amigo. Vou ter de expulsá-lo. Você está bem, Crys?

Assenti.

– Só quero dez minutos – o homem disse rapidamente, erguendo as mãos. Não entendi bem se ele queria demonstrar que não portava armas ou se os dez dedos serviam para acompanhar a promessa do tempo limite.

– Lamento, meu cartão de danças está cheio para esta noite, docinho.

– Não quero uma dança erótica particular. Só quero conversar.

Ah, um *desses*. Quase revirei os olhos. Mas algo dentro de mim me conteve. Não entendia o que podia ser. Ele era bonito, claro. Atraente, até, com aqueles cabelos castanhos espessos se enrolando no colarinho e com a estrutura óssea masculina clássica. Mas conheci alguns homens bonitos. E cada um deles tinha uma veia ruim de um quilômetro de largura. Os bonitos não levavam a lugar algum. Na verdade, muitas vezes eram os piores.

Na minha experiência, os lindos se consideravam um presente de Deus para as mulheres e achavam que era seu dever moral agir ampla e livremente.

Não, foi alguma outra coisa. Os olhos. Os olhos dele traziam uma espécie de inocência que eu nunca vira antes. Uma gentileza com a qual eu certamente não estava acostumada. Sua expressão era esperançosa, mas não desesperada, e não detectei luxúria no seu olhar. Ele parecia... sincero. Talvez ele só quisesse mesmo conversar.

– Tudo bem, Anthony.

Anthony abaixou a mão que estava prestes a segurar o braço do homem e recuou um passo.

– Certeza?

– Sim. – Olhei para o homem. – Dez minutos. – Levantei as chaves, uma delas presa entre os dedos. – E não me obrigue a usá-las. Não quero isso, mas, se você forçar a barra, vai sair daqui cego, docinho.

– Gabriel – ele disse, com um leve sorriso pairando no rosto. – Meu nome é Gabriel. – Como o anjo? Não era de admirar que eu tivesse pensando que ele não pertencia àquele lugar.

– Muito bem. – Fiquei de lado, e ele passou por mim para entrar no camarim. Assenti uma vez para Anthony e depois mexi na porta, de modo que ela ainda permanecesse parcialmente aberta. Sabia que Anthony esperaria por perto. – Então, o que trouxe um bom rapaz como você para este antro de pecados, docinho?

– Gabriel. E você é Crystal?

– Por aqui eu sou.

Ele olhou com firmeza para mim, e isso foi desconcertante. Depois de um momento, ele assentiu como se compreendesse algo que me escapava.

– Entendo.

Ante suas palavras e seu olhar de quem sabia tudo, uma diminuta descarga de raiva ricocheteou em meu abdome como uma bola numa máquina de *pinball*. Sorri sugestivamente e me sentei no sofazinho dourado meio sujo, reclinando-me, depois cruzando as pernas. Usei as mãos para mexer como quem não quer nada no tecido amarrado entre os seios. Observei os olhos dele acompanharem meu movimento e uma centelha surgiu antes de ele desviar o olhar. Ah, ali estava – a luxúria. Como em qualquer outro homem. Algo *conhecido*. Respirei, e a satisfação e a tranquilidade se espalharam em mim.

– Então, sobre o que quer falar?

Ele pigarreou e enfiou as mãos nos bolsos, inclinando a cabeça de leve, de modo que o cabelo caiu pela testa. Sua postura, o modo como ele estreitava levemente os olhos ao me fitar, disparou minha memória e, de repente, eu soube quem ele era. *Menino desaparecido*. As palavras se moveram em minha mente como se alguém as tivesse escrito ali. Seu nome era Gabriel Dalton, e ele desaparecera quando garoto. Foi uma notícia de âmbito nacional quando ele escapou do seu sequestrador e voltou para casa. Na época eu era apenas uma pré-adolescente, mas ainda assim ouvi a respeito aqui e acolá. Claro, na mesma época em que Gabriel voltava para casa, o meu mundo – mais uma vez – estava desmoronando.

A última vez em que vi uma foto dele no noticiário foi há algum tempo, mas agora eu tinha certeza de quem ele era.

– Você não deveria estar num lugar como este. Se alguém o reconhecer, imagino que ficará bem ansioso para tirar uma foto sua.

Ele ficou imóvel por uma fração de segundo antes de voltar a relaxar. Sentou-se na cadeira de metal diante de mim e me observou com expectativa, como os homens que aguardam minha dança sensual. Só que... diferente, de alguma maneira. Desejei poder determinar o que parecia tão errado na imagem dele sentado ali. Talvez fosse o fato de ele parecer *legal*. Não conseguia me lembrar de ter pensado isso a respeito de qualquer um que tivesse passado pela porta daquela boate. Ele soltou o ar lentamente e passou a mão pelos cabelos, afastando-os da testa.

– Imagino que seja bom você ter me reconhecido. Isso pode tornar as coisas mais fáceis. – Ele mais parecia estar falando consigo mesmo, por isso não respondi. Olhou direto para mim. – Eu provavelmente deveria ter pensado um pouco mais em vez de acabar aparecendo aqui. – Esfregou as palmas nas coxas como se as mãos estivessem suando.

– Vai chegar à parte em que vai me dizer o que quer ou vou ter que adivinhar?

Ele balançou a cabeça.

– Não, não, desculpe. Não quero desperdiçar seu tempo. – Fez nova pausa. – A questão é, Crys... – Ele pigarreou. – A questão é que, por conta da minha história, e parece que você sabe um pouco sobre ela, eu... hã, sinto dificuldade para tolerar... proximidade. – Dois pontos rosados surgiram na face dele. Ele estava *corando*? Deus, eu nem sabia que homens *podiam* corar. Como se minha opinião tivesse alguma importância. Algo pequeno e cálido se moveu dentro de mim, algo que eu não fazia ideia de como identificar.

– Proximidade? – Franzi a testa, desconfortável com a suavidade no meu tom.

Ele apertou os lábios, a cor em seu rosto se aprofundando.

– Tenho dificuldade para me aproximar fisicamente das pessoas. Melhor dizendo, acho isso emocionalmente desgastante. Hã... – Ele riu de leve, num som envergonhado. – Deus, isso não soou tão deplorável na minha cabeça. – Olhou para um ponto atrás de mim. – Ou talvez sim. Talvez apenas seja pior ouvir isso sendo dito em voz alta.

– O que, exatamente, posso fazer por você, docinho? – Minha voz ainda estava suave. Impotente, meu coração se contraiu, e senti um tremor de compaixão me percorrer pelo modo como Gabriel se debatia diante de mim. Uma emoção desconhecida me desestabilizou, e endireitei o corpo.

– Gabriel – ele me corrigiu.

– Muito bem, o que posso fazer por você, *Gabe*? – Ele não sorriu com a boca, mas seus olhos se contraíram de leve, como se ele tivesse sorrido. Mas, em seguida, as linhas ao redor dos olhos se alisaram, e fiquei me perguntando se aquilo fora uma *espécie* de sorriso ou apenas a minha imaginação.

– Você pode me ajudar a praticar ser tocado por uma mulher. Ficar à vontade com alguém no meu espaço pessoal.

Pisquei para ele quando ele baixou o olhar para as mãos sobre o colo.

– Você quer que *eu* o ajude com isso?

Seu olhar se encontrou com o meu e vi aquela gentileza de novo – a esperança – e algo a respeito dessa expressão me acertou em cheio e fez com que eu me sentisse bem e... necessária. Por um instante fugaz, isso me fez sentir como se ele enxergasse *mais* em mim do que apenas o pedaço de carne que os outros homens que vinham ao clube viam.

– Evidentemente, eu lhe pagaria. Seria um trabalho paralelo, nada mais. E você nem teria de tirar suas roupas.

E você nem teria de tirar suas roupas.

Essas palavras me gelaram, levando-me de volta à realidade e lembrando-me de que ele me via exatamente como os outros homens viam, na verdade, quem exatamente eu era. Com minhas defesas de volta ao lugar, levantei, peguei as chaves que estavam ao meu lado no sofá e joguei-as na direção dele. Ele as apanhou com uma mão.

– Escute aqui, por mais que eu deteste recusar um trabalho, não sou terapeuta, entende? Quer aprender a tocar em alguém? Arranje uma namorada. Você é um cara bonito. Tenho certeza de que há muitas garotas meigas e saudáveis que não se importariam se você praticasse com elas de graça.

Ele também se levantou.

– Eu a ofendi.

Gargalhei.

– Docinho, não tem como me ofender.

– Todo mundo está sujeito a ofensas. – O arrependimento modulava sua voz. Enfiou as mãos nos bolsos e inclinou a cabeça daquele seu jeito, os cabelos pendendo sobre a testa uma vez mais. Meus dedos coçaram de vontade de afastá-los dos olhos dele. *O que havia de errado comigo?*

Senti minha pele formigar com desconforto. Tudo em Gabriel me deixava pouco à vontade. Eu precisava que ele fosse embora.

– Você não me conhece, Gabe. Obrigada pela oferta de trabalho, mas vou recusar. Desejo-lhe boa sorte com seu problema. Seus dez minutos acabaram.

Ele suspirou, sem se mover.

– Sinto muito mesmo. Deus, isso não aconteceu do jeito que eu queria que tivesse acontecido.

– Tenho certeza de que não. – Abri a porta.

Do lado de fora, Anthony estava sentado numa cadeira, enrolando uma atadura na mão machucada.

– Tudo certo?

Assenti com firmeza enquanto Gabriel passava por mim. Parou ao cruzar a soleira e se voltou para mim.

– Sinto muito mesmo – disse ele.

Cruzei os braços diante do peito; meus olhos encontraram os dele. Dali de perto, pude ver que seus olhos eram castanhos com veios acobreados. Os cílios eram espessos e fartos, levemente curvados – cílios que qualquer garota mataria para ter.

Dei meio passo para trás, aumentando a distância entre nós, e soltei o ar.

– Tudo bem. Sério. Boa sorte de novo.

Ele começou a se virar, mas logo olhou para trás.

– Posso fazer só mais uma pergunta?

Joguei o peso do corpo de uma perna para outra.

– Claro.

– No que estava pensando quando olhou para mim lá do palco? Quando nossos olhares se cruzaram?

Franzi a testa de leve, prestes a negar que tivesse pensado alguma coisa, mas resolvendo que, àquela altura, isso já não tinha mais nenhuma importância. Nunca mais voltaria a vê-lo.

– Pensei que você não pertencia a este lugar. – E eu estava certa.

Ele fez uma pausa, com uma expressão enigmática enquanto seus olhos percorriam meu rosto.

– Hum. Engraçado – murmurou por fim. – Eu estava pensando exatamente a mesma coisa a seu respeito.

Gargalhei, um som meio zangado.

– Bem, nisso você errou. Este *é* o meu lugar, docinho.

– Gabriel. – Seus lábios se curvaram levemente para cima, e seus olhos passearam em mim por um instante demorado demais antes de ele se virar e se afastar.

CAPÍTULO DOIS

Concentre-se nas coisas boas, mesmo quando elas são simples.
Depois as enterre bem fundo, de modo que apenas
você saiba onde elas estão.
Shadow, o Barão do Ossinho da Sorte

Gabriel

Ferrei com tudo de um jeito federal. *Você pode me ajudar a praticar ser tocado por uma mulher*. Pelo amor de Deus. Não foi surpresa ela ter me mandado embora. Pareci algum tipo de sociopata. Mudei o câmbio para o ponto morto, desliguei a caminhonete e esperei junto à calçada por um minuto. Que diabos estive pensando? Não só fiz uma tremenda confusão da coisa toda e me apresentei como um completo pateta, mas também a insultei.

Crystal.

Qual seria o nome verdadeiro dela? Fiquei imaginando quem ela era e por que meu coração começou a bater insistentemente dentro do peito – como se quisesse chamar minha atenção – quando ela subiu no palco com aquela expressão distante, remota, no lindo rosto. Como se ela fosse feita de pedra. No entanto, seu corpo se movia com fluidez, com muita graciosidade. Ela me fascinou. Não fui até lá para nada além de encontrar uma mulher que pudesse estar disposta a aceitar um trabalho extra com muito menos "mão na massa" – *por assim dizer* – do que nos quartos dos fundos de um lugar como a Pérola Platinada. Mas *ela* me intrigara, prendera minha atenção e não a soltara. Algo nela... me atraía. Algo que não tinha nada a ver com a sua roupa diminuta nem com sua sexualidade franca. Algo que não tinha a ver com o motivo de eu ter ido até lá, para começo de conversa. Dei uma risada débil e sem graça, que se tornou um gemido quando passei as mãos pelos cabelos.

Não podia negar que me senti atraído por ela, mas nem mesmo eu era burro ou inexperiente o bastante para pensar que desenvolver uma paixão por uma *stripper* seria boa ideia.

Em retrospecto, foi um plano ruim desde o início. E percebi isso no momento em que dei voz ao motivo de eu estar ali e observei a expressão no rosto dela passar de desconfiada para surpresa... e depois mágoa. Sim, foi mágoa que vi transparecer nas suas feições antes de ela se endurecer de novo. Se os olhos são as janelas da alma, testemunhei uma placa de FECHADO sendo virada na velocidade de um piscar de olhos. *Quanto tempo ela levou para dominar essa arte?*

Disse a ela que não teria de tirar as roupas, como se ela devesse se sentir grata pela oportunidade de não ser desmoralizada. Entretanto, não foi exatamente isso que o meu plano fez? Usá-la? Não havia pensado muito na *mulher* sem nome quando essa ideia me surgiu – só pensara em mim. Deus, agi como um cretino. Foi uma ideia horrível. Uma ideia *constrangedora*. Tornada ainda pior pelo fato de que ela se lembrara da minha história, provavelmente do meu nome completo também.

Eu não havia antecipado isso. A maioria das pessoas que não me viu com certa regularidade nos últimos doze anos não me reconhecia. Fiquei afastado dos holofotes, não dei entrevistas, cresci. Não me preocupei muito com o fato de as pessoas de uma cidadezinha a tantos quilômetros de distância – que eu não visitava desde que era criança – saberem que eu era. Mas ela sabia. Fiquei pensando se isso não foi parte do motivo de ter rejeitado meu pedido...

Sacudi a cabeça numa tentativa de me livrar dos meus pensamentos e saí da caminhonete, fechando a porta o mais silenciosamente possível. Fiquei parado sob o fraco luar por um momento, inspirando lentamente e fechando os olhos ao expirar. Minha noite foi para o saco num piscar de olhos, mas tirei um instante para mergulhar na gratidão que sentia pelo frescor da brisa noturna, pelo ar que enchia meus pulmões, pela vastidão que me rodeava.

Minha casa estava escura, a não ser pelo brilho da TV ligada na sala de estar. Sem dúvida meu irmão estava cochilando na poltrona reclinável, como na maioria das noites. Eu passaria por ele pelo corredor, e ele jamais saberia até que horas estive fora. Não estava com vontade de responder a perguntas. *Ainda mais esta noite.*

– Onde você esteve?

O ar me escapou numa lufada de surpresa quando larguei as chaves na cesta junto à porta.

– Só fui tomar uns drinques na cidade.

– Na cidade? – Ele pareceu surpreso. E por que não estaria? Ele sabia que eu evitava a cidade.

– Havenfield.

Dominic tomou um gole da cerveja que tinha em mãos e coçou a barriga desnuda.

– Ah, a cidade que fica a quarenta e cinco minutos daqui. – Fez uma pausa. – Eu teria ido com você.

– Estava com vontade de ficar sozinho.

Uma sobrancelha se ergueu quando ele sorveu mais um gole.

– Foi encontrar uma mulher, irmãozão? – A voz dele era brincalhona, mas também ligeiramente esperançosa, e fez com que me sentisse patético mais uma vez. Atrás dele uma mulher gemeu alto, e meus olhos se desviaram para o filme pornô que estava passando. Ele seguiu meu olhar, depois se virou para mim com um amplo sorriso.

– Você não pode assistir a isso no seu quarto?

– Por quê? Você não estava em casa.

– Porque me sento nessa mobília também, e agora vou pensar duas vezes antes de fazer isso.

Ele assentiu, lançando um sorriso desprovido de arrependimento.

– É, isso provavelmente não seria uma boa ideia.

– Boa, Dominic – murmurei antes de seguir para o meu quarto.

– Ei, Gabe, você deixou isto na sala de estar.

Virei, parando de pronto ao ver o envelope grande que ele segurava, aquele com o emblema da Universidade de Vermont na frente, endereçado a mim. Movi-me com rapidez, tirando-o da mão dele.

– Não deixei isto na sala de estar. Ele estava no meu quarto, junto ao computador. – Encarei-o com fúria.

Ele deu de ombros e soltou um grunhido bravo quando voltei a me virar, andando na direção do quarto.

– Ela lhe escreveu uma bela carta. Você vai aceitar? – ele perguntou.

Parei na soleira da porta, sem virar a cabeça.

– Não sei. Não me decidi.

– Poderia ser bom.

– Poderia.

– Ela é gostosa. Dei uma olhada – ele disse. – Claro, foi moleza. Vi que você também foi procurar. Encontrei lá no histórico de busca. Percebi que entrou nos dados dela algumas vezes. É com ela que tem ficado ao telefone nos últimos tempos?

Jesus.

– Tente se ocupar apenas com os seus assuntos, para variar. – Fechei a porta atrás de mim ante o som da risada do Dominic.

– Você é assunto meu, Gabriel Dalton – ouvi-o gritar.

Cerrando o maxilar, fiquei de pé do lado oposto da porta, refreando meu aborrecimento com relação ao meu irmão caçula intrometido. Eu amava o Dominic, mas odiava me sentir constantemente circundado por ele.

Baixei o olhar para o envelope nas mãos, a carta de Chloe Bryant saindo pela abertura, demonstrando que Dominic evidentemente a tirara. Larguei-o na escrivaninha e fui para junto da janela, abrindo-a bem. Precisava que o ar noturno entrasse, com o som das árvores balançando e dos sapos coaxando ali por perto. *Paz. Tranquilidade.*

Deitei na cama, visualizando a imagem de Chloe mentalmente – a foto da biografia dela, publicada em um artigo de sua autoria. Ela sugeriu que eu o lesse como parte de seu currículo digital. Chloe, com seus cachos castanhos e grandes olhos verdes. Chloe, com seu sorriso franco e sem malícia.

Muitos meses antes, Chloe me contatara a respeito da possibilidade de eu conceder uma entrevista para seu projeto de trabalho de conclusão de curso, sobre os efeitos a longo prazo em crianças que foram sequestradas e posteriormente fugiram ou foram libertadas pelos seus raptores. Não havia muitos casos assim nos Estados Unidos, mas eu era um deles e, por coincidência, vivia no mesmo Estado que Chloe.

Os modos dela e sua personalidade amigável e aberta me atraíram. E algo a respeito de dar uma entrevista para o trabalho de uma aluna da graduação, e não para revistas ou programas de televisão, fez com que me sentisse muito mais confortável. Eu não sofreria sensacionalismos, não seria usado para aumento de índices de audiência, não seria assunto para um público. De novo.

Trocamos e-mails, algumas informações básicas; cheguei até a pensar que ela tivesse flertado um pouco pelo telefone, apesar de a minha experiência no assunto ser desgraçadamente esparsa. Ela era bonita e inteligente, e eu teria de passar bastante tempo com ela, se aceitasse seu pedido. Havia permitido que meus pensamentos fossem para um lugar em que, se *houvesse* atração entre nós, eu seria capaz de agir em resposta a essa atração.

Pensei em Chloe durante mais uns instantes, refletindo se deveria dar essa entrevista. Uma vez mais, pesei os prós e os contras, para compreender o nervosismo que surgia sob uma fina camada de excitação, de possibilidade. Mas, em vez de fantasiar sobre possibilidades e esperanças, sobre a expressão tranquila da bela garota que nunca encontrei, o rosto de outra moça ficava invadindo meus pensamentos. Uma moça que, pelo que eu poderia dizer, era o exato oposto de Chloe Bryant. Crystal, com os cabelos longos cor de mel e os olhos solitários e desconfiados. Crystal, com seu sorriso relutante e reservado.

Crystal, a garota que eu nunca mais veria.

Algo em meus pensamentos me incomodou e eu me levantei, passando a mão pelos cabelos, sentindo-me estranhamente à deriva. Talvez o que eu precisasse fazer era me forçar a sair da minha zona de conforto. Escondi-me nas sombras tempo demais. Passei anos demais apreciando nada além da natureza previsível da minha existência diária: trabalho, casa, passeios ocasionais na cidade, onde eu interagia com alguns poucos. Eu me confortava com o esperado, sentia-me seguro na companhia dos livros que lia e ainda encontrava alegria na minha própria liberdade, mas também não podia negar que levava uma vida meio solitária.

Fiquei de pé novamente diante da janela aberta, ponderando se poderia expandir as paredes que erguera ao meu redor. Se eu *deveria*. Foram erguidas por mim, mas, mesmo assim, não acabei construindo uma prisão particular? Seria hora de fazer algo para mudar isso?

Antes que eu pudesse me convencer a não fazer nada, sentei--me diante do computador, acessei meu e-mail e cliquei na última mensagem enviada por Chloe. Digitei uma resposta curta:

Chloe, minha resposta é sim. Qualquer data está boa para mim. Só me avise quanto aos seus planos de viagem. Estou ansioso para conhecê-la.
Gabriel

E apertei o botão de enviar antes que pudesse mudar de ideia.

CAPÍTULO TRÊS

Algumas pessoas são más até os ossos. Se não consegue derrotá-las, terá simplesmente de sobreviver a elas. Jogue com as cartas que tem em mãos até conseguir outras melhores.

Gambit, o Duque dos Ladrões

Crystal

Meu carro emitiu um último engasgo chiado antes de parar de vez e morrer no acostamento, para onde consegui desviá-lo no último minuto. Berrei de raiva, batendo as mãos contra o volante.

– Não, não, não! – entoei, reclinando-me no encosto do banco enquanto a derrota se assentava no fundo do meu estômago. – Deus, me dê uma folga. – Bati a cabeça de leve contra o apoio, deixando os ombros penderem.

O brilho do sol estava forte, e eu estreitei os olhos ao abrir a janela; nada além de rochas e árvores. Eu devia estar a uns cinco quilômetros de Glendale, a cidadezinha onde eu morava, e não havia nem um posto de gasolina entre aqui e lá. Tirei o celular da bolsa e liguei para a oficina local, perguntando por Ricky. Quando me disseram que ele não estava lá, suspirei e desliguei. Ele era o único que poderia me rebocar de graça. Em seguida, liguei para Kayla, mas a ligação caiu direto na caixa postal.

– Ei, Kay, sou eu. Meu carro idiota acabou de morrer no acostamento. Se ouvir isto e não estiver trabalhando, ligue para mim.

Largando o aparelho de volta na bolsa, subi a janela e saí. Fiquei parada um instante, pensando nas cinco sacolas de compras que estavam no banco de trás e, por fim, soltei o ar, abandonando-as ao começar a andar. Iria até a cidade e pegaria uma carona com alguém. Pelo menos os não perecíveis se salvariam. Maldição, acabara de gastar cada centavo das gorjetas da noite anterior naquelas compras.

O sol ardia nas minhas costas, e senti o suor se juntar entre as omoplatas depois de apenas alguns minutos. Numa tentativa de fazer o andar um ato mais fácil, subi a saia jeans um pouco mais nas coxas. As sandálias de salto não eram exatamente ideais para uma caminhada de cinco quilômetros. Inclinei-me e tirei-as, mas o asfalto debaixo dos meus pés estava tão quente que os queimou. *Merda*. Ao que tudo levava a crer, as bolhas que conseguiria ao calçá-las novamente seriam o menor de dois males. Só me restava ter esperanças.

Alguns poucos carros passaram, mas, numa cidade com menos de seiscentos habitantes, eu não esperava que a estrada fosse muito movimentada.

Havia caminhado por cerca de um quilômetro e meio quando ouvi o ronco alto do motor de um caminhão e me virei, aproximando-me da grama seca na lateral da estrada e olhando para trás, para o caminhão branco que vinha na minha direção. Ele diminuiu a velocidade ao passar por mim, depois parou no acostamento, esperando. Diminuí o ritmo, sentindo minhas entranhas se revirando de nervosismo quando Tommy Hull se inclinou para fora da janela, estreitando o olhar para mim.

– Ei, garota, precisa de carona?

Soltei o ar e acelerei o passo, abrindo a porta do passageiro para subir. Fazia tempo que eu não via o Tommy, mas ele costumava ser um cliente assíduo da Pérola Platinada antes de se casar com uma moça da cidade, havia alguns meses.

– Obrigada, Tommy, vai ser uma bênção. Está bem quente lá fora. – A sensação do ar-condicionado no interior do caminhão foi maravilhosa e eu suspirei, recostando-me no banco.

Ele voltou para a estrada e olhou de relance para mim. Seus olhos desceram para minhas coxas expostas, demorando-se nelas.

– Está mesmo. – Ele começou a desviar para a lateral da estrada e ergueu o olhar, corrigindo a direção do caminhão antes de voltar a olhar para mim. – Aquele lá atrás é o seu carro?

– É. – Soltei uma risada sem graça. – Uma lata velha. – Os olhos dele pareciam colados nas minhas coxas de novo, por isso abaixei a barra da saia de leve, e o movimento chamou sua atenção. Ele levantou o olhar e sorriu com malícia para mim.

– Você está bem bonita hoje, garota. Vai a algum lugar?

Balancei a cabeça, tentando disfarçar um calafrio.

– Não, mas obrigada mesmo assim, Tommy. – De pronto me lembrei das compras deixadas no banco de trás do carro, mas resolvi não pedir a ele que voltasse para buscá-las. Eu só queria chegar em casa. Ao diabo com as compras. Ao diabo com meu carro e minha vida. Só queria ir para a cama e ligar a TV em algum programa de entrevistas sem noção e me esquecer de tudo.

– Ah, vem cá. – Ele pôs a mão na minha coxa e a esfregou de leve. – Cara, como você é macia. Tinha me esquecido de como você é macia, linda. Senti falta das suas danças no meu colo. – Tirou a mão e voltou a apoiá-la no volante ao sair da estrada para entrar numa estradinha de terra.

– Tommy...

– Acho que me deve alguma coisa por eu tirar você do acostamento, não acha? Poderia ter deixado você lá, arrastando o traseiro até a cidade debaixo desse sol quente. Ainda posso. – E lá estávamos nós. Meus ombros penderam ante a zombaria fria do seu tom. O cenário ao nosso redor, o interior do caminhão, as minhas mãos apoiadas no colo parecerem se distanciar, como se nada daquilo fosse real. Desejei que não fosse.

Dirigi um olhar inexpressivo para o Tommy, e uma sensação conhecida de indiferença se instalou em mim. Que importância tinha se eu o deixasse me agarrar no caminhão dele? Ali, sozinha na beira de uma estrada, eu sequer tinha o verniz da segurança que a Pérola Platinada me oferecia. A julgar pela expressão maligna no olhar do Tommy, eu sabia que necessitaria me esforçar muito para dissuadi-lo.

Evidentemente o fato de ser casado era irrelevante para ele. Que garota de sorte sua mulher era.

Forcei os lábios em algo semelhante a um sorriso.

– Se é isso o que quer, docinho. – Foi impossível injetar qualquer outra coisa que não fosse cansaço e distanciamento em minha voz. *Não que ele ligasse*.

Ele parou o caminhão, sorrindo em triunfo para mim.

– Essa é a minha garota. – Ele estava em cima de mim antes que eu conseguisse piscar, as mãos em todas as partes, a boca grudada na minha, a língua investindo como se estivesse cavando à procura de um tesouro perdido. Endureci, minha mente se movendo para outro lugar até que o gosto dele, de tabaco e de alguma coisa salgada que ele comera recentemente, fosse suportável, quase inócuo. Inclinei a cabeça para trás contra o vidro da janela, fitando o céu, e notei um pássaro preto flanando ao longe. Observei-o até que ele não passasse de uma mancha negra, até que desaparecesse por completo.

Tommy se pressionou contra mim, arquejando, a mão desesperada abaixando minha calcinha enquanto lambia meu queixo.

– Ah, Jesus, você me deixou louco, delícia. Você é linda pra cacete. Ah, porra. – O zíper estava abaixado e ele tentava tirar o cinto com uma das mãos, ainda se pressionando contra mim num frenesi, quando arquejou audivelmente, terminando num gemido, parando quando senti uma umidade quente contra minha coxa despida. – Cacete! – ele praguejou, afastando-se na mesma hora.

Sentei-me rapidamente, desviei o olhar, abaixando a saia, enxugando o cheiro azedo da saliva dele no meu queixo.

Ele subiu o zíper da calça, acomodando-se no banco e passando os dedos pelos cabelos loiros.

– Maldição! Como é que vou chegar em casa assim? O que acha que a minha mulher vai dizer? – Ele apontou para a mancha úmida na frente dos jeans.

Encarei-a por um momento, a graça subindo pela minha garganta. *Bom trabalho, rápido no gatilho*. Meu peito subiu e desceu rápido com o esforço de não cair na risada, uma vaga sensação de histeria se misturando à gargalhada que crescia dentro de mim, implorando para escapar. Quando Tommy tentou limpar a mancha com a ponta da camisa, deixando-a maior ainda, não consegui mais me conter. Uma explosão de riso escapou da minha boca e eu segurei a barriga, me dobrando ao meio. Ri tanto que lágrimas escorreram pelo meu rosto.

Ergui os olhos bem a tempo de ver a raiva atravessando as feições do Tommy, mas não a tempo de me esquivar do tapa que empurrou minha cabeça contra a janela. Isso pôs um fim ao meu riso. Levei a mão ao rosto, minha risada se transformando em respiração entrecortada.

– Não está rindo agora, está, sua vadia barata? Saia do meu caminhão. – Ele se esticou sobre mim e abriu a porta; e, como eu estava apoiada nela, caí, despencando para trás, batendo no chão com tanta força que o ar saiu dos meus pulmões. Minha bolsa aterrissou num trecho de grama seca à minha esquerda, e a porta do caminhão se fechou num baque acima de mim. Esforçando-me para respirar, engatinhei para trás na terra enquanto o caminhão ganhava vida, virava e voltava para a estrada principal.

Sentei ali por um minuto, sugando oxigênio, todo o riso morto em meus lábios. No fim, levantei, gemendo ante a dor no meu traseiro machucado, e esfreguei com cuidado onde o Tommy me batera. Caminhei para a estrada. Pelo menos eu estava mais perto de casa do que estivera antes. Isso era alguma coisa.

Quarenta e cinco minutos mais tarde, suando profusamente e mancando por conta das bolhas que se formaram nos meus pés doloridos, entrei no meu apartamento. Largando a bolsa no chão, comecei a tirar a roupa, formando uma trilha com elas enquanto seguia para o chuveiro. Fiquei debaixo da água fresca, tentando lavar a última hora e meia do meu corpo, deixando que ela fosse embora pelo ralo com a água ensaboada. *Só quero me sentir limpa*. Quando saí dali, me senti um pouco melhor, mais fresca, pelo menos. Abri a janela do apartamento, apesar de não haver muita brisa, e liguei o ventilador, apanhando o celular da bolsa e despencando na cama.

Nenhuma chamada. Kayla devia estar trabalhando. Pensei no meu carro, naquele momento no acostamento da estrada com as compras no banco de trás, e um nó se formou na minha garganta. Eu precisava daquele carro – precisava dele para ir trabalhar. Precisava dele para sobreviver. Precisava para não ter de aceitar carona de homens que provavelmente tomariam liberdades com meu corpo na beira de uma estrada. Uma náusea me assolou quando pensei no Tommy de novo, mas afastei a lembrança recente o melhor que pude.

Pensar nisso me exauriu a ponto de eu quase resolver me enroscar ali onde estava e dormir o dia inteiro.

O que vou fazer agora? Ai, meu Senhor…

Sentei-me de pronto e voltei a ligar para a oficina, perguntando pelo Ricky, que sempre foi decente comigo quando meu carro quebrava, chegando a me deixar fazer pagamentos parcelados se eu não fosse capaz de pagar a conta de uma vez só.

Quem quer que tivesse atendido evidentemente bateu o fone no balcão. Ouvi a pessoa chamando-o pelo nome, depois visualizei Ricky deslizando de baixo de um carro, com uma chave-inglesa na mão e graxa no rosto. Quando ouvi um "Ricky falando" ao telefone, pus um sorriso na voz e lhe disse que precisava da sua ajuda.

– Olha só, meu bem, posso guinchar seu carro e ver o que há de errado com ele, mas você sabe que está me devendo por eu ter consertado o alternador. Não posso mais mexer nele até você ter acertado as contas aqui. O velho vai comer meu rabo se eu fizer isso.

Minhas esperanças despencaram. Eu não tinha dinheiro nem para o guincho, quanto menos para acertar as contas e pagar pelo que estivesse quebrado desta vez, o que quer que fosse – algo caro, sem dúvida.

– Tudo bem, Ricky. Agradeço pelo guincho. É muito generoso da sua parte. Obrigada.

– Sem problemas, menina.

Dei os detalhes de onde o carro estava e disse que depois passaria lá para pegar minhas compras, assim que conseguisse uma carona com Kayla. Talvez uma parte ainda estivesse comestível.

Fiquei sentada ali por um minuto, com uma sensação embotada de solidão se assentando pesadamente nas minhas entranhas. Como? Como eu resolveria isso?

Evidentemente, eu lhe pagaria. Seria um trabalho paralelo, nada mais.

As palavras de Gabriel Dalton se formaram na minha mente, e peguei de novo o celular, batendo de leve com ele no meu queixo por um instante antes de digitar o nome dele no navegador de busca. As informações eram abundantes. Cliquei no link perto do topo, abrindo uma notícia de doze anos atrás.

O Departamento de Polícia de Morlea deu uma entrevista coletiva na quinta-feira, 29 de junho, para fornecer mais detalhes a respeito do caso Gabriel Dalton. Gabriel, de nove anos de idade, sequestrado perto de casa em 1998 enquanto brincava num terreno baldio com seu irmão de oito anos, Dominic, prendeu a atenção dos moradores de Vermont, junto com a de toda a nação. Gabriel esteve desaparecido até a semana passada, quando apareceu na porta da casa de uma mulher, ensanguentado, identificando-se como Gabriel Dalton e pedindo ajuda. Na investigação, a polícia descobriu que Gabriel fora mantido no porão da casa vizinha à da mulher que chamou a polícia, e que estivera ali nos últimos seis anos. Gabriel escapara ao apunhalar seu sequestrador, identificado como Gary Lee Dewey, com um pedaço de pedra afiada. Gary Lee Dewey estava morto quando a polícia chegou. Gabriel, agora com quinze anos, encontrou-se com seu irmão, e atualmente ambos estão sob a tutela do sócio do pai deles na Pedreira Dalton Morgan. Os pais de Gabriel e Dominic, Jason e Melissa Dalton, morreram num acidente de carro em 2003.

Apenas um ano antes de o filho deles voltar para casa. *Deus*.

Li outros artigos e encontrei informações semelhantes. Meus olhos se demoraram no rosto de Gabriel Dalton aos nove anos, no sorriso meigo de um típico menino americano, com aqueles mesmos olhos inocentes que eu vira lá do palco. Só havia algumas poucas fotos de Gabriel com quinze anos. Na primeira delas, ele estava de cabelos compridos e olhos arregalados, e parecia incomodado com o *flash* da câmera. Na segunda, ele estava de pé, com a pose que disparara minha memória: mãos nos bolsos, cabeça inclinada, os cabelos caindo pela testa enquanto estreitava os olhos para a câmera. Era a mesma que aparecera em todos os canais de TV e que fora usada por meses a fio enquanto noticiavam a história.

Mordendo os lábios, abaixei o celular e recostei-me nos travesseiros, imaginando o inferno pelo qual Gabriel passara naqueles seis anos trancado num porão com um predador infantil.

Você pode me ajudar a praticar ser tocado por uma mulher.

Empurrei um nó garganta abaixo, sem querer pensar nos motivos de ele ter tanta aversão a contato físico, mas deduzindo que já sabia a resposta.

Não quisera tomar parte da terapia autoimposta de Gabriel, mas agora, sentada ali, não conseguia me lembrar do motivo. Evidentemente, eu era um corpo disposto e, pelo que ele havia explicado, era só disso que precisava. Ele precisava de mim, e eu precisava do dinheiro extra. Ele poderia ter pedido a qualquer uma das dançarinas da noite passada, mas me escolheu, e eu o recusei como se fosse boa demais para o trabalho, mas, na verdade, eu não era.

Eu poderia ajudar Gabriel a se sentir confortável com alguém em seu espaço pessoal, alguém que o tocasse, e ele poderia me dar o dinheiro de que eu precisava para fazer meu carro voltar a rodar. As duas partes ganhariam. Não devia ser tão difícil. Mesmo assim, por que sentia uma ansiedade peculiar descendo pela coluna? Esmaguei-a, apertando mais a toalha ao redor do corpo, e peguei o celular de novo, fazendo uma busca sobre a Pedreira Dalton Morgan. Ela ficava na cidade vizinha, Morlea, e, embora eu não soubesse se Gabriel trabalhava ali ou não, decidi arriscar, ligando para aquele número. Se não pudesse encontrá-lo desse modo, desistiria e partiria para o plano B, qualquer que fosse ele. Meu coração batia mais rápido enquanto eu aguardava que alguém atendesse.

– Pedreira Dalton Morgan.

Hesitei, sentindo-me nervosa, insegura.

– Alô?

– Hã... – finalmente consegui falar. – Hã, sim, eu, hã, posso falar com Gabriel? Gabriel Dalton?

Houve uma breve pausa.

– Claro. – Pareceu que o homem, um homem jovem, estava sorrindo. – Posso anunciar quem quer falar com ele? – Sim, definitivamente havia riso na voz dele.

Pigarreei.

– Crystal. Hum, apenas Crystal.

Houve uma nova breve pausa antes de o homem por fim dizer:

– Ah. – Pareceu desapontado. *O que isso significava?*

Franzi a testa, abrindo a boca para dizer alguma coisa, quando ele disse antes de mim:

– Claro. Espere um segundo. – Uma música tomou conta da ligação e eu fiquei de pé, segurando a toalha com uma mão e o celular com a outra enquanto andava diante da cama. Depois do que pareceu bem uns cinco minutos, outra voz surgiu na linha.

– Alô?

Parecia a voz do Gabriel – ao menos pelo tanto que eu me lembrava – e parei de andar.

– Oi. Gabriel? Aqui é a Crystal. Talvez não se lembre de mim, mas...

– Claro que me lembro de você. Oi. – Ouvi passos e o som de uma porta sendo fechada como se ele tivesse ido para outra sala.

– Oi – eu disse, sentindo um alívio súbito, e minha voz saiu arfante e rápido demais.

– Puxa, estou feliz por...

– Eu liguei para...

Falamos ao mesmo tempo e depois paramos; a risada dele atravessou a linha. Sorri, apesar do nervosismo.

– Você primeiro – ele disse com suavidade.

– Ah, está bem. Bem, hã, eu... Eu repensei aquilo que falamos ontem e espero que não tenha se importado por eu ter procurado você, mas liguei para dizer que, se ainda estiver precisando de... hã... se ainda estiver precisando de... mim, eu ficaria feliz em ajudar.

Houve uma pausa e voltei a andar, à espera de que ele falasse.

– Na verdade, não, e lhe devo um pedido de desculpas por ter pedido aquilo. Não tinha refletido muito bem antes. Sinto muito. Lamento tê-la feito se sentir... você sabe, não bem.

– Não bem – murmurei, afundando na cama, a mão ainda segurando a toalha para impedi-la de escorregar.

Ouvi um som leve de embaraço, uma risada que terminou num suspiro.

– É isso, não bem. – O que mais havia para sentir *a não ser* "não bem"? Esse parecia ser o padrão de vida. Pelo menos da minha.

Voltei ao presente.

– Não há necessidade de se desculpar. Eu estou bem. E, veja, entendo se teve uma nova ideia, mas, se não, estou disponível. – Esperei que ele falasse, mas, como ele não disse nada de pronto, apressei-me a preencher o silêncio: – Você pode praticar comigo. Quero dizer, se ainda quiser isso.

Houve silêncio do outro lado da linha de novo, e dessa vez eu esperei. Por fim, Gabriel falou e sua voz estava ainda mais baixa.

– Como isso funcionaria exatamente?

Dei uma risada.

– É você quem vai ter de me explicar. Imagino que possa ir à boate como na noite passada. Avisarei o Anthony que você seguiu o procedimento.

Ouvi a respiração dele soltar o que esperei ser um sorriso, e depois ele se calou por outro instante.

– Tem certeza? Sente-se bem com isso?

– Sim.

– Ok, então. – Ele ainda parecia hesitante. – Quando vai trabalhar?

– Amanhã à noite.

– Ok, estarei lá amanhã à noite. E, se você mudar de ideia...

– Não vou mudar. Vejo você lá, Gabe.

– Nada de "docinho"? – Havia um sorriso na voz dele e eu sorri também.

– Docinho, posso chamá-lo do que você quiser.

– Gabe está ótimo. Gabe é bom.

– Vejo você amanhã à noite, docinho.

Outra risada.

– Até amanhã.

Desliguei a chamada e soltei o ar, sentindo-me ligeiramente mais revigorada. Ok, dei um jeito na situação. Um pouco de dinheiro extra – teríamos de estabelecer os detalhes amanhã –, mas eu precisaria de pelo menos o dobro da taxa da dança erótica para que isso valesse o meu tempo. Sentindo-me levemente melhor, larguei a toalha e vesti roupas limpas. Quando olhei no espelho, surpreendi-me ao ver um sorrisinho que eu nem percebera que estivera ali. Pisquei, observando o sorriso se desfazer. Havia uma marca vermelha grande na minha bochecha, onde Tommy dera o tapa com o dorso da mão, e um vergão pequeno que deve ter sido provocado pela aliança. Peguei a escova de cabelos e a usei com força nos cabelos molhados, puxando os nós até que os puxões no meu escalpo me provocassem caretas de dor.

CAPÍTULO QUATRO

Você pode encontrar esperança no mais estranho dos lugares,
nos cantos mais escuros. Segure-a com força, meu bem.
Ela é sua e de mais ninguém.
Lemon Fair, a Rainha do Merengue

GABRIEL

A Pérola Platinada estava lotada. Sentei-me na mesma mesa em que havia me sentado duas noites antes e pedi uma cerveja à garçonete.

– Sabe quando Crystal vai se apresentar? – perguntei.

A garçonete de cabelos negros que me trouxe a Miller Lite se inclinou mais do que o necessário para colocar a cerveja na mesa. Pareceu confusa quando sustentei o contato visual em vez de desviar meu olhar para os seios que empinara na direção do meu rosto, permanecendo naquela posição inclinada um pouco mais antes de voltar a se endireitar.

– Acho que é a próxima.

Meu coração bateu mais forte quando me virei para o palco, esperando que a música seguinte começasse. Ficara surpreso quando ela me ligou dizendo ter mudado de ideia. Surpreso e um tanto desnorteado. Fiquei pensando no que a fizera mudar de ideia. Imaginei o que a incitara a procurar pelo meu número e me ligar. Quase lhe disse que deixasse isso para lá, uma vez que eu mesmo já havia concluído que a ideia era terrível. Mas, assim que ouvi a voz dela ao telefone, não fui capaz de recusar. A verdade era que eu estava tanto assustado quanto animado, e isso era uma sensação divertida – uma que eu nunca sentira antes. Eu queria... mais. E pensei que, provavelmente, seria algo positivo para mim, o *querer*. Mas e quanto a ela? Eu voltava sempre a esse ponto.

As luzes piscaram e depois diminuíram, e a música começou, um ritmo grave de baixo que fez meu sangue fluir no compasso da música. Franzi a testa ao olhar ao redor. Havia uma festa de despedida de solteiro perto do palco, e eles praticamente caíam das cadeiras de tão bêbados que estavam.

Quando as luzes se acenderam de novo, Crystal estava sentada numa cadeira vestindo um minúsculo biquíni prateado com franjas na parte de cima e de baixo e um par de botas prateadas de cano alto. Eu estava tão concentrado nela que os uivos que surgiram a meu redor me sobressaltaram. Tomei um gole da cerveja e observei quando ela começou a dançar.

Os cabelos longos se moveram ao redor do belo corpo delgado enquanto ela dançava, e absorviam a luz, com uma cor que eu não me lembrava de ter visto antes – uma combinação de loiro, ruivo e castanho. Fez com que pensasse num feixe de luz através de um pote de mel. E havia tanto dele. Fiquei imaginando qual seria a sensação de percorrê-los com os meus dedos. O corpo se movia no ritmo da música, os olhos estavam fechados, aquela expressão distante e fria firme no lugar, parecendo tão imóvel quanto uma armadura.

Crystal. Não, não era cristal. Cristal é algo perfeitamente claro, transparente. Uma pessoa poderia enxergar através do cristal como se fosse vidro. Mas não através da garota ali em cima. Não era de cristal – nem perto disso.

Qual é o seu nome? O seu nome verdadeiro? Deus, como eu quero saber.

– Eu foderia essa boceta como uma britadeira! – um dos bêbados da despedida de solteiro exclamou, para delírio dos amigos, que gargalharam e ergueram os copos para brindar. Sua declaração lasciva me arrancou dos meus pensamentos. Ele se levantou e enterrou a virilha contra a cadeira numa imitação do ato sexual que acabara de descrever.

Aquela cena toda abriu um buraco dentro de mim que me deixou encolerizado e triste ao mesmo tempo. Levantei, largando uma gorjeta na mesa, e segui para os fundos para esperar. Virei no final do corredor onde esperara por Crystal da primeira vez e vi o leão de chácara, Anthony, sentado num banquinho.

– O que posso fazer por você? – ele perguntou no seu tom grave de barítono.

– Estou aqui para ver Crystal depois que ela terminar de dançar.

– Gabe?

– Isso – respondi, surpreso. Não imaginei que ela fosse dar meu nome para o Anthony.

– Vou levar você lá para trás.

Segui Anthony até um cômodo diferente daquele em que conversei com Crystal pela primeira vez. A luz era fraca e veludo roxo cobria as quatro paredes. Havia um sofá de couro preto encostado em uma delas, uns banquinhos forrados e espalhados, um sistema de som num dos cantos e uma TV de tela plana grande pendurada na parede oposta à do sofá.

– Vá em frente e sente-se – instruiu Anthony. – Crystal vem para cá assim que terminar de se apresentar.

– Certo – disse, entrando no cômodo.

Ouvi o clique da porta se fechando atrás de mim e soltei a respiração. Sentei-me na ponta do sofá, combatendo a ansiedade. *Sombrio. Trancado. Silencioso.* Aquele lugar se parecia com uma caverna, ou um porão úmido. Meus olhos pararam na porta, e me forcei a lembrar que poderia sair a qualquer instante que quisesse. Isto não era o mesmo. De jeito nenhum.

Fiquei pensando, porém, se esta não era a versão da Crystal de um porão úmido.

Não tinha muita certeza do motivo de eu ter pensado nisso, mas tal pensamento se instalou como uma rocha, seu peso forçando minha consciência.

Alguns minutos mais tarde, me sobressaltei dos meus pensamentos quando a porta se abriu e Crystal entrou. Comecei a me levantar, mas ela fez sinal para que eu permanecesse sentado, e assim fiz. Ela vestira uma blusa de moletom grande que terminava no meio das coxas e caía pelos ombros, mas ainda usava as botas prateadas. Sorri ante o visual. Ela se sentou no sofá, virando-se para mim. Minhas entranhas se retorceram. Caramba, como ela era bonita. Linda demais para aquele cômodo. Linda demais para aquele *lugar*.

Ela erguera os cabelos numa pilha desarrumada no alto da cabeça. Parecia mais escuro sob aquela luz, mais castanho do que dourado. Os olhos amendoados estavam bem marcados por traços pretos de maquiagem e circundados por cílios ridiculamente longos e evidentemente postiços.

– Não tinha certeza se você viria. – Ela sorriu, aquele sorriso que não chegava aos olhos.

Massageei a nuca, sentindo-me estranho, tímido, fora do meu elemento e... cheio de culpa.

– Não tenho certeza se eu deveria ter vindo.

Seu rosto se fechou de leve e me apressei a dizer:

– Eu só... acho que estou tendo um ataque de consciência.

Seu olhar percorreu meu rosto por um instante daquele seu jeito avaliador antes de ela arquear uma sobrancelha, ficar de pé e andar de maneira sedutora rumo ao sistema de som antes de se virar para mim.

– Meu Deus, isso parece doloroso. Não é contagioso, é? – Ela pôs a mão no quadril e sorriu com doçura para mim.

Ri, e uma descarga de bom humor misturado com um pouco de surpresa tomou conta do meu peito. Foi uma sensação boa.

– Não, acho que não é.

– Que bom. – Ela pôs uma música, deixando o volume baixo, e voltou para perto de mim, sentando-se no sofá de novo. – Que tal tentarmos uma sessão e, se não der certo pra você, se isso o fizer se sentir... *não bem*, deixamos por isso mesmo, sem problemas. – Ela deu um leve sorriso, brincalhão, e senti como se as asas de um pássaro tivessem começado a bater entre as minhas costelas.

Uma sessão. Ela encarava mesmo aquilo como uma terapia. Concluí que era bastante acurado. Mordi o lábio inferior, ainda incerto, mas sem querer ir embora, não de verdade.

Eu gostava dela. Gostava do modo como olhava para mim, o modo como brincava, a centelha de inteligência que brilhava por trás dos seus olhos, a astúcia ligeira, o modo como parecia tão dura e suave ao mesmo tempo. Sim, eu gostava dela. *Gabriel, seu idiota*.

– Primeiro, temos que entrar num acordo quanto ao valor.

– Pode dizer quanto quer – respondi. – Concordo com o que achar que seja correto.

– Justo – ela murmurou. – Bem, a boate fica com o custo da dança erótica quando estamos aqui, então, para eu poder lucrar alguma coisa, teria que dobrar esse valor. Então, cinquenta.

– Incerteza atravessou rapidamente suas feições, como se ela temesse ter pedido demais.

– Cinquenta dólares? – repeti, tentando não me retrair ao perceber o quão pouco ela recebia para fazer o que fazia. *A boate fica com o custo da dança erótica*. Jesus.

– Se isso for muito, posso fazer por quarenta e cinco – ela disse numa torrente de palavras, com um toque de desespero na voz. Ah. Isso explicava tudo. Ela *precisava* do dinheiro, por menor que fosse a quantia. Foi por isso que resolveu topar.

O ataque de consciência retornou – mais forte desta vez – provocando uma sensação de perfuração nas minhas entranhas. Mudei de posição no sofá.

– Quando eu era adolescente, costumava ir a um terapeuta em Middlebury que cobrava cento e cinquenta pela sessão. Eu não lhe pagaria menos do que isso.

Seus olhos se arregalaram de leve antes que o olhar impassível voltasse ao seu lugar.

– Ah, está bem. Maravilha. Vamos começar com beijos?

Pisquei e depois ri de leve. O riso se transformou numa careta e voltei a esfregar a nuca, envergonhado.

– Talvez eu não tenha sido totalmente claro a respeito da extensão do meu desconforto em ter pessoas no meu espaço pessoal. Se eu estivesse pronto para beijar, não estaria aqui.

Ela franziu a testa ligeiramente, inclinando a cabeça enquanto voltava a me avaliar. Assentiu, e um indício de suavidade surgiu em seus olhos, mas nenhum julgamento. Soltei o ar, grato por essa pequena bênção.

– Posso ensinar o que eu faço quando alguém se aproxima de mim. Eu fico totalmente alheia, e isso torna tudo suportável. – Ela mordeu o lábio, e as sobrancelhas se uniram enquanto ela pensava em algo. – Acho que consigo ensiná-lo a fazer isso.

Meu corpo se imobilizou enquanto a encarava. Suas palavras fizeram meu coração doer. *Ah, Deus*.

– Mas não é isso o que eu quero. Sei como me afastar. Sei fazer isso. Quero ficar presente. É nisso que preciso da sua ajuda. Para *ficar*.

O rosto dela corou, e ela me encarou por um momento antes de desviar o olhar.

– Ah.

Ela cutucou uma unha, a testa se franzindo antes de seus olhos se encontrarem com os meus. Havia algo na expressão dela que tive dificuldade para interpretar. Seria medo?

Ela mudou de posição, passando os braços ao redor da cintura e afastando-os com a mesma rapidez, enquanto cruzava as mãos sobre o colo. Ela sorriu, aquele sorriso amplo que era todo boca e músculos faciais, mas nada de olhos.

– Bem. Vamos começar, então. Posso...? – Usou o dedo para indicar que se aproximaria de mim no sofá. Seu olhar cruzou com o meu e o sustentou por um instante enquanto eu assentia, a ansiedade percorrendo meu sangue.

Ela deslizou para perto de mim enquanto meu coração acelerava. Senti meu corpo esquentar desconfortavelmente, a pele formigando enquanto ela se aproximava, nossas coxas quase se tocando. Havia uma marca vermelha no rosto dela que a maquiagem não cobria assim de perto. Quis perguntar a respeito, mas não consegui juntar as palavras. A adrenalina bombeando em meu corpo por conta da proximidade me deixou tonto, me fez querer saltar dali, sair correndo. Estava desesperado por espaço e, apesar de saber que era irracional, não conseguia conter a vontade de recuar, de me distanciar a fim de me sentir *seguro*. Inspirei; os olhos dela ainda prendiam os meus.

– Vou tocar na sua mão – ela sussurrou. – Tudo bem? – Os olhos dela estavam arregalados, e os lábios, afastados, enquanto o peito subia e descia a cada respiração acelerada. Notei seu nervosismo – a incerteza –, mas também o cuidado com que ela conduzia a situação apesar disso e, por um momento precioso, uma brisa de tranquilidade se moveu dentro de mim.

Emiti um som estranho que foi meio palavra... meio respiração. Ela hesitou, mas manteve o contato visual.

– Gabriel – murmurou. Senti o calor da sua respiração quando ela disse meu nome. Senti o seu perfume, algo fresco e delicado que me fez pensar na chuva da primavera e em grama recém-cortada, algo que parecia em conflito com a maquiagem pesada, com a ousadia dos trajes diminutos. *Quem é você, Crystal? De verdade?*

Uma pulsação latejava com firmeza na base da garganta dela e, por um instante selvagem, imaginei como seria encostar meus lábios ali, passar a língua em seu pescoço. Ela deixaria? Mais importante ainda, será que ela ia querer?

A mão dela tocou a minha, suave, hesitante, e fiquei tenso com o contato de pele contra pele. *Corra!* Os músculos das coxas se contraíram, preparando-se para fugir, mas me contive com muita força de vontade, cerrando os olhos. Palavras e frases e sons ricochetearam em minha mente, me atacando, tirando-me do presente, levando-me para *lá*.

Bom garoto.

Apenas relaxe.

Você gosta disso, não gosta?

Não!

Agarrei a mão da Crystal com força e ela soltou um gemido leve de incômodo. Meus olhos se abriram, e eu a soltei, prontamente ficando de pé. Eu suava, meu coração batia tão erraticamente que eu jurava que ela conseguia ouvi-lo de onde estava sentada. Houve tanto alívio quanto desapontamento em colocar uma distância entre nós. Eu já esperava o alívio, mas o desapontamento foi algo novo.

– Desculpe – eu disse quando consegui falar. – Sinto muito.

– Não se desculpe. Quer tentar de novo? – As palavras foram ditas rapidamente, mas a voz saiu suave.

Meneei a cabeça.

– Não. Não... não esta noite. Já basta. – Emiti um riso envergonhado. – Tem certeza de que topa fazer isso?

Ela ainda estava sentada na mesma posição de quando eu me levantara, a mão largada no sofá onde eu estivera antes. A cabeça estava inclinada e o rosto também estava corado, apesar de eu não saber o motivo. Ela parecia levemente confusa ao morder o lábio. Mas sorriu em seguida, mais uma vez aquele sorriso ensaiado, e se levantou, embora não tivesse respondido à minha pergunta.

Envolveu a cintura com os braços de novo e, dessa vez, deixou-os ali enquanto olhava para mim.

Ela está com tanto medo quanto eu. Tal pensamento me crispou o rosto. Não sabia de onde ele tinha surgido nem o motivo. *Ela não sabe o que pensar sobre isto.*

Por um segundo, nos fitamos pouco à vontade.

– Hã... ah. – Enfiei a mão no bolso, peguei a carteira, contei as notas e as entreguei. Ela as aceitou com um leve sorriso e as enfiou dentro do sutiã.

– Não trabalho amanhã, mas na noite seguinte estarei aqui, se você...

– Perfeito.

Ela assentiu.

– Mesma hora?

– Isso. Mesma hora.

– Ok, Crys... – Fiz uma pausa. – Posso chamá-la pelo seu verdadeiro nome? Já que agora estamos mais íntimos, sabe? Já demos as mãos.

Ela riu.

– Eu disse, docinho. Por aqui, esse é o meu nome verdadeiro.

Franzi a testa, desapontado.

– Tudo bem. Até logo, então.

Ela abriu a porta e eu passei por ela, enfiando as mãos nos bolsos e olhando de relance para trás antes de seguir pelo corredor. Ela ainda estava parada junto à porta aberta, parecendo ligeiramente perturbada, enquanto me observava ir embora.

CAPÍTULO CINCO

> Segure minha mão e me siga pelos campos de narcisos. O perfume doce nos tornará invisíveis, sabe. Nos esconderemos juntos, eu e você. Jamais o deixarei.
>
> *Lady Eloise dos Campos de Narcisos*

Gabriel

Estacionei diante do correio e saí para o calor do verão. Nas últimas semanas, vinha fazendo um calor extraordinário para Vermont, e eu mal podia esperar pela chuva refrescante que deveria chegar mais para o fim da semana.

A agência estava fresca e silenciosa, praticamente vazia às dez da manhã num dia de semana. Inspirei o cheiro familiar de papel velho. Bridgett Hamill estava ao balcão lixando as unhas. Quando avancei, ela me olhou e seus olhos se arregalaram ligeiramente ao largar a lixa e fechá-la na gaveta aberta diante dela.

– Posso ajudá-lo?

– Oi, Bridgett.

Ela es*tour*ou a bola de goma de mascar, os olhos passando pelo ambiente.

– Olá.

Sorri de leve, desconcertado pelo retraimento ostensivo dela. Frequentamos a mesma escola. Eu a ajudara uma vez no segundo ano, depois que um valentão derrubou os livros de suas mãos e ela chorou. Mas isso foi *antes*. Imagino que, quando ela se lembrava disso, *se* é que se lembrava, era assim que pensava também.

Fiquei parado enquanto ela me encarava, por fim abaixando o olhar para os pacotes que eu apoiara no balcão. Empurrei as duas caixas para a frente, a de cima se desequilibrando e quase caindo no chão.

– Merda. – Apanhei o pacote, colocando-o ao lado do outro. – Gostaria de postar estes.

– Claro. – Ela se ocupou em pesá-los e selá-los e depois me cobrou o valor da postagem, lançando-me um sorriso comedido. Havia umas duas pessoas atrás de mim na fila e, depois que agradeci a Bridgett rapidamente, acenei com a cabeça para elas. A primeira mulher na fila – tenho quase certeza de que seu nome era Penny – tinha um garotinho ao seu lado e o puxou para perto de si, afagando seus cabelos enquanto eu passava. Ela me deu um sorriso que tinha o mesmo quê de tristeza a que eu estava acostumado.

Uma onda de calor me atingiu assim que empurrei a porta de vidro e, antes que ela se fechasse atrás de mim, ouvi Penny sussurrar audivelmente para Bridgett:

– Você ficou sabendo...

A porta se fechou antes de eu ouvir qualquer que fosse a fofoca que ela estava prestes a passar adiante.

Entrei na caminhonete e aumentei o ar-condicionado, permanecendo ali por alguns minutos, recostado no banco, deixando o desconforto diminuir. Sabia por que algumas pessoas na cidade me tratavam como tratavam, entendia a vastidão de reações que eu ainda provocava. Já devia estar acostumado a essa altura. *Estava* acostumado. Mas odiava me sentir o esquisito da cidade.

Saí da vaga e quase decidi não cuidar da outra tarefa que deveria fazer ali na cidade, mas, no último minuto, acabei virando à direita, na direção da loja de materiais para construção. Se eu queria ter uma vida normal, teria de me forçar a sair da zona de conforto que havia criado. Além disso, a loja do Sal era um dos poucos lugares na cidade onde não me sentia um inseto debaixo de um microscópio. Um inseto propenso a fazer algo estranho ou inesperado a qualquer instante, ou um inseto que ainda provocava constantes reações de empatia e era o lembrete do pior medo de qualquer mãe.

Parei no estacionamento atrás da loja e dei a volta até a frente. A sineta sobre a porta tocou quando entrei na loja abarrotada e mal iluminada.

– Olá, Gabriel – Sal me cumprimentou.

Sorri.

– E aí, Sal. Tudo bem?

– Quente como o inferno. Eu trabalharia sem camisa hoje, se minha permissão de "Sem camisa" não tivesse sido revogada há anos – ele brincou, dando um tapinha na barriga pronunciada.

Ri da brincadeira.

– Não está na hora de investir em um ar-condicionado central?

Ele suspirou.

– É o que a Gina diz. Mas eu digo que, se meu avô e meu pai não precisaram, eu também não preciso. O calor torna os homens fortes. Você deveria saber disso, trabalhando na pedreira o dia inteiro.

– Na verdade, trabalho internamente na maior parte do tempo, mas não discordo de você. George é um dos homens mais fortes que conheço.

Sal assentiu.

– Assim como o seu pai era. Mas, olha, recebi aquelas luvas que você encomendou junto das coisas que o George colocou na lista. – Sal foi para os fundos da loja enquanto eu esperava.

Eu poderia ter feito o pedido on-line, mas preferia comprar com o Sal, mesmo as compras pequenas. Além do mais, isso me forçava a ir até a cidade com certa regularidade, o que era algo bom. Supostamente.

Ele trouxe uma caixa dos fundos e a depositou sobre o balcão.

– Acho que estas vão durar um tempo.

– Acho que sim.

– Vou colocar na conta.

– Maravilha. Obrigado, Sal – agradeci, apanhando a caixa. Quando estava para sair, Sal me chamou. Eu me virei e a expressão no rosto dele era de preocupação.

– Olha só, hã... Não sei se você ficou sabendo, mas um garotinho desapareceu ontem. Ainda não o encontraram.

Meu sangue gelou.

– Um garotinho? – Minha voz pareceu rouca.

Sal assentiu, franzindo a testa.

– É. Dez anos, andava de bicicleta até o lago da cidade e simplesmente desapareceu. Seu nome é Wyatt Geller. Você o conhece?

Engoli em seco, agarrando a caixa debaixo do braço e passando a mão pelos cabelos. A loja estava se fechando ao meu redor.

– Não. Obrigado por me contar, Sal.

Sal assentiu.

– Tá. Fique bem, Gabriel.

– Você também. – Saí, estreitando os olhos ante a súbita claridade, e inspirei fundo enquanto seguia para a caminhonete. *Simplesmente desapareceu*. Cristo.

Não me lembro de ter dado a partida no carro e de ter saído do estacionamento. De repente, eu dirigia pela estrada, a mente concentrada naquele dia, no dia do terreno baldio perto da minha casa. Já se passaram dezoito anos, e eu ainda lembrava vividamente como era o cheiro do ar daquele dia – de poeira e de malva que crescia junto à cerca de arame. Ainda me lembrava do azul intenso do céu, salpicado de nuvens encrespadas. Tranquilidade. Tudo estava muito tranquilo. E, de repente, tudo foi arrancado... roubado. *Simplesmente desapareceu*.

Sem fazer uma escolha consciente, descobri que me dirigi para aquele terreno. Claro que já não estava mais vazio. Havia uma casinha branca com varanda e cerca de madeira no lugar. Fiquei imaginando se as pessoas que moravam ali sabiam do que tinha acontecido. Fiquei pensando se um dia já pensaram em mim, se já se sentaram naquela varanda numa tarde de verão, tomando goles de chá gelado, imaginando como foi o dia em que fui levado da minha vida pelo próprio diabo. Daquele exato lugar. Se tivessem feito isso, aposto como teriam balançado a cabeça e estalado a língua, murmurando: "Que desgraça. Pobre mãe. Coitado do pai. Não quero nem pensar nisso".

E depois não pensariam mais.

Mas eu não podia me dar a esse luxo.

E, no entanto, sentado ali na minha caminhonete, à toa numa pacata rua suburbana, certa paz me atravessou. Eu estava aqui. Sobrevivera – àquele dia e a cada dia horrível que o sucedeu por seis anos seguidos. E não apenas sobrevivi como fui bem-sucedido em quase tudo o que era importante.

Gary Lee Dewey roubara muito de mim, mas não tudo.

– Você não tirou o melhor de mim – murmurei. – Nem perto disso.

A despeito dos seus melhores esforços, saí daquele porão úmido com a alma intacta.

Wyatt Geller.

Senhor, por favor, permita que esse garotinho esteja bem.

Dirigi a curta distância até a minha casa de infância, onde estacionei a caminhonete e fiquei sentado do lado oposto da rua. Os novos proprietários a pintaram de cinza, e as janelas, de verde-floresta. A cerca branca parecia a mesma, e o balanço da minha infância, aquele que meu pai pendurara, ainda estava na árvore do jardim da frente. Senti os lábios se curvarem ligeiramente, ouvindo em minha mente a voz da minha mãe, a risada do meu pai, os latidos do meu cachorro de infância, Shadow. Fechei os olhos e jurei que conseguia sentia o cheiro da torta de merengue de limão que minha mãe fazia em ocasiões especiais porque era a minha preferida. Queria aquilo de novo. Ter uma família própria, alguém que me amasse, e alguém que eu amasse também.

Sentado pensando na felicidade que um dia tive, o rosto que surgiu na minha mente foi o da Crystal. Linda Crystal, tão endurecida, tão desconfiada do mundo. Por quê? *O que aconteceu com você, Crystal, que a levou para aquele quarto recoberto de veludo?* Aquela prisão de paredes roxas? *Crystal.* O nome parecia tão errado, mesmo nos meus pensamentos. Deus, eu queria saber qual era o nome dela. Quem *ela* era de verdade.

E depois disso, Gabriel? E depois? Vai pegá-la no colo e vocês viverão felizes para sempre?

Passei a mão pelos cabelos, soltando o ar de uma vez. Ela estava fazendo um trabalho e, até onde eu sabia, nada além disso. No entanto, senti que travava uma batalha particular pelo modo como olhou para mim ao se aproximar do sofá. Como se estivesse se debatendo com alguma coisa... Cristo, eu tinha tão pouca experiência com mulheres. E tinha a sensação de que Crystal era bem mais complicada do que a maioria.

Sentindo-me confuso e um tanto derrotado pelos meus pensamentos, afastei-me da guia e voltei para a pedreira. Quando cheguei, levei a caixa comigo para o escritório e deixei-a no balcão. Dominic estava com clientes em uma das salas de exposição, por isso só acenei para ele. Ele levantou a mão antes de se voltar para a mulher diante dele, que tinha o dedo no queixo, olhando para duas peças de granito.

Voltei a sair e tomei o caminho até os limites da área da pedreira. George acabava de sair de um dos caminhões de carga e ficou ali parado conversando com o motorista. Meus olhos se moveram para o gigantesco desfiladeiro com água no fundo. Como sempre, fiquei admirado com tamanha vastidão, com aquele milagre da natureza e com o fato de que as coisas mais belas vinham direto da terra. Foi quando George me avistou e acenou, tirando o capacete de segurança e vindo na minha direção.

– Ei. Ouvi que você foi à cidade.

Sorri.

– Fui.

– E o que achou?

– Não foi tão ruim. – George me observou por um instante e depois assentiu, parecendo satisfeito por qualquer coisa que tenha visto no meu rosto.

– Que bom, fico feliz. – Eu o segui quando ele começou a andar. – E como está aquela cornija?

– Pronta. Terminei hoje cedo, antes de ir para a cidade.

– Puxa! Quero dar uma olhada.

Ri e subimos a colina até a minha oficina. O espaço fresco pelo ar-condicionado me fez suspirar depois do calor seco do lado externo. A imensa cornija de lareira estava apoiada na parede oposta, coberta por um lençol que retirei com cuidado antes de me virar para George. Por um momento, ele apenas olhou fixamente antes de se aproximar dela, ajoelhando-se para examinar os detalhes.

Observei-o estudar as flores e folhas enroscadas subindo pelas laterais do claro mármore dourado; seus dedos acompanharam o cabo de uma rosa, junto a um olhar de crescente admiração.

Eu fora contratado visando recriar uma cornija para um casal de Newport, Rhode Island, que comprara uma mansão construída após a Guerra de Secessão e queria trazer de volta tantos elementos específicos dessa época quanto fosse possível. Essa peça ficaria na sala de estar formal.

George se ergueu, balançando a cabeça, com lágrimas nos olhos. Sorri suavemente ante a emoção dele – a mesma profundidade de emoções que ele sempre demonstrava cada vez que eu revelava uma das minhas peças.

– Você é um mestre. Não é de admirar a lista de espera enorme que o aguarda. O seu pai ficaria tão orgulhoso... – Os braços de George penderam junto ao corpo. Eu sabia que ele queria me dar um tapa nas costas, ou talvez apertar meu ombro, como fazia com Dominic quando ele o deixava orgulhoso, mas sabia que eu não gostava e se condicionou a não se aproximar de mim. Sempre me sentia aliviado e um pouco envergonhado por isso. – É maravilhoso.

– Obrigado. Enviei uma foto para eles de manhã. Parece que gostaram bastante.

George sorriu.

– Gostaram bastante... Tenho certeza de que isso é o mínimo, e que você é modesto demais para dizer o contrário. Mas estou contente por eles estarem satisfeitos. – Piscou para mim e riu baixo. – Já providenciou o transporte?

– Ainda não, mas vou fazer isso hoje.

George assentiu.

– Maravilha. E depois?

– Tenho as balaustradas para o terraço em Chicago. Isso não deve me tomar muito tempo, e depois vou começar o projeto francês.

– Ok. Se precisar de ajuda, sabe onde me encontrar. – Riu ao ir em direção à porta. Nós dois sabíamos que ele não poderia entalhar nem que sua vida dependesse disso. Virou-se quando chegou à porta. – Estou muito orgulhoso de você, Gabriel.

– Obrigado, George. – E eu *estava* grato. Perdi meu pai pela primeira vez quando fui levado. Mas, mesmo aos nove anos de idade, ele era o homem que eu sabia que queria ser. Lembro-me de ter me apegado ao seu amor por mim, ao seu afeto, à sua força tranquila, acreditando que, se um dia eu saísse daquele porão, era pela segurança dos braços dele que eu ansiava. E então o perdi de novo quando fugi e descobri que ele estava morto. O fato de ele nunca saber que consegui escapar era um buraco constante no meu coração. Entretanto, George, o homem que era o melhor amigo e sócio do meu pai, sempre me lembrava de que ele teria sentido orgulho de mim. E isso ajudava. Ajudou todos os dias, por doze anos.

Fiquei um tempo cobrindo a peça, limpando meu estúdio e preenchendo a papelada necessária para o envio da cornija. Enquanto guardava alguns suprimentos, vislumbrei as estatuetas que mantinha no fundo de um armário alto – as figuras que um dia salvaram minha vida. As figuras que foram meus únicos amigos. Vê-las já não me trazia melancolia, mas, em vez disso, uma ponta de alegria. Elas eram outro motivo – talvez até o principal – de eu estar bem ali onde estava hoje.

– Oi, pessoal – disse, acenando com a cabeça para cada uma delas, rindo de leve, um pouco constrangido comigo mesmo. – Que bom ver vocês. – Pensei comigo mesmo pela centésima vez que deveria jogá-las fora. Qual o motivo para me apegar a elas? Eram a última evidência física do sofrimento pelo qual passei durante anos. E, mesmo assim, não conseguia me desfazer delas. Não sei por que meus olhos se demoraram na figura da ponta – a menina de pedra com uma flor na mão. Sussurrei seu nome: – *Eloise*. Lady Eloise dos Campos de Narcisos.

CAPÍTULO SEIS

Tudo vai ficar bem. Talvez não hoje, mas no fim.
Você acredita?
Racer, o Cavaleiro dos Pardais

CRYSTAL

Desci do palco, mancando um pouco depois que fiquei fora de vista.

– Maldita bolha – resmunguei.

Eu tinha ido a pé para todos os lugares nos últimos dois dias, e a bolha que consegui na estrada, no dia em que meu carro pifou, não tivera chance de melhorar. Imagino que meu trabalho não requeria muitos movimentos complexos de dança – aqueles porcos já se contentavam com um requebrado do quadril –, mas eu gostava de me desafiar com danças novas de vez em quando. Não por *eles*, mas por mim.

Acabara de guardar o dinheiro das gorjetas quando ouvi um grito no fim do corredor, vindo da direção do escritório do Rodney. A porta estava escancarada e Kayla estava lá dentro, parada diante dele enquanto ele a rodeava.

– Para mim, parece que você engordou bem mais do que cinco quilos – ele disse, os olhos subindo e descendo pelo corpo dela, com uma expressão do mais abjeto desgosto. Ele estendeu a mão e apalpou a bunda dela, e deve ter apertado, porque Kayla deu um pulo e um gritinho. Os olhos dela estavam arregalados de vergonha e o seu pescoço estava manchado.

– Estou passando por algumas dificuldades, Rodney. Meu namorado me largou e...

– Não se esperava outra coisa! – Ele levantou as mãos para o alto. – Por que ele haveria de querer uma namorada de bunda gorda e flácida? – Kayla se retraiu, baixando o olhar para os pés.

Cruzei os braços.

– Acha mesmo que pode dar conselhos sobre dieta para alguém? – Olhei de propósito para a imensa barriga dele.

Rodney sorriu com desdém para mim.

– Não sou eu quem fica sacudindo as estrias da bunda para clientes pagantes – ele disse, com sordidez marcando a voz. – Então, vê se não me enche. Nenhuma de vocês vale mais do que as suas bundas e os seus peitos, por isso, mantenham a forma. – Voltou-se para Kayla. – Você tem um mês para perder esse peso, senão, pode arranjar outra boate. Se é que alguém vai querer você. E você, Crystal, vê se deixa de ser megera com os clientes. Homens gostam de mulheres calorosas e convidativas, e não de uma rainha do gelo. Agora, saiam.

Kayla veio na minha direção, abatida, e, enquanto eu continuava junto à soleira, senti-me enojada e impotente de raiva. *Homens gostam de mulheres calorosas e convidativas – e não de uma rainha do gelo*. Mas Rodney estava errado – os homens não davam a mínima para o que eu era, contanto que deixasse que agarrassem meu corpo ao seu bel-prazer. Kayla percebeu meu olhar e balançou a cabeça de leve. Qualquer que fosse a minha expressão, ela deve ter revelado que eu estava pensando em dizer poucas e boas para Rodney. *Idiota nojento*. O pensamento foi tentador, mas eu sabia que, se dissesse algo, seria pior para Kayla, e para mim. Eu precisava daquela merda de trabalho. Por isso, calei o bico e segui-a até o camarim. Fechei a porta e grunhi, pegando o cestinho junto à entrada e arremessando-o no ar. O plástico emitiu um ruído insuficiente quando bateu na parede e caiu no chão, de pé, como se tivesse sido apenas colocado ali. Tudo o que consegui foi realocá-lo.

– Sente-se melhor? – Kayla perguntou com sarcasmo, afundando no sofazinho.

– Babaca filho da puta – resmunguei. – Você está bem?

Ela suspirou.

– Estou. Mas ele tem razão. Eu engordei. Não consigo ficar longe de tranqueiras desde que o Wayne foi embora. Ontem fiquei na cama com um saco de Doritos e uma caixa de donuts assistindo a DVDs antigos até as três da tarde. – Baixou o olhar para as mãos unidas. – Pensei que ele era *o* cara. Sou tão burra. Pensei que a gente ia casar, que um dia eu seria mãe. – Fez uma pausa, com lágrimas se empoçando nos olhos. – E agora eu... eu estou tão sozinha.

Meu coração se contraiu dolorosamente.

– Ah, Kayla... – suspirei. – Ligue pra mim quando você tiver um dia assim. Vou até a sua casa e como Doritos com você.

– Não divido os meus Doritos com ninguém.

Ri, e ela me deu um sorriso trêmulo.

– Olha só, se a gente ainda consegue rir, a gente ainda está mais ou menos bem, né?

O sorriso dela oscilou.

– Mais ou menos bem. Tá. Existe mais do que isso?

O silêncio se estendeu entre nós por um minuto; o rosto de Kayla demonstrava tanta derrota que partiu meu coração. Ela era uma das únicas garotas que se mostraram verdadeiras amigas para mim desde que consegui esse emprego. Nunca foi mesquinha, superficial ou competitiva como as outras. Eu *queria* dizer a ela que existia mais. Queria partilhar minha própria esperança com ela de que a vida reservava felicidade para garotas como nós. Mas eu abrira mão da esperança tempos atrás. Descobri muito cedo que esperança não era nada além de algo cruel e perigoso.

– Não sei, Kayla – respondi com franqueza. – Mas fico satisfeita estando mais ou menos bem. Isso é melhor do que completamente infeliz ou quase morta. E já fui as duas coisas. – Lancei um sorriso débil, e ela me retribuiu com um triste. Peguei minha escova e comecei a pentear os cabelos com movimentos longos.

– Pois é... – ela disse com um suspiro. – Rodney pode estar certo, sabe. O que mais garotas como nós temos além de peitos e bunda? E o que faremos depois que eles forem afetados pela gravidade? Quem vai nos querer?

Ninguém. Ninguém vai nos querer.

– E se ficarmos doentes? – Kayla prosseguiu. – Quem vai cuidar da gente? O que vamos fazer? Morrer sozinhas debaixo de algum viaduto?

O que vou fazer agora? Ai, meu Deus, o que vou fazer agora?

As palavras da minha mãe. A *experiência* da minha mãe. Seria esse o meu destino também? Um sentimento não muito diferente de terror desceu pela minha coluna. Larguei a escova de madeira, que caiu com um baque no chão. Curvei-me para apanhá-la; minhas mãos tremiam quando a pegaram e me endireitei.

– Você está bem? – Kayla perguntou. Olhei-a de relance pelo espelho, seu rosto estava crispado de preocupação.

– Estou – respondi; a palavra foi mais um sopro do que um som. – Estou, sim – repeti com mais força. Apoiei a escova e me virei de frente para Kayla.

Ela suspirou de novo.

– Fiquei grávida uma vez. Já lhe contei isso? – Balancei a cabeça de leve. Ela baixou o olhar para as mãos. – Wayne me obrigou a me livrar dele. – Lágrimas se avolumaram nos olhos. – Eu não queria fazer isso, mas ele disse que não estava pronto para ter filhos e que não ficaria por perto se eu o mantivesse. Por isso fiz o aborto.

Meu estômago se contraiu como se eu fosse ficar enjoada.

– Ah, Kay... Eu sinto muito.

Você me disse que tinha abortado... Eu não a queria há sete anos, e não a quero agora.

Uma lágrima escorreu pela face dela.

– Foi culpa minha. Dei ouvidos a ele. Fiz o que ele queria. Eu o escolhi em vez do meu bebê. E olha só no que deu... No fim, ele me largou do mesmo jeito. Eu me odeio pelo que fiz e nunca vou me perdoar. Meu bebê teria cinco anos agora.

Sentei-me ao lado dela no sofá, segurando suas mãos nas minhas.

– Você é uma boa pessoa, Kayla. – Eu não sabia o que mais dizer, por isso não disse nada. Só segurei suas mãos e as apertei. Ela era *mesmo* uma boa pessoa. Desejei poder lhe contar como se perdoar, mas, se eu soubesse, talvez eu mesma estivesse melhor do que estava. Suspirei, dando um último aperto nas mãos dela antes de soltá-las.

– Vamos parar de nos torturar agora mesmo, Kayla. É isso o que o Rodney quer que a gente faça: pensar em cada detalhe pelo qual deveríamos nos envergonhar. Não vamos dar esse poder a ele. Deixe o seu Doritos de lado e me ligue se precisar de alguém para lhe fazer companhia, ok? E, no que se refere à gravidade, acho que ainda temos tempo antes que ela comece a roubar os nossos atributos. – Pus as mãos nos seios, ajeitando-os para cima no biquíni antes de piscar para ela, fingindo uma indiferença que não sentia, tentando animá-la, mesmo que só um pouco. Na verdade eu me sentia frágil, como se pudesse ser quebrada no momento em que alguém olhasse para mim do jeito errado.

Kayla sorriu.

– Ok. Tem hora marcada com o seu namorado hoje?

Arqueei uma sobrancelha.

– Meu namorado? Difícil, heim? Ele só é mais um cliente pagante.

– Ah, não sei não. Ouvi algo diferente na sua voz quando me contou sobre ele no carro, quando viemos para cá.

Revirei os olhos, indo até o espelho, então limpei um borrão debaixo do olho.

– Ele paga bem. – E depois dessa noite, eu conseguiria dar à oficina dinheiro suficiente para que começassem a consertar meu carro.

– Aham. Talvez seja ele o cara que vai conquistá-la. Você não gostaria de algo assim? Alguém pra cuidar de você?

– Ah, Kay, a vida não é assim. De todo modo, cuido muito bem de mim mesma. – Virei-me para ela, sentindo uma dor estranha onde ficava meu coração. A verdade era que me via pensando em Gabriel Dalton mais do que gostaria desde que o vi pela última vez. Acordei com a visão da gentileza do olhar dele, a curva dos lábios quando ele sorria e depois com o modo como entrou em pânico quando me aproximei. A expressão no seu rosto quando me movi para perto dele foi como se algo afiado fosse pressionado contra um velho ferimento interno. *Sofri* ao vê-lo assim. Não que eu sentisse compaixão por ele, embora fosse em parte isso também, mas basicamente aquilo me feriu, e eu não entendia bem por quê. Aquilo me deixou inquieta e nervosa. *Ele* me deixou inquieta e nervosa.

É nisso que preciso da sua ajuda. Para ficar.

Eu queria afastar essas palavras. Senti-me envergonhada e exposta quando ele as disse, depois que falei que poderia ajudá-lo a se distanciar emocionalmente de um encontro físico. Eu me revelei para ele e não tive a intenção, e agora ele sabia muito mais sobre mim do que eu desejava que soubesse.

Houve uma batida à porta e Anthony enfiou a cabeça dentro do camarim.

– Gabe está aqui, Crystal.

– Falando do diabo... – Kayla disse, rindo.

Diabo? Não, um anjo, como pensei no início. E anjos não pertencem ao inferno. O que foi que ele me disse? *Engraçado, eu estava pensando exatamente a mesma coisa a seu respeito.* Por que ele pensaria isso sobre mim? Ali *era* o meu lugar. E, de todo modo, não havia mais nenhum lugar para onde ir. *Nenhum.*

Senti vontade de gritar. Deus, eu precisava sair desse... *estado.*

– Obrigada, Anthony, vou em um segundo. – Ele assentiu e fechou a porta atrás de si.

Kayla se levantou.

– Bem, tenho uma dança daqui a quinze minutos. Tenho que me arrumar. – Ela me abraçou. – Obrigada pelo papo.

– Sempre que precisar – murmurei. Kayla saiu e fechou a porta. Fiquei ali por uns instantes, procurando encontrar meu equilíbrio, formar minha carapaça ao meu redor. Lembranças da minha mãe, aliadas aos sentimentos que Gabriel trouxe à tona, fizeram com que eu me sentisse em carne viva, como se tivesse virado a pele do avesso, e senti um desejo intenso de chorar. *Chorar.* Essa sensação me chocou. Quando foi a última vez que chorei? Eu não me lembrava de verdade. Não era chorona. Quando foi que chorar resolveu alguma coisa? Por que ser como *ela*? Minha mãe era uma chorona. Ela chorava todo o maldito tempo, e no que isso resultou para ela? Nada. Absolutamente nada.

Apanhei a blusa de moletom e a vesti por cima do figurino, inspirei fundo, tremulamente, e saí do camarim, indo para o quarto das danças eróticas particulares. Quando abri a porta, Gabriel estava ao lado do sofá. Vestia uma camiseta dessa vez, em oposição à camisa social que usou nas duas outras vezes em que esteve ali. Numa varredura, observei os braços bronzeados, o contorno dos músculos, os ombros largos – não eram o resultado de esforços na academia, mas o corpo magro e definido de um homem acostumado a usar os músculos no trabalho. Notar tudo isso me surpreendeu. Em algum momento no decorrer do caminho, os corpos masculinos começaram a se assemelhar para mim. Gordos, magros, bem proporcionados... Que importância tinha? Todos eles os usavam da mesma maneira: para infligir dor nos outros e para obter prazer para si próprios.

Gabriel se assustou de leve com a minha entrada abrupta e depois sorriu, aquele seu sorriso franco e acolhedor que me deixava nervosa. Mas seu sorriso se dissipou ao me ver.

– Ei, está tudo bem?

Percebi que estava com a cara fechada e forcei um sorriso.

– Claro.

Ele ergueu a mão segurando um buquê de florezinhas brancas e ofereceu-o para mim.

– Trouxe isto para você.

Encarei-as por um instante.

– Você não tem que me trazer flores, docinho. Só precisa me trazer dinheiro. – O sorriso dele sumiu e ele levou a mão à nuca, massageando-a enquanto seu rosto se contorcia de leve.

– Eu disse pra mim mesmo que era uma ideia boba. Apenas passei por elas ao ir até minha caminhonete e pensei em você.

– Pensou em mim quando viu flores? – caçoei. – Ora, *isso* eu ainda não tinha ouvido.

As faces dele se tingiram de um tom de rosa. Eu sabia que o estava envergonhando e magoando, e algo mesquinho dentro de mim se satisfez com isso. Tentei me apegar a esse sentimento sórdido, mas o remorso que surgiu em vez disso o superou, e virei meu rosto por um instante para que ele não visse o arrependimento nos meus olhos. Quando me virei novamente, ele estava colocando as flores no braço do sofá. Um presente rejeitado.

– Pronto para começar? – Minha voz parecia vazia, meio oca.

Ele fez uma pausa, as sobrancelhas se unindo.

– Claro. Mas tudo bem se conversarmos um pouco?

Suspirei. Eu já estava cansada de conversar.

– Tudo bem. Sobre o que quer falar?

Sentei-me no sofá e ele se sentou também, nas mesmas posições em que começamos na vez anterior.

Ele sorriu, virando-se para mim e apoiando as palmas sobre os joelhos. Estudei suas mãos por um momento, esticadas daquele jeito. Foi impossível não pensar que eram belas para um homem, com dedos longos e graciosos, a pele suave e bronzeada.

– Como foi o seu dia?

– Uma maravilha. – Cruzei as pernas e seus olhos acompanharam o movimento. Ele engoliu em seco e as bochechas se avivaram levemente de novo. – E quanto a você, docinho? Como foi o seu?

Ele me encarou por um momento, avaliando, como se quisesse saber todos os meus segredos mais profundos. Uma espécie de desespero se empoçou no meu ventre.

– Nada mau – murmurou por fim. – Mas está bom. Estou feliz em ver você.

Ri, num som trêmulo.

– Bem, se sou a melhor parte do seu dia, ele não deve ter sido muito bom, docinho.

A testa dele se crispou de novo e ele inclinou a cabeça.

– Por que diz isso?

Dei de ombros, examinando as unhas.

– Quer começar ou não? Odiaria desperdiçar tempo de terapia.

– O que aconteceu? Por favor, me conte.

– Não aconteceu nada – respondi, mas a resposta saiu muito aguda. Pareceu errada e estranha demais. – Por favor, Gabe, podemos simplesmente começar? Quero ajudar você.

Ele voltou a me observar, com a expressão tão repleta de compaixão que me senti exposta e vulnerável uma vez mais. Carente. Por que ele tinha que me olhar daquele jeito? Eu não sabia como reagir àquele olhar. Causava-me vontade de fugir, sair correndo do quarto.

– Também quero ajudar você – ele declarou com suavidade.

Então eu gargalhei, e o som saiu frio e amargo, mesmo para os meus ouvidos.

– Mas eu não pedi a sua ajuda, *Gabe*.

– Não, não pediu. Mas posso ser um amigo. Podemos sair para tomar café e conversar. Em algum lugar que não seja aqui.

Balancei a cabeça.

– Você não é meu amigo. Você é um cliente. E está me pagando. – Senti as mãos trêmulas, e pressionei-as contra o sofá de couro, ao lado das minhas coxas.

O olhar dele passou das minhas mãos para os olhos, e ele me lançou um sorriso.

– Então *você* pode pagar um café para mim. Quem sabe também com uma fatia de torta? Por sua conta. – Ele inclinou a cabeça e olhou para mim implorando, num flerte meigo. Encarei-o de volta, com um farfalhar entre as costelas, sabendo de alguma forma que ele nem estava ciente do seu charme.

– Café? A maioria dos homens me pede uma *ménage à trois*. Na última vez em que saí com um cara que conheci aqui, ele apareceu no restaurante com um amigo e eles perguntaram se podiam se revezar comigo no banheiro. Uma espécie de fantasia que eles tinham, entende?

Ele pareceu momentaneamente chocado, e depois sua expressão se tornou triste. Tive a intenção de repeli-lo e enojá-lo, não de entristecê-lo. Desviei o olhar.

– Não sou como a maioria dos homens, suponho – ele concluiu com suavidade.

Não, definitivamente não era. Ele sequer conseguia segurar minha mão sem ter um ataque de pânico. Talvez ele fosse o homem mais seguro do planeta. Então por que ele *decididamente* me deixava tão insegura? Fiquei mexendo nas cutículas. Quando ergui o olhar de novo, ele me observava intensamente, com a mesma expressão triste.

– Acho que está com a ideia errada aqui, Gabe.

Ele apertou os lábios.

– Como conseguiu esse hematoma? – ele perguntou, indicando meu rosto. Tentei cobri-lo com a maquiagem, mas se tornara um tom de roxo mais forte nos últimos dias e, pelo visto, ele notara. Coloquei os dedos de leve nele.

– Ossos do ofício. Bati o rosto na barra.

Ele assentiu devagar, mas não pareceu convencido.

– Por favor, podemos simplesmente começar?

– Tudo bem.

Assenti, num movimento brusco do queixo ao peito, e deslizei para perto. Gabe ficou imóvel e sua expressão se alterou minimamente, mas ele não se moveu. Sustentou o contato visual conforme eu me aproximava, e sua única reação quando nossas coxas resvalaram foi puxar o ar de maneira suave. Meu coração acelerou, e me senti corar de leve – a mesma reação que tive quando me aproximei dele pela primeira vez. Não gostei disso. Deixei a mente fluir, alternando o olhar entre seus olhos e seu queixo, concentrando-me na pequena fenda, no ângulo da mandíbula, na barba que começava a aparecer. Era escura, mas repleta de pontos dourados. Se ele a deixasse crescer, seria mais clara que os cabelos...

– Não vá – ele sussurrou.

Meus olhos se moveram para a sua boca bem quando ele terminou de falar.

– Eu não ia a lugar algum – murmurei, sentindo-me desorientada. Por que ele pensou isso?

– Não. – Ele levantou a mão trêmula e tocou meu queixo. – Fique aqui comigo. – Ele olhou fixamente nos meus olhos. – Preciso de você.

Pisquei uma vez, depois meus olhos travaram nos dele. A força da nossa conexão me chocou, como se ele tivesse se esticado e me tocado de uma maneira que eu não compreendia e, por certo, jamais vivenciara antes. Seu olhar não me libertava. Ele sabia que eu tinha ido para algum lugar da minha mente. *Ele sabia*. Aquela sensação de desespero na minha barriga subiu pelo peito, foi até a garganta e eu arquejei alto, interrompendo o contato visual.

– Qual é o seu nome? – ele perguntou baixinho. *Fique aqui comigo*. Levantei, cambaleando. Quando me virei, ele também se levantava. O pânico tomou conta de mim. Ele perguntara meu nome, mas senti como se estivesse pedindo minha alma. Não, *não*.

Ele pedia demais, e eu tinha tão pouco a oferecer. Não podia fazer aquilo. Não podia.

– Não acho que isto esteja dando certo. – Endireitei minha postura, tentando me livrar da sensação que tomara conta de mim, do desespero inexplicável que percorria meu corpo. – Eu... eu não acho que sou a garota certa. Sinto muito. Sei que aceitei o trabalho, mas...

Ele deu um passo na minha direção, mas nenhum mais.

– Não quero ninguém a não ser você. Você *é* a garota certa. Por favor. – Ele tentou olhar nos meus olhos de novo, mas evitei o contato visual.

Não consigo... Não suporto. Isso, o que quer que isso *seja. É demais.* A tensão no ambiente era palpável; o silêncio, alto e constrangedor. Quis cobrir os ouvidos com as mãos para bloqueá-lo. *Deus, por que estou me sentindo assim?*

Balancei a cabeça.

– Não. Sinto muito. Não posso.

– Vamos dar mais uma chance. Podemos ir mais devagar. Eu...

Não, *era* demais. *Aquilo*. E *ele*. E era inútil porque eu não poderia ajudá-lo. Ele precisava de alguém acolhedor e atencioso, alguém que o estimulasse e juntasse as partes quebradas, alguém que o olhasse nos olhos e fosse seu espírito tranquilizador. Eu *não* era essa garota. Sequer conseguia juntar as *minhas* partes quebradas, visto que havia perdido a maioria delas muito tempo atrás. Balancei a cabeça.

– Não.

Seu desapontamento foi... *tangível*. Quis me afastar. Ele suspirou e enfiou a mão no bolso, tirando a carteira. Contou o dinheiro e o entregou para mim. Quase recusei – não o mereci de fato, mas ele deve ter pressentido a minha relutância porque o empurrou.

– Eu insisto.

Peguei o dinheiro e o enfiei no sutiã, forçando um sorriso, forçando-me a olhá-lo nos olhos.

– Lamento que não tenha dado certo. Não... não seria correto da minha parte desperdiçar seu tempo e seu dinheiro. Há várias outras garotas aqui que eu recomendo para me substituir...

– Não, obrigado.

Pigarreei.

– Hum, ok. Boa sorte.

Ele assentiu e passou por mim. Ouvi o clique da porta quando ele a fechou atrás de si e algo nesse som me trouxe à mente o som de uma cela se fechando.

CAPÍTULO SETE

Não desista. Tudo é possível quando você tem os amigos certos.
Shadow, o Barão do Ossinho da Sorte

Gabriel

– Cacete – murmurei, jogando o passarinho de pedra para o lado. Acabara de, acidentalmente, decepar o bico dele. Peguei um segundo pedaço de mármore e me sentei, olhando para ele por um momento antes de suspirar e pegar o martelo e a talhadeira. Por alguns minutos consegui me perder no trabalho, enquanto delineava o formato, mas então o rosto dela ficou voltando à minha mente. Deixei as ferramentas de lado e retirei as luvas.

Estava distraído demais para dar toda a minha atenção à tarefa. E entalhe em pedra requeria concentração. Peguei uma garrafa de água do minibar da minha oficina e bebi até a metade.

Eu... eu não acho que sou a garota certa.

Por que ela sentiu isso? E por que eu não conseguia parar de pensar nela? Por que não conseguia tirar aquele olhar atormentado da cabeça? Ele surgira nos meus sonhos por três noites seguidas até então. *O pânico dela*. Não conseguia me livrar da sensação de que ela precisava de mim ainda mais do que eu dela. Abaixei a garrafa e passei as mãos pelos cabelos. *Crystal... Crystal*. Eu ficava voltando ao modo como os olhos dela se depararam com os meus daquela última vez, a pura vulnerabilidade no seu olhar, o modo como parecera perdida e temerosa, tão desesperadamente sozinha. Por apenas um momento, ela abaixara os muros, e a beleza frágil disso me atordoou. Foi como da vez em que George me trouxe um geodo quando eu ainda era garoto. Do lado externo, pareceu apenas um pedaço de rocha velha e lisa, mas, quando ele a abriu, ela estava repleta de cristais roxos reluzentes. Fiquei surpreso e encantado que tamanha beleza pudesse ser contida em um artigo tão inesperado.

Eu relembrava o geodo toda vez que pensava em Crystal. Nesse sentido, o nome de fato combinava com ela. Mas eu também não conseguia deixar de pensar se talvez eu não passava de um tolo enfeitiçado pela primeira mulher bonita que toquei. Cristo, eu mal a tocara. A dispensa dela me magoou, e muito provavelmente ela nem voltou a pensar em mim desde então. E aqui estava eu, com uma sensação fria e penetrante ao imaginar que nunca mais voltaria a vê-la. Que nunca teria a oportunidade de saber mais a respeito dela.

Ela não quer mais saber de você, Gabriel.

O que mudou, então? No minuto em que nos conectamos – e não havia dúvida de que isso aconteceu –, ela me repeliu. *Por quê?* Ela me dissera que poderia me ensinar a desligar quando me sentisse desconfortável, então talvez ela nunca tenha aprendido a se conectar. *A ficar*. Talvez fôssemos mais parecidos do que eu imaginava. Considerando seu local de trabalho, era compreensível que ela estabelecesse limites rígidos. Limites que eu estava tentando ultrapassar. Talvez tivesse sido errado da minha parte pedir isso para qualquer um, mesmo para alguém a quem eu pagasse, mas não significava que eu não poderia ser seu amigo. Massageei a nuca enquanto andava pela oficina.

Seja honesto consigo mesmo; você sente mais do que amizade por ela.

Uma *stripper*. Deus, o que eu estava *fazendo*?

E quanto a você, Gabriel? Como as pessoas o descreveriam caso se baseassem apenas nas poucas coisas que sabem? Se o tivessem encontrado apenas uma vez, só lido os artigos nos jornais, do que você *seria chamado?*

Destroçado.

Arruinado.

Vítima.

Às vezes usamos tais rótulos limitadores e prejudiciais nesta vida, quer tenham sido designados por outros, quer por nós mesmos. Já me senti destroçado e arruinado antes, mas não me sinto mais assim. Sou ainda um trabalho em andamento, mas não sou uma vítima. Sou um *sobrevivente*.

E Crystal era *mais* do que apenas uma *stripper*. Mais do que só uma garota que tira a roupa para os homens. Eu *sabia* que era. Vi isso nos olhos dela.

Mas isso ainda não significava que ela quisesse ter alguma coisa comigo.

Estava confuso e frustrado, e meus pensamentos me faziam andar em círculos, enchendo-me de dúvidas dolorosas sobre mim mesmo. Pensei em algo que meu pai costumava dizer. *Quando você não consegue saber o que fazer, Racer, siga seus instintos. Pode ser que não esteja certo todas as vezes, mas jamais se arrependerá se seguir seu coração, ainda mais um tão puro quanto o seu*. Parei de andar quando uma sensação de resolução se apossou de mim. Eu seguiria meus instintos. E eles me diziam que deveria tentar de novo. Meus instintos me diziam que ela precisava que eu tentasse mais uma vez. Se eu estivesse errado, tudo bem, estaria errado – mas, de alguma forma, eu sentia bem no fundo que ninguém dera sequer uma *chance* a Crystal. Talvez nem ela mesma.

Apaguei as luzes da oficina, tranquei-a e saí para o ar quente noturno.

A pedreira já havia fechado, todos os operários tinham ido embora, e eu aproveitei um instante para apreciar a imobilidade que me cercava. Um falcão piou, seu grito ecoando no desfiladeiro, e o zumbido dos insetos aumentou e decresceu. Uma brisa suave surgiu, e me virei de frente para ela. Puxa, aquilo era maravilhoso depois do calor dos últimos dias. O vento trouxe consigo o cheiro de pinheiros e de terra.

– E aí, cara, vai para casa?

Virei na direção do Dominic enquanto ele se aproximava, vindo da exposição.

– Oi, pensei que já tivesse ido embora.

– Tive uma reunião que se estendeu. Um casal de indecisos que não concordava em nada. Ouvi-los discutir foi como assistir a uma partida de tênis. Preciso de uma cerveja. Tá a fim de ir tomar uma comigo? – Ele me olhou de esguelha quando começamos a andar lado a lado.

– Na verdade, vou sair hoje.

– Vou com você.

Pigarreei.

– Obrigado, Dom, mas vou encontrar alguém.

Paramos perto da minha caminhonete, e ele levantou as sobrancelhas antes de sorrir lentamente para mim.

– Quem é ela?

– Só uma garota que conheci recentemente. – A culpa me atravessou. Senti como se o estivesse enganando.

– Uau, puta merda. Por que não me contou? Irmãos não são para discutir esse tipo de coisa? Eu sabia que você estava aprontando alguma.

– Não. – Ri, abrindo a porta da caminhonete. – Não é nada de mais, mas acho... Acho que tenho esperança de que possa vir a ser.

Dominic sorriu com alegria.

– Se precisar de umas dicas, sabe quem procurar.

Arqueei uma sobrancelha ao subir na caminhonete. Ele manteve a porta aberta.

– Ei, e quanto a Chloe?

Chloe. Merda. Quase me esqueci de que tinha um e-mail dela – ao qual eu ainda precisava responder – me agradecendo por concordar em conceder a entrevista.

– Chloe vem aqui só a trabalho, Dom. Nem a conheço pessoalmente.

– É. Eu só pensei que você tinha esperanças de...

– Eu não estava esperando nada. – Outra mentira, embora eu já não soubesse mais com certeza o que era verdade.

Ele ergueu as mãos.

– Ok, ok. Já vi que está com a cabeça virada em outra direção. – Ele sorriu, dessa vez de maneira sincera. – Que bom para você, irmãozão. Divirta-se. Não faça nada que eu não faria.

Como se houvesse ao menos uma possibilidade remota de isso acontecer.

– Boa noite, Dom... – Ri e fechei a porta, dirigindo para a cidade, em direção à Pérola Platinada, em direção a Crystal.

Assisti a algumas danças na Pérola Platinada, mas, como Crystal não apareceu, perguntei à garçonete se ela estava trabalhando. A moça confirmou que estava, mas que já se apresentara e logo começaria a servir as mesas. Pedi mais uma cerveja, mesmo sem ter terminado a primeira. Também pedi uma porção de batatas fritas com queijo só para que a garçonete da minha mesa não ficasse aborrecida.

Quinze minutos mais tarde, meu coração deu um salto quando vi Crystal aparecer pelas portas com uma bandeja nas mãos. Ela usava o mesmo uniforme do dia em que conversamos pela primeira vez: shorts minúsculos e uma blusinha listrada amarrada entre os seios. Olhei para ela por um momento sem que ela se desse conta. Seu corpo se movia com fluidez mesmo enquanto só passava de uma mesa a outra. Ela evidentemente se sentia à vontade na própria pele, por certo tendo ouvido muitas vezes o quanto era linda. Mas, mesmo daquela distância, eu conseguia ver que ela mantinha o mesmo olhar distante, a mesma inclinação cínica nos lábios.

Ela se curvou para colocar uma cerveja diante de um dos caras na sua seção, e ele passou a mão pela parte de trás da coxa dela. Por um segundo, uma expressão de puro desgosto atravessou seu rosto antes de ela estampar um sorriso e dizer algo que fez os rapazes da mesa rirem. *Ela os odeia*. Ela odeia *isto*. Tal pensamento surgiu rápido e certeiro. Deus, provavelmente ela me odiava também. Outro homem aqui para usá-la de um modo ou de outro. A mesma onda de culpa que senti quando me encontrei com ela pela primeira vez me assolou. Tomei um gole demorado da cerveja, duvidando de mim mesmo uma vez mais por estar ali. Foi então que ela me notou. Pareceu congelar por uma fração de segundo, e seus olhos se arregalaram antes de ela virar de costas, indo para as portas do tipo vaivém pretas ao lado do bar, que deduzi serem a entrada da cozinha. Soltei o ar que prendia.

Alguns minutos mais tarde, ela voltou a sair, vindo direto até mim. Deixou as batatas na mesa e sorriu com educação.

– Posso trazer mais alguma coisa?

– Sim. – Retribuí o sorriso, embora ainda estivesse incerto e sentisse o rubor subindo pelas faces. – Café. Mas não qualquer café. Um café de lanchonete. Nunca fui a um daqueles vagões-restaurante antes e é o sonho de uma vida inteira ter essa experiência. Eu tinha esperanças de que você me convidasse para tomar uma xícara.

Ela soltou o ar.

– Você e os seus sonhos de uma vida inteira.

Abri um amplo sorriso.

– Tenho alguns. Aposto que você também tem.

– *Este* é o meu sonho, docinho. – Ela abarcou a boate com os braços abertos. – O que mais uma garota poderia querer? – Ela se apoiou na mesa sobre uma das mãos, segurando a bandeja junto ao corpo com a outra mão. – Pare de vir aqui, Gabriel. Isto aqui não é para você. Você não pertence a este lugar.

– Nem você.

– *Pare*. Sinto muito não ter podido ajudá-lo. Sinto muito por ser a garota errada. Mas não sei por que você acha que não pertenço a este lugar, porque pertenço, sim.

– Você o odeia.

– E daí? Você é o salvador de todas as *strippers* que odeiam seus trabalhos? Tenho que me sustentar, *Gabe*.

Fechei os olhos, frustrado com ela, mas, acima de tudo, frustrado comigo mesmo. Estava fazendo uma tremenda confusão daquilo tudo.

– Café, é só o que eu quero. – *Só para ver você sorrir*.

– Não é só o que você quer. Você quer me salvar da minha vida intolerável de dor e tristeza. – Ela pôs a mão no peito com um gesto melodramático. – Não sou um *projeto* seu, e não quero a sua ajuda.

– Não estou aqui para consertar você. Eu só quero...

– O *que* você quer?

Liberei um suspiro, passando a mão pelos cabelos.

– Só conversar. Gosto de você. – *Caramba, daria para eu ser mais patético?* Quis fazer uma careta ante a minha tentativa débil de convencê-la.

Ela me encarou por um momento, algo reluziu por trás dos seus olhos que eu não sabia como interpretar. O que quer que fosse, ela o combatia. Aquele sorriso cínico curvou seus lábios, mas havia um tremor neles.

– Todos gostam, não? – Ela se endireitou, soltando o ar com cansaço. – Isso é apenas atração sexual, Gabe. Você vai superar. – Mas ela não disse isso com maldade. Disse como se estivesse partilhando um fato que aprendera muito tempo atrás. Algo nisso fez com que a tristeza se empoçasse dentro de mim. Ela começou a se virar.

– Não vou desistir de você. Vou voltar.

Ela levantou um dos seus ombros delicados.

– O país é livre. Você pode fazer o que bem quiser. Mas sugiro que saia daqui e procure a garota certa.

– E se eu achar que você é a garota certa?

– Então estará errado. – Ela se virou e se afastou.

Cacete!

Passei mais vinte minutos acalentando minha cerveja, pensando no que ela dissera. Será que eu estava ali para consertá-la? Isso seria ainda pior do que pedir que ela *me* consertasse?

Ela não voltou para a minha mesa. A seção dela a manteve bastante ocupada, mas eu sabia que ela estava me evitando, e não tinha certeza se podia culpá-la por isso. Ela foi para os fundos e, dez minutos mais tarde, como ela ainda não tinha voltado, assinei o recibo do cartão de crédito que a garçonete me trouxera minutos antes e fui embora. Com um pensamento súbito, voltei e usei a caneta da conta para escrever o número do meu celular num guardanapo, depois o dobrei e escrevi Crystal na frente dele. Quase o amassei – talvez ela nem o recebesse e, caso o recebesse, muito provavelmente o jogaria fora. Com um suspiro, deixei-o ali de todo modo, me virei e segui para a porta.

Durante todo o caminho até em casa, jurei não voltar mais para lá. Seria inútil. *Siga em frente, Gabriel. Deixe-a em paz e faça o que ela disse. Encontre outra pessoa.*

No dia seguinte, ajudei George na pedreira, direcionando as máquinas e os caminhões que cortavam e erguiam as pedras. O esforço físico envolvido nas constantes subidas de alto a baixo na pedreira, combinado com a atividade incessante, me manteve distraído o suficiente, de modo que não enlouqueci com meus próprios pensamentos. A equipe não precisava necessariamente do meu auxílio, mas sempre havia algo a fazer, e eu apreciava o trabalho exaustivo pelo menos umas duas vezes na semana. Isso costumava ajudar na criatividade do dia seguinte – tem alguma coisa a ver com colocar o corpo para trabalhar e esvaziar a mente. Deduzo que seja uma espécie de terapia. Mas, pensando bem, entalhar também era.

Enquanto eu subia a colina, George acabou indo ao meu lado.

– Obrigado pela ajuda hoje. Tem alguma coisa incomodando você? – Ele me lançou um sorriso amplo.

George não era dado a bisbilhotar, e era um homem de poucas palavras. Eu não costumava discutir assuntos pessoais com ele, e ele nunca me perguntou a respeito das coisas que vivi naquele porão, por todos aqueles anos. Sabia em meu íntimo que ele falaria sobre isso caso eu tocasse no assunto, mas nunca senti a necessidade, não com ele, e eu era grato por George respeitar esse limite. Por isso, quando parei e o interpelei, ele ficou surpreso com minha pergunta:

– George, como a gente sabe que tem que desistir de alguém?

Ele parou e me fitou por sobre o ombro antes de voltar seus olhos sábios para mim.

– Estamos falando de um alguém do sexo feminino?

Ri de leve.

– Talvez.

– Talvez. – O canto da sua boca se ergueu num meio sorriso. – Bem, ela deu algum *motivo* para você ser persistente?

Suspirei.

– Não muito. Mas é que… eu tenho essa sensação… – Minhas palavras se perderam. Não sabia como terminar a frase. Essa sensação de quê? *De que ela é minha*. As palavras se ergueram dentro de mim com tanta força que quase tropecei. – Essa sensação… – murmurei de novo, sentindo-me ao mesmo tempo desequilibrado e energizado, de alguma maneira.

George olhou para mim preocupado.

– Aham. – Fez uma nova pausa, parecendo pesar as palavras. – Veja, garoto, imagino que não existe uma resposta para isso. Acho que você tem que seguir os seus instintos.

Sorri.

– Era o que o meu pai costumava dizer.

Ele retribuiu o sorriso.

– É. Isso se parece mesmo com algo que ele diria. – O afeto passou pelas suas feições quando mencionei meu pai, seu melhor amigo. – Acho que tem que confiar em si mesmo, Gabriel. As respostas estão aqui. – Ele bateu a mão no coração. – O que quer que decida, tenha fé de que é a escolha certa. – Fez uma pausa como se estivesse juntando as palavras seguintes. – Não é das coisas que você faz com amor e com boas intenções que acabará lamentando-se. É com as coisas as quais você *não* fez que terá de lidar. Seja honesto consigo mesmo quanto às suas intenções, Gabriel, e depois siga seu coração. Não importa o resultado, você nunca terá arrependimentos.

– Obrigado, George. Eu meio que precisava desse voto de confiança.

– Gabriel, quando se trata de você, sempre tenho confiança. – Ele piscou e se afastou, em direção ao escritório.

Fui para casa e tomei uma chuveirada rápida. As palavras de George – as palavras do *meu pai* – ecoaram na minha cabeça. *Siga seus instintos*. Meus *instintos* me diziam que tentasse com Crystal mais uma vez.

Antes de eu me convencer a não fazê-lo, entrei na caminhonete e parti para a Pérola Platinada. Eu tinha dito a ela que não desistiria. Eu tinha *dito*. Talvez não devesse, mas foi o que fiz. Eu não poderia bancar o tolo para sempre. Se ela nunca recompensasse meus esforços, eu não teria escolha a não ser desistir uma hora, mas eu estava disposto a deixar o orgulho de lado mais uma vez para provar a Crystal que eu não dizia apenas palavras vazias. Tinha a sensação de que ela estava muito acostumada a palavras vazias.

Sentei-me a uma mesa diferente dessa vez, mas também distante do palco. Todas as mesas da frente do salão estavam ocupadas – os homens se agrupavam ali, ansiosos para ver as dançarinas bem de perto. Uma centelha de ciúme se acendeu dentro de mim ao pensar em todos aqueles homens cobiçando Crystal com os olhos, mas dei o meu melhor para apagá-la. Eu nem conseguia convencê-la a tomar café comigo. Não tinha direito algum de sentir ciúmes.

Tive esperança de ter chegado depois da sua dança, mas a tempo para estar sentado quando ela aparecesse para servir as bebidas, e, ao que tudo levava a crer, tive sorte. Vinte minutos depois de eu chegar, Crystal surgiu com seu uniforme de garçonete. Ela parou na soleira com uma bandeja vazia na mão. Meu coração deu uma cambalhota. Uma trança solta caía por cima de um ombro, com diversas mechas de cabelo escapando e se espalhando ao redor do rosto carregado de maquiagem. Ela parecia inocente e, ao mesmo tempo, alguém que sabia muito, mas muito mesmo. Um paradoxo complexo.

Senti-me um tanto anônimo ao observá-la do salão lotado, sentado num lugar em que ela não esperaria me ver. Não tive a intenção de preparar a situação de modo a observá-la sem que ela me visse, mas, no fim, foi exatamente o que consegui fazer. Ela parecia propositalmente não olhar para a mesa onde eu costumava me sentar, mas, enquanto eu a acompanhava se movimentando pelo salão, vi o momento em que seus olhos dispararam furtivamente para aquela mesa e depois se demoraram nos rapazes que a ocupavam. Algo desanimador pareceu surgir nos olhos dela, uma espécie de apatia conhecida, como se ela tivesse deduzido que eu não estaria ali e isso confirmasse suas expectativas pessimistas. Ou será que eu estava vendo coisas demais em apenas uma expressão fugidia?

Confie em si mesmo. Siga seus instintos.

Ela se virou na minha direção e, quando nossos olhos se encontraram, notei que ela se contraiu sutilmente, bem sutilmente, mas eu notei. Ela piscou uma vez e depois foi se aproximando devagar, então parou diante da minha mesa. Quis me levantar, mas não vi motivo para fazer isso, então ergui o olhar, sentindo-me desajeitado e tímido – sabendo que, só por estar ali, estava pedindo a ela que me magoasse, mas, mesmo assim, não parecia capaz de me conter. Voltar ali pareceu irracional, ilógico, tolo e *certo*.

– Você voltou – ela observou com tédio.

Tentei formar um sorriso charmoso, mas tive uma vaga suspeita de que mais pareceu uma careta constrangida.

– Ainda não sou a garota certa.

– Ainda não concordo com isso.

Ela suspirou, virando a mão para estudar as unhas por um momento, como se eu fosse a pessoa mais entediante com quem já teve de lidar.

– As outras garotas têm perguntado de você, sabe. Elas gostariam de ter uma oportunidade de ficar sozinhas com você naquela sala. – Ela abriu o braço. – Pode escolher. Sério.

Franzi a testa.

– Já escolhi. Você.

Seus lábios se apertaram.

– Não deu certo.

– *Deu* certo. É disso que você tem medo. Por quê?

Seus olhos se estreitaram.

– Eu precisava do dinheiro para consertar o carro. Consegui o que precisava e agora acabou para mim. Achei aquilo... desagradável.

Uma ponta de dor desceu pela minha espinha, fazendo com que me retraísse. Ela me observou e, apesar de a sua expressão permanecer inalterada, o rosto empalideceu um pouco.

– Vá embora, por favor – ela disse, a voz entrecortada na última palavra, bem antes de ela girar para se afastar.

Respirei fundo, percorrendo os cabelos com os dedos, sentindo-me triste e tolo. *Crystal.*

Observei-a servir umas poucas mesas com um sorriso que parecia ainda mais hesitante do que o normal; a risada, mais forçada. *Você é um idiota, Gabriel. Ela lhe pediu para ir embora. Vá.*

Terminei a cerveja e paguei a conta, finalmente indo para o corredor onde Anthony estava sentado no seu banquinho. Daria uma última chance para aquela história e, depois disso, fim. Ele acenou para mim com a cabeça.

– Pode dizer a Crystal que estou aqui?

– Ela não me avisou que o veria esta noite, cara.

– Pode avisar mesmo assim?

Anthony olhou para mim e assentiu, surpreendendo-me com a empatia que surgiu em seus olhos. Como se ele já tivesse presenciado situações como essa uma centena de vezes com pobres coitados que vinham à boate e se apaixonavam por uma das garotas, sendo dispensados. *Típico*, seu olhar dizia. Triste, mas típico.

– Claro, cara – ele disse, ficando de pé e caminhando à vontade pelo corredor.

Enfiei as mãos nos bolsos e esperei.

Quando voltou, dois minutos mais tarde, gesticulou para mim.

– Pode vir.

Fiquei surpreso, chocado. Já esperava agradecer-lhe e voltar para a caminhonete. A esperança flanou no meu peito. Segui-o até o mesmo quarto de cortinas roxas em que a encontrei antes e sorri para Anthony quando ele abriu a porta para mim, assentindo uma vez antes de voltar a fechá-la.

Esfreguei as mãos, a esperança de pronto se misturando ao nervosismo. Ela estava me dando mais uma chance, e eu não queria meter os pés pelas mãos. Não queria estragar aquela oportunidade porque seria a última. Eu não poderia voltar depois disso – eu já estava no limite entre *persistente* e *perseguidor*. Talvez já tivesse até cruzado essa linha. *Cristo*. Gemi alto porque era verdade, e o barulho rompeu o silêncio do quarto. Houve uma leve batida à porta, e eu franzi a testa, porque Crystal nunca batera antes.

– Entre – disse.

A porta se abriu e uma mulher de cabelos curtos, espetados e tingidos de vermelho, vestindo uma espécie de baby-doll de couro e meias arrastão, entrou.

– Olá, bonitão. – Ela sorriu, os lábios vermelhos se afastaram para revelar dentes brancos, mas ligeiramente tortos.

– Oi. Hã... Desculpe, mas estou esperando pela Crystal.

Ela foi até o sistema de som e pressionou alguns botões antes de se virar. Uma batida alta e sedutora tomou conta do ambiente.

– Crystal não está disponível. Ela me mandou no seu lugar. Meu nome é Rita.

– Ela mandou você? – perguntei, a voz não passando de um sussurro acima da música. *Por que ela faria isso?* Ela sabia que eu não queria mais ninguém. Sabia que eu seria incapaz de *tolerar* outra pessoa. Ah, Deus, foi exatamente *por isso* que ela mandou a garota. Disse a mim mesmo que era irracional me sentir tão magoado, mas senti isso mesmo assim. Um sentimento doentio de traição.

– Isso aí. – Ela se moveu com rapidez na minha direção, empurrando-me para o sofá.

Sentei, inspirando fundo, e, antes de compreender o que estava acontecendo, ela estava em cima de mim, montada no meu colo. Minha cabeça ficou tomada por uma névoa, por um sinal de alarme vermelho e pulsante. Ela se inclinou sobre mim e esfregou os seios no meu rosto, o perfume doce e enjoativo misturado ao almíscar de pele não lavada. O cheiro dela era... sujo.

Ele cheirava a sujeira.

Não consigo respirar.

Minha pulsação acelerou erraticamente e desviei o rosto; um pânico gélido me atravessou com o toque indesejado dela. *Corra! Lute!*

Empurrei-a e ela soltou um gritinho de surpresa ao cair de lado, aterrissando no sofá desajeitadamente. Levantei num tropeço, a respiração saindo aos arquejos.

– Deus, desculpe. Me desculpe.

Ela me encarou com raiva.

– Qual é o seu problema? Não gosta de mulher ou algo assim?

Passei a mão pelos cabelos, lutando para respirar.

– Não é você, não é... – Eu precisava ir. Suava e tremia e estava enjoado. – Desculpe – repeti, praticamente correndo para a porta. Escanquei-a e tropecei para o corredor. Anthony levantou o olhar quando me aproximei; suas sobrancelhas se juntaram. Desviei o olhar. Ele não disse nada, apenas se recostou na parede quando passei.

Enquanto eu seguia para a saída, Crystal apareceu à minha direita, ainda no seu uniforme de garçonete, segurando uma bandeja com bebidas, evidentemente vindo do bar. Ela congelou ao me ver, e seus olhos se arregalaram ao perceber o meu estado. A vergonha em sua expressão serviu de pouco conforto para mim naquele instante. Ela virou a cabeça e olhou para o chão.

Desviei o olhar, passei por ela, abri a porta com um empurrão e disparei para o estacionamento.

Ar.

Espaço.

Liberdade.

CAPÍTULO OITO

Bem, agora você está numa encrenca, a pior da sua vida.
Vai tornar isso melhor? Ou pior?
Gambit, o Duque dos Ladrões

Crystal

Não pensei que fosse possível me odiar mais do que já odiava. Mas ver Gabriel fugindo da Pérola Platinada com uma expressão de horror no rosto provou que eu estava errada. Eu causei isso a ele. Armei uma situação em que ele enfrentaria o seu pior pesadelo. Depois de já ter sofrido tanto. Eu era cruel e egoísta – uma vadia imprestável. Se alguém merecia sofrer, esse alguém era *eu*.

Foi só que… foi só que ele não parava de vir, não parava de insistir comigo. *Pare de tentar se justificar. Simplesmente pare.* A verdade é que a presença incansável dele fez com que eu tivesse esperança de ter coisas das quais desistira há muito tempo, e a lembrança dos meus sonhos esquecidos me fez sentir uma dor que eu não sentia havia muito tempo. As apalpadas, os olhares de desejo, ser usada, as dispensas, nada disso doeu tanto quanto Gabriel Dalton me pedindo que tomasse café com ele. *Por quê?* Foi como se ele estivesse me provocando com um delicioso bocado de comida bem diante de mim – mas fora do meu alcance –, e eu estava com fome. Deus, estava faminta. Ele me fizera pensar nisso, e foi como uma tortura lenta, a desintegração final do último pedaço intacto do meu coração. Agora eu desejava coisas que não poderia nunca, jamais, ter. E estava cansada, Deus, estava tão cansada dessa vida vazia que levava.

Sentei no alto da minha escada à espera da Kayla. Meu carro ainda estava na oficina, mas finalmente sendo consertado, agora que pagara a última conta que eu devia. Ainda bem que o que precisava ser reparado dessa vez não era tão caro. Ainda assim, eram duzentos e cinquenta dólares que eu não tinha, mas que seria capaz de arranjar, se atrasasse o aluguel do mês seguinte. A visão de um aviso de despejo preso na porta da frente passou pela minha mente, e meu estômago se contraiu com essa lembrança.

O que vou fazer agora? Ah, Deus, o que vou fazer agora?

A desolação se abateu sobre mim como se essa lembrança fosse um cobertor pesado e úmido. Tentei me livrar dela, mas não consegui. Não hoje, não com a expressão atormentada do Gabriel na minha mente.

O meu apartamento ficava no terceiro andar de uma construção com escadas externas. O que antes fora a casa de uma única família foi dividido em três apartamentos, e um conjunto de degraus frágeis de madeira nos fundos do prédio conduziam ao meu. Espiei a parte de concreto logo abaixo; a pequena garagem deve ter sido uma área ajardinada onde as crianças brincavam. Havia muitas poças da chuva que caíra na noite anterior, e outra lembrança surgiu. A senhora Hollyfield segurando minha mão enquanto eu ria e pulava de poça em poça, espirrando nela a água parada.

Fechei os olhos por um momento, tentando bloquear o assalto de emoção. Deus, por que todas essas lembranças, todas essas *palavras*, de repente dispararam pela minha mente? Afastei-as por tanto tempo e agora, por algum motivo inexplicável, foi como se todas elas tivessem aparecido à soleira da minha porta ao mesmo tempo, exigindo que eu as deixasse entrar, exigindo que as examinasse quando na verdade não queria fazer isso.

Ainda assim, a lembrança das poças de água persistiu. Jurei poder sentir a água fria que escorria pelos buracos das solas das minhas galochas de segunda mão, a descarga distante de alegria enquanto a senhora Hollyfield me repreendia, rindo, e depois me puxava para a suavidade reconfortante ao seu lado e beijava o topo da minha cabeça. Lembrei-me de ter tentado agarrar os arcos-íris que flutuavam na superfície das poças como se elas fossem mágicas, e a senhora Hollyfield concordara e me dissera que existia magia em todos os lugares, bastava estarmos dispostos a procurar. Aprendi mais tarde que aqueles arcos-íris não passavam de óleo sujo flutuando na superfície da água, e me senti ludibriada. O que parecia mágico não passava de sujeira. Havia uma metáfora em algum ponto ali a respeito da direção que minha vida tomara, mas eu estava cansada demais para tentar descobrir qual era.

Sentada ali, senti a tristeza que ainda habitava em mim pela perda da senhora Hollyfield, ainda que tão distante. Ponderei o quanto minha vida teria sido diferente caso ela não tivesse morrido. Mas ela morreu. Porque era isso o que acontecia com as pessoas. Elas morriam, iam embora sem ao menos dar adeus – no fim, todas elas iam embora. Se você se apegasse, se esperasse pelo amor, seria sua própria maldita culpa e mereceria as consequências.

O carro de Kayla parando na garagem descoberta me arrancou dos meus pensamentos sombrios, e me levantei, descendo a escada.

– E aí? – eu disse, deslizando no banco de passageiros do Chevy branco da Kayla, que era uma verdadeira sucata. O carro dela estava em pior condição do que o meu, o que era um tremendo feito. Apoiei o cotovelo na moldura da janela aberta enquanto o carro estrepitou ao sair do estacionamento.

– Graças a Deus está mais fresco – Kayla disse. A corrente de ar que entrava pelas janelas abertas invadiu o carro quando ele ganhou velocidade. Apenas assenti.

Depois de alguns minutos de silêncio, Kayla perguntou:

– Tá tudo bem?

– Tá. Tudo bem. Acho que só preciso de um descanso. Ainda bem que hoje é meu último turno antes de uns dias de folga. Sei lá... Acho que estou cansada.

Kayla suspirou.

– E não estamos todas?

– É. Acho que sim.

Chegamos à Pérola Platinada e fomos até o camarim para trocar de roupa e nos maquiar. Senti como se estivesse meio entorpecida, apenas agindo no automático, o que não era exatamente uma novidade. Mas também me sentia um tanto abalada e muito cansada.

– Ei, Crystal – Rita me cumprimentou, entrando no camarim uns minutos depois de Kayla ter saído. Eu detestava noites assim, em que nós três, que dividíamos o espaço, estávamos trabalhando. Sentia como se não houvesse nenhum lugar onde pudesse ficar sozinha, nem mesmo por um ou dois minutos. Em certas noites, esses minutos eram a diferença entre manter o sorriso fixo no rosto ou ser a megera que Rodney me acusara de ser.

– E aí, Rita. – Voltei a passar pó compacto sobre a base que acabara de espalhar no rosto.

– Acha que o meu namorado vai voltar hoje para me dar mais uma chance? – Rita deu um sorriso malicioso.

A raiva atravessou meu corpo, mas mantive a expressão tranquila. Além do mais, a raiva não estava exatamente direcionada à Rita. Estava direcionada a mim.

– Duvido.

– O que tem de errado com ele, afinal? Um homem bonito que não curte mulheres? Um desperdício, não acha?

– Quem disse que ele não curte mulheres?

– Ele agiu como se estivesse morrendo de medo que eu o tocasse. Começou a respirar que nem um louco. No começo não entendi se estava com medo ou excitado. – Uma vergonha doentia me atravessou lentamente. Fingi estar concentrada, prendendo os cílios postiços, inclinada na direção do espelho, prestando muita atenção ao que estava fazendo. Mas minhas mãos começaram a tremer e larguei os cílios. Inútil. A tira ficou na mesa diante de mim, parecendo uma aranha triste e morta.

– Acho que ele não deve ter gostado de você – comentei com desinteresse.

Rita olhou para mim de relance ao subir a parte de baixo do biquíni. Virou-se e inspecionou a bunda no espelho. Desviei o olhar quando ela começou a ajeitar o fio-dental. Ela deu um tapa na nádega firme e perfeita e depois riu.

– Não. Não pode ser isso. – Riu de novo. – Mas estou disposta a dar mais uma chance para ele criar coragem e aproveitar o meu equipamento. Um homem bonito como aquele merece pelo menos mais uma. Tão alto e bem definido. Belos e grandes... pés e mãos. Hummm. – Ela piscou, e eu me vi querendo muito chutá-la para fora dali.

– Já chega, Rita – eu disse, e minha voz saiu bem hostil. Ou talvez comunicasse exatamente o que eu estava sentindo.

Rita olhou para mim de modo afiado.

– O que foi? – queixou-se. – Você o deu pra mim.

– Eu não o dei para você – repliquei, pegando a tira de cílios de novo. – Ele não pertence a mim.

– Hum – ela disse, olhando para mim pensativamente enquanto eu tentava mais uma vez colar os cílios, tendo mais sucesso dessa vez. – Você parece aborrecida, Crystal. O que foi?

– Não foi nada. Aquele cara me irrita. Estou feliz por ele não voltar.

Ela riu para mim de maneira falsa.

– Ok. Se você diz... Se você não o quer, outra pessoa vai acabar pegando rapidinho.

Sim. Sim, isso era verdade. E era isso o que eu queria. Era disso que ele precisava, mesmo que fosse burro demais para perceber. Senti-me ligeiramente melhor ao colar a segunda tira de cílios, ficando de pé para me vestir.

Rita se sentou no sofá e começou a afivelar os sapatos.

– Ele parece conhecido – comentou. – Acho que deve ter frequentado a escola com a minha irmã mais velha. Acho que ela namorou com ele no ginásio.

Não, ele estava trancado num porão quando deveria ter frequentado o ginásio. Tal pensamento fez minha garganta se contrair, mas assenti para Rita, murmurando uma resposta qualquer, depois de um momento olhando ao redor:

– Você viu meus sapatos brancos?

Eu queria mudar de assunto. Não queria mais falar sobre Gabriel Dalton. Não queria mais *pensar* em Gabriel Dalton.

– Sim, estão ali perto da porta.

– Obrigada. – Peguei os sapatos e comecei a falar da música que usaríamos naquela noite e, cinco minutos mais tarde, ela saiu para sua primeira dança. Usei os quinze minutos que tinha para tentar levar meus pensamentos para além do Gabriel, além da vergonha que ainda sentia, além dos sorrisos tímidos e do olhar derradeiro do choque da traição. Mas não deu certo. Não cheguei nem perto disso.

Eu só tinha mais uma hora antes que meu turno terminasse quando abordei uma mesa com três rapazes que aparentavam ter idade para estar na faculdade, do tipo que eu imaginava que a maioria das garotas considerava atraente. Eles evidentemente se exercitavam e queriam se certificar de que o mundo notasse, com suas camisetas justas, cujas mangas curtas ficavam enroladas para revelar o máximo de bíceps possível. Distribuí uma rodada de guardanapos na mesa.

– O que posso trazer para vocês, rapazes?

– Você – o de cabelos castanhos com maxilar extremamente quadrado disse, me cobiçando. *Vá pro inferno.*

– O mesmo para mim – o loiro de barba curta concordou, encarando meus seios. – Vou querer uma porção *grande*. – Seus olhos estavam vidrados, ou seja, ele já havia sido muito bem servido.

Sorri com afetação.

– Bem, tem muito de mim para ser partilhado, rapazes. Voltem daqui a três noites e eu descolo um tempo para dançar só para vocês dois. – Pisquei.

O terceiro cara – o de cabelos pretos espetados, que estava negligentemente recostado na cadeira – gargalhou, inclinando-se para a frente.

– Também quero entrar nessa. – Lançou-me o que tenho certeza de que considerava um sorriso charmoso.

– E se a gente não quiser esperar? E se quisermos você hoje à noite? – o moreno interrompeu, estendendo a mão e apertando minha bunda com força. Cerrei os dentes. *Deus, como isso é cansativo.*

– Lamento, a boate fecha daqui a uma hora, docinho, mas vocês têm tempo para uma rodada de drinques. O que vão querer? – Desviei deles o olhar, tentando esconder a irritação da voz.

– Acho que teremos que *tomar* o que queremos – disse o loiro, puxando-me para o seu colo e agarrando meus seios. – Gosta disso, gostosa? – ele sussurrou, plantando o rosto na minha nuca, com a barba me pinicando e a respiração úmida e quente contra minha pele. – Sei que você gosta.

Emiti um gritinho com o susto e tentei me levantar. *Onde diabos está o Anthony?* O homem me prendeu no colo. Senti a ereção dele na minha bunda, enquanto ele empurrava o quadril, se enterrando em mim. *Enterrando. Puxando. Se esticando. Pegando.* Como todo homem antes dele. E como todos os outros que ainda viriam... exceto Gabriel Dalton. Por que a simples honestidade do seu sorriso me veio à mente – seu toque *hesitante*, o tom *respeitador* da sua voz –, não entendi. Aquilo era o jogo de sempre. *Eu conhecia esse jogo.* No entanto, o contraste entre Gabriel e *esse* homem inspirou um tipo de ira imediata, quase irracional dentro de mim.

Olhei ao redor enquanto eles riam, aqueles homens lascivos, enquanto o cara em cujo colo eu estava sentada tomava todo tipo de liberdade que queria. O ódio súbita e rapidamente tomou conta de mim – um ódio sem limites e sem fim – e levantei a mão, dei um tapa tão forte que a cabeça dele foi lançada para trás. Ele me soltou e eu saltei de pé, cambaleando para trás, chocada com meu próprio comportamento. Nunca bati em ninguém em toda a minha vida. Os amigos começaram a rir como loucos, apontando para o homem que eu estapeara.

– Sua cadela maldita – ele grunhiu entredentes, com a mão cobrindo a face.

– O que está acontecendo aqui, cavalheiros?

Anthony. Girei na direção dele.

– Onde você estava? – perguntei, com uma pontada de pânico evidente na voz.

– Fui dar uma mijada. Desculpe, menina. – Ele se virou para os homens. – Pra fora – ordenou. – Não me obriguem a arrastá-los.

O loiro apontou para mim, com os olhos brilhando de humilhação.

– Essa vadia me deu um tapa!

– Já chega – Anthony determinou, segurando o cara pelo colarinho da camiseta.

– Ok, ok – disse o moreno, ficando de pé e cambaleando de leve. – A gente já estava de saída mesmo. Calma aí, porra.

Afastei-me da cena com um giro, indo para os fundos, onde larguei minha bandeja e me apoiei contra a bancada por alguns minutos, recuperando o fôlego e tentando controlar a raiva.

– Você está bem, Crys? – Janet perguntou, aparecendo atrás de mim e me dando um tapinha no ombro. – Aqueles caras são uns verdadeiros babacas.

Dei uma risada curta.

– Sim, estou; e sim, eles são.

– Deixa isso pra lá, amor. É só mais uma noite. Não muda nada.

– É. Obrigada, Janet. – Respirei fundo, sentindo-me tão exausta que considerei a ideia de escorregar até o chão ali mesmo. Aquele aperto no coração voltou, e eu só queria ir para casa.

– Ah, escute – Janet disse, virando-se para mim. – Quase esqueci, já que ontem foi minha noite de folga, mas isto foi deixado para você numa das mesas, na noite anterior. Eu ia jogar fora para poupar você do trabalho, mas lembrei dele e ele era bem bonitinho. – Ela sorriu, piscou e me entregou um guardanapo dobrado.

Sorrindo debilmente para Janet, peguei-o e, quando ela se afastou, abri e vi o nome do Gabriel e o que deduzi que fosse o número do seu celular. Uma dor atravessou meu coração, um desejo estranho misturado com remorso, e eu o amassei e enfiei no bolsinho do meu avental de garçonete, onde guardava o dinheiro reservado para o troco.

Quando voltei ao salão, os caras que estavam me assediando já tinham ido embora, de volta para suas namoradas, sem dúvida. Janet estava certa. Nada mudava.

Terminei a última meia hora servindo mais algumas bebidas para homens que, graças a Deus, comportaram-se bem. Quando terminei, deixei o dinheiro no caixa, hesitando quando tirei o guardanapo do bolso do avental. Amassei-o e o segurei no punho fechado, com a intenção de jogá-lo fora, e fui encontrar Kayla, que acabara de descer do palco.

– Pronta? – Peguei minha blusa de moletom e a vesti por cima do uniforme. Eu nem queria me dar ao trabalho de trocar de roupa esta noite. Tomaria uma longa chuveirada quente e tentaria limpar o desespero que grudara na minha pele junto aos dedos engordurados dos cretinos que me apalparam.

Kayla estava se despindo e se virou na minha direção.

– Aham. Só preciso de cinco minutos. Ouvi o que aconteceu. Você tá bem?

– Estou. – Fiz um gesto com a mão como se não tivesse sido nada. E, na realidade, não foi nada. Aquele tipo de coisa acontecera centenas de vezes antes e provavelmente aconteceria outra centena. – Estou bem. Espero você na entrada.

– Ok. Chamo o Anthony quando estiver indo para lá.

Assenti, fechando a porta do camarim atrás de mim. Peguei a bolsa no meu armário e segui para a entrada. Ouvi uma algazarra vinda do salão e olhei de relance. Vi o Anthony apartando mais uma briga, dessa vez entre duas garotas. *Jesus Cristo*. Essa noite nunca chegaria ao fim?

Era regra da casa que o segurança acompanhasse as garotas até nossos carros e, em circunstâncias normais, eu teria esperado que o Anthony terminasse de acertar a situação com que estava lidando. Mas hoje... um cansaço profundo me assolava, e me virei para a porta da frente, empurrando-a para o ar noturno de verão. Ele cheirava a asfalto e chuva, e segui para o carro da Kayla. Não conseguia ficar dentro da Pérola Platinada nem mais um maldito segundo.

– Ei, vadia.

Meu coração tremulou, e me virei em direção à voz. O homem que eu estapeara saiu das sombras das árvores que cresciam nos fundos do estacionamento, com seus amigos logo atrás dele, todos parecendo nervosos, mas excitados e ainda embriagados. Respirei fundo, um alerta me deixando subitamente fraca. Olhei de relance para o carro da Kayla e depois de novo para a porta. O carro dela estava mais próximo, mas eu não tinha a chave. *Ai, merda*.

– Cadê a coragem agora?

Virei para ficar totalmente de frente para ele. Cerrei os punhos junto ao corpo, sentindo o guardanapo amassado como uma bolinha. Parada ali, olhando para o homem que falava, senti como se a peça final da minha força de vontade tivesse se dissolvido no nada, evaporando no ar noturno, no estacionamento da Pérola Platinada. Não me importava com o que ele fizesse comigo. Deus, simplesmente não me importava mais. Apertei o guardanapo com mais força. Aqueles olhos de anjo surgiram na minha mente de novo, trazendo vergonha, mas paz também. Merecia o que quer que aqueles caras estivessem prontos para fazer. Merecia. Mas, antes que eu passasse por isso, eu faria com que soubessem o que de fato pensava a respeito deles. Sorri. Um sorriso sereno. Ante minha expressão, uma centelha de confusão atravessou o rosto do líder do pequeno grupo.

– Sabe o que penso a seu respeito?

– Estou pouco me lixando pro que pensa de mim.

– Eu sei que não está nem aí. Sei disso. Só fico pensando se você sabe. Se consegue imaginar.

Ele gargalhou, escarnecendo.

– A única coisa que me importa é que você se desculpe chupando o meu pau.

Sorri de novo. Pareceu irreal, como se eu não passasse de uma caricatura bidimensional de uma mulher. Um torpor me perpassou, e a sensação anestesiante foi bem-vinda. Não importava. Nada importava. Eles iam fazer o que quer que fosse comigo, e não havia nada que eu pudesse fazer para impedir. E, se não eles, alguém na semana seguinte, ou na outra. Num quarto qualquer, num caminhão no acostamento de uma estrada, numa cama, ou mesmo num estacionamento escuro. Eles nunca deixariam de tirar algo de mim. *Nunca*.

– Vocês são maus – disse num tom neutro. – Vocês três são revoltantes. O único motivo pelo qual deixei que olhassem para mim é porque pagam por esse prazer. Vocês nem são homens; são animais repulsivos e horrendos, e seu cheiro me dá vontade de vomitar. – Cuspi no chão e depois exibi o mesmo sorriso de quem não está se importando com nada.

– Vagabunda – o loiro disse devagar, com uma nota de descrença na voz, como se não pudesse conceber que alguém como eu os insultasse. – Vadia.

– Inteligente também – comentei. – Que pacote completo que você é. – Feio *e* burro.

O cara de cabelos pretos cambaleou, mas logo se equilibrou, rindo.

– Caras, vamos deixar pra lá. Essa vaca não vale a pena.

Por um segundo de esperança, pensei que eles fossem embora. Meus ombros se relaxaram minimamente, e foi então que o de cabelos castanhos grunhiu e avançou tão rápido que não tive tempo para reagir. Ele me agarrou e tapou a minha boca com a mão, arrastando-me para trás.

– Vamos foder essa vadia. Ela vai levar o que merece – ele grunhiu.

O que ela merece, o que ela merece...

O instinto me fez tentar mordê-lo, mas a palma dele estava estendida contra a minha boca, e não consegui prender nada. Tentei chutar, mas o loiro segurou meu pé. Eles me levaram rápido para trás da lixeira mais próxima, e aquele que segurava meu tronco me forçou a ficar de joelhos, empurrando meu rosto na direção da virilha do loiro. Ali eu tinha onde cravar os dentes, por isso mordi com toda a força que consegui. Minha boca basicamente se encheu com o jeans, mas devo ter pegado um pouco de pele também, porque ele soltou um grito de dor pouco antes de eu ser puxada para trás e de um punho me acertar no rosto.

– Filha da puta! – ele urrou. Senti algo me acertar na lateral do corpo, um pé ou talvez um joelho, e gritei ante o súbito golpe, o asfalto subindo para me receber.

– Caras, esperem, isso... – Ouvi o cara de cabelo preto dizer, mas os dois amigos dele estavam enlouquecidos demais, por conta do álcool e do orgulho ferido, para ouvi-lo. Fui rolada e antes que minha visão se clareasse, outro soco me acertou de surpresa. O mundo girou, e cores pipocaram diante dos meus olhos. Tudo pareceu acontecer rápido demais. Eles estavam em toda parte, me prendendo no chão, me atacando. Um se inclinou sobre mim e outro segurou minhas pernas enquanto eu tentava chutar.

Quem quer que estivesse segurando minhas pernas as soltou, e senti o meu blusão sendo erguido. Aproveitei o momento para chutar, acertando alguém. Ele gritou e praguejou profusamente, e uma dor horrível explodiu na minha perna. Tentei gritar, mas algo feito de tecido sufocava minha boca. Quase vomitei ao levar mais um golpe, sentindo os shorts sendo puxados pelas minhas pernas. Briguei, mas havia dois deles e eles eram muito mais fortes. Não sabia onde o terceiro cara estava, mas ele não estava me ajudando. Até onde eu podia saber, ele estava esperando sua vez. A escuridão se fechou sobre mim de novo e, dessa vez, deixei que ela me envolvesse e flutuei, flutuei e flutuei para longe, para onde ninguém poderia me machucar, um lugar sem dor, só de paz.

Despertei com o som de uma sirene berrando ao longe, vozes por perto, gritando, parecendo em pânico. Tantas vozes. Um coro. As estrelas estavam tão brilhantes no céu, e só havia movimento e luz e um som sibilando suavemente nos meus ouvidos.

De repente, estava sendo movida. Pensei que estava viajando, mas não sabia para onde e não ligava para isso. Havia um barulho alto de choro ao meu redor, e flutuei mais uma vez.

Quando voltei a abrir os olhos, estreitei-os, pois as luzes acima eram claras demais, como se eu tivesse me aproximado das estrelas. Havia pessoas ao meu redor, todas embaçadas e indistintas. Então alguém surgiu diante de mim, segurando minha mão enquanto nos movíamos; a respiração dele estava acelerada e bem forte perto do meu rosto. Será que eu estava mesmo flutuando? Passei o olhar para quem quer que estivesse ali junto de mim e vi aqueles olhos angelicais. *Gabriel*. Comecei a respirar mais rápido. *Aqueles olhos lindos*. Só que eles estavam tomados por algo que parecia pesar. *Por quê?* Estava tudo bem... Eu estava no paraíso, onde as ruas eram pavimentadas com ouro. Ele afagou meus cabelos.

– Ah, querida, estou tão... – Gabriel arquejou como se as palavras tivessem ficado presas na garganta. – Você vai ficar bem. Não se mexa.

As luzes cintilaram, como se o próprio ar tremulasse. Havia um halo dourado ao redor da cabeça dele. Ele era tão lindo. O homem mais belo que já vi. Tentei sorrir, mas meu rosto não parecia estar funcionando muito bem.

– Eu sabia que você era um anjo – sussurrei. – Sabia que era. – Estendi a mão e toquei o rosto dele, pegando uma lágrima no polegar. – Não chore, meu anjo. Não chore. Não por mim. – *Nunca por mim.*

Falar me deixou muito fraca. Fechei os olhos e deixei que a escuridão tomasse conta de mim mais uma vez.

CAPÍTULO NOVE

Psiu, querida. Sei que está doendo, mas o seu corpo sabe como se curar. O seu coração também.
Lemon Fair, a Rainha do Merengue

GABRIEL

A sala de espera do hospital era suavemente iluminada e estava tranquila, exceto por mim. Eu estava sentado numa cadeira desconfortável revestida de vinil, apoiado na parede, com o olhar direcionado para o teto. A TV afixada na parede transmitia um desenho animado, mas o volume estava tão baixo que quase não servia nem para som ambiente.

Ouvi uma porta se abrir em algum lugar no fim do corredor e aprumei a cabeça, olhando para a entrada da sala de espera. Ouvi o estalido de saltos batendo no piso e, alguns segundos mais tarde, uma mulher que reconhecia da Pérola Platinada, cujo nome eu sabia ser Kayla, invadiu a sala. Seus olhos estavam grudados em mim.

– Desculpe ter demorado tanto pra chegar. Alguma novidade?

Balancei a cabeça.

– Não, ainda não. Acho que ainda estão verificando os ferimentos dela. – Meu coração se contraiu de novo, e esfreguei o peito como se isso fosse ajudar. Não conseguia tirar da cabeça a imagem do rosto dela surrado enquanto a levavam de maca para a sala de raios-X, o sorriso que curvou os lábios inchados e ensanguentados quando ela me viu. Ela tocara no meu rosto e eu mal notei, de tão abalado que estava ao ver o que lhe haviam feito. Ela me chamara de anjo. O horror em vê-la daquele jeito ainda atravessava meu sangue – deixando-me enjoado e tomado de fúria. Quando Kayla me ligou, disse que os homens que atacaram Crystal fugiram quando Anthony saiu da boate, e ele tentara persegui-los, mas voltara para, em vez disso, ajudar Crystal. Deve ter sido uma escolha impossível para ele. Mas eu estava feliz por ele ter feito o que fez. E se deixá-la lá para ir atrás deles fosse a diferença entre a vida e a morte? Soltei o ar que prendia.

– Muito obrigado por me chamar, Kayla.

Ela assentiu, mordendo o lábio e manchando os dentes de batom vermelho.

– Eu não tinha certeza se era a coisa certa a fazer, mas fiquei sentada com ela enquanto a gente esperava a ambulância e, mesmo inconsciente, Crystal ainda segurava o seu número na mão. – Ela meneou a cabeça com tristeza. – Durante tudo o que aqueles caras fizeram com ela, ela não soltou. Ficou segurando o papel. Deve significar alguma coisa, não? E eu pensei... Bem, Crystal não tem muitos amigos. Mas, se ela não o quiser aqui, vai lhe dizer. Crystal sabe ser bem direta.

Consegui sorrir.

– É. Já notei isso.

Kayla afundou numa cadeira. Eu havia dirigido direto para o hospital depois de receber a chamada dela e cheguei meia hora depois de eles terem trazido Crystal. Não sabia muitos detalhes sobre o ataque – só o que Kayla me contara pelo telefone. Ela balançou a cabeça, e lágrimas se empoçaram nos seus olhos.

– Isso é horrível, simplesmente horrível – ela disse num som estrangulado. – Pobre Crystal. Ah, coitada da Crystal.

Olhei-a brevemente , imaginando se ela, essa mulher que parecia ser amiga da Crystal, sabia o verdadeiro nome dela. Não perguntei.

– Alguém da boate conhece os homens que fizeram isso?

Ela sacudiu a cabeça.

– Não os nomes, mas algumas das meninas conseguiram dar informações suficientes para a polícia dar continuidade à investigação. E Anthony fez uma descrição da caminhonete, apesar de não ter conseguido ver a placa.

Assenti. Ainda bem que o Anthony saiu naquela hora.

O médico que estivera junto da maca da Crystal quando cheguei entrou na sala, e eu me levantei rápido, com o coração aos pulos. Kayla também, quando o médico veio na nossa direção.

– Sou o doutor Beckstrom.

– Doutor. Sou Gabriel Dalton. – Seus olhos se demoraram sobre mim por um momento, como se ele me reconhecesse, ou talvez apenas meu nome, antes de assentir e se virar para Kayla, que se apresentou também.

– Um de vocês é da família?

Balancei a cabeça.

– Nós dois somos amigos. – Nem isso eu era.

– Entendo. Ela tem algum familiar a caminho?

Olhei para Kayla, que balançou a cabeça.

– Crystal não tem parentes. Pelo menos não que ela tenha mencionado.

O médico apertou os lábios, o que pareceu um sinal de empatia.

– Crystal...

– Ela usa esse nome.

Ele assentiu.

– Ok. Muito bem. Posso lhes dar informações sobre o estado dela. Se *conseguirem* entrar em contato com um parente, repassem a informação.

O medo subiu pela minha garganta. Eu não tinha certeza se queria ouvir o que ele tinha para nos dizer.

– Ela está bem? – disparei.

Ele voltou os olhos para mim.

– Não está agora, mas vai ficar. – Soltei o ar de uma vez, passando a mão pelos cabelos conforme ele prosseguia: – Ela tem várias costelas quebradas e a perna está fraturada. Acabamos de engessá-la. Esses são os ferimentos mais graves. A boa notícia é que não há nenhuma hemorragia interna e os ferimentos faciais não causarão nenhum dano permanente. Ela sentirá dor por algum tempo e seu andar estará comprometido por ainda mais tempo. Ela levou uma surra e tanto.

Kayla deu um gritinho agudo e abafado.

– Doutor, ela foi... Isto é, os shorts dela foram abaixados e...

Eu me retraí com essa informação, e um terror doentio desceu devagar pela minha espinha até se empoçar pesadamente no fundo do meu estômago. *Meu Deus*.

– Não parece que ela tenha sido sexualmente atacada. Mas o fato de a calcinha ter sido abaixada pode significar simplesmente que eles foram interrompidos antes de conseguirem fazer o que queriam. – Os olhos dele estavam tomados de compaixão, a expressão de um homem habituado a dar notícias difíceis. Exalei o ar com força ante o alívio de saber que ela não fora violentada, pelo menos não dessa maneira. – Se quiserem vê-la, podem ir. Mas ela está dormindo, e é disso que ela mais precisa agora, portanto, mantenham o silêncio.

– Sim, gostaríamos de vê-la, doutor, obrigada – Kayla disse, olhando de relance para mim. Respirei fundo de novo. Parecia que eu não conseguia captar oxigênio suficiente desde o telefonema da Kayla.

Passamos pelos corredores silenciosos. Lembrei-me de ter estado num hospital parecido com esse em outra época; lembrei-me dos olhares das enfermeiras, dos sussurros, dos médicos de olhos arregalados que me examinaram, das perguntas; tantas perguntas quando o que eu mais queria era ver os meus pais. Afastei essas lembranças da mente de uma vez. Não precisava ficar pensando em mim nesse instante.

O médico nos fez entrar num quarto de luz fraca, no qual o som de um monitor cardíaco pulsava com firmeza. Quando nos aproximamos, meu coração se torceu. Ela parecia melhor do que quando a vi, ao ser levada pelo corredor, mas ainda estava terrivelmente surrada. Tão horrivelmente sofrida.

Kayla fungou baixinho e passou um dedo sobre a mão da Crystal, a única parte dela que parecia intocada pelo trauma. Ficamos ali por alguns minutos observando-a e então me virei, precisando me recuperar, querendo deixar que Crystal dormisse, que se curasse. *Como alguém pôde fazer isso com ela?* Três homens contra uma mulher? Jesus Cristo.

Saí do quarto silenciosamente e, um momento depois, Kayla me seguiu.

– Tenho que ir para casa dormir um pouco. Volto pela manhã. Você vai voltar? – ela perguntou.

– Sim. Vou voltar. – Kayla assentiu, me lançando um sorriso triste, e depois se virou na direção dos elevadores. Observei-a se afastar e depois me virei, sentando-me numa cadeira de plástico do lado de fora do quarto da Crystal. Ela poderia me mandar embora na manhã seguinte, mas, dada a remota possibilidade de ela acordar antes que a manhã chegasse, ou antes que Kayla voltasse, eu não queria que ela ficasse sozinha. Eu sabia como era acordar assustado, machucado e sozinho e não conseguia digerir que isso acontecesse com outra pessoa. Não se eu pudesse impedir.

Um tremor de arrependimento desceu pela minha coluna quando pensei no quão perto estive de entrar na caminhonete e dirigir para a Pérola Platinada. Aquele sonho... Não conseguia tirar o sonho da cabeça. Eu fora cedo para a cama, sem intenção de voltar para Havenfield num futuro próximo. Arriscara-me ao máximo e falhara com a Crystal. Adormeci e sonhei com meus pais, o mesmo sonho de tanto tempo atrás, o mesmo sonho que fora tão vívido e que me incitara a dar prosseguimento ao meu plano de sair do porão.

Só que, dessa vez, em vez de apenas olhar para mim com incentivo, minha mãe me entregou um geodo, e os cristais dentro dele cintilaram sob a luz, projetando as cores do arco-íris. Despertei assustado, e o único pensamento na minha cabeça foi o de procurar Crystal. Mas permaneci ali, imóvel, e, quanto mais minha mente clareava, mais ridículo me sentia. *Que diabos eu achei que poderia fazer quando chegasse?* Dizer que tentaria uma última vez, apesar da rejeição dela? Uma última tentativa desesperada de mudar sua decisão? Por causa de um sonho? Pelo amor de Cristo. Ela acharia que eu deveria ser internado. Então, em vez disso, forcei-me a voltar a dormir. Mas Deus, se eu apenas tivesse dado ouvidos à minha intuição em vez de ao meu ego...

Minha mente voltou para o instante em que acordei de novo, dessa vez com o toque do celular.

O som distante de uma sirene berrando no fundo. Pisquei para afastar o sono dos olhos e me apoiei num cotovelo, com um frisson *de medo me atravessando apesar da minha confusão sonolenta. "Alô?". Como não houve resposta, eu me repeti, pressionando o aparelho contra o ouvido.*

Ouvi um barulho do outro lado, seguido de uma voz lacrimosa que disse: "Meu nome é Kayla. Sei que não me conhece, mas a Crystal foi muito ferida e... acho que ela precisa de você".

Acho que ela precisa de você.

– Gostaria de um travesseiro, senhor? Poderia ao menos recostar a cabeça nele.

Abri os olhos, arrancado da lembrança dessa mesma noite por uma enfermeira gentil.

Sorri.

– Sim, seria ótimo.

– Ok. A hora da visitação já acabou, sabe, mas acho que nenhum de nós vai expulsá-lo. – Ela piscou. – Volto já.

Sorri para ela, grato, e, quando se afastou, tirei o celular do bolso e mandei uma mensagem rápida para o Dominic dizendo que estaria em casa no dia seguinte, que não se preocupasse e que explicaria tudo quando voltasse. Desliguei o aparelho, sem querer uma resposta. Deduzi que, de todo modo, ele já estaria dormindo.

O som do televisor na estação das enfermeiras era um barulho suave de fundo, chegando ao corredor em que eu estava. Meus ouvidos se aguçaram quando ouvi o nome Wyatt Geller na voz grave e monótona do jornalista, mas meu coração despencou quando ouvi as palavras "ainda sem notícias" depois do nome dele. Afundei na cadeira. *Cristo*. Enfiei as mãos nos bolsos e estiquei as pernas, apoiando-me na parede dura.

Atrás de mim, uma garota destroçada dormia e, em algum lugar por aí, um garotinho vivenciava o que era inimaginável para a maioria. Mas não para mim.

Acordei assustado com o som crescente de vozes e de pés se arrastando. Endireitei o corpo, esfregando os olhos e me situando. Era de manhã, e o turno seguinte da enfermagem estava chegando. Levantei e espreguicei os músculos cansados. Uma enfermeira se dirigia para o quarto da Crystal, e a segui logo atrás, espiando. Crystal ainda dormia, com as mãos na exata posição em que estiveram na noite anterior. Não movera um músculo sequer. Voltei para o corredor, indo para o banheiro masculino, onde tentei me lavar um pouco.

Quando retornei ao quarto da Crystal, a enfermeira já tinha saído. Sentei na cadeira junto ao leito e olhei de relance para as revistas penduradas num rack na parede, mas soube que não conseguiria me concentrar na leitura.

A luz matutina ficou mais clara no quarto e, por um instante, simplesmente observei a claridade crescente passar pelas frestas da persiana.

Luz. Esperança.

Quando olhei para Crystal, seus olhos piscavam, fazendo com que eu respirasse fundo. Fiquei de pé, indo de pronto para o lado dela. Ela me encarou; seu olhar estava confuso e enevoado. Consegui sorrir de leve, embora ver seu rosto inchado e coberto de hematomas fizesse meu coração doer.

– Bom dia... – sussurrei.

Ela meneou a cabeça devagar como se tentasse despertar de um sonho no qual achava que ainda estava. Ficou evidente que ela ainda estava um pouco drogada, atordoada.

– Onde...?

– Você está no hospital. Lembra-se de...?

Pelo arregalar dos seus olhos, entendi que ela começava a lembrar. Vi a expressão confusa em seu rosto, que então se tornou pensativo por um instante, como se ela se lembrasse de algo, e finalmente o medo estampou-se em sua face. Ela procurou meu rosto, piscando rapidamente.

– Você vai ficar bem. Não há danos permanentes. – O medo no olhar dela diminuiu um pouco.

Peguei a jarra de água sobre a mesa ao lado da cama e enchi um copo, então virei e o ergui, de maneira interrogativa. Ela respirou trêmula e assentiu. Aproximei o canudo dos seus lábios, e ela sorveu vários goles antes de virar o rosto.

Afastei o copo e o depositei na mesinha. Ela me encarava quando me voltei, com os olhos ainda desconfiados, porém mais suaves agora.

– Você voltou – ela sussurrou; sua voz saiu num sopro rouco.

Abri um riso curto e agradecido.

– Voltei.

Ela observou meu rosto.

– Ainda não sou a garota certa.

– E eu ainda não concordo.

Seus olhos se suavizaram ainda mais, os cantos inchados se elevando ligeiramente, como se ela estivesse sorrindo. Meu coração se revirou dentro do peito.

– Como...?

– Kayla ligou para mim.

Ela pareceu confusa, não brava, e eu estava prestes a explicar quando a porta se abriu de repente. Olhei para trás e vi o mesmo médico da noite anterior. Não me lembrava do seu nome.

– Bom dia – ele disse, sorrindo para mim e depois para Crystal. – Estou contente em ver que acordou. – Uma enfermeira apareceu atrás dele, sorrindo e nos cumprimentando em silêncio.

O médico foi para os pés da cama da Crystal e apertou um botão para levantar um pouco a cabeceira dela.

– Vou examiná-la e ver como está nesta manhã, e Alison vai dar uma olhada nos curativos. – Crystal olhou de relance para mim, e eu pigarreei.

– Vou esperar do lado de fora – disse, lançando um sorriso suave para Crystal antes de sair, fechando a porta do quarto silenciosamente atrás de mim.

Ouvindo o ruído de saltos no piso de linóleo, levantei o olhar e vi Kayla correndo na minha direção.

– Ela está acordada?

– Sim, acordou agora há pouco. O médico a está examinando.

Kayla assentiu, entreabrindo a porta para espiar.

– Tudo bem se eu entrar? – Não ouvi a resposta, mas ela deve ter recebido uma indicação de que poderia entrar, porque se virou para mim e disse: – Volto quando eles terminarem.

Assenti, ocupando a mesma cadeira na qual dormira na noite anterior. Liguei o telefone e vi que Dominic me enviara uma mensagem uma hora antes, pedindo que eu ligasse assim que possível.

Mas, em vez de ligar para o Dom, levantei, fiquei andando pelo corredor e liguei para o George. Ele atendeu e ouvi o som das máquinas. Ele já estava na pedreira.

– Gabriel?

– Oi, George.

– E aí, amigão, tudo bem?

Suspirei, passando a mão pelos cabelos bagunçados e olhando através da janela no fim do corredor.

– É, mais ou menos. Conto mais tarde. Mas, George, vou tirar um dia de folga.

Ele fez uma pausa.

– Levando-se em conta que este é o primeiro dia de folga que você tira na sua vida, isso deve ser importante. Tem certeza de que está tudo bem? – Seu tom de voz revelava toda a sua preocupação.

– Sim, vai ficar. Prometo que depois explico.

– Ok. Se precisar de alguma coisa, é só me falar.

– Obrigado. Escute, também poderia ligar pro Dom? Ele vai me fazer umas vinte perguntas, e não estou em condições de responder ainda.

– Claro.

– Obrigado.

– Sem problemas, Gabriel. Como disse antes, ligue se precisar de alguma coisa.

– Pode deixar.

Nós nos despedimos e desligamos. Eu me sentia tão cansado, tão repleto de emoções mistas e sofrimento por Crystal. Jesus. *Jesus*.

Fiquei perto da janela por mais uns instantes, olhando o pátio basicamente vazio àquela hora. Uns funcionários da equipe médica se apressavam, quer para começar um novo turno, quer para atender a um chamado, talvez. Dei as costas para a janela e voltei para a cadeira diante do quarto da Crystal. A porta estava entreaberta, e consegui ouvir partes da conversa.

O médico contava a Crystal a mesma coisa a respeito da sua perna que nos informara na noite anterior, mas entrou em mais detalhes com relação ao tempo em que ela teria de usar o gesso.

– Já quebrei ossos antes – ela disse –, conheço o processo.

O médico fez uma pausa.

– Uma fratura na perna é especialmente incapacitante, por motivos óbvios.

– Mancarei para sempre?

– Não há motivos para acreditar que isso vá acontecer, mas você vai mancar por vários meses depois que tirar o gesso.

– Eu... entendo. – Fechei os olhos ante o som de derrota na voz dela. Ela estava pensando no seu trabalho na Pérola Platinada.

– Querida, não se preocupe – Kayla interveio. – Rodney vai deixar que você trabalhe no bar ou algo assim por um tempo.

Crystal não respondeu. Eu não sabia quem era Rodney – provavelmente o chefe dela –, mas fiquei pensando se Kayla acreditava nas próprias palavras ou se só as dizia para que Crystal se sentisse melhor. Ele até poderia deixá-la trabalhar no bar, não sei, mas por um tempo, pelo menos, ela estaria incapaz de executar *qualquer* tipo de trabalho. Francamente, ela estava incapaz de sair em público.

– Mora com alguém? – A voz era do médico.

– Não, moro sozinha.

Houve uma pausa.

– Isso pode ser um problema. Você vai precisar de ajuda. Tem algum familiar com quem possa ficar temporariamente?

– Não – Crystal respondeu de pronto, e a voz dela pareceu mais vazia. *Resignada*.

– Ah, meu bem – Kayla disse –, como você vai subir aquela escada toda até o seu apartamento? Três andares? É impossível. Sabe que eu convidaria você para ficar comigo, mas, desde que me mudei para o quarto no apartamento da Marcia, não tenho espaço para oferecer.

Conversaram um pouco mais sobre os ferimentos dela e o exame do médico, e depois ele disse a Crystal que voltaria para examiná-la novamente no dia seguinte. Se ela estivesse se saindo bem como estava até o momento, ele lhe daria alta.

Depois que o médico e a enfermeira saíram, bati de leve na porta da Crystal.

– Entre – Kayla gritou. Dentro do quarto, Crystal ainda estava deitada na cama, parecendo mais desperta e menos atordoada, e Kayla estava sentada na cadeira ao seu lado.

– Ouvi o médico dizendo que vai lhe dar alta amanhã.

Crystal assentiu, virando a cabeça para a janela. A persiana fora aberta, e o sol brilhava forte.

– Estávamos falando sobre como a Crystal vai se virar quando sair do hospital – Kayla disse.

Crystal virou a cabeça.

– Kayla – disse ela, com um tom de aviso.

– Ora, meu bem, você tem que subir todos aqueles degraus e, por um tempo, nem vai conseguir ir ao banheiro sem ajuda e...

– Vou dar um jeito – ela disse entredentes, arregalando os olhos como se tentasse fazer um sinal para que Kayla parasse de falar.

Kayla, pelo visto, não captou a mensagem.

– Sei que gosta de ser independente, Crys, mas algumas coisas simplesmente são...

– Ela vai para casa comigo – eu disse. Fiquei surpreso com a determinação na minha voz, considerando que nem planejara dizer isso. Mas, de repente, soube sem sombra de dúvida que queria cuidar dela. De pronto senti que era para ser assim. Não sabia por que sentia isso com tanta firmeza; só sabia que sabia.

– Não. Não posso. Kayla não devia ter ligado para você. – Ela lançou um olhar grave para Kayla. – Você nem devia estar aqui.

– Bem, eu estou e você pode. Moro numa casa térrea, sem escadas. E tenho um quarto extra. Meu irmão mora comigo, mas temos espaço mais do que suficiente, e é apenas algo temporário, até você ser capaz de se virar sozinha de novo. Vou trabalhar de casa para o caso de você precisar de ajuda durante o dia. De fato, é a solução perfeita.

– Eu nem conheço você.

– Você me conhece bem o bastante para saber que não lhe farei mal.

A testa dela se crispou e ela baixou o olhar, cutucando as unhas.

– Posso ir até o seu apartamento para pegar algumas roupas para você. E vou visitá-la sempre que puder – Kayla disse, evidentemente a favor da ideia.

– Eu... – Crystal deixou que as palavras se perdessem, ainda com o olhar baixo, a ruga entre as sobrancelhas ainda presente.

– A menos que você tenha um parente em algum lugar para quem possa ligar, talvez eu seja a sua única opção. Por favor, aceite a minha ajuda. Estou oferecendo sem nenhuma condição.

Seus olhos colaram nos meus.

– Sempre há condições.

Balancei a cabeça.

– Não comigo.

Ela olhou para fora da janela.

– Tá bem – sussurrou, quase que para si mesma. Essa simples declaração pareceu exauri-la. Seus ombros penderam, e ela se reclinou nos travesseiros, virando o rosto para mim. – Tudo bem. – Fechou os olhos e aparentemente dormiu na mesma hora, como se concordar em ir comigo a tivesse cansado tanto que ela não conseguiria ficar acordada nem por um segundo a mais. A reação de uma mulher que estivera lutando sozinha por tempo demais e que finalmente se rendera.

– Dom – chamei, fechando a porta atrás de mim e largando as chaves no cesto junto à porta.

Dom veio da cozinha com uma cerveja na mão.

– Ei, fiquei preocupado. O que aconteceu? Onde esteve?

Fui para a cozinha e ele se virou para me seguir.

– Me deixe pegar uma dessas também e eu lhe conto – murmurei. Abri a geladeira e peguei uma cerveja, girando a tampa e tomando um gole grande.

– Isso deve ser bom, se Gabriel Dalton está bebendo antes do jantar. Manda ver, desembucha, cara.

Tomei mais um gole, deixei a cerveja assentar e me inclinei sobre a ilha no meio da cozinha.

– Conheci uma garota.

Dominic abriu um sorriso amplo.

– É, você já tinha dito isso. O que foi? Dormiu com ela? Foi aí que você esteve a noite toda?

Franzi a testa, sabendo que o Dominic esperaria que eu partilhasse esse tipo de informação com ele. E também sabendo que eu nunca faria questão de conversar com ele a respeito de ter dormido com uma mulher, mesmo se esse fosse o caso.

– Não. Eu a conheci num lugar chamado Pérola Platinada.

O rosto do Dominic se contraiu, e ele apenas me encarou por um minuto.

– Aquela boate de *strip* em Havenfield?

– É. Ela trabalha lá.

– Ela trabalha lá? Como... bartender ou algo assim? Que diabos você foi fazer num lugar como esse, Gabe? Jesus, se você queria ver tetas, tenho uma coleção completa de DVDs...

– Não fui lá para ver tetas, Dom. – Tomei mais um gole da cerveja e engoli antes de continuar. – Fui contratar uma mulher para me ajudar a praticar ficar perto de alguém.

O rosto do Dominic empalideceu, e ele fechou os olhos por uma fração de segundo antes de abri-los e fazer uma careta.

– Jesus, Gabriel.

Levantei uma das mãos, sabendo que a informação provavelmente o incomodaria. Nunca entrei em detalhes sobre os motivos pelos quais eu não namorava. Dom era meu irmão, não meu terapeuta, e deixei que ele acreditasse que minha timidez e meu desejo limitado de socializar fossem os maiores impedimentos no que se referia às mulheres.

– Não estou querendo piedade. O único motivo pelo qual estou lhe contando isso é porque quero que entenda que *eu* fui lá e que *eu* a procurei.

Dominic suspirou, ainda parecendo aflito.

– Ok, tanto faz. O que isso importa?

– Porque ela vem morar aqui.

Os olhos dele se arregalaram.

– Ela vem morar *aqui*? Mas que porra? Ela é algum tipo de vigarista? Jesus! Gabriel, temos que conversar a respeito disso. Você não pode simplesmente trazer uma... uma *stripper* ordinária para a nossa casa e esperar que...

– Ela *não* é uma *stripper* ordinária – disse entredentes. – Ela está sofrendo... e está completamente sozinha. Estou pedindo que você deixe a mente aberta e confie em mim. Ela apanhou e precisa de ajuda. Precisa de cuidados, e vou dar isso a ela.

Dom agarrou um punhado de cabelos no alto da cabeça e se virou, como se estivesse tentando se acalmar. Mas, quando se virou de novo para mim, seu maxilar estava travado.

– Não faça isso.

– Já fiz. E sinto muito se você não gostou, mas esta é a minha casa e vou permitir que ela fique aqui. – Joguei a garrafa na lata do lixo e dei a volta no balcão, indo em direção ao meu quarto.

Dominic imprecou de novo e me seguiu.

– Isso é loucura! Escute aqui, sei que você não tem nenhuma experiência com mulheres, por isso não consegue ver que foi enganado, mas confie em mim quando digo, isso é exatamente o que essa garota está fazendo. Talvez ela seja até uma drogada. A maioria delas é, sabe.

– Você nem a conhece – eu disse, sem me virar.

– Conheço o bastante para saber que não quero morar com ela. E conheço o bastante para saber que ela conseguiu cravar as unhas muito bem afiadas em você de algum jeito. Conheço o bastante para saber que você merece coisa melhor. Jesus Cristo, Gabriel, uma maldita *stripper*?

Eu me virei, enfrentando-o no corredor. Sabia o que o Dominic queria dizer. Era fácil para muitas pessoas – talvez até para mim – chegar a conclusões precipitadas a respeito de mulheres que tiravam a roupa.

Drogada.

Superficial.

Inculta.

Não havia indícios de que ela usasse drogas; ela não era superficial, embora fingisse ser; e, ainda que eu não soubesse que tipo de educação formal Crystal recebera, eu sabia que ela estava muito longe de ser burra. Visualizei a inteligência em seu olhar, pensei em como se expressava bem. Era parte do seu apelo – uma das coisas que a tornavam tão intrigante.

– Crystal é uma *stripper*, Dom, mas espero que você enxergue mais do que isso.

– Crystal? A garota que ligou pra você no trabalho? – Ele meneou a cabeça, e seus lábios se apertaram enquanto ele soltava o ar pelo nariz. – O fato de ela ser uma *stripper* me dá toda a informação de que preciso. Não quero esse pedaço de lixo se mudando para cá!

Ele a julgava sem nem a conhecer.

– Maldição, Dom. Me dê um pouco de crédito. – Cerrei a mandíbula e respirei fundo, tentando controlar a minha frustração. – Escute aqui, se você não gosta, pode muito bem se mudar. Espero que não faça isso. Espero que respeite a minha decisão quanto a esse assunto e mantenha a mente aberta.

– Não vou deixar você fazer essa besteira, Gabriel.

– Não estou pedindo a sua permissão. – Fui para o quarto e fechei a porta, deixando o olhar hostil do meu irmão do lado de fora.

CAPÍTULO DEZ

Veja! As flores estão desabrochando. Elas estão lindas, não estão?
Consegue vê-las? Olhe com o coração. Você as vê?
Lady Eloise dos Campos de Narcisos

Crystal

Depois de ter concordado em ficar com o Gabriel, dormi durante grande parte do dia. Estava tão cansada e com tanta dor que só me senti capaz de apagar.

Quando um detetive apareceu na manhã seguinte para me interrogar a respeito do ataque, eu lhe contei tudo de que me lembrava e descrevi aqueles homens o melhor que pude. Senti-me entorpecida enquanto relembrava o ataque, como se ele tivesse acontecido com alguma outra pessoa.

No entanto, a realidade se assentou; eu não tinha como negar a gravidade do meu estado: meu corpo estava surrado e indefeso; meu espírito, completamente esmagado. Como foi que minha vida chegou a este ponto? Como foi que acabei tão humilhada e perdida, indo para a casa de um homem quase desconhecido, um homem que não conseguia entender, um homem que tanto me tranquilizava com seus modos gentis quanto me aterrorizava com seus olhos sábios? Entretanto, enquanto permanecia ali deitada, também admiti que ele era um homem em quem eu, de algum modo, confiava totalmente, embora não confiasse em homem algum. Nunca. Tudo aquilo era demais. Eu não queria pensar. Só queria dormir.

O médico me examinou às duas da tarde e pouco depois assinou os papéis da minha alta. Eu não tinha seguro-saúde e sabia que estava enterrada debaixo de uma montanha de dívidas da qual jamais conseguiria me desenterrar. Se ao menos eu tivesse pensado nisso antes de enfrentar os três animais que fizeram isto comigo. Quem era aquela garota? Ela parecia ao mesmo tempo imensamente corajosa e ridiculamente burra, e eu não conseguia me conectar com ela. Não conseguia me lembrar de quem era ela. Como se ela fosse uma mera sombra de mim mesma.

Kayla me visitara pela manhã e me trouxera uma bolsa com mudas de roupas e artigos de higiene do meu apartamento. Depois me enviou uma mensagem de texto, quando eu estava sendo levada de cadeira de rodas, me dizendo que teve de entrar mais cedo no trabalho, mas que Gabriel estaria ali para me pegar.

Gabriel.

Por que ele estava fazendo aquilo? Por que cuidaria de mim, quando fui tão horrível com ele? Lembrei-me de ter acordado e de ver seu rosto sobre o meu enquanto era levada de maca pelo corredor do hospital, pensando naquela hora que eu estava no paraíso e que ele era um anjo. Mas, à luz do dia, havia algo de tão... *imperturbável* nele, algo determinado e sólido, a despeito da sua autoproclamada fraqueza. Ele era desconcertante e cheio de contrastes. Lindo e firme Gabriel, com seu sorriso tímido e seu toque hesitante. O homem que, titubeante, me ofereceu um ramalhete de flores e corou quando as rejeitei, mas que, depois, me disse confiante que eu iria para a casa dele. Quem *era* ele? O que queria *comigo*? Talvez fosse melhor deixar essa pergunta sem resposta.

Talvez ele tivesse mudado de ideia. Talvez acabasse não aparecendo. E tudo bem também. Eu... O que eu faria?

Você poderia ligar para o seu pai.

Não!

Deus, não. Nunca.

De todo modo, pelo tanto que eu sabia, ele bem poderia já estar morto.

– Pronta? – a enfermeira perguntou, virando a cadeira de rodas e me empurrando na direção do elevador.

– Sim – murmurei.

– Quem vem buscar você? – ela me perguntou com gentileza.

– Meu... amigo. Acho.

– Bem, então vamos esperar perto dos elevadores. Quer ligar para ver se ele vai se atrasar?

Deus, eu nem tinha mais o número do celular dele. Teria de ligar para a Kayla para consegui-lo. E então, o que eu faria? Ligaria para ele para perguntar onde estava? E forçá-lo a me dizer que havia mudado de ideia?

– Não.

– Ah. Tudo bem, então. – Ela me empurrou até os elevadores e ficamos ali juntas, esperando em silêncio.

Havia um relógio na parede, e os tique-taques soavam alto na minha cabeça, os minutos potencialmente em contagem regressiva até o momento em que me veria forçada a admitir que estava por conta própria. Contudo, uma parte de mim queria exatamente isso. Se ao menos eu não estivesse tão impotente... Os efeitos dos analgésicos que havia tomado já começavam a diminuir. Estava precisando de mais uma dose e mudei de posição, desconfortável. O relógio continuava se mexendo, e meu coração parecia em compasso com seu ritmo constante.

– Talvez... – a enfermeira começou a dizer bem quando a campainha do elevador tocou e Gabriel saiu dele, parecendo apressado, com os cabelos para trás, como se tivesse pulado para fora do chuveiro e passado as mãos sobre eles antes de dirigir até ali.

Seu rosto se abriu num sorriso quando ele me viu.

– Desculpe o atraso.

– Ah, você não está atrasado – disse a enfermeira. – Apareceu bem na hora.

Apareceu bem na hora.

Bem na hora?

As palavras ecoaram na minha mente por algum motivo.

– Que bom – Gabriel disse, sorrindo para mim. – Pronta?

Eu sabia que estava com uma carranca, mas não consegui formular um sorriso. Eu me sentia arrasada, humilhada, confusa e indefesa. E não ajudava saber que minha aparência mal era tolerável. No mínimo, antes, sempre pude contar com a minha aparência. Agora eu não tinha mais nada.

– Sim.

A enfermeira ficou conosco enquanto descemos pelo elevador e passamos pela entrada do hospital. Gabriel deixara a caminhonete na área reservada para a saída dos pacientes. A enfermeira empurrou o banco do passageiro para trás o máximo possível para deixar espaço para o meu gesso e me ajudou a entrar, enquanto Gabriel devolvia a cadeira de rodas a um auxiliar. Cinco minutos mais tarde, estávamos saindo do estacionamento.

– Como está se sentindo? – Gabriel perguntou, lançando-me um olhar preocupado.

– Tão bem quanto aparento – murmurei.

Ele fez uma leve careta.

– Ruim assim, é?

Não pude deixar de rir, ainda que o movimento provocasse dor nas minhas costelas.

– Acho que você deveria mentir e dizer que pareço ótima.

– Se eu disser que você está ótima agora, não vai acreditar em mim mais tarde, quando eu disser a verdade.

Emiti um som de indiferença seguido de uma careta enquanto acomodava o corpo, e uma pontada de dor desceu pela minha perna.

– Quando foi a última vez que tomou alguma coisa para a dor?

– Há tempo demais. Está na hora de mais uma dose.

Gabriel assentiu.

– Faltam uns vinte e cinco minutos. Consegue esperar?

– Consigo. – Suspirei e recostei a cabeça no assento. Estava tão cansada. – Afinal, onde é que você mora?

– A alguns quilômetros da pedreira em que trabalho.

– E o que se faz exatamente numa pedreira?

– Nós vendemos placas de granito para diversos usos: bancadas, túmulos, escadas, todo tipo de coisa... Mas eu sou escultor. Uso alguns materiais diferentes, mármore na maior parte das vezes, para criar peças para os clientes.

Fiquei imóvel, surpresa, sem saber bem por quê. Ele era um artista? Bem, verdade, dava para perceber isso agora. Calado, intenso, firme. Imagino que seja preciso ser tudo isso para arrancar pedaços de pedra o dia inteiro – não que eu fizesse a mínima ideia de como alguém criava coisas com mármore ou qualquer outro tipo de pedra.

– Interessante.

Vi que ele sorria pela minha visão periférica, mas não respondeu. Completamos o resto do trajeto em silêncio. Observei o cenário pelo qual passamos ao sair de Havenfield a caminho de Morlea, onde eu sabia que ficava a pedreira – e a casa do Gabriel.

Saímos da estrada e dirigimos pela cidadezinha, seguindo para uma área densamente arborizada mais na periferia. As árvores ainda estavam verdes e cheias, e a floresta, densa com a vegetação do verão. Mas o outono logo chegaria, trazendo a mudança das cores e o clima mais ameno e... então? O que o outono traria para mim? O que eu poderia esperar?

Gabriel virou numa rua perimetral pavimentada e depois fez mais uma curva, num trecho de terra que terminava numa entrada para carros de uma casa elegante, ainda que rústica, feita de pedras e de madeira. Uma varanda imensa, onde havia um balanço ao sabor da brisa, dava a volta na casa.

Engoli em seco. Ela era linda, a casa mais linda que já vi na vida.

– Acho que escultores são bem-sucedidos – comentei, sem despregar os olhos.

– Fico feliz que tenha gostado – Gabriel disse ao desligar o motor e descer da caminhonete, indo para o meu lado. Abriu a porta e fez uma pausa, e uma expressão de aflição atravessou seu rosto. *Ah.*

– Eu posso... posso tentar sair, se você segurar minha mão – eu disse. – Ou...

– Não – ele respondeu de imediato, com um tom insistente na voz. – Não. Eu ajudo você. – Ele se esticou e me apoiou enquanto eu manobrava para sair da caminhonete.

Senti vertigem, de tanta dor nas costelas, e tive de esperar um segundo para me recuperar.

Os braços do Gabriel me cercaram, me sustentando, e, apesar da postura rígida, sua pegada era firme, a expressão no rosto, de determinação, e a força dele me reconfortou. Seu olhar castanho prendeu o meu; seus olhos estavam arregalados, a mandíbula travada de concentração, e vi o evidente esforço que ele fazia por estar tão perto de mim. Ele estava prendendo a respiração? Isso fez com que eu sentisse uma pontada no peito e se sobrepôs à minha própria dor. Ele me tocou – me apoiou – porque eu precisava que fizesse isso. Ofereceu algo que era muito difícil para ele.

Esticou uma das mãos para trás do banco a fim de pegar as muletas do hospital. Peguei-as, uma de cada vez, acomodando-as de modo a poder cobrir a pequena distância até a porta da frente da casa do Gabriel.

Ele andou devagar ao meu lado e me ajudou a subir os dois degraus até a varanda, abrindo a porta de madeira larga antes de me conduzir para dentro.

Parei na entrada, aproveitando o momento para olhar ao redor. O ambiente era aberto, com pé-direito alto e vigas de madeira escura. Havia uma sala de estar logo adiante e uma lareira que se erguia do piso ao teto e separava o que parecia ser o espaço da cozinha nos fundos da casa. Um par de portas francesas na sala de jantar à direita tornava o ambiente todo claro e arejado.

Acho que nunca entrei numa casa tão linda antes. O meu apartamento inteiro devia caber só no espaço das salas de estar e jantar. Tentei admirar o ambiente, olhar os detalhes, mas meu corpo doía mais e mais a cada segundo. Eu só queria me largar em algum lugar macio.

– Onde está o seu irmão?

– Viajou para pescar. – Havia algo de estranho no tom dele, mas não tentei analisar.

Gabriel me conduziu pela sala de estar até um corredor curto à esquerda e usou o pé para empurrar a porta. Manquei atrás dele e, quando ele se virou, deve ter visto no meu rosto que o pequeno trajeto da caminhonete até o quarto me exaurira por completo. Ele me guiou rapidamente até a cama de solteiro, arrumada com o que parecia uma colcha de retalhos feita à mão, com uma cabeceira simples tomada por travesseiros, e me ajudou a me sentar. Gemi com o movimento, o tronco berrando de dor. Senti como se meus pulmões não tivessem espaço para se expandir.

– Onde estão os analgésicos?

– Na minha bolsa – murmurei, fechando os olhos e fazendo uma careta de dor de novo. – Esqueci minha maleta e minha bolsa no carro. – *Merda*.

Ele saiu do quarto e eu aproveitei a oportunidade para olhar ao redor, meio tonta. Além da cama, havia uma cômoda azul que parecia ter pertencido a um menino em algum momento – pois havia o adesivo de uma espécie de super-herói na gaveta de baixo –, um criado-mudo simples de madeira, com um abajur em cima, e uma cadeira de balanço num dos cantos. Havia uma porta junto à cadeira, que deduzi ser a do banheiro.

Com a persiana da janela fechada, o quarto estava fresco, confortável e escuro; o ventilador do teto girava lentamente sobre a cama, ajudando a criar uma brisa leve. As roupas de cama cheiravam a amaciante, como se tivessem sido lavadas havia pouco tempo. Ele as lavara para mim? Uma pequena gentileza, mas uma que não recebi de ninguém a não ser da minha mãe, e isso há muito tempo. Não conseguia descobrir como aquilo me fazia sentir – um misto de animação e desespero ao mesmo tempo.

Gabriel voltou poucos minutos depois com um copo de água e as pílulas na palma da mão. Ele se sentou na beirada da cama, tomei o que ele me deu e me deitei, rezando para que os remédios surtissem efeito logo. De repente, me senti miserável de novo, com dor, com medo, ansiosa e dependente de alguém de um jeito que eu havia jurado não depender nunca mais. De uma maneira contra a qual minha alma se rebelava.

– Bem, aqui estou eu – murmurei –, sob o seu controle, como você queria.

Como não houve resposta, abri os olhos, espreitando Gabriel através do inchaço. A expressão dele me atingiu no estômago. *Mágoa profunda*.

– Nunca tentaria controlar você. – *Ah, meu Deus. A voz dele*. Ouvi o sofrimento nela. Quis me desviar, mas não o fiz. Ele fez uma pausa, com um tormento ainda maior passando pelas feições. – Alguém fez isso comigo um dia, e eu jamais faria isso com outra pessoa. Só quero ajudar. Se existe outro lugar que prefira, onde estará segura e terá alguém para cuidar de você, é só me dizer que eu mesmo a levo até lá. Farei com que chegue, não importa a distância. Não quero que sinta como se eu estivesse tentando controlar a sua vontade, Crystal. Eu não suportaria isso.

Crystal. Era a primeira vez que ele me chamava por esse nome, e eu não gostei. Ainda mais agora que ele fora tão bom comigo, e eu, em vez de lhe dar o benefício da dúvida, quando ele não me mostrou nada além de bondade e generosidade que eu não merecia, fui cruel mais uma vez. Cerrei os olhos, envergonhada.

Senti o movimento no colchão quando ele se levantou, e abri os olhos.

– Eloise.

Ele estacou com a mão na maçaneta, imóvel. Virou-se para mim, com a expressão confusa.

– O que disse?

– Meu nome é Eloise.

Ele continuou me encarando, a confusão se dissipando e sendo substituída por... choque. Por eu finalmente ter lhe dito meu nome?

– Eloise – ele sussurrou, inclinando a cabeça, fazendo com que o cabelo caísse pela testa.

Suspirei e voltei a fechar os olhos. Os analgésicos começavam a surtir efeito e eu só queria dormir, desaparecer lentamente.

– Sei que é antigo, e provavelmente não é o que você imaginava. Recebi o nome da minha avó. As pessoas costumavam me chamar de Ellie. – *Tanto tempo atrás*. – Pode me chamar de Ellie, se quiser.

Só houve o silêncio, e eu estava perto de adormecer quando ouvi o clique da porta assim que Gabriel a fechou atrás de si. Ele me dera tanto, fizera sacrifícios para cuidar de mim, e eu não lhe dei nada em troca.

Só lhe dei meu nome.

Era a única coisa no mundo que eu tinha a oferecer.

CAPÍTULO ONZE

Faça o que pode com o que tem,
mesmo que não seja muita coisa.
Racer, o Cavaleiro dos Pardais

ELLIE

A semana seguinte passou num borrão de sono, dor e de sonhos estranhos e vívidos que me faziam acordar arquejando, coberta de suor. Sonhei que corria por um beco escuro que virava e se retorcia e se estreitava cada vez mais até eu ser forçada a diminuir a velocidade e apoiar as mãos nas paredes, caminhando hesitante à frente, indo ainda mais para o escuro. Chorava de medo, e as paredes se estreitavam ainda mais, me fazendo acreditar que me esmagariam. Eu olhava por sobre o ombro, mas a direção de onde vim também estava escura – parecia insondável. Eu parava, afundando no chão e envolvendo os joelhos com os braços enquanto soluçava, solitária e aterrorizada.

– Você está indo para a direção errada. Precisa voltar, meu amor. Ele está esperando por você.

Mamãe?

– Quem está esperando por mim, mamãe?

Meus olhos se escancaravam; nos meus lábios, uma súplica desesperada por sua resposta.

– Shhh, é só a febre, Ellie.

Ellie.

Meus olhos se ajustaram; o sonho se dissipou como uma névoa enquanto a realidade assumia seu lugar. *Apenas um sonho. Só um sonho*. Gabriel enxugava minha testa com um pano úmido e fresco. Era o paraíso. *Gabriel*. Como o anjo. Senti o lábio inferior rachar, percebi que devia estar sorrindo.

– Beba isto – ele disse, segurando a beirada de um copo contra meus lábios. Levantei a cabeça o quanto pude e bebi ruidosamente a água. Ela deslizou pelo meu queixo, e Gabriel a enxugou assim que afastou o copo, deixando-o no criado-mudo. – Durma, meu bem – ele disse. – Você está sarando.

Sarando, isso. Durma, meu bem. Meus olhos voltaram a se fechar e, dessa vez, caí num sono sem sonhos.

Despertei de novo com algo que apertava minhas costelas. Atordoada, baixei os olhos e vi mãos masculinas contra um fundo branco, como se fossem uma peça de arte apresentada numa tela imaculada. Tudo o mais ao meu redor parecia nublado e embotado, e elas eram as únicas coisas em que conseguia me concentrar. *As mãos do Gabriel*. Eram tão incrivelmente belas. E, apesar de eu estar muito cansada, não resisti e as toquei, tracejando as linhas elegantes dos dedos, sentindo as unhas lisas e duras, viajando ao longo dos pelos dourados que cobriam o dorso bronzeado, percorrendo cada veia, cada junção. Elas ficaram tão imóveis quando as explorei, imóveis demais, e então percebi que elas não deviam ser reais. Gabriel não haveria de querer que eu o tocasse assim. Não, era apenas a *lembrança* das mãos dele... Apenas uma... Meus olhos se fecharam e mais uma vez me vi envolvida pela escuridão.

A febre – que o Gabriel me garantiu que o médico dissera ser normal, contanto que não subisse demais – passou, mas logo depois tive uma reação aos medicamentos. Quando vomitei repetidamente e senti que as costelas estavam sendo apertadas por algum equipamento medieval de tortura, pensei que morreria.

Durante todo o tempo, Gabriel esteve ali, firme, tranquilo, parecendo sereno, apesar de eu sentir a tensão no corpo dele toda vez que se aproximava de mim. Ele estava se forçando a me auxiliar, pelo menos fisicamente, e, a despeito dos meus maiores esforços em não me sentir afetada, isso fazia com que sentisse ternura por ele.

Ele cozinhava para mim e trazia a comida na cama; até me alimentou na boca algumas vezes quando só o que eu queria era dormir em vez de me sentar para comer. Ele manteve contato com meu médico e foi até a farmácia. Acordou-me à noite, nos horários certos, para que eu tomasse os remédios que me deixavam confortável, mas entorpecida e meio fora do ar. Quando o enjoo passou, ele me ajudou na locomoção até o chuveiro, apesar de eu o mandar para fora do banheiro em seguida. Tive dificuldades para tirar a roupa sozinha e cobrir o gesso com um plástico que encontrei sobre a pia para mantê-lo seco. Ele também deve ter pedido equipamentos no hospital porque havia uma banqueta com apoio para as mãos no chuveiro, o que fez com que eu me sentisse com noventa anos de idade. Mas, na verdade, eu já sentia ter noventa, com ou sem o equipamento hospitalar para banho. Minha alma estava cansada como a de uma nonagenária, e agora eu tinha um corpo para combinar. *Maravilha*.

Mais para perto do fim da semana, Gabriel bateu na porta do meu quarto para me dizer que o detetive estava ali para me ver. Um breve tremor de medo desceu pela minha espinha, mas peguei as muletas e segui Gabriel até a sala de estar, onde o detetive aguardava. Era o mesmo homem que fora ao hospital colher meu depoimento.

– Detetive Blair – eu disse, hesitante ao apertar a mão dele.

– Olá, Eloise. Parece que você está melhorando.

Emiti um som qualquer. Não achava que devia estar muito diferente de quando ele me viu pela última vez, e ainda me sentia muito mal. Mas, pelo menos, não estava num leito de hospital. Já era um progresso, ainda que pequeno.

– Gostaria de se sentar? – Gabriel perguntou, movendo-se para as muletas com o olhar preocupado concentrado em mim.

Lancei-lhe um sorriso tímido e todos nos sentamos. O detetive Blair entrelaçou os dedos sobre o colo.

– Prendemos os três homens que a atacaram.

Pisquei, surpresa, e um fio de torpor me percorreu. Passei o olhar para Gabriel, que se mantinha empertigado, ainda olhando para o policial, parecendo tão chocado com a notícia quanto eu.

– Como...? – perguntei com a voz rouca. Limpei a garganta.

– Um dos homens se entregou à polícia e informou o nome dos outros dois.

– Ah – sussurrei, lembrando-me da hesitação nos olhos do homem de cabelos pretos, lembrando que ele tentara deter os outros, ainda que sem muita convicção. Presumi que tivesse sido ele aquele que se entregou.

– Estou com o policial Sherman aqui comigo, esperando do lado de fora, e ele gostaria de lhe apresentar algumas fotos para reconhecimento. Tudo bem?

Assenti, engolindo em seco, sentindo-me subitamente nauseada.

– Tudo bem. Só um segundo. Senhor Dalton, terei de pedir que deixe a sala enquanto a senhorita Cates olha as fotos.

Gabriel me lançou um olhar inquiridor, mas apenas assenti para ele e observei quando o detetive se encaminhou para a porta da frente, deixando que um policial à paisana entrasse. Depois de um cumprimento rápido, Sherman tirou diversas fotografias de uma pasta e as colocou na minha frente. Respirei fundo e baixei o olhar. Meus olhos passaram de um rosto para o seguinte.

Acho que teremos que tomar o que queremos.

Ei, vadia.

– Esses três – sussurrei, meu dedo identificando cada um deles, um a um. Senti frio e prendi as mãos geladas no colo. Fiquei surpresa por conseguir identificá-los com tanta facilidade. Sempre consegui esquecer o rosto dos homens que eu servia na Pérola Platinada. No entanto, ainda conseguia visualizar nitidamente esses homens. Talvez a *raiva* que inspiraram em mim – uma intensidade que nunca consegui reunir antes – tivesse gravado seus rostos na minha mente para sempre. Ou talvez porque a lembrança deles tivesse sido literalmente gravada a pancadas em mim.

O policial Sherman assentiu, recolhendo as fotos.

– Obrigado.

Depois que o detetive e o policial saíram, Gabriel me ajudou a voltar para a cama, dizendo com suavidade:

– Você está segura. – Percebi que ele tremia levemente e que fazia um esforço para sorrir e assentir.

Eu me sentia mesmo segura na casa do Gabriel, mas aquele era um lembrete de que eu não ficaria ali para sempre.

Na manhã seguinte, acordei cedo, percebendo que havia deixado a cortina aberta na noite anterior. O sol nascente rompia o horizonte, e o quarto estava coberto por uma luz pálida e dourada. Espreguicei-me com cautela, percebendo que, ainda que estivesse dolorida, era a primeira manhã em que eu não me sentia horrível. Saí devagar da cama, apanhei as muletas e cambaleei até o banheiro.

Depois de ter terminado ali, escovei os dentes e prendi os cabelos num coque bagunçado. O termo *coque bagunçado* sempre fora uma opção de estilo, mas agora era a realidade. Meu cabelo estava um perfeito ninho de ratos.

O inchaço no rosto diminuíra, embora eu ainda tivesse hematomas de diversas cores. Toquei neles com cuidado, avaliando o estrago, suspirando por fim, ao dar as costas para o espelho. Sem querer acordar Gabriel, abri a porta em silêncio.

Assim que passei pelo corredor curto que dava para a sala de estar, a fragrância pungente e deliciosa de café me atingiu em cheio. Respirei fundo. Fazia uma semana que eu não bebia café. Meu paladar não estava aguçado para nada que não fossem minhas dores. Mas agora aquele cheiro me fez salivar.

A cafeteira estava na bancada da cozinha, cheia até a metade. Abri a porta do armário logo acima e encontrei canecas ali, inclusive uma para viagem, com tampa. Depois de acrescentar uma quantidade generosa de açúcar de um açucareiro sobre a bancada, fechei a tampa e tomei um gole, suspirando ante a doçura forte que tomou conta da minha boca.

Manquei para fora da cozinha com a caneca presa com firmeza numa das mãos. Percebi movimentos do lado de fora das portas francesas e me inclinei para olhar através do vidro. Gabriel estava do lado de fora, sentado a uma mesa num pátio amplo, recostado na cadeira, os dedos entrelaçados atrás da cabeça, e com uma caneca de café diante dele.

Hesitei por um instante, mas logo abri caminho aos tropeços para fora. Ante o som da porta se abrindo, Gabriel se virou, parecendo momentaneamente surpreso antes de um sorriso cobrir seu rosto. Ele se levantou e pegou o meu café.

– Oi, bom dia. Já levantou. Como se sente?

Deixei as muletas de lado e comecei a me abaixar devagar na cadeira ao lado da dele. Gabriel pôs meu café diante de mim e me ajudou a me sentar. Suspirei quando enfim me vi sentada e virei a cabeça na direção dele. Seu rosto estava a centímetros do meu e, quando nossos olhos se encontraram, os dele se arregalaram e sua respiração ficou acelerada. Respirei fundo, absorvendo seu cheiro, já familiar: uma leve fragrância de sabonete masculino que me trazia à lembrança uma floresta no inverno – fresca, de pinho. Pensei de pronto que eu sempre associaria esse perfume à sensação de ser cuidada… por uma mão que me acalmava e confortava em meio à dor.

A ideia me sobressaltou e me senti exposta – embora ele não pudesse ler minha mente –, e desviei daqueles olhos castanhos expressivos que me mantinham em transe. O movimento pareceu fazer com que Gabriel também voltasse ao presente, e ele retornou para sua cadeira.

Olhei para o horizonte, onde o sol brilhava conforme se elevava acima das árvores. Meus olhos se demoraram ali por um instante, antes de responder à pergunta que ele fizera um minuto atrás.

– Estou me sentindo um pouco melhor hoje – respondi, rompendo a estranha tensão que subitamente nos envolvera.

Ele sorriu.

– Que bom. Você parece melhor.

Ri com desdém antes de tomar um gole de café.

– Ah, é, estou uma beldade. – Olhei para ele, que me observava com um sorriso tímido nos lábios. – O que *você* faz acordado tão cedo?

– Sempre me levanto assim cedo. Trabalho muito melhor pela manhã.

– O seu trabalho…

– Tenho trabalhado na garagem esta semana.

– Ah. – Verdade. Eu quase me esqueci de que ele trabalhava. Um escultor de pedras, ele dissera. – Posso... posso ver mais tarde o que você faz?

Ele olhou de relance para mim.

– Claro, se quiser.

Assenti, bebendo o café e suspirando de prazer. Era a primeira vez que me sentia humana desde aquela noite no estacionamento. Comecei a afastar a lembrança, mas isso fez com que me lembrasse do que acontecera antes e do porquê de eu ter estado tão tomada de ódio por mim mesma. Eu magoara o Gabriel e me detestei por isso. Provoquei aqueles homens de propósito e acabei... aqui. Com o Gabriel. Irônico. Ri ante essa piada cósmica.

– O que foi? – Gabriel perguntou, olhando por um instante para mim antes de voltar a se concentrar no sol nascente.

Estudei seu perfil por um momento – a linha marcada do maxilar, a sombra de uma barba sobre ele. Fazia dias que ele não se barbeava, provavelmente porque não saíra de casa. Eu gostei.

– Por que você foi quando Kayla ligou para você? Depois do que eu fiz?

Ele virou a cabeça e meus olhos se desviaram, mas, quando encarei-o de volta, ele apenas me observava, pensativamente, sem raiva nas feições ante a menção de como eu usara Rita para aprontar com ele.

Gabriel abriu a boca para responder e depois parou, como se pesasse as palavras que estava prestes a dizer.

– Eu queria ter chegado antes. Tive um sonho com você.

Observei-o. Ele estava falando sério. Emiti um ruído ao mesmo tempo de divertimento e incredulidade.

– Um sonho. Você é místico ou algo assim?

Ele sorriu, e seu rosto inteiro se iluminou. Era belo, mas também levemente doloroso, do mesmo modo como a luz faz com que você se retraia quando é ligada num cômodo escuro. Desviei o olhar, inquieta com o modo como meu estômago deu uma cambalhota e constrangida porque o sorriso dele sempre parecia me sobressaltar internamente, como se todos os meus ossos estivessem reagindo. O que era *aquilo*? Foi surpreendente que aquela sensação não ferisse minhas costelas fraturadas.

– Não diria que sou místico, não. Mas gosto de pensar que existe um pouco de mistério na vida. Você não?

Você está indo para a direção errada. Precisa voltar, minha doçura.

Suspirei, afastando a lembrança do meu próprio sonho. *Foi apenas um sonho.*

– Mistério? Claro que existe mistério nesta vida. É um mistério como vou pagar minhas contas no hospital, é um mistério como evitarei ser despejada do meu apartamento sem ter um emprego. A vida é cheia de mistérios, Gabriel. Eles estão em toda parte.

Ele riu, e estreitei meus olhos para ele. Não tive a intenção de entretê-lo.

– É verdade, alguns mistérios são melhores que outros. – O sorriso divertido permaneceu nos lábios dele, e isso me irritou.

Tomei um gole de café, encarando o horizonte como se ele também tivesse me ofendido.

Gabriel suspirou.

– A verdade é que não sei. Talvez o sonho fosse místico. Ou apenas tenha me revelado o que eu já sabia, mas não tinha coragem de admitir; algo de que eu talvez teria me dissuadido, se fosse de dia, quando é mais fácil ser racional. Talvez eu simplesmente tenha usado a ligação da Kayla como desculpa. Ou, quem sabe, foi pura sorte eu ter atendido o celular. Talvez não tenha sido sorte alguma. Talvez essa tenha sido a pior coisa que poderia acontecer com você, estar comigo, aqui, agora. É assim que você se sente?

Não. A palavra veio de imediato à minha mente, mas não a expressei em voz alta. Em vez disso, massageei as têmporas.

– Sinto que esse monte de "talvez" está me dando dor de cabeça.

Ele riu com suavidade de novo, e continuei a massagear as têmporas.

– Sim. Os grandes "e se" da vida. Eles também me dão dor de cabeça. – Gabriel pareceu satisfeito, como se tivéssemos chegado a uma conclusão acertada.

Como ele permaneceu calado, tirei as mãos da cabeça e olhei ao redor. Aquele pátio era feito de lajes grandes e o caramanchão acima estava carregado de rosas brancas. Havia vasos grandes cheios de florezinhas coloridas e outros menores com o que pareciam ser ervas, colocados nos cantos. A mobília era simples e firme. Consistia de uma mesa de jantar, junto à qual estávamos sentados, e uma área de descanso casual mais ao lado. Ele dava para um jardim amplo, delimitado por uma cerca de madeira. Além dela, uma campina de flores silvestres que seguia até a floresta, acima da qual o sol agora se erguera por completo.

– É lindo aqui – murmurei. Talvez fosse o lugar mais tranquilo em que estive. E entendi por que pensei que ele não pertencia à Pérola Platinada. *Aqui* era o lugar dele. Cercado pelo espaço aberto e por coisas belas.

Havia uma árvore grossa a alguns metros do pátio e um comedouro para passarinhos pendurado nela, balançando ao sabor da brisa. Um azulão voou até a fonte que havia diante dela, no chão, e começou a brincar na água. Assisti por um minuto enquanto ele dançava com alegria espontânea e sacudia as penas da cauda, piando contente. Ri com as travessuras e com o prazer evidente dele.

Quando olhei de novo para Gabriel, ele me observava com um sorriso doce e reservado nos lábios, como se sua alegria não fosse causada ao observar o pássaro, mas por me observar. Pisquei e ele desviou o olhar, voltando-o para o jardim. O azulão voou para longe, espirrando água ao redor e chilreando alegremente.

Gabriel voltou a se recostar, levando as mãos para trás da cabeça. Sua camiseta se esticava de leve, de modo que tive um vislumbre de uma linha bronzeada acima do jeans. Quando percebi que meus olhos se demoravam nesse ponto, corei e desviei rapidamente a atenção para o seu rosto. Ele ainda encarava o horizonte e não notou a direção do meu olhar. Meus ombros se relaxaram.

– Quando estive preso naquele porão, havia uma janelinha bem no alto da parede. Ela era gradeada, impossibilitava qualquer fuga, e o vidro estava pintado, mas havia uma parte em que a tinta estava descascada, e a janela dava para o leste. Todas as manhãs a luz dourada aparecia por aquele espaço ínfimo, ficando cada vez mais clara. Era apenas um fio de esperança – um lembrete de que, mesmo num lugar como aquele, Deus ainda me enxergava. Eu dizia para mim mesmo que, se um dia saísse de lá, passaria todas as manhãs observando o sol nascer simplesmente porque *podia*.

Meu coração se contraiu quando pensei no que lhe disse a respeito de me controlar. Fui insensível e cruel. *Alguém fez isso comigo um dia, e eu jamais faria isso com outra pessoa*. Não. Ele não faria isso. Engoli em seco e algo rígido e doloroso se moveu pelo meu peito. Falar de Deus me deixava desconfortável, levemente ansiosa, mas, mesmo assim, a expressão de paz e força serena no rosto do Gabriel também me encheu de um desejo que eu não soube classificar. Talvez fosse a cena que criei na minha mente, daquele espacinho da janela da sua prisão no qual a tinta estava descascada, e a ideia de que às vezes a esperança é apenas isso – só um raio de luz distante. Limpei a garganta.

– E você conseguiu sair – sussurrei.

Ele olhou para mim e sorriu.

– Sim, consegui. – Tomou um último gole de café e começou a se levantar. – Quer ver o meu estúdio temporário, Ellie?

Ellie.

Você é uma menina tão boa, tão inteligente, Ellie.

Estremeci, com uma sensação tremeluzente de calor dançando nas veias. Ele também me chamou de Ellie quando cuidou de mim, enquanto eu estava com febre. Nem me lembrava de ter lhe contado meu nome verdadeiro. Não pensei que fosse querer que alguém me chamasse de Ellie novamente. No entanto, senti que meu nome estava a salvo nos lábios do Gabriel. Seguro. Sorri tímida para ele.

– Sim, adoraria.

A garagem era um espaço amplo e basicamente vazio, com o chão pintado de um cinza-escuro e manchado. As portas de madeira permaneciam abertas, permitindo a entrada da luz.

Do lado direito havia uma bancada de madeira comprida que abrigava ferramentas e equipamentos de jardinagem. Montada bem ao seu lado, havia uma mesa com um pedaço grande de pedra branca.

Manquei até lá, seguindo Gabriel e parando ao lado do que parecia um pedaço sólido de mármore. Havia leves marcas de entalhe por toda parte, mas, se era para ser algo específico, eu não saberia dizer o que era.

– O que é?

Gabriel riu.

– Nada ainda. Mas será um querubim. É para o exterior de um museu que está sendo construído na França.

Desviei os olhos rápido para ele.

– Um museu na França? Mesmo? Isso parece bem importante.

Ele apenas cantarolou com os lábios fechados, enquanto virava a mesa giratória sobre a qual a peça estava. Suas sobrancelhas se uniram quando ele a girou para todos os lados, parecendo subitamente distraído e levemente ansioso, e seus olhos disparavam para as ferramentas ao lado do que em algum momento se tornaria um querubim.

– Precisa trabalhar?

Ele levantou o olhar e piscou para mim, depois balançou a cabeça de leve, com um sorriso nos lábios.

– Desculpe. Às vezes, quando começo um projeto, sinto como se ele estivesse aprisionado, esperando para ser... – Ele passou a mão pelos cabelos, parecendo de repente envergonhado.

– Ser libertado? – sugeri.

Ele inclinou a cabeça de leve.

– É. Acho que sim. – Passou as mãos pela pedra, as pontas dos dedos explorando as ligeiras elevações. Mais uma vez me maravilhei com a beleza das suas mãos; como pareciam fortes, ainda que gentis; como os dedos eram longos e delgados; como a pele bronzeada contrastava com a brancura do mármore. Isso me lembrou do sonho que tive quando estava com febre, no qual as toquei, explorando as linhas, e um tremor leve me atravessou, a despeito da temperatura amena da garagem.

Ele moveu as mãos sobre a pedra quase que com adoração, como se estivesse lendo um tipo de braille que não era feito de letras, mas quem sabe... de potencial.

– Você tem mãos para criar beleza – murmurei. As palavras caíram dos meus lábios antes que eu pensasse nelas. Percebi, contudo, que eram verdadeiras.

O olhar do Gabriel se voltou para o meu, aqueles olhos castanhos calorosos e suaves, e carregados de sabedoria.

– Eu não crio beleza, Eloise, apenas revelo o que já está na pedra.

Observei-o por um momento, e a conexão que parecíamos ter vibrou com uma energia ilusória. Era isso o que ele estava tentando fazer comigo? Revelar algum tipo de beleza imaginária? Desbastar todas as arestas afiadas e os pontos ásperos até eu me tornar o que ele vira dentro de mim? O que ele *esperava* que eu fosse?

Afastei-me dali. Tudo aquilo era demais. Não queria que ele tentasse ver algo em mim que não existisse. Era pressão demais e ele estaria errado, de todo modo. Eu não era nada além do que ele via. Não havia beleza a ser revelada. Minhas arestas afiadas estavam ali por um motivo – eu gostava delas. Elas me protegiam, e de jeito nenhum eu deixaria alguém tentar tirá-las de mim.

– Gabriel...

O som de um carro se aproximando fez com que eu me virasse na direção da porta da garagem, que estava aberta. Uma caminhonete vermelha parou na frente, perto de onde Gabriel deixara a sua. Virei para ele com uma pergunta no olhar, e ele estava sorrindo.

Um homem mais velho, com cabelos grisalhos, saiu do veículo e veio na nossa direção.

– Oi, George – Gabriel o cumprimentou, indo até onde eu estava.

– Oi – ele disse com um sorriso acolhedor no rosto. – Eu estava indo para a pedreira. Pensei em parar para ver como estavam as coisas. – Virou seu sorriso para mim. – E essa deve ser a Eloise. – Estendeu a mão.

Hesitei por um instante antes de apertar sua mão grande e calejada. Ele a apertou de leve antes de soltar.

– Ellie – murmurei. – Pode me chamar de Ellie. – Pensei no que Gabriel poderia ter contado a esse homem sobre mim, quem quer que ele fosse. Senti-me constrangida diante dele, parada ali, com meus shorts curtos de algodão e camiseta simples, com o rosto machucado, os cabelos bagunçados, apoiada num par de muletas.

– Muito bem, então. Ellie. Sou George, e qualquer amigo do Gabriel é meu amigo também. – Ele olhou brevemente para o gesso na minha perna. – Como está se sentindo? Ouvi que teve um encontro daqueles com um bando de animais selvagens.

Ri, soltando o ar ao mesmo tempo. Apesar das minhas ressalvas, eu já gostava daquele homem.

– Pode-se dizer que sim.

– A verdade, Ellie, é que eu diria mais do que isso, mas tento prestar atenção ao meu vocabulário na presença de uma dama. – Ele sorriu de novo.

Uma dama. Isso foi algo que nunca ouvi antes.

George voltou a atenção para o pedaço de pedra atrás de nós.

– Como ela está indo?

Gabriel riu.

– Como sabe que é ela?

George gargalhou.

– Acho que não sei. Acho que é você quem vai decidir. – Moveram-se para a peça de mármore e fiquei para trás, observando-os discutir sobre outro assunto. *George*. O artigo que li sobre o Gabriel mencionara um sócio que assumira a guarda dele e do irmão depois do falecimento dos pais deles. Devia ser esse homem.

– Quando Dom vai voltar? – George perguntou. Havia uma expressão de preocupação em seu olhar que me deixou intrigada; algo por trás das suas palavras.

– Não sei exatamente. No fim da semana, talvez. Ele tirou duas semanas de férias no trabalho, não foi?

– É. Eu só não tinha certeza se ele ficaria afastado todo esse tempo.

Gabriel deu de ombros, com a atenção ainda centrada na peça de pedra diante dele.

George suspirou.

– Melhor eu voltar pro trabalho.

Gabriel ergueu o olhar.

– Obrigado por vir. Ligo para você amanhã. – George assentiu e começou a se afastar, quando Gabriel disse: – Ei, teve alguma notícia a respeito do menino desaparecido, Wyatt Geller?

George franziu a testa.

– Não. Nada.

Uma expressão de tristeza – quase de pesar – atravessou as feições do Gabriel, e ele enfiou as mãos nos bolsos e inclinou a cabeça. *Aquela postura*. Eu soube do menino desaparecido pelo noticiário enquanto estive no hospital. Mal registrei a notícia – ouvia a TV de longe enquanto a enfermeira media minha pressão, mas agora eu me lembrava. Será que pensar nele fazia com que Gabriel se lembrasse de quando *ele* era o menino no noticiário? Provavelmente. Como não?

– Leio as notícias locais na internet todas as manhãs – Gabriel disse. – Não vi nada novo, mas pensei que talvez você tivesse ouvido alguma coisa na cidade que talvez não tenha sido noticiada...

– Bem que eu queria.

– É – Gabriel suspirou. – Eu também.

George assentiu, com os olhos se demorando nele por um momento antes de me lançar mais um sorriso acolhedor.

– Fique bem, Ellie. Vejo você depois.

Assenti.

– Ok. Prazer em conhecê-lo.

A caminhonete de George se distanciou, deixando um rastro de poeira conforme seguia pela estrada.

– Fiquei sabendo sobre Wyatt Geller enquanto estava no hospital.

Gabriel assentiu, com o corpo agora mais rígido do que antes.

– Tenho certeza de que… de que isso reaviva suas lembranças. – Senti-me desajeitada, sem saber exatamente o que dizer.

– Verdade – ele disse e depois se voltou para seu querubim cheio de arestas, ainda não revelado.

CAPÍTULO DOZE

Espere. Aguente firme. O sol brilha para você também.
Shadow, o Barão do Ossinho da Sorte

GABRIEL

Depois daquela manhã, aquilo se tornou um ritual. Ela se juntava a mim no pátio, mancando até a mesma cadeira, com seu café na mão enquanto o sol acolhia mais um novo dia. Eu a observava discretamente, enquanto seus olhos se concentravam no pequeno raio de luz dourada que crescia cada vez mais na linha do horizonte. Eu adorava a expressão no seu rosto – a reverência cautelosa –, como se não tivesse certeza se podia permitir a si mesma se apaixonar por alguma coisa bela, mesmo que fosse a aurora.

Às vezes doía observá-la, doía ver que era tão solitária, tão certa de que o mundo inteiro era um lugar perigoso para ela. Eu ansiava lhe mostrar que ele não precisava ser assim, mas, por enquanto, eu lhe ofereceria o nascer do sol e um lugar seguro para assisti-lo. Rezava para que algum dia, em breve, ela acreditasse ser merecedora dessa beleza.

Eu me assustava um pouco com o fato de apreciar tanto nossas manhãs juntos, porque sabia que estavam destinadas a acabar. Ela melhorava a cada dia, e logo iria embora.

Por uma semana ela esteve completamente dependente de mim. Tão doente que permitiu que a alimentasse e a mantivesse hidratada. Tão fraca que não podia protestar quando a amparei nas vezes em que a comida retornava. Tão suave que pensei que aquela mulher forte e resiliente, que não precisava de nada nem de ninguém, tivesse sido fruto da minha imaginação. E, por mais estranho que pudesse parecer, sentir-me *necessário* foi quase catártico.

Por doze anos, fui tratado como se eu pudesse me quebrar a qualquer momento. Ninguém *precisava* de mim. Mas Ellie precisou, e isso me pareceu… certo. *Bom*. A despeito da sua fachada de aço, a alma dela era delicada, gentil. Embora eu deduzisse que ela provavelmente fosse odiar se soubesse o quão vulnerável estivera de verdade, caso se lembrasse do que me permitira ver enquanto delirava por conta dos medicamentos.

E, então, na manhã em que eu estava trocando as faixas das suas costelas, ela estendeu a mão para tocar nas minhas, sobre os meus dedos. Tive uma sensação incoerente de angústia, mas, quanto mais ela me tocava, mais um anseio se elevava em minha alma, tão forte que roubou meu fôlego. Foi a primeira vez que *gostei* do toque de outra pessoa desde que era um menino. E, apesar de ainda ter sentido um pouco de medo, também senti um desejo inegável de mais. Quis sentir o toque dela de novo. Quis que ela ficasse. Quando ela fosse embora, desejava que ela quisesse voltar. Para mim. Nem que fosse para ver o nascer do sol…

Não minta para si, Gabriel. Está se apaixonando por ela. Talvez já esteja apaixonado.

Será? Apaixonar-se era isso? Uma espécie de alegria agonizante? Ou será que ela ia apenas tornar aquilo ainda mais difícil, e, apesar de eu estar ciente, simplesmente não me importava?

Eloise.

Deus, senti que poderia desmaiar quando ela me disse seu nome. Qual seria a probabilidade de isso acontecer?

E o que era aquela atração estranha que me fazia sentir que pertencíamos um ao outro? Eu era um tolo? Se a resposta fosse sim, será que eu me importava o bastante para fazer algo a respeito? Não. De maneira alguma, ser um tolo com Ellie parecia valer a pena. Mesmo essa dilaceração interna me lembrava de que eu estava vivo. Não *só* isso: eu estava vivendo. Estava me arriscando, seguindo o coração, disposto a arriscar ser ferido por uma garota despedaçada, temerosa demais para clamar qualquer coisa para si, ainda mais eu.

Ela vai *magoar você, Gabriel. Sabe disso, não?*

Sim. Sim, imagino que eu soubesse. E, mesmo assim, entrei de cabeça.

Alguns dias depois de George ter passado em casa, encontrei uma das peças de decoração prediletas da minha mãe no sótão e a pendurei no quarto da Ellie, à noite, sabendo que ela mantinha a janela aberta para que os primeiros raios de luz do amanhecer a acordassem. Na manhã seguinte, bem quando um pequenino feixe de luz do sol começou a aparecer no horizonte, em vez de ir direto para o pátio, fui até o quarto dela e bati de leve na porta.

– Entre.

Encontrei-a parada no meio do quarto, apoiada nas muletas, com uma expressão de alegria maravilhada no rosto enquanto olhava ao redor, para os arcos-íris criados nas paredes. O olhar dela encontrou o meu.

– Como você fez isso? – A voz dela não passava de um sussurro suave.

Sorri, apontando para o cristal pendurado na janela.

– É um prisma. Minha mãe costumava deixá-lo pendurado na nossa cozinha. – Apoiei-me na soleira, cruzando os braços com leveza, completamente cativado pela evidente alegria dela. – Quando você estava febril, ficou falando sobre arco-íris. Pensei... pensei que você pudesse gostar.

Ela inclinou a cabeça.

– Como eles são feitos?

Sorri, meio surpreso por ela nunca ter visto um prisma antes. Quase disse algo a respeito da refração da luz, mas resolvi que uma resposta descomplicada seria mais mágica.

– Com a luz do sol.

Ela olhou para mim como se soubesse que eu estava simplificando a explicação, mas sorriu mesmo assim.

– Luz do sol – ela repetiu, com uma nota de anseio na voz. Ela me encarou por um momento e depois voltou a olhar ao redor, mancando até a parede, onde apoiou as muletas contra a cama para usar ambas as mãos a fim de amparar um dos arcos-íris nas palmas. Ela olhou por sobre o ombro para mim e sorriu, um sorriso maior e mais radiante do que o arco-íris que ela tinha nas mãos.

Ah, Cristo do céu. *O sorriso da Ellie*. Senti como se não conseguisse respirar.

O sorriso dela sumiu, mas os olhos continuaram suaves quando ela se virou para pegar as muletas de novo.

– Obrigada.

– De nada.

Assumimos nossos lugares de costume no pátio depois de nos servirmos de café, e ela soltou um suspiro confortável ao esticar a perna engessada, apoiando-a em outra cadeira. Considerei isso um sinal de que ela estava melhorando e de que já não sentia tantas dores. A expressão dela parecia mais serena do que nas manhãs anteriores. Os ferimentos no rosto melhoravam a cada dia, e sua beleza se tornava mais evidente do que o abuso que lhe infligiram.

Só restava um hematoma amarelado na bochecha direita e a casca de um corte que cicatrizava na mandíbula. Ah, Deus, eu amava o rosto dela sem maquiagem, adorava a beleza pura que ali habitava, a graciosidade delicada, o modo como eu conseguia vê-la e não o que um produto embusteiro pretendia exagerar e enaltecer num rosto que não requeria nada disso. Eloise era linda, e eu sabia que era ainda mais bela assim que acordava, banhada pelo brilho suave da aurora, com os olhos vulneráveis ainda repletos de sonhos. Meu sangue se aqueceu com essa visão. Mas voltei a mente para longe desses pensamentos... Eles não eram bons, não agora, não para mim, nem para ela.

– Hora de trabalhar? – ela perguntou.

Ri.

– Quer dizer, hora de você me olhar trabalhando?

Sua expressão descuidada foi se desfazendo.

– Eu seria mais útil por aqui, se pudesse.

– Sei disso, Ellie. Eu só estava brincando. Não espero que faça nada além de se curar.

Ela pareceu incerta, e lamentei tê-la feito se sentir assim. Na verdade, eu gostava que ela me fizesse companhia enquanto eu trabalhava. Esculpir podia ser um trabalho solitário e, por mais que fosse fácil deixá-lo me absorver por completo, enquanto eu fazia a parte mais pesada, que não requeria muita concentração, eu amava tê-la por perto para conversar. Por mais que até então nossas conversas se restringissem ao que eu estava fazendo e quais ferramentas usava, eu esperava que a intimidade desses instantes fizesse Ellie se abrir um pouco mais comigo – em algum momento.

Eu levara uma espreguiçadeira para a garagem, e era lá que ela ficava sentada enquanto eu trabalhava, com uma manta sobre as pernas. Ela ainda estava debilitada e eu percebia que as costelas ainda a incomodavam. *Não que ela reclamasse*. Tentei deixá-la o mais confortável possível. Mesmo assim, ela só aguentava uma ou duas horas antes de querer voltar para a cama, onde dormia tarde afora, despertando para o jantar, talvez um programa na TV, e depois voltava para a cama. Ser capaz de dormir tanto significava que seu corpo estava se curando.

Enquanto a ajudava a se acomodar na espreguiçadeira, pensei em todas as coisas que ela disse quando teve febre e esteve sob o forte efeito dos medicamentos. Ela chamou muito pela mãe, e também falou de alguém chamado senhora Hollyfield, sobre picolés vermelhos e arcos-íris. Fiquei pensando no significado de tudo aquilo. *Eloise*. Ela era tão cheia de mistérios, tão cheia de sofrimento. Percebi isso na sua voz, tomada pelo medo enquanto ela gritava à noite, chamando por pessoas que deduzi que tivessem morrido havia muito tempo. Pessoas que um dia ela amou, se as lágrimas que rolaram pelo seu rosto enquanto ela sonhava com elas servisse de indício.

Sorri para ela quando comecei a tirar lascas do querubim.

– Acho que é um menino – eu disse, passando as mãos pela pedra que tomara forma nos últimos dias.

Ela inclinou a cabeça, evidentemente sabendo a quem eu me referia.

– Sim, também acho isso. Que nome vai dar a ele?

Ri.

– Não costumo batizar minhas peças.

– Não? Por quê?

Dei de ombros, e um tremor me atravessou. O que lhe disse não era uma verdade absoluta. Já batizei meu trabalho antes... e nunca mais depois disso. Mas aquilo foi diferente.

– Nunca pensei nisso. Que nome gostaria de dar a ele?

Ela sugou o lábio inferior, e um tremor desceu pela minha espinha; os músculos se contraíram. Limpei a garganta, tentando me desviar de lugares perigosos.

– William.

Sorri.

– William? Por que William?

Ela levantou um ombro apenas, parecendo levemente envergonhada.

– Não sei. Acho que sempre gostei desse nome.

– Então será William. O que acha do seu nome, Will? – Pendi a cabeça, fazendo de conta que ouvia. – Ele gostou.

Ela riu baixinho, lançando uma descarga de alegria no meu coração.

– Que bom.

Conversamos tranquilamente por um tempo enquanto eu entalhava o corpo gorducho do William, alisando seu abdome arredondado. Olhei de relance para Ellie, e ela parecia em paz. Estava com um braço acima da cabeça, e o gesso apareceu debaixo da manta; seu rosto estava de perfil, pois ela olhava para fora, pelas portas abertas da garagem, e o hematoma amarelado da face estava evidenciado pela luz do sol. Ela parecia uma deusa alquebrada e, caso eu soubesse pintar, gostaria de pintá-la, de capturar todas as suas sombras e luzes.

– Já pensou em ser modelo? – perguntei. – Você tem beleza para isso.

Ela voltou a cabeça na minha direção e suspirou.

– Uma vez respondi a um anúncio para modelos antes de começar a dançar como *stripper*. – Ficou calada por um instante, mais uma vez olhando ao longe antes de prosseguir. – Fui até um estúdio, e um cara me disse que eu precisava de um portfólio, se quisesse trabalhar. As fotos custariam mil dólares, mas, se eu não tivesse o dinheiro, havia outros modos de pagar por elas. – Voltou a olhar para mim, com o significado de "outros modos" bem claro.

Cerrei a mandíbula. *Cretino miserável.*

– Você gostaria de pensar que fui embora, não? – Seu olhar era direto, desafiador. *Ah, Ellie.*

Continuei trabalhando. Minhas mãos se moviam da maneira como se moveram milhares de vezes, encontrando as falhas, alisando-as. A dor dentro de mim foi direto para os ossos.

– Mas nunca recebi as fotos. Exigi-as e ele me falou que o processasse. – Ela riu, um som de desprezo misturado com uma impotência que eu entendia, apesar de desejar não ter entendido. – Como se eu pudesse – ela murmurou, abraçando as costelas com delicadeza. Ela abriu a boca para dizer alguma coisa, quase como se fosse dar uma explicação quanto ao motivo de ter ficado, mas depois a fechou. Juntou as sobrancelhas de leve, como se não soubesse muito bem aonde ir com esse pensamento. Desviou o olhar uma vez mais.

– Sinto muito que isso tenha acontecido com você – eu disse por fim. – Existe um lugar especial no inferno para as pessoas que tiram vantagem daqueles mais indefesos.

Ela suspirou.

– Hum, bem... Acho que é melhor ele ser bem grande, então.

– Existem muito mais pessoas boas do que más.

– Acha mesmo? Logo você?

– Sim. Eu acredito nisso.

Ela me encarou, com diferentes emoções cruzando seu rosto: descrença, raiva, confusão e um fio tênue de... esperança. Vi o momento em que ela a abafou e resolveu manter a indiferença como sua expressão final. Deu de ombros.

– Acho que todos temos direito às nossas opiniões.

Meu peito se contraiu de dor e de frustração, mas ela estava conversando, e isso foi o máximo que consegui dela desde que a conheci, então resolvi testar a sorte. *Me deixe entrar, Ellie. Deixe toda essa dor dentro de você sair. Não vou magoá-la, prometo.* Só que eu não podia lhe dizer isso porque ela não acreditaria em mim, de todo modo. O melhor que eu podia fazer para Ellie era *mostrar*. Eu lhe daria um arco-íris todos os dias, se pudesse, só para ver o sorriso que ela me deu naquela manhã, para ver a surpresa brilhando em seus olhos por mais do que apenas um minuto.

Algumas vezes, como agora, eu sentia como se estivéssemos em lados opostos de uma corda bamba, um indo em direção ao outro. Um passo em falso e nós dois cairíamos, despencando até o fundo.

Olhei para a perna dela sem saber de fato se o que eu estava prestes a perguntar seria um terreno seguro ou não, mas disposto a arriscar, decidido a correr o risco de cair.

– Você disse ao médico que já sofreu fraturas antes. Quando era criança?

Ela estreitou os olhos de leve e depois suspirou, recostando-se.

– Meu pai gostava de bater em mim. – Mais um olhar desafiador. – Quer dizer, quando lembrava que eu existia. Algumas vezes, depois de ter bebido, ele se esquecia da força que tinha. – Ela deu de ombros como se tivesse acabado de me contar que choveria mais tarde.

Cacete.

Outra onda feroz de raiva me assolou. Essa mulher vivera o inferno na terra. Eu também, mas de um tipo diferente. De pronto percebi o quanto éramos parecidos... e como éramos diferentes.

Tirei umas lascas do querubim, revelando um narizinho virado para cima e bochechas fofas. Ellie permaneceu calada, observando-me trabalhar. Diferentes expressões transitavam em seu rosto, conforme revivia lembranças. Uma espécie de desespero desanimador se assentou em sua expressão.

– Você não pode me consertar, sabe?

Ela me disse algo semelhante na Pérola Platinada e eu questionei meus motivos. Mas, olhando para ela agora, eu sabia que essa jamais fora a minha intenção. Eu queria que ela se curasse, e esperava ser parte disso. Mas ninguém poderia consertar outra pessoa. Só podemos consertar a nós mesmos.

– Não, você tem razão. Não posso consertar você. – *Posso apenas amar você. E quero muito tentar.*

Ela levantou o queixo daquele seu jeito teimoso antes de uma espécie de resignação cansada parecer cobri-la, como uma rede pesada e invisível. Ela começou a se levantar.

– Estou cansada hoje.

Larguei as ferramentas e tirei as luvas antes de me aproximar para ajudá-la, pegando as muletas para que ela pudesse ficar de pé sozinha.

– Ellie, desculpe se as minhas perguntas foram invasivas. Eu não quis...

Ela me dispensou com um gesto, como se o que falamos fosse indiferente para ela.

– Não foi nada. Eu só... – Ela esfregou as têmporas. – Estou com dor de cabeça.

Recuei um passo.

– Ok – disse baixo. – Mais tarde vou ver como você está.

Ela assentiu, afastando-se sobre as muletas. Soltei um gemido, voltando para perto do William e apoiando as mãos na mesa de trabalho. *Puta merda.*

Você gostaria de pensar que fui embora, não?

Meu pai gostava de bater em mim.

Meu Deus.

Senti-me oco ao calçar as luvas de novo, pegar as ferramentas e retomar o trabalho. Quando o celular tocou, soltei o ar com força, tirei as luvas e peguei o aparelho no bolso de trás da calça.

– Alô?

– Gabriel? É a Chloe. – A voz dela era tão leve e alegre que eu sorri.

– Oi, Chloe. Tudo bem?

– Tudo ótimo. Obrigada. Eu só liguei para avisar que chego na segunda-feira. Vou ficar no Maple Tree Inn. Está tudo reservado.

Deus, a hora não era nada boa. Ainda assim, eu havia me comprometido. Ela reagira com tanta animação e apreço genuíno ao e-mail que lhe enviei, no qual disse que concordava em conceder a entrevista e que me informasse a data aproximada da sua chegada. Eu lhe dissera que me disponibilizaria nos dias que fossem melhores para ela. Não havia como ter previsto a situação com a Ellie, mas também não tinha como recuar da minha oferta à Chloe.

– Tudo bem, maravilha. Ouvi coisas ótimas sobre o Maple Tree. É uma pousada, certo?

– Isso mesmo. E parece tão charmosa. Sei que a viagem é a trabalho, mas tenho que admitir: estou louca de vontade de conhecer Morlea. Parece uma cidadezinha linda.

Passei os dedos pelos cabelos, indo até as portas abertas da garagem, e observei as árvores e a estrada.

– Definitivamente ela é, sim. Toda a região é estupenda. Estou ansioso para conhecê-la.

– Eu também, Gabriel. Obrigada de novo por se disponibilizar. Sou muito grata.

– Claro. Tenho que preparar alguma coisa para...

– Não. Só preciso de você. – Ela riu de leve. – Entendeu o que quis dizer.

Sorri.

– Acho que consigo arranjar isso. Vamos marcar uma hora?

– Sim, na verdade é para isso que estou ligando. Tenho ampla disponibilidade; por isso, se puder me enviar por e-mail os melhores horários para você, seria ótimo.

– Certo, posso fazer isso. Espero que não se importe, mas ando ocupado cuidando de uma amiga em casa, e está um pouco complicado de ela se locomover por enquanto. Tudo bem para você se nos encontrarmos na minha casa?

– Ah, claro, perfeito para mim. De verdade, estou de acordo com o que for melhor para você. E eu... eu adoraria conhecer a sua casa.

– Obrigado, Chloe. Certo, então. Vou lhe mandar os melhores horários para mim a partir de segunda.

– Perfeito. Até mais então. Obrigada de novo, Gabriel.

Nós nos despedimos e apertei o botão para encerrar a ligação, ainda admirando as árvores por mais alguns minutos, pensando em Chloe e em como as coisas mudaram desde que concordei em ser entrevistado por ela.

Chloe.

Ellie.

De certa forma, as duas eram responsáveis pelas mudanças dentro de mim. *Chloe* foi o motivo pelo qual me permiti sonhar com as possibilidades no início, de amor, de uma família como a que tive. Não sabia se Chloe era a mulher por quem me apaixonaria depois de conhecê-la, ou se ela se sentiria atraída por mim. Mas eu queria me apresentar como um homem inteiro, não como um coelho assustado que se sobressaltava toda vez que alguém entrasse no seu espaço pessoal. Por isso fui parar na Pérola Platinada. E acabei num quarto com… Ellie. Suspirei. Não existe um ditado sobre como fazer planos é o modo mais seguro de fazer Deus rir?

Talvez todos nós estivéssemos para descobrir isso.

CAPÍTULO TREZE

Mãos ocupadas, mente afiada. Fique sempre atento.
Gambit, o Duque dos Ladrões

ELLIE

Não sei por que fiquei revelando pedacinhos de mim para o Gabriel. Eu ficava ainda mais confusa porque ele não parecia olhar para mim de um jeito diferente. Eu ficava tentando chocá-lo com a realidade de quem eu sou, mas ele voltava sempre com a mesma expressão plácida, com a bondade brilhando no olhar, como se nada que eu dissesse pudesse abalá-lo. O que ele queria comigo? Eu não tentava fingir ser outra pessoa, como fiz com outros homens, ainda que eles tivessem ido embora mesmo assim. Não, Gabriel ainda cuidava de mim um dia depois do outro. Por quê? Por que eu ainda estava ali, naquela casa maravilhosa, sendo cuidada, recebendo arcos-íris, como se eu fosse alguém especial?

Ele evidentemente não me queria por causa do meu corpo. Eu não tinha nada a oferecer nesse aspecto – pelo menos não agora. Além disso, ele ficava tenso toda vez que se aproximava de mim – apesar de eu ter notado que seu desconforto diminuía a cada dia. Ainda assim, não era isso. Era algo diferente. Mas o quê? Não entendia os motivos do Gabriel e me sentia confusa e perdida, quase com medo dele. O medo entrava fundo em meus ossos porque eu sentia que ele ameaçava algo vital, só que eu não sabia o quê.

Eu não crio beleza, Eloise, apenas revelo o que já está na pedra.

Depois do dia em que lhe contei a respeito do meu pai, resolvi que não me sentaria mais no pátio com ele. De todo modo, era cedo demais para me levantar. No entanto, na manhã seguinte, quando aquele brilho dourado invadiu meu quarto e uma centena de arcos-íris apareceu, saí da cama. O apelo era grande demais. Disse a mim mesma que era o chamado do café e do ar fresco da manhã, da paz que eu sentia vendo a madrugada se tornar dia; entretanto, eu sabia que não estava sendo completamente honesta comigo mesma. A verdade era que o que me atraía para o pátio era o próprio Gabriel. Ele, com seu lindo rosto e seus olhos ainda entreabertos pelo sono, com seus ombros largos e lindas mãos de artista, e aquele ar forte de gentileza que o rodeava.

Quando abri as portas francesas, esperei que se surpreendesse ao me ver, pelo modo como nos despedimos no dia anterior, mas isso não aconteceu. Ele apenas sorriu e me cumprimentou como sempre fazia, e tomamos nosso café juntos enquanto as árvores balançavam com a brisa e o céu da manhã ficava rosado.

Passamos os dias subsequentes dessa maneira, eu o observando por horas enquanto ele trabalhava no William, revelando as feições pequeninas e meigas do querubim, detalhe a detalhe. As batidas do cinzel eram a nossa música de fundo, enquanto fios de poeira dançavam ao redor dele, dissipando-se no ar. Eu ficava fascinada conforme William surgia, quase perdia o ar, maravilhada ao vê-lo ganhar forma.

– Como você sabe? – perguntei enquanto ele trabalhava.

– Sei o quê?

– Como ele deve ser?

Gabriel deu de ombros.

– Eu não sei. Ele me conta à medida que avanço. – Ele parou. – Isso parece estranho? O que eu quero dizer é que tenho uma ideia geral da forma dele e uso isso como esboço, mas, por exemplo, não sei como será o rosto dele. – Voltou a trabalhar enquanto falava. – Imagino que seja assim com muitos artistas. Escritores... Pintores... Você começa com uma vaga noção, e os detalhes aparecem ao longo do processo. Quanto mais você faz, mais confia nas suas mãos para que elas o levem na direção correta.

Gostei disso. Gostei da confiança com que ele trabalhava, a fé que tinha em seu próprio talento. E fiquei com inveja. Como seria ter um dom como esse? Ser capaz de revelar a beleza com as mãos? Eu não tinha dom algum. Não a menos que ser capaz de deslizar em uma barra fosse algo notável. Cruzei os braços sobre as costelas sensíveis, com uma sensação de inutilidade me percorrendo.

– Ele tem cabelos cacheados – Gabriel disse, arrancando-me da minha névoa de desânimo. Assisti enquanto Gabriel movia o cinzel e o martelo para criar uma mecha sobre a testa do William. A ternura substituiu a depressão para a qual me encaminhava. Eu me sentia irracionalmente ligada a William, como se vê-lo ganhar vida me tornasse de algum modo responsável.

Testemunhei William emergir de um bloco quadrado de pedra e agora ele era esse rapazinho gorducho e precioso, com olhos risonhos e sorriso doce. Meu coração batia de amor por ele. *Que idiotice! Ridículo mesmo.* Não se pode amar uma estátua. Quase ri de mim mesma, mas não queria emitir um som que incitasse Gabriel a fazer perguntas. *Sim, não só estou toda quebrada e inútil, também estou louca. Amo o anjinho de pedra que você criou mais do que já amei qualquer coisa em muito, muito tempo.*

– Ellie, quero que saiba uma coisa.

Meus olhos dispararam para Gabriel ante a seriedade no tom dele.

– Sim?

– Antes que você viesse para cá, fiz planos com uma estudante da Universidade de Vermont para que ela me entrevistasse para a execução de sua monografia. Ela chega a Morlea amanhã.

Inclinei a cabeça; minhas sobrancelhas se uniram de maneira interrogativa.

– Monografia?

Gabriel assentiu.

– É. Sobre crianças sequestradas que escaparam ou foram resgatadas.

– Ah. – Engoli em seco. – Hum, isso parece... difícil. Vai ser? O que quero dizer é: vai ser difícil para você? – Estremeci ao pensar como seria responder a perguntas detalhadas a respeito das piores partes da sua vida. Sempre procurei não pensar nas coisas que me magoaram.

Ele parou de trabalhar por um instante, como se levasse uns segundos para refletir sobre a minha pergunta.

– Não, acho que não. Não falo com frequência sobre o que aconteceu comigo, mas isso também já não me incomoda mais.

Franzi a testa de novo, observando-o. Como é que ele conseguiu chegar ao ponto de não se afetar mais com a lembrança de ter sido trancado num porão por seis anos e de ser torturado de maneiras odiosas que eu nem queria saber? Como foi que ele conseguiu *isso*?

Seus lindos olhos sensíveis e sábios encontraram os meus.

– O meu problema é a proximidade. Como você bem sabe.

– Ah... é – disse baixinho, sentindo-me subitamente... honrada por ser talvez a única mulher na face da terra a saber disso. Parecia um... um segredo, algo pessoal e particular que só eu sabia a respeito desse homem. Isso fez com que me sentisse acolhida e confiável. E também me lembrei de como abusei dessa confiança ao enviar Rita enquanto ele esperava por mim. Senti a vergonha emergir, aquecendo meu rosto e fazendo com que me sentisse fraca de tanto remorso.

– Gabriel...

Suas mãos pararam e ele olhou para mim preocupado.

– O que foi?

Cutuquei as unhas por um momento, juntando as palavras que eu precisava dizer. As palavras devidas há muito tempo.

– Me desculpe. – Elas saíram num sussurro rouco, e pisquei para ele. – Pelo que fiz na boate... Me desculpe.

Os olhos dele percorreram meu rosto, descendo para minhas mãos, que ainda se remexiam, e depois voltando para meus olhos.

– Eu perdoo você.

Inclinei a cabeça. Minhas mãos pararam de se cutucar.

– Por quê? – sussurrei.

O sorriso dele foi breve, meio triste.

– Porque o que você fez me magoou... mas acho que também lhe fez mal.

Soltei o ar de uma vez. A verdade das suas palavras percorreu meu corpo. Sim, aquilo me fez mal. Como ele sabia? Ainda assim, a questão ali não era eu. Eu o fiz sofrer de propósito e, se me senti mal por isso, foi merecido. Balancei a cabeça de leve, incapaz de decidir se estava ou não feliz por ele ter me perdoado e querendo voltar para o assunto sobre o qual estávamos conversando. A entrevista. Limpei a garganta e continuei:

– Hã, bem... Legal da sua parte dar essa entrevista. Parece uma causa nobre. Uma contribuição para... para a educação, não?

Ele me olhou por alguns instantes antes de voltar a sorrir, de leve, e continuar a trabalhar no William, movendo as mãos pelos cachos do querubim.

– Eu lhe contei porque combinei que ela viria até aqui, para eu estar disponível se você precisar de mim.

– Ah, mas você não precisava ter se…

– Eu quis. Mas também quis avisar você antes para que saiba o que está acontecendo.

– Obrigada. – Era a casa dele, portanto ele não me devia nada. Eu sabia que estava atrapalhando a sua vida de muitas maneiras, e mesmo assim ele era gentil e flexível. Por quê? Essa era uma pergunta que me vinha sempre à cabeça e que eu não queria fazer porque não tinha certeza de como a resposta me afetaria. – Devo voltar para casa em mais alguns dias…

Gabriel parou de trabalhar de novo, inclinando a cabeça.

– Por que, Ellie? Por que vai querer subir três lances de escada e ficar num apartamento vazio, onde ninguém poderá ajudá-la se você precisar? Você ainda tem que melhorar. Só faz duas semanas.

– Não quero depender de você – murmurei.

Gabriel suspirou.

– Isso seria tão ruim assim?

Abri a boca para dizer alguma coisa, quando o som de um carro se aproximando da casa fez as palavras morrerem na minha boca. Gabriel abaixou as ferramentas e tirou as luvas devagar. Suas costas subitamente ficaram rígidas, e pensei se não era apenas a minha imaginação. Quem quer que fosse, tinha estacionado fora do campo de visão das portas da garagem, e ouvi o motor sendo desligado. Gabriel saiu para receber a pessoa cujos passos eu ouvia no cascalho.

– Dom – ouvi Gabriel dizer.

O irmão dele voltara para casa.

– Fala, maninho.

– Como estavam os peixes?

– Eles morderam bem. Trouxe uma geladeira cheia. Peixe frito mais tarde?

Os dois caminharam até a parte iluminada das portas abertas, Gabriel e um homem que se parecia um pouco com ele, embora não tanto quanto eu imaginara. Tinha cabelos mais escuros e não era tão forte. Era bonito, mas definitivamente não tinha a beleza atordoante do Gabriel. Ele parou quando me viu, estreitando o olhar.

O maxilar do Gabriel endureceu.

– Dominic, esta é a Ellie. – Ele o encarava com um alerta no olhar.

Dominic pareceu confuso por um momento.

– Pensei que tivesse dito que o nome dela era Crystal.

Meus olhos passaram de um para o outro, tentando entender o que estava acontecendo ali. Gabriel evidentemente contara ao irmão sobre mim. Contara que eu viria. Foi *por isso* que ele viajou?

– Crystal é o meu nome artístico – informei baixinho. Parte de mim desejava que Gabriel tivesse lhe contado o que eu fazia, assim eu não teria de contar, mas outra parte desejava que ele não soubesse.

A expressão dele era tão desdenhosa que fiquei tentada a desviar o olhar, mas não o fiz. Ficou claro que ele sabia muito bem o que eu fazia. Por fim, ele murmurou, com uma inflexão hostil:

– Ellie.

Eu me retraí por dentro ao ouvir meu verdadeiro nome em sua voz desaprovadora. Estampei um sorriso impassível no rosto, aquele que aperfeiçoara há tanto tempo. Por algum motivo, foi difícil. Só se passaram duas semanas, e eu já perdera a prática. Senti-me agitada e aflita como me sentia a cada início de ano letivo, quando aparecia nas minhas roupas velhas e feias e com meus sapatos pequenos demais, às vezes com hematomas que eu tentava esconder como podia. Meu distanciamento gélido fora a minha armadura, e agora eu me sentia como se a tivesse perdido em algum lugar. Eu a queria de volta. *Precisava dela*.

– Dominic. É um prazer conhecê-lo. Desculpe por não me levantar. – Apontei para o gesso e contorci os lábios.

Dominic grunhiu e se virou para o Gabriel.

– Vou guardar meu equipamento. – Em seguida, saiu sem dizer mais nada, passando pelas portas da garagem em direção à casa.

Gabriel exalou o ar com força e passou as mãos pelos cabelos. Olhou para mim, evidentemente pesando as palavras que viriam a seguir.

– Ele não está feliz comigo aqui – eu disse, para que ele não precisasse fazê-lo.

Ele suspirou.

– Dom é... é protetor com relação a mim. Ele acha que está cuidando do meu bem-estar.

– Ele não está feliz por você ser amigo de uma *stripper*. – Odiei a onda de vergonha que me envolveu. Eu tinha *esquecido* quem eu era? Que estupidez.

Gabriel deu a volta na minha espreguiçadeira e se sentou na beirada. Perto. *Tão perto*. Ele respirou fundo e segurou minhas mãos. Meus olhos desceram para o ponto em que nossos dedos se entrelaçavam, e meu coração falhou. As mãos dele tremiam ligeiramente, mas ele estava relaxado; a expressão em seu rosto era de determinação. *Ah, Gabriel*.

– Ellie, ele não conhece você. Ele vai superar isso.

Bufei.

– Assim que ele conhecer a minha personalidade cativante, quer dizer?

Ele abriu um amplo sorriso e meu coração tolo falhou de novo. Se continuasse assim, acabaria com arritmia.

– Sim.

Foi só uma palavra, mas ele a disse com enorme convicção.

Surpreendi-me ao rir de leve.

– Você é... Deus, nem sei o que você é. – Recostei o corpo na espreguiçadeira. – Não é justo eu continuar aqui se isso o deixa constrangido. Esta é a casa dele.

Ele apertou minhas mãos com suavidade.

– Esta é a *minha* casa. Eu sou o dono. E, de qualquer forma, nos últimos tempos andei pensando que talvez meu irmão e eu precisemos de mais espaço.

– Não por minha causa.

Ele meneou a cabeça.

– Não. Na verdade, não tem nada a ver com você. Mas, se o Dom não acolhe meus hóspedes, então esse é mais um motivo. – Ele soltou minhas mãos e se levantou. Senti a perda do calor do seu corpo perto do meu, da sua pegada carinhosa. Ele voltou a trabalhar, concentrado no William, porém sua expressão permaneceu intensa.

No dia seguinte, Chloe Bryant chegou. Eu havia me deitado cedo na noite anterior, pensando que seria melhor dar um tempo para que Dom e Gabriel ficassem juntos sem mim. Eu já estava me sentindo mais à vontade na casa do Gabriel, mas agora voltei a me sentir estranha e constrangida – como se não pertencesse a esse lugar. Tecnicamente, eu não pertencia e jamais pertenceria. A despeito dos esforços do Gabriel de fazer com que eu me sentisse de outro modo, francamente, eu concordava com Dominic. Eu não era o tipo de amiga que o Gabriel precisava. Eu, uma *stripper* que não tinha nada a oferecer. Eu, uma garota que só tirara dele e não tinha esperanças de um dia oferecer algo em troca. Eu.

Passei o amanhecer com o Gabriel, como de costume, já que, aparentemente, Dominic só acordava perto da hora de ir trabalhar. Ele saiu enquanto eu tomava banho, e fiquei contente por não ter de vê-lo até o fim do dia. Talvez eu conseguisse evitá-lo por completo até estar bem o bastante para ir embora.

Eu mancava para fora do quarto quando a campainha tocou. Gabriel saiu da cozinha, lançando-me um rápido sorriso antes de atender a porta. Ele a abriu e uma moça estava ali. O sorriso dela foi instantâneo.

– Gabriel?

– Sim, olá, Chloe. – Quando ele recuou para que ela entrasse, ela praticamente saltou para dentro, toda *mignon* e bonita, com seus cachos castanhos e covinha em uma bochecha.

– É tão bom conhecê-lo pessoalmente. – O sorriso dela, de modo impossível, ampliou-se ainda mais. – Deus, esta região é maravilhosa. E a sua casa… – Ela olhou ao redor quando Gabriel fechou a porta. – É de tirar o fôlego.

Enquanto ela continuava a espiar o ambiente, seus olhos me notaram onde eu estava, praticamente escondida atrás de um abajur.

– Ah, olá – ela me cumprimentou com jovialidade ao se aproximar de mim. – Desculpe, eu não a vi aí.

Manquei para a frente, tentando ao máximo não parecer a criatura lamentável que eu era na verdade.

– Chloe, esta é a Ellie – Gabriel fez as apresentações atrás dela.

Quando ela se aproximou, seu sorriso murchou um pouco.

– Puxa, você se acidentou? Meu Deus, coitadinha. O que aconteceu? Você está bem?

Dei um sorrisinho. A garota era um furacão.

– Estou bem, obrigada. Sim, foi um acidente. – Pigarreei, desejando que ela não fizesse mais perguntas.

O rosto dela se contraiu de pesar.

– Nossa, que horrível. Deixe-me ajudar você até uma cadeira.

– Ah, não, estou bem, de verdade. Fiquei sentada a manhã inteira. Sei que você e Gabriel têm assuntos a tratar. Eu estava indo preparar o almoço, vou sair do caminho de vocês.

Gabriel foi para junto da Chloe, com um sorriso relaxado.

– Vai ficar bem enquanto conversamos?

– Vou, claro. – Mais uma batida à porta e nós três nos viramos, Gabriel com a testa levemente franzida.

– Não sei bem quem pode ser agora – ele murmurou. – Com licença. – Abriu a porta e Kayla estava lá.

Ela vestia shorts ínfimos e uma blusinha agarrada e transparente que deixava à mostra o sutiã preto, com um par de sapatos altos cor-de-rosa. Era o exato oposto da garota doce e saudável que havia entrado na casa do Gabriel minutos antes, com um vestido amarelo recatado e sandálias baixas azul-marinho.

– Oi, Gabe – ela o cumprimentou.

Adiantei-me com as muletas e seus olhos se voltaram para mim.

– Oi, Crystal. – Ela sorriu, mas, quando me aproximei, vi que ela parecia cansada e que havia perdido alguns quilos.

– Oi, Kay.

Ela entrou, e Gabriel fechou a porta.

– Nós vamos para o meu quarto para não atrapalhar vocês – disse para Gabriel, pegando Kayla pelo braço. Ele assentiu, e eu sorri para Chloe.

Ela parecia meio confusa, mas retribuiu meu sorriso quando passamos por ela.

Levei Kayla até meu quarto e ouvi Gabriel perguntar a Chloe se ela queria beber alguma coisa antes de eu fechar a porta atrás de nós.

Apoiei as muletas na parede e sentei na cama. Kayla se sentou na beirada, ajeitando uma perna debaixo do corpo.

– Desculpe eu não ter tê-la visitado mais. Está tudo uma loucura. Todas temos trabalhado turnos extras desde que você se afastou.

– Tudo bem. Você tem sido uma boa amiga para mim, Kayla, e agradeço muito. Como estão as coisas?

Ela suspirou.

– Ah, tudo bem. Você sabe, o de sempre. Um pneu do meu carro furou ontem, tive que mandar consertar.

A menção ao carro dela me fez lembrar do meu, que ainda estava na oficina, presumivelmente consertado e à espera do pagamento, abandonado. Eu precisava ligar para o Ricky, mas deixei minha vida real de lado desde que chegara ali. Não quis pensar nela, ou na quantidade de dilemas que teria de enfrentar assim que estivesse bem de novo.

– Pelo menos estar ocupada fez com que eu perdesse uns quilos – Kayla comentou.

– Percebi. Você está ótima, só se lembre de se cuidar, está bem?

Ela assentiu.

– Pode deixar.

Ouvi o riso da Chloe vindo da sala, seguido da risada máscula do Gabriel. Meu estômago se contraiu em desconforto, e me ajeitei na cama. Meu Deus, *eu estava com ciúmes*? Estava, sim. Estava com ciúmes da conversa fácil que Gabriel e Chloe evidentemente estavam tendo na sala. Eu o ouvi dizer alguma coisa, e sua voz se elevou e desceu com uma espécie de entusiasmo vibrante que eu não conhecia. Isso porque ficar perto de mim era deprimente e entediante. Eu não propiciava nada além de uma conversa maçante e monótona e de confissões constrangedoras. *Senhor*.

– Você está bem, querida? – Meus pensamentos devem ter se refletido no meu rosto porque Kayla olhava para mim com preocupação.

Soltei o ar com força.

– Estou bem. Às vezes... dói, sabe? – Passei a mão pelas costelas como se fosse dali que viesse a minha dor.

Kayla assentiu com solidariedade.

– Fiquei tão aliviada em saber que foram presos. A polícia ligou para o Rodney e ele contou para a gente. Algumas das meninas estavam preocupadas que eles pudessem voltar.

Balancei a cabeça.

– Não, aquilo foi pessoal.

Kayla inclinou a cabeça.

– É, acho que sim. Mas ouvi que eles já saíram. Está preocupada?

Olhei nos olhos dela. Como uma cortesia, o detetive telefonara para me avisar que os três homens haviam pagado a fiança. Recebi a notícia num estado de torpor e aceitação. O detetive me garantiu que era do interesse deles se comportar. Eu precisaria testemunhar no julgamento assim que a data fosse estabelecida, mas não queria pensar no assunto por enquanto.

– Se estou preocupada que eles possam me encontrar? – Balancei a cabeça. – Não. Não pensei nisso. – Mordi o lábio. – Eu... me sinto *segura* aqui.

Ela assentiu.

– Eu também me sentiria. É bem legal aqui. A casa mais bonita que já vi. E não tem como eles a encontrarem aqui. Mesmo que quisessem. O que só pioraria a situação deles.

– Verdade. – Estudei minhas unhas quando ouvi mais uma risada da Chloe.

– Ele está tratando você bem, Crys?

– Sim. Ele me trata muito bem. Melhor do que eu mereço, Kay.

Ela sorriu para mim.

– Não. Acho que ele é exatamente o que você merece.

Sorri, mesmo sabendo que ela estava errada.

Kayla ficou por mais ou menos uma hora. Conversamos sobre o que andava acontecendo na Pérola Platinada, na sua vida, sobre uma ou outra fofoca a respeito das garotas. Eu estava com um ouvido ligado nela e o outro no que acontecia na sala, onde a conversa entre Gabriel e Chloe continuava. Fiquei pensando no que eles estavam falando, se ela começara a entrevista ou se só estavam se conhecendo por enquanto. Pelo que podia ouvir, parecia que conversavam casualmente. Fiquei grata com a chegada da Kayla. Se não fosse por ela, eu seguramente estaria ouvindo atrás da porta como uma maníaca.

Peguei as muletas e andei – ou melhor, manquei – junto à Kayla para fora do quarto e, quando chegamos à sala de estar, Chloe também estava de pé, evidentemente se preparando para sair. Ela sorria com vivacidade e Gabriel terminava uma frase, com uma expressão franca e feliz no rosto. O ciúme me atacou de novo, mas eu o abafei. *Ele não é meu*.

Kayla acenou para os dois quando passamos e eu a abracei quando nos despedimos, na porta. Quando voltei a entrar, Chloe vinha na minha direção.

– Ellie, foi muito bom conhecer você. Volto amanhã e nos veremos, então.

– Ah, tudo bem. Nos vemos amanhã. Foi um prazer conhecê-la também.

– Tchau, Gabriel. – Ela sorriu para ele, e foi um sorriso afável, carregado de um afeto inegável. Desviei o olhar, sentindo-me uma intrusa num momento pessoal.

– Tchau, Chloe. Até amanhã.

Ele manteve a porta aberta para ela quando Chloe passou, virando e acenando para nós dois antes de Gabriel fechar a porta. Ficamos ali desajeitados por um segundo, antes de Gabriel sorrir para mim daquele seu jeito tímido e meigo.

– Parece que foi tudo bem.

– Foi, foi, sim. – Havia alegria na voz dele, e isso provocou um aperto no meu peito.

– Que bom – respondi, limpando a garganta, porque minha voz saiu meio rouca. – Eu, hã, preciso tomar meu remédio e depois vou cochilar um pouco.

– Ok. Você está bem? A visita da Kayla foi boa?

– Sim, sim, foi tudo bem. – Virei e manquei até o quarto, querendo ficar sozinha e desligar as emoções exaltadas dentro de mim, porque não as compreendia. Gabriel Dalton era bom demais para mim, e eu jamais teria algo duradouro com alguém como ele, de qualquer forma. Homens bons e gentis como Gabriel Dalton acabavam com moças bonitas e respeitáveis como Chloe Bryant. E garotas como eu terminavam sozinhas.

Despertei na casa silenciosa com lágrimas escorrendo pelo rosto. Olhei em frenesi ao redor do quarto escuro, tentando me situar.

Você está indo para a direção errada. Precisa voltar, meu amor.

As palavras ecoaram na minha mente; a lembrança da voz da minha mãe me trazia tanto sofrimento quanto alegria. Solucei e me sentei na cama.

Por que eu ficava ouvindo a voz dela? Por que tinha sempre esse sonho? Deus, ele fazia com que eu me sentisse desesperada e solitária.

Saí da cama e fui ao banheiro. Ainda soluçava quando saí dele. Precisava de um copo de água. O relógio no criado-mudo mostrava que eram dez horas. Abri a porta silenciosamente e agucei os ouvidos, mas não ouvi nenhum barulho no resto da casa. Será que Dominic e Gabriel estavam dormindo? Eu iria rapidamente até a cozinha e voltaria direto para o quarto. Tive sucesso em evitar Dominic pela casa, e queria que isso continuasse assim.

A água da torneira estava fresca e, depois de tomar um copo inteiro de uma só vez, meu diafragma se relaxou. Coloquei o copo na lavadora e comecei a voltar para o meu quarto. Quando olhei de relance para a sala de estar, algo sobre a cornija da lareira chamou minha atenção, e fui até lá. Ao lado de uma planta havia um pequenino pardal de mármore. Passei o dedo sobre ele, inclinando a cabeça ao capturar todos os detalhes, as asas emplumadas, os olhinhos, que, de alguma forma, pareciam ter alma, o bico aberto como se ele estivesse cantando.

Ouvi uma tábua ranger atrás de mim e me virei. Gabriel estava ali; estava surpreso por me ver, e seus olhos estavam arregalados.

Ele não vestia nada além de uma cueca boxer.

Engoli em seco. Minha boca secou diante da beleza masculina de seu corpo, praticamente nu. Ele era... perfeito. Foi essa a palavra que surgiu de imediato na minha mente. *Perfeito. Angelical. Divino.*

Meu olhar se refestelou nos ombros largos e fortes, nos músculos rijos do peito, nas ondulações firmes do abdome. Como se meus olhos fossem atraídos por ele como um ímã, eles se moveram pelo peito até as coxas musculosas, para as panturrilhas bem torneadas e depois de volta para a cueca, onde o contorno de sua anatomia masculina era quase visível ao encontro do tecido fino.

Meu íntimo se contraiu e senti a umidade entre as minhas coxas. Pisquei, completamente desacostumada a esse tipo de reação ao corpo de um homem. Eu queria sair correndo e, ao mesmo tempo, me aproximar dele, esticar a mão e percorrer seu peito com um dedo, assim como acabara de fazer com o pássaro de pedra.

– Meu pai fez isso.

– O q-quê? – Deus, minha voz saiu arfante demais, atordoada demais.

– O pardal.

Ele cruzou os braços diante do peito, evidentemente incomodado com o estado de seminudez. Lançou um rápido olhar para baixo.

– Desculpe, eu não sabia que você estava acordada.

De novo meus olhos percorreram seu peito descoberto. Havia uma trilha esparsa de pelos sob o umbigo que descia até o cós da cueca. Meus olhos saltaram de volta para os dele, e engoli a saliva de maneira quase audível, certa de que ele ouviu, pois suas sobrancelhas se mexeram de leve.

Virei a cabeça, com o coração batendo tão forte em meus ouvidos que eu tinha certeza de que ele também conseguia ouvir, mesmo de onde estava.

– Isso é no mínimo justo – murmurei.

– O que é?

– Agora nós dois nos vimos semidespidos.

Gabriel inclinou a cabeça, avaliando-me de um jeito misterioso. Subitamente se virou e voltou para o quarto. Fiquei enraizada onde estava, confusa, quando ele retornou com a mesma rapidez com que saíra, vestindo uma camiseta. Caminhou até perto de mim e parou bem na minha frente. Sua expressão era meio tímida, mas também meio brincalhona.

– Espero que... que, se nos virmos sem roupa de novo, que não seja por causa de um trabalho ou de um acidente. Que seja porque nós dois queremos e que tenha algum significado.

O quê?

Visões giraram na minha mente, espontâneas: braços e pernas entrelaçados, lençóis revirados. O calor tomou conta das minhas veias, o sangue latejou entre as minhas pernas. Foi demais. Foi... descontrolado e me assustou. Eu não queria pensar no Gabriel desse jeito, não *podia* pensar nele desse jeito. Na verdade, jamais pensara em homem *algum* desse jeito.

– Algum significado? – Minha voz era um mero sussurro.

Ele assentiu; sua expressão se tornou séria e seus olhos se encheram de gravidade. Sua mão lentamente se ergueu até meus cabelos, e ele afastou uma mecha do meu rosto. A mão pairou, os nós dos dedos resvalando com suavidade na minha bochecha. Minha respiração ficou presa ante o toque sutil. Seus lábios cheios se entreabriram, e aqueles olhos angelicais percorreram minhas feições como se ele estivesse me memorizando, gravando aquele momento. Eu estava enfeitiçada, presa uma vez mais no seu olhar. Ninguém nunca olhou para mim do modo como Gabriel me olhava nesse instante, em toda a minha vida.

– Sim. – Foi só o que ele disse, deixando que eu tentasse compreender o sentido.

Mas claro que ficar nu sempre *significava* alguma coisa. Um suborno, um pagamento, uma coerção, um meio para conseguir algo... Só que eu sabia muito bem que Gabriel não se referia a nenhuma dessas coisas, e foi impossível me convencer de que ele poderia fazer isso. Eu já sabia que não. E não queria pensar no que ficar nu significaria para Gabriel porque a simples ideia me enchia de terror e de um desejo carente e doloroso. Mas basicamente de terror.

Virei de frente para o pardal, com um movimento atrapalhado das muletas.

– O s-seu pai... Ele também era escultor?

– Eloise.

Cerrei os olhos com força, recusando-me a encará-lo de novo.

– Ele era muito bom.

Gabriel soltou um breve suspiro. Não sei se seu desapontamento foi fruto da minha imaginação.

– Sim, ele era muito bom. – A mão dele resvalou no meu ombro nu quando ele se esticou para pegar o pardal. Seu toque acendeu uma onda de calor na porção de pele que ele tocou, e quis esfregá-la, mas não o fiz. *Não pude*. Virei e o vi estudando o passarinho. Ele tinha um sorriso no rosto.

– Quando eu tinha oito anos, fui para um acampamento no verão. Estava nervoso em dormir longe da minha família. Havia uma árvore bem diante da janela do meu quarto, e pardais sempre se empoleiravam nela para cantar. Meu pai entalhou este carinha aqui para que eu pudesse levar um dos pardais comigo. Para que eu tivesse um pedacinho de casa comigo – um símbolo para eu me sentir bem.

Observei-o enquanto ele falava, com um desejo de felicidade na expressão, e me perguntei como seria ter lembranças que fizessem com que me sentisse assim. Recordações que trouxessem felicidade em vez de medo, solidão e tristeza. E não pude evitar imaginar a profundidade do desespero do Gabriel quando ele finalmente voltou para casa, depois de todos aqueles anos trancado num porão escuro e solitário, só para sentir a perda de toda essa felicidade de novo.

– Ele parece ter sido um homem bom – sussurrei.

Seus olhos encontraram os meus.

– Sim, ele era o melhor. – O amor absoluto em sua expressão enquanto ele falava do pai disparou algo em mim e, por um instante fugaz, senti medo por ele – pela sua vulnerabilidade e pelo seu coração puro. Medo de como o mundo o feriria. Mas isso era ridículo. Ele já fora ferido – da maneira mais inimaginável. Então, como ele ainda conseguia preservar tanta gentileza? A ternura reservada? Como ainda conseguia demonstrar seus sentimentos desse jeito? E por que fazia isso? Eu não conseguia entender.

O silêncio pairou entre nós, desajeitado e constrangedor, como se estivéssemos esperando que o outro começasse a falar. Por fim, me despedi dele.

– Bem, boa noite, Gabriel. – Comecei a me virar.

Ele deu um passo à frente.

– Não está com fome? Você pulou o jantar. Posso preparar alguma coisa para você.

Balancei a cabeça.

– Não, obrigada. Eu... eu estou muito cansada hoje. – Dei-lhe as costas. Eu não me sentia cansada de verdade. O que eu sentia era confusão e medo, e, acima de tudo, uma preocupação enorme de estar me apaixonando por Gabriel. *Ah, Ellie, sua tola. Que burra você é.*

Naquela noite não sonhei com corredores escuros que se estreitavam. Em vez disso, sonhei com o luar sobre a pele nua, com mãos que me acariciavam, com uma boca que explorava todos os meus lugares secretos e com olhos de anjo no escuro. Despertei excitada e arfante, com um grito de prazer nos lábios, tentando alcançar alguém que não estava ali.

CAPÍTULO CATORZE

Não se impeça de sonhar. Sonhos são o que mantém nosso coração vivo.
Lemon Fair, a Rainha do Merengue

ELLIE

Dormi até mais tarde na manhã seguinte. Eu me virei e revirei a noite inteira, incapaz de dormir depois dos meus sonhos eróticos, e simplesmente não consegui me arrastar para fora da cama ao raiar do dia. Quando, por fim, saí de muletas do quarto, depois de uma rápida chuveirada, fui em direção à garagem, onde conseguia ouvir Gabriel trabalhando.

– Bom dia.

Ele olhou por cima do ombro com um sorriso imediato.

– Bom dia.

Caminhei lentamente até a mesa em que William estava, sentindo-me só um pouco constrangida, imaginando se Gabriel estava pensando no que acontecera na noite anterior, imaginando se meu rosto revelava que eu passara a noite sonhando com ele. Será que ele percebia que eu me sentia ainda mais vulnerável e ligeiramente confusa, e estava tão *hiperconsciente* dele que sentia minhas bochechas corarem? No entanto, sob esse constrangimento, havia um tipo estranho de excitação que eu não sabia classificar. Será que ele sabia? A expressão do Gabriel não me revelava nada, então meus olhos passaram para William.

– Ele tem orelhas. – Inclinei-me de um lado para o outro da estátua enquanto observava as conchinhas perfeitas.

Gabriel riu.

– E sobrancelhas. Preciso ir ao meu estúdio na pedreira e pegar umas coisas para terminá-lo. Sente-se bem o bastante para ir comigo?

– Para a pedreira… Ah, hã, tudo bem. Claro.

Gabriel sorriu.

– Só preciso pegar a chave do carro. Ela fica literalmente a três minutos daqui. Podemos tomar café da manhã quando voltarmos?

Assenti, e quando Gabriel voltou para dentro, passei a mão pela cabeça áspera do William, e meus lábios se ergueram enquanto eu tracejava uma das suas orelhas novas. Ele me parecia um pequeno milagre. Ainda custava a acreditar que tivesse sido criado a partir de absolutamente nada. Contudo, ali estava ele.

– Homenzinho querido – murmurei, rindo de mim mesma, me sentindo uma boba.

Endireitei-me, afastando a mão ao ouvir que Gabriel se aproximava da garagem. Poucos minutos depois já saíamos pelo caminho para carros, nos dirigindo para a estrada.

Quando Gabriel me ajudou a entrar na cabine da caminhonete, não pareceu se enrijecer, o que me fez lembrar da vez em que ele me ajudou a *sair* dela, duas semanas atrás. Pensei em todos os pequenos toques e na maneira como ele parecia mais confiante perto de mim, dia após dia. Talvez eu estivesse mesmo lhe fornecendo algum tipo de terapia, ainda que não de propósito. Gostei disso; fazia com que eu me sentisse um pouco menos inútil, um pouco menos… em débito com ele.

Alguns minutos mais tarde, saímos da estrada e entramos num estacionamento com uma placa na qual se lia PEDREIRA

Dalton Morgan. Gabriel estacionou numa vaga em frente a um prédio comercial. A área era bem arborizada à direita e atrás da loja; à esquerda havia outra construção menor e, atrás dela, eu via parte de um grande desfiladeiro, que devia ser a pedreira.

Gabriel se esticou para apanhar minhas muletas atrás do banco, apoiando-as no carro para depois segurar minhas mãos quando desci. O clima estava mais fresco nas últimas semanas, à medida que o outono se aproximava, mas o sol estava quente na minha pele enquanto Gabriel me conduzia para a entrada do que parecia um *showroom* e escritórios, ao longo de um caminho lateral. Ao longe, eu conseguia ouvir o zunido de maquinários e gritos dos homens que trabalhavam na pedreira. As vozes deles ecoavam e chegavam até nós.

Gabriel abriu uma porta na lateral da loja, e eu o segui para dentro de um espaço amplo, com diversas mesas espalhadas pelo ambiente. Havia uma janela grande na parede dos fundos, com vista para as árvores de trás.

Fui andando lentamente pelo cômodo, olhando aqui e ali para peças entalhadas, algumas sobre as mesas, outras apoiadas nas paredes e outras sobre prateleiras de tamanho industrial. Algumas peças pareciam semiacabadas; outras, completas. Fiquei muda ao observá-las, engolindo em seco enquanto meus olhos passavam de uma para outra. Gabriel era… Meu Deus, eu não havia pensado na extensão do seu talento.

Parei diante de uma placa reta de pedra com o rosto de um menino de olhos fechados, emergindo como se ele estivesse empurrando para sair da barreira dura, desesperado para se revelar. Parecia uma versão jovem do Gabriel, e fiquei pensando se não seria uma espécie de autorretrato. Algo naquela peça fez com que minha garganta se fechasse. Passei um dedo ao longo do rosto do menino e depois segui em frente, olhando para um cachorrinho com apenas uma orelha, e uma rosa cuja haste parecia quebrada.

– A maioria dessas coisas fiz quando era mais novo... Ainda estava aprendendo – Gabriel disse ao meu lado, me sobressaltando, visto que quase me esqueci de que ele estava ali. Olhei de relance para ele, que estava com o quadril apoiado numa mesa e as mãos enfiadas nos bolsos dos jeans enquanto me via observar suas criações.

– São lindas. – *Maravilhosas. Incríveis. Inacreditavelmente mágicas*. – Você é... – quase disse que ele também era lindo, mas me contive, com as palavras pairando no ar. Tinha certeza de que ele sabia o que estive prestes a dizer. *Você é lindo*. Examinar as coisas que testemunhavam o incrível talento do Gabriel fez com que eu me sentisse vagamente ridícula. Fez com que me perguntasse de novo o que esse homem via em mim e por quê. Ele tinha a habilidade de criar *vida* a partir de uma rocha, de criar a beleza em uma pedra, e eu... eu tirava a roupa para homens e deixava que eles vissem meus peitos balançarem. Gabriel era um artista brilhante; eu era uma piada de mau gosto e sem talento.

Virei-me, evidentemente sobressaltando Gabriel, que pareceu surpreso, afastando-se da mesa e se aprumando, com toda a sua altura.

– Pegou o que precisava? – Minha voz soou fria, e por dentro eu me retraí.

Gabriel inclinou a cabeça, olhando pensativamente para mim antes que seus lábios se curvassem num sorriso.

– Sim, já desbastei William o suficiente. Está na hora de começar a alisá-lo.

– A alisá-lo...?

– Sim, no fim ele vai ficar parecido com isto. – Ele pegou a estátua do cachorro, e vi que, apesar de ter uma orelha a menos, ele era completamente liso, enquanto William ainda tinha áreas ásperas, nas quais fora entalhado e cinzelado. Os sulcos e talhos de sua criação.

– Ah, ok. Pronto para voltar?

– Sim. Venha comigo que lhe mostro a loja, bem rapidinho. Eu a levaria até a pedreira, mas a trilha é íngreme demais para as muletas. Poderíamos ir pela estrada, de carro, mas prefiro lhe mostrar quando você conseguir ficar de pé na beirada. – Ele sorriu. – Desse jeito vai ter uma ideia melhor do quanto ela é enorme.

Gabriel trancou seu estúdio, apanhando uma mochila de lona que devia ter deixado ao lado da porta enquanto eu olhava os arredores. Segui-o até a frente da loja. Uma sineta tocou quando ele empurrou a porta e a segurou para me dar passagem. Música clássica tocava suavemente de alto-falantes em algum lugar nas paredes, e havia uma fonte à minha esquerda, na qual a água cascateava por um painel de vidro, contribuindo ainda mais para uma atmosfera relaxante.

O interior inteiro parecia ser feito de pedra, do piso às paredes, e bancadas altas com tampos de granito tinham pequenas amostras e catálogos. Havia um casal sentado em bancos altos diante de uma das bancadas, discutindo baixinho a respeito de duas amostras diferentes.

Havia portas à minha direita que deviam dar em escritórios. Tinha acabado de pensar nisso quando uma delas se abriu e Dominic apareceu, de calças cáqui, camisa e gravata, e me lançou um aceno rápido. Eu me remexi nas muletas, sentindo-me mais ridícula do que no estúdio do Gabriel. Sentindo-me danificada

– imprestável –; não tinha nada para combater a evidente antipatia que Dominic sentia por mim.

O telefone tocou, e Gabriel se esticou por cima da bancada para atender, cumprimentando Dominic com a cabeça.

– Pedreira Dalton Morgan. – Ele ouviu por uns segundos enquanto eu tentava olhar para qualquer coisa além do Dominic. Gabriel dizia a quem quer que tivesse ligado que eles ficavam abertos até às cinco e que seria melhor marcar uma hora.

A sineta sobre a porta voltou a tocar, e o homem que conheci no começo da semana, George, entrou, com um sorriso acolhedor no rosto quando viu Gabriel e a mim.

– Ok, deixe-me anotar... – Gabriel andou até a frente da mesa e pegou uma caneta, depois voltou a falar ao telefone enquanto eu cumprimentava George. Gabriel desligou e voltou a dar a volta na mesa.

– Vejo que está oferecendo um *tour* à Ellie.

Gabriel sorriu e se recostou na bancada, daquele seu jeito que passei a conhecer – tão casualmente másculo.

– É. Eu precisava de alguns equipamentos para terminar o anjo para o museu francês. William deve ficar pronto nos próximos dias.

George riu.

– William.

Meu coração pesou com a menção de que William estava quase completo. Depois disso, eles o despachariam. Ele sumiria. *Controle-se, Ellie.* Remexi-me uma vez mais nas muletas. Vi a preocupação surgir no rosto do Gabriel, e ele se aproximou de mim.

– Acho que o passeio já foi o suficiente por hoje.

Dominic emitiu um som de desgosto do fundo da garganta e revirou os olhos. Corei de humilhação, afastando-me do Gabriel.

– Estou bem – murmurei, tentando ficar o mais ereta possível sem machucar as costelas.

Os olhos do George passaram lentamente do Dominic para mim e voltaram para o Dominic. Seus lábios estavam apertados, e sua testa, crispada. Quando voltou a olhar para mim, sua testa se suavizou e ele sorriu antes de dizer:

– Preciso mesmo voltar para a pedreira. Mas vejo vocês mais tarde no jantar?

– No jantar? – perguntei.

– É – Gabriel interveio. – Chloe vai preparar um jantar para todos nós. Na verdade, insistiu em fazer isso. Ela é meio... animada. – Ele riu, mas havia afeto em seus olhos.

Desviei o olhar e assenti.

– Então, sim, nos vemos no jantar.

Dominic me lançou um olhar de desaprovação antes de Gabriel me conduzir para fora do prédio, ajudando-me a subir na caminhonete, e me levar para casa.

Para casa.

Não, Ellie. Não comece a pensar na casa do Gabriel como se fosse sua. Isso seria muita, mas muita estupidez. Não faça isso.

No entanto, suspeitei que já estava feito.

Chloe e Gabriel passaram outras várias horas juntos na sala de estar enquanto eu tentava me manter ocupada no meu quarto.

Liguei para a oficina e me informaram que meu carro estava pronto. Ricky ficara sabendo que fui parar no hospital e generosamente se ofereceu para guardar o carro até que eu pudesse ir lá para pagar pelo conserto, o que foi um alívio, considerando o fato de que eu não tinha sequer um dólar para chamar de meu. E, por um tempo, nem conseguiria dirigir.

Liguei para a proprietária do apartamento e expliquei as circunstâncias, e, embora parecesse aborrecida, concordou em prorrogar o aluguel. Eu teria mais um mês e depois lhe deveria dois. Suspirei, pois não fazia a mínima ideia de como conseguiria o dinheiro, mas resolvi me preocupar depois. Estava acostumava a fazer malabarismos financeiros – parecia que era só o que fiz a vida inteira.

Ainda não ligara para o Rodney para saber a respeito da minha situação no trabalho, mas isso poderia ser postergado por mais um dia. *Ele* estava bem ciente das minhas circunstâncias. Não que eu tivesse recebido sequer um cartão de melhoras da sua parte. Muito provavelmente estava irritado por eu ter atrapalhado seus negócios ao levar uma surra no estacionamento dele, fazendo com que a polícia e a mídia local rodeassem o lugar. Se tem uma coisa de que os frequentadores de boates de *striptease* não gostam é a luz forte de uma câmara de repórter apontada para eles.

Ao pensar nos clientes da Pérola Platinada, uma ansiedade trespassou meu corpo. Não demoraria muito para eu ter de voltar para lá, para o meu trabalho. Mas fiquei pensando se Kayla estaria certa... Se Rodney permitiria que eu trabalhasse no bar, não só por enquanto, mas numa troca de carreira. Se eu estudasse, aprenderia a preparar drinques. *Não poderia?*

Do lado de fora da porta, o rumor de uma conversa podia ser ouvido. Hoje eles não estavam rindo. Hoje a conversa deles parecia sussurrada e íntima. Visualizei a cabeça deles inclinada, próxima uma da outra, enquanto Chloe descobria os segredos mais profundos do coração do Gabriel, cujos olhos expressivos estariam focados no belo rosto dela. Levantei e liguei o exaustor do banheiro, deixando a porta aberta. Não queria ouvi-los. Entretanto...

o ciúme que senti ao saber que Chloe ouvia os pensamentos mais privados do Gabriel, e eu não, fez com que uma dor se assentasse em meu peito.

Você poderia perguntar a ele, Ellie. Se tivesse coragem o bastante, poderia pedir que partilhasse isso com você também.

Mas então você também teria de partilhar seus segredos, uma vozinha sussurrou.

Pouco depois das cinco, bateram à minha porta. Abri e vi que Chloe estava ali, com seu sorriso radiante.

– Oi!

– Olá, Chloe.

– Não sei se Gabriel mencionou que vou cozinhar hoje.

– Sim, ele me contou. É muito gentil da sua parte.

Ela fez um gesto displicente com a mão.

– Fico feliz em fazer isso. Eu os teria levado para jantar fora, mas quero que você esteja o mais confortável possível, por isso pensei que uma comida caseira daria conta do recado.

– Você é muito amável…

– E pensei que talvez você pudesse me fazer companhia. Não precisa ajudar, se não quiser, mas eu adoraria conhecê-la um pouco melhor. Vou ajeitar uma cadeira para que você não fique muito de pé.

– Ah, hã… – *Eu? Por que ela haveria de querer me conhecer?*

Ela olhou para mim cheia de expectativa.

– Por favor?

– Tudo bem.

Aquele sorriso exuberante se espalhou pelo seu rosto de novo.

– Maravilha.

Sentei num dos bancos diante da ilha da cozinha, enquanto Chloe desempacotava as compras que devia ter trazido consigo quando chegou.

Gabriel entrou na cozinha e nos observou. Seus olhos se demoraram em mim por um momento, antes de se voltarem para Chloe.

– Tem certeza de que quer fazer isso? Podemos pedir comida.

– Não, não. Estou tão feliz que tenha me deixado cozinhar para vocês. De verdade, Gabriel, depois de tudo o que fez por mim, uma refeição caseira é o mínimo que posso fazer. Não me prive de demonstrar minha gratidão. Não seria generoso da sua parte. – Ela lhe lançou um sorriso brincalhão.

Ele riu.

– Tudo bem, então. Obrigado. – Ele se voltou para mim. – Tudo bem? – Seus olhos eram suaves ao avaliar como eu estava sentada e onde minha perna estava apoiada. Seu olhar me aquecia como a luz do sol.

– Sim, estou bem.

– Ok. Vou trabalhar um pouco no jardim, enquanto vocês ficam aqui. Tenho negligenciado o lugar e as ervas daninhas estão se apossando de tudo.

– Seis horas – Chloe avisou quando ele saiu da cozinha.

– Estarei de volta – ele replicou.

Chloe virou seu rosto sorridente para mim, fazendo uma pausa na sua tarefa.

– Ele é... Puxa, ele é simplesmente extraordinário, não?

Extraordinário. Sim, ele é isso. Assenti.

– Ele é – murmurei.

Chloe pendeu a cabeça, me avaliando.

– Tenho que admitir, quando falei com ele pela primeira vez no telefone, não pude deixar de imaginar se ele era ou não solteiro. –

Ah. Lá estava, aquela sensação de estar caindo. – Mas, agora, vendo o jeito como ele olha para você...

Meus olhos dispararam para ela.

– Ah, não. Ele é só... Nós somos só amigos, quero dizer.

Se nos virmos sem roupa de novo...

Um calor subiu pelo meu pescoço quando me lembrei dessas palavras. Chloe balançou a cabeça, com um sorrisinho nos lábios.

– Não, Ellie. O jeito como ele olha para você pode ser muitas coisas, mas amigável não é uma delas. Ele sente alguma coisa por você. E, se esse homem sente alguma coisa por você, você deve ser muito especial.

Tão rápido quanto a alegria desceu pela minha coluna com a declaração dela de que Gabriel sentia algo por mim, também surgiram a insegurança e uma sensação de derrota. Ri, sem graça.

– Não sou nada especial, posso lhe garantir.

Chloe se virou, deixando um punhado de legumes que pegara da geladeira sobre a bancada. Uma expressão alarmada surgiu em seu rosto, e ela segurou minhas mãos sobre a ilha, surpreendendo-me.

– Ah, Ellie. Eu mal a conheço e já posso dizer que isso não é verdade. – Ela sorriu e apertou minhas mãos antes de soltá-las.

Não consegui conter a onda de afeto que corou minhas faces ante o elogio dela. Garotas nunca foram legais comigo, e me senti estranhamente tímida. Ela era tudo o que eu não era: franca, aberta, sorridente e de gargalhada fácil. *Pura. Meiga*.

– Então, o que é que você faz?

Lá vamos nós. Observei Chloe enquanto ela procurava algo nos armários, tirando uma tábua de corte e colocando-a sobre a bancada.

– Sou *stripper*. – Fiquei imóvel à espera da reação dela.

Ela parou o que estava fazendo, e seus olhos se arregalaram de leve.

– Mesmo? Puxa, sempre tive uma fantasia secreta de tentar fazer isso. Deve ser libertador se sentir tão à vontade com seu próprio corpo. – Ela pegou uma cebola e começou a cortá-la.

Franzi a testa.

– Hum, não, na verdade. Nunca pensei no assunto nesses termos. Não gosto do que faço. Eu… eu acho que… só aconteceu. – Suspirei. – Não vou dizer que não foi uma escolha porque todos nós fazemos escolhas, certo?

Chloe levantou o olhar para mim, dando uma pausa com a cebola.

– Imagino que sim, mas "escolha" é uma palavra tão enganadora, não?

Deixei isso de lado, para pensar com mais calma depois.

– Talvez.

– Mas tudo bem; se você não gosta de fazer isso, talvez o seu acidente seja uma daquelas coisas para as quais olhamos mais tarde e percebemos que foram o catalisador de uma mudança positiva. Sabe, aquilo que nos motivou a tomar um caminho diferente.

Você está indo para a direção errada. Precisa voltar, meu amor.

Olhei para ela, pensando em como ela era confiante, em como suas conclusões eram tão certas e organizadas. *Se não está feliz, apenas mude. Sem problemas. Fácil assim.* Essas eram as conclusões de alguém que nunca teve de se esforçar muito, que não sabia que não eram apenas os punhos que nos quebram e nos fazem sangrar – não, a própria *vida* pode muito bem fazer isso também, às vezes até mais. Ela não entendia a agonia profunda da perda, de ser deixada para trás, aterrorizada, segregada, de sofrer abusos. Ela não percebia que o coração pode ser machucado a ponto de fazer você apenas querer se enroscar em si mesma para nunca mais sair. No entanto, eu não me ressentia dela por isso. Eu a invejava.

– Não foi um acidente. Três homens me atacaram.

A faca que Chloe usava se chocou contra o granito da bancada.

– Ah, Ellie! Isso é absolutamente horrível. Eles foram presos?

Assenti.

– Sim.

Ela pareceu aliviada.

– Ainda bem. – Ela ainda balançava a cabeça, com uma expressão de pesar. – Caramba, você passou por maus bocados. Lamento muito.

Ela apanhou a faca e a segurou, como se estivesse pronta para usá-la como arma.

– Eu bem que gostaria que me deixassem sozinha num quarto, com esta faca e esses chamados homens que têm a coragem de atacar uma mulher. Eu faria picadinho deles. – Moveu a faca no ar, e me surpreendi antes que uma gargalhada explodisse da minha garganta. Foi estranho ver essa moça meiga, de aparência tão inocente, empunhando uma faca como se fosse uma versão bonitinha do Zorro.

Ela parou, e a expressão determinada se dissolveu num sorriso quando começou a gargalhar comigo. Dobrei-me ao meio, arquejando, com as costelas doendo enquanto achava tudo aquilo muito engraçado.

– Ai. – E gargalhei de novo.

Depois de alguns minutos conseguimos nos controlar, e Chloe voltou a picar, mas uma ou outra risada ainda escapou.

– Tem mais alguma tábua por aí?

– Tem, espere. – Chloe pegou mais uma tábua, uma faca e um cesto de cogumelos e os pôs na minha frente, e comecei a fatiar.

– Então, o Gabriel me contou que o seu trabalho é a respeito de crianças sequestradas que conseguiram voltar para casa – comentei depois de um minuto.

– Sim, mais especificamente sobre os efeitos psicológicos a longo prazo. – Ela inclinou a cabeça. – Grande parte da minha pesquisa foi baseada em estudos de caso, por isso tenho muita sorte de o Gabriel ter concordado com as entrevistas. – Ela balançou a cabeça, abaixou a faca e pegou a cebola picada, despejando-a numa frigideira grande sobre o fogão. Virou e pegou papel-toalha para enxugar as mãos. – Tenho que dizer... Eu esperava alguém... diferente. Não tão bem ajustado, tão...

– Sólido – sugeri.

Seus olhos se encontraram com os meus e ela sorriu.

– Isso. Sólido. Essa é uma boa palavra para descrevê-lo. Existe algo de incrivelmente forte nele. De fato, notável. – Trabalhamos em silêncio por um minuto. – Sou fascinada pelos motivos que fazem uma pessoa se desintegrar, enquanto outra, passando por um trauma semelhante, sobrevive e prospera. A mente é algo tão fascinante e existem sempre tantas variáveis. Eu poderia falar sobre Psicologia o dia inteiro.

– Então quer ser psicóloga quando se formar?

Ela riu com vontade.

– Provavelmente está pensando a mesma coisa que o meu pai. Como é que essa garota vai se calar por tempo suficiente para de fato ouvir alguém falar sobre os seus problemas? – Ela sorriu e eu balancei a cabeça.

– Não, não estava pensando isso.

Ela riu de novo.

– Eu não discordaria se estivesse. Gosto de conversar. Mas, na verdade, também amo ouvir. – Ela sorriu com carinho. – Por isso, se um dia precisar de um ouvido, estou à disposição, e adoraria se você me considerasse sua amiga.

Sorri e continuei a fatiar. Conversamos amigavelmente enquanto Chloe cozinhava e eu assumi algumas das tarefas de preparação que podia fazer sentada.

Gabriel entrara na casa um pouco antes e fora para seu quarto. Entrou na cozinha bem quando Chloe se esticava nas pontas dos pés para apanhar uma travessa na qual serviria o frango ao molho marsala, que tinha um cheiro maravilhoso. Gabriel evidentemente acabara de tomar banho – seus cabelos ainda estavam um pouco úmidos, e ele também trocara de roupa. Ele se aproximou da Chloe e pegou a travessa com facilidade, sorrindo ao entregá-la. Ela o olhou com adoração e riu baixinho.

– Obrigada.

Gabriel olhou para mim.

– Tudo bem com você?

Assenti e, quando olhei para Chloe, ela nos observava com um sorriso nos lábios.

Gabriel levou os pratos para a sala de jantar, e comecei a arrumar os cinco lugares enquanto Chloe terminava de preparar a comida. Enquanto eu ajeitava os guardanapos e os talheres, a porta da frente se abriu e Dominic entrou, cumprimentou-nos rapidamente e disse que iria para o quarto para se trocar. Ele me lançou um último olhar gelado antes de se virar. A bolha pequenina de alegria que me envolvera diminuiu e, por um instante, não quis outra coisa senão ir para o quarto e ficar lá o resto da noite. Mas respirei fundo; não queria estragar o jantar que Chloe se empenhara tanto em preparar e continuei a arrumar a mesa, me arrastando de um lugar para o outro.

A campainha tocou e Gabriel abriu a porta para o George, que entrou e nos cumprimentou com um sorriso no rosto.

Nós nos sentamos à mesa e os dez primeiros minutos da refeição foram dedicados a elogiar Chloe pela comida deliciosa. Era a primeira refeição em família que eu tive e, mesmo sabendo que não era bem-vinda por Dominic, me deleitei com a experiência, observando todos rindo e apreciando a companhia uns dos outros. Olhei de soslaio para Gabriel, que estava sentado ao meu lado. Ele estava relaxado em sua cadeira, com um braço casualmente apoiado no encosto da minha, participando à vontade da conversa, e, quando captou meu olhar, sorriu. Corei e desviei os olhos, sentindo como se tivesse sido pega fazendo algo que não devia.

Ele sente alguma coisa por você. E, se esse homem sente alguma coisa por você, você deve ser muito especial. Eu ficava me perguntando por que ele estava cuidando de mim, o *motivo* de ele talvez gostar de mim. Será que eu seria capaz de aceitar que talvez ele simplesmente gostasse? Poderia ser tão simples assim? Ele enxergava coisas em mim que nem eu sabia que existiam? Coisas que faziam de mim uma pessoa boa e digna de amor?

Você é uma menina tão boa, tão inteligente, Ellie. Não se esqueça disso, está bem? Não importa o que aconteça, não se esqueça disso.

Essa possibilidade me surpreendeu, me atraiu, abriu um poço de esperança dentro de mim, provocando um farfalhar. Algo que acreditei estar morto e enterrado há muito tempo ganhou vida novamente. Foi como se houvesse uma isca pairando à minha frente, algo brilhante e belo, e só o que eu precisava fazer era esticar a mão para pegar.

A conversa continuou ao meu redor, com o som do riso da Chloe ressoando de tempos em tempos. Acompanhei parte do que era dito, mas, basicamente, apenas observei enquanto eles interagiam, a maneira casual como se relacionavam.

Vi tanto George quanto Dominic sorrirem para Chloe, cativados pelo charme dela, e fiquei pensando como seria ser tão feliz e despreocupado o tempo todo, como seria rir com tanta facilidade. Quão bom seria receber olhares como os que os homens à mesa dirigiam à Chloe, com sorrisos e olhares acolhedores? Também sorri para a sua alegria radiante, rindo de uma história que ela contava sobre um professor seu.

Debaixo da mesa, a mão do Gabriel entrelaçou os dedos nos meus, com seu toque suave e firme, assim como ele, e minha pele se arrepiou. Ah, meu coração pareceu suspirar. Nossas mãos se uniram de um modo que me fez sentir como se tivéssemos sido criados juntos, como se cada parte do seu corpo tivesse um lugar só para o meu, um lugar em que nos encaixaríamos. *Como se tivéssemos sido esculpidos com o outro em mente*. Uma ideia boba. Fantasiosa até. Que não tinha nada a ver comigo. E, mesmo assim, eu não a dispensaria, porque esse pensamento era bom demais. Corei de felicidade, e uma súbita sensação de pertencimento me preencheu, dançando nas minhas veias. Quando foi a última vez que tive uma sensação de pertencimento a algum lugar? Havia tanto tempo... tanto, tanto tempo.

Olhei para Gabriel e ele estava me observando, com seus olhos suaves e um sorriso meigo nos lábios.

– Como vai a sua perna, Ellie?

Ouvir o meu nome me arrancou dos meus pensamentos, e pisquei antes de desviar o olhar para o Dominic, que fizera a pergunta. Ele inclinou o corpo para trás e deu uma bela golada na cerveja. Duas garrafas vazias estavam na mesa, ao lado da que ele abaixara. Notei o brilho nos seus olhos e sua fala levemente arrastada. Eu conhecia aquilo. Ele estava bêbado e, se ainda não estivesse, estava quase.

– Melhor – respondi desconfiada. Algo de ruim surgiu nos olhos dele. Reconheci aquilo; era algo que vi durante toda a minha vida, que conhecia tão bem quanto o deslizar da barra de *pole dancing* entre as minhas mãos – era algo conhecido, ainda que indesejado. Preparei-me para a crueldade que passara a esperar de homens como ele.

Ele assentiu devagar.

– Que bom. Não dá para fazer *lap dance* só com uma perna boa. Ou você consegue? Talvez alguns homens gostem desse tipo de coisa. Você deve saber.

Meus pulmões de súbito pareceram se contrair, e abaixei o olhar para o meu prato. Meu apetite desapareceu por completo. Ao meu redor, a conversa parou.

– Dominic – Gabriel repreendeu-o. Um aviso.

– O que foi? – Dominic perguntou, dando mais uma golada na cerveja. – Ela é *stripper*, não é? Desculpe, isso era segredo? Só estava perguntando sobre a habilidade dela em executar seu trabalho. Ela vai ter de voltar a trabalhar em algum momento, não vai?

– Dominic, já chega. Você está sendo desagradável e sabe disso – George disse.

Eu sabia que George estava me defendendo por bondade, mas isso me envergonhou. Fez com que fosse mais óbvio o que o Dominic estava fazendo. Fez com que eu sentisse que *deveria* me sentir humilhada pelas suas palavras. Enquanto há poucos instantes eu me senti como se pertencesse àquele ambiente, agora me sentia apartada, afastada, minhas diferenças escandalosas acentuadas e abertas à discussão.

– Está tudo bem, George, de verdade – eu disse com suavidade, sem despregar os olhos do Dominic. – Dominic está certo. Não posso dançar com apenas uma perna boa.

Soltei a mão do Gabriel, entrelaçando as minhas debaixo da mesa. Chloe havia parado de falar e, quando olhei de relance para ela, notei que seus olhos se moviam entre nós todos. O espanto cruzou suas feições, antes que seus lábios se contraíssem.

Dominic ergueu as mãos.

– Desculpe, não quis ofender. Me perdoe, Ellie, se constrangi você.

Nossos olhares se sustentaram por uma fração de segundo antes de eu desviar o meu, não sem antes perceber um brilho de vitória no dele. Ele não lamentava nada. Foi bem-sucedido no que se propusera a fazer: me forçar a perceber o quanto aquele não era o meu lugar, não naquela casa, não perto do Gabriel. Senti-me absurda e grotesca, como se ele tivesse lido meus pensamentos secretos e soubesse dos delírios esperançosos da minha mente, e deixou claro o quanto eu era burra por me permitir isso. Eu baixara a guarda e ele tirara proveito. Por que isso seria surpreendente? Só porque ali eu me sentia... segura. *Menos sozinha*.

– Espero que todos tenham deixado um espaço para a sobremesa – Chloe disse naquele seu tom leve e cantarolado, evidentemente tentando mudar de assunto e acabar com o clima desagradável. – Ellie e eu fizemos algo especial.

– Eu não havia percebido que Ellie tinha tantos talentos – Dominic comentou. Seu sorriso foi imediato, e ele fez o comentário como se estivesse tentando compensar a postura desagradável de antes com um elogio. Mas senti a zombaria por trás das suas palavras, assim como ele sabia que eu não tinha nenhum talento e estava tentando, mais uma vez, me lembrar disso e garantir que todos na sala me vissem exatamente como ele me via. Lancei-lhe um meio sorriso fingido e mudei de posição na cadeira.

Chloe trouxe os sundaes com brownie que preparamos, e elogios percorreram a mesa enquanto todos comiam. Eu havia perdido o apetite, e só queria que aquele jantar acabasse de uma vez, por isso, no segundo em que pude, levantei, apanhando alguns guardanapos sujos e seus anéis.

– Ellie, sente-se. Você não vai fazer mais nada – Chloe disse.

– Consigo fazer um pouco – respondi, pegando as muletas e indo na direção da cozinha, sem querer me sentir fisicamente incompetente além do vazio que os comentários do Dominic evocaram em mim. Mesmo que a minha "ajuda" fosse tão mínima.

Gabriel se levantou.

– Vocês, mulheres, cozinharam. Nós, homens, limparemos.

– Não vou me opor a isso – Chloe riu. – Venha, Ellie, vamos para a sala de estar.

Gabriel pegou as coisas que eu segurava, tentando interceptar o meu olhar. Evitei-o, sorrindo para Chloe.

– Está bem. Só preciso usar o banheiro antes e encontro você lá.

Virei, necessitando de alguns minutos sozinha, precisando melhorar meu humor.

– Ellie… – Gabriel disse, mas fingi que não ouvi, virando na outra direção.

Fui para o quarto e me sentei na cama, respirando fundo. Por que eu me sentia assim? Só porque nutri pensamentos de… de pertencimento e fui trazida de volta à Terra. Mas isso foi bom. Deixar que meus pensamentos vagassem era perigoso. Dominic, na verdade, me fez um favor com o seu lembrete. Depois de alguns minutos, segui para a sala de estar.

Fiquei perto da porta, em uma área da qual tinha um vislumbre da cozinha. Apoiada na parede, vi quando Gabriel riu de alguma coisa que alguém disse, pegando um prato da mão de alguém e colocando-o dentro da lava-louças.

Também ouvi as vozes do George e da Chloe. Evidentemente também estavam ajudando a arrumar a cozinha. *Não eram apenas os homens*. Aqueles que se encaixavam ali estavam limpando. E a cena parecia perfeita, como deveria. Gabriel riu de novo, inclinando a cabeça um pouco para trás, e tive de novo a impressão de que aquele era o lugar dele – onde ele ficava calmo, feliz, à vontade.

Meu sorriso sumiu quando Dominic saiu do banheiro do corredor, parando onde eu estava. Seus olhos seguiram a direção em que eu estava olhando e pararam no Gabriel.

– Nem sempre ele riu assim.

Fiquei imóvel e voltei a olhar para o Gabriel. Ele se movera para a direita, então eu só conseguia ver uma partezinha dele.

– Quando voltou para casa, ele estava tão... espantado. – Fez uma pausa. – Estávamos mais do que felizes em tê-lo de volta, claro, mas ele não era o mesmo. Sempre foi o garoto que fazia tudo muito bem. Na escola, nos esportes. Todos o amavam, sabe. Ele tinha... uma coisa... que atraía a todos – um tipo de confiança rara num adulto, quanto mais num menino. Nos últimos anos, ele começou a ter isso de volta. E maldito seja eu, se permitir que você tire isso dele, Crystal. Ele já sofreu bastante, merece o melhor da vida. Ele merece ter a vida que *era* para ser dele e nada menos do que isso. Só porque ele sempre teve um fraco pelos enjeitados não significa que vou permitir que você torne isso permanente. Entendeu?

Crystal.

Ele acreditou estar me insultando ao usar esse nome, mas ouvi--lo me deu forças, me lembrou de que eu tinha um escudo.

Lancei a Dominic meu sorriso mais cheio de flerte, mais insincero, e ele pareceu momentaneamente desprevenido antes de estreitar os olhos e descer o olhar para a minha boca.

Esfregou o lábio inferior com o indicador.

– Mas estou vendo o que ele vê em você, e tenho que admitir. Você tem o tipo de beleza que faz os homens tomarem decisões idiotas. Provoca descontrole nos homens.

– É mesmo, docinho? Parece que você sabe alguma coisa a respeito de decisões idiotas.

Seus olhos se estreitaram ainda mais quando ele me percorreu com o olhar.

– A diferença, Crystal, é que posso me dar esse luxo. Gabriel, não. – Fez mais uma pausa. – Sabe *por que* ele foi parar naquela boate, não sabe?

Desviei o olhar, recusando-me a responder, recusando-me a deixar que ele visse que eu tremia por dentro.

– Ele queria a Chloe, mas estava inseguro demais para dar o primeiro passo. Ele ficava olhando para a foto dela, conversava com ela pelo telefone, ficava todo sonhador. Ele só precisou de você para praticar, Crystal. Era *ela* quem ele queria. Mas daí você levou essa surra, e Gabriel entrou no modo "salvador".

Meu coração tremeu dentro do peito, e me concentrei em manter a respiração constante, a expressão inflexível; não queria deixá--lo perceber como as suas palavras me magoavam. Que eram como uma faca se cravando nas minhas entranhas. Porque eu sabia que Dominic não estava mentindo.

Você pode me ajudar a praticar ser tocado por uma mulher.

Ele me contara a verdade. Só que não era *uma* mulher; era Chloe. Chloe, com seu belo rosto e sua personalidade vibrante. Chloe. *Claro que ele desejaria Chloe.*

E não a mim. Ele não me queria, nunca quis de verdade. Ou, se quis, foi só porque ainda não se sentia completamente à vontade com uma mulher, não se sentia pronto para dar o primeiro passo com alguém meigo e inocente como Chloe. Que perfeito: eu era um treino prático. Alguém de quem se aproximar atrás de portas fechadas, debaixo das mesas. Eu voltaria à Pérola Platinada e o relacionamento dele com Chloe cresceria e se tornaria algo mais e...

Sorri de novo para o Dominic.

– Você não tem com que se preocupar. Eu não sou permanente para ninguém.

Ele soltou um ruído que foi meio de concordância, meio de desgosto, avaliando-me como se tentasse descobrir algo. Ele cambaleou um pouco, equilibrando-se ao pôr a mão na parede ao meu lado, prendendo-me. Enfrentei o olhar dele, recusando-me a desviar, recusando-me a revelar o quanto eu estava magoada, o quanto a proximidade dele me enervava. Ele desceu um dedo pela minha face, do mesmo modo como Gabriel fizera na outra noite. Só que, dessa vez, aquilo foi frio, detestável. Dessa vez, eu quis afastar a mão que me acariciava em vez de me aproximar dela. Levantei o queixo.

– Tão linda... Faz um homem querer fazer coisas estúpidas, muito estúpidas...

Então ele se moveu tão rápido que fui pega desprevenida. A boca dele esmagou a minha, e dei um gritinho de surpresa. Sua língua invadiu minha boca, e ele me prendeu contra a parede, pressionando a virilha contra meu abdome. Quase levantei a muleta para bater nele, mas o peso das suas palavras me esmagaram, como o seu corpo.

Ele só precisou de você para praticar.

Você pode me ajudar a praticar ser tocado por uma mulher.

Fiquei imóvel, deixando que ele me beijasse, deixando que sua língua invadisse minha boca e o quadril se enterrasse contra o meu, sem me importar. Sem dar a mínima. Ou, pelo menos, foi isso o que disse para mim mesma. Havia uma rachadura no teto, e eu me concentrei nela... Minha mente foi se afastando.

O rosto do Dominic subitamente foi arrancado do meu com um estalo úmido, e arquejei, trazida de volta ao momento, me pressionando contra a parede, tentando reordenar minha mente para o ponto em que ela começara a vaguear. Desviei o rosto, cerrando os olhos, esperando algum tipo de golpe.

– Que *diabos* você está fazendo? – soou a voz do Gabriel, carregada de raiva.

Abri os olhos, abrindo a boca para responder. *O que eu estava fazendo? Eu... eu...*

– Cara, vê se relaxa. – Dominic estava cambaleando para trás, e Gabriel estava imóvel, com uma mão cerrada na lateral do corpo, e outra acabava de soltar as costas da camisa do Dominic, que deu mais uns passos trôpegos, inclinando-se para a frente. – Eu só estava tentando descobrir o que a torna tão malditamente atraente.

Precisei de um segundo para perceber que Gabriel estava se dirigindo ao Dominic, não a mim.

O peito do Gabriel arquejava como se ele estivesse com dificuldade para respirar. Antes que eu conseguisse me afastar da parede contra a qual Dominic me pressionara, Gabriel deu um soco no rosto dele.

Ouvi um grito feminino. Chloe acabara de vir rapidamente para o corredor; George a seguia de perto. Dominic foi jogado para trás, batendo na parede, com o nariz sangrando enquanto gritava um xingamento.

– Saia da minha casa – Gabriel praticamente urrou.

Dominic olhou para ele, com uma expressão de choque e de mágoa atravessando os olhos.

– Você não vê o que ela está fazendo com a gente? – ele gritou.

– É *você* quem está fazendo isso com a gente – Gabriel replicou aos gritos.

– Maldição, Dom – George resmungou, puxando Dominic da parede e praticamente arrastando-o para a cozinha.

Dominic seguiu George de boa vontade, com as mãos cobrindo o nariz ensanguentado.

Chloe olhou de mim para Gabriel, com uma expressão de choque e confusão no rosto. Parecia estar pesando o que fazer. Depois de um segundo, ela se virou e seguiu George e Dominic, evidentemente tendo decidido que seria melhor deixar Gabriel sozinho comigo.

Meu coração martelava, um chiado enchia minha cabeça. *Ai, meu Deus, como foi que isso aconteceu?* Gabriel se virou para mim, e uma expressão agonizante cobria seu rosto. Ele fechou os olhos com força por um segundo antes de voltar a abri-los.

– Eloise...

A voz dele me fez reagir. Endireitei-me, sentindo-me horrorizada, e a situação se abateu sobre mim. *Ai, meu Deus. Ai, meu Deus.*

– Eloise – Gabriel repetiu, e sua voz foi um sussurro rouco carregado de dor. O punho ensanguentado estava fechado ao lado do corpo. *Um anjo vingador*. Meu coração bateu ainda mais forte e, por um momento, a dor foi tão grande que achei que fosse chorar.

Balancei a cabeça, precisando me afastar, me distanciar dos olhos atormentados dele, da vergonha, do desespero violento que atravessava meu corpo, ante o que eu era e o que sempre seria.

– Por favor – eu disse, sem saber exatamente o que estava pedindo. Tempo? Espaço? Distância? *Ajuda?* Tudo isso?

Virei-me em direção ao quarto, cambaleando o mais rápido que pude até lá. Vi Gabriel esticar a mão, mas me desviei e ela pendeu, com a cabeça dele acompanhando o movimento. Fechei a porta atrás de mim, despencando contra ela, querendo desaparecer, apenas querendo me derreter no nada.

Manquei até o criado-mudo, de onde peguei o celular, e enviei quatro palavras para Kayla:

Pode vir me pegar?

CAPÍTULO QUINZE

Vamos não pensar.
Vamos apenas encontrar forças um no outro.
Lady Eloise dos Campos de Narcisos

Ellie

A Pérola Platinada parecia desbotada e gasta sob a luz do meio da manhã. Saí do banco de trás do carro da Kayla, onde tive de me sentar porque o banco do passageiro estava quebrado e não se afastava o bastante para acomodar meu gesso, e peguei as muletas. Eu continuaria engessada por mais umas duas semanas pelo menos, mas já sentia que estava melhorando bem. Fazia dois dias que não tomava analgésico e só sentia uma dorzinha fraca nas costelas.

– Precisa de ajuda? – Kayla perguntou, batendo a porta do motorista e dando a volta até perto de mim.

– Não. Estou bem. Já virei especialista com estas coisas. – Levantei uma das muletas antes de apoiá-la no chão, mancando para junto da Kayla.

Conforme passamos pela lixeira, virei a cabeça, sem querer pensar no que acontecera atrás dela naquela noite que parecia tão distante. Fiquei surpresa ao perceber que não era a surra que me inquietava, mas a lembrança do rosto bondoso do Gabriel sobre o meu no corredor do hospital, e de como ele estava lindo.

Gabriel...

Forcei-me a afastar meus pensamentos dele. Pensar no Gabriel não me faria bem algum. Depois da noite anterior, ficou mais do que claro que eu precisava voltar para a minha própria vida, para meu próprio trabalho. Levaria um tempo para recolher os cacos, mas eu não me esconderia mais do mundo na casa do Gabriel. Não era justo para ninguém. E, sem dúvida, eu já não era mais bem--vinda. Sem dúvida, ele estava tão desgostoso comigo quanto eu mesma estava.

Quando Kayla me pegou, fiquei surpresa, mas também aliviada ao encontrar a casa do Gabriel vazia quando saí. Ainda estava sensível e envergonhada, e não queria enfrentar ninguém. Passei uma noite insone no sofá da colega de apartamento da Kayla.

Kayla manteve a porta aberta para mim e depois se despediu rapidamente.

– Tem certeza de que vai ficar bem? Sinto muito por não poder ficar.

Consegui formar um sorriso.

– Sem problemas, estou bem. Posso esperar aqui por umas horas até você conseguir voltar para me pegar. – O que eu esperava era poder usar desse tempo para aprender a fazer drinques ou, se Rodney permitisse, para me familiarizar com o bar.

– Ok. Mando uma mensagem quando estiver a caminho.

– Obrigada, Kay.

Manquei pela entrada e segui até o escritório do Rodney. Só de andar pela boate senti um gosto azedo na boca. Não tive como deixar de comparar esse lugar escuro e sujo com o belo lar do Gabriel, sempre tão cheio de vida e luz. De repente, estar ali fez com que minha pele se retesasse de um jeito desconhecido até então. Forcei-me a engolir essa sensação.

Quando bati de leve na porta do escritório do Rodney, ouvi um latido – "Quem é?" – e empurrei a porta com a muleta.

Rodney ergueu o olhar da papelada que tinha na mesa e uma expressão de surpresa genuína surgiu no seu rosto enfadonho. Ele se recostou na cadeira enquanto eu entrava mancando.

– Oi, Rodney.

– Crystal. – Ele me olhou de cima a baixo antes de eu me sentar na cadeira diante da mesa dele. – Como você está?

Dei uma risada sem graça.

– Simplesmente ótima. – *Obrigada por ter tentado saber como eu estava. Sua preocupação foi comovente.*

– Você está uma merda.

– Puxa, obrigada, Rodney. Como sempre, o seu charme é incrível.

– Só disse a verdade.

Lambi os lábios.

– Está na cara que ainda não posso dançar. Mas pensei se poderia trabalhar no bar até conseguir voltar à ativa.

– Não precisamos de uma bartender.

– Mas eu preciso voltar a trabalhar. Preciso do dinheiro.

– Isso não é problema meu.

Encarei-o sem acreditar.

– Fui atacada e surrada por três clientes enquanto saía daqui.

– É uma diretriz da empresa que você espere um segurança para acompanhá-la até o carro. Você não fez isso.

Respirei fundo, dizendo a mim mesma que não me irritasse.

– Entendo que desconsiderei uma regra da casa. Mas você não pode sugerir que isto foi culpa minha.

Ele deu de ombros.

– Pode não ter sido culpa sua, mas o fato é que não preciso de uma bartender. Mesmo se precisasse, ninguém quer uma manca servindo seus drinques. Mata. Tesão. – Os olhos dele desceram para o meu peito. – Mesmo você tendo uma bela comissão de frente.

Quase gargalhei ante o absurdo, mas a raiva me assolou antes que o riso borbulhasse na minha garganta.

– Você é mesmo um ser humano horrível, sabia?

– Sou um homem de negócios, doçura. E os negócios não estão nem aí para os sentimentos.

Forcei-me a ficar parada, com aquele meu sorrisinho estampado.

– Deve existir alguma coisa que eu possa fazer até melhorar o bastante para me apresentar.

Rodney apanhou o que pareceu ser um palito de dentes usado de cima da sua mesa bagunçada e cutucou os dentes enquanto me observava.

– Merda, você não pode nem limpar o chão nesse seu estado. Não tenho nada para você. Tire um ou dois meses de folga e volte quando não estiver parecendo um boneco de teste de acidente de carros. – Ele riu da própria piada. – Daí eu vejo se consigo alguns turnos para você.

– Um mês ou dois... – gaguejei. – Você vai *tentar*? – Uma raiva absoluta tomou conta de mim. – Nunca faltei por estar doente – gritei. – Sempre concordei em fazer turnos extras quando me pediam, aceitei as ofensas, vi você coçar a bunda e fingi que isso não me enojava, ri das suas piadas sem graça. E você não consegue arranjar nada para mim até eu ter melhorado?

O rosto do Rodney endureceu, e um tique apareceu na sua mandíbula.

– Cai fora.

Levantei, apanhando as muletas. Queria me apegar àquela porçãozinha de raiva, mas me senti abatida, derrotada. Não conseguia me apegar a nada – tudo simplesmente escorreu pelos meus dedos.

Mas, de qualquer forma, o que mais eu poderia fazer? Implorar ao Rodney? Deus, eu preferia morrer sem teto. Virei as costas e saí do escritório.

Na entrada, lembrei-me de que não havia esvaziado meu armário e pensei em voltar. Mas tudo o que guardava ali eram as coisas de que eu precisava para o trabalho: maquiagem, alguns figurinos e diversos sapatos de salto alto. Deixei tudo para trás, empurrando a porta e saindo para a luz do sol.

Sentindo-me esgotada de qualquer força que tivesse ao entrar na Pérola Platinada, sentei na calçada ao lado da porta e peguei o celular. Encarei-o por um minuto e depois voltei a guardá-lo, devagar. A verdade era que eu não tinha ninguém para quem ligar. Kayla uma hora apareceria, mas agora ela estava transferindo suas coisas para a casa de outra amiga. A garota com quem estava morando pedira a ela que se mudasse quando a irmã apareceu na cidade, precisando de um lugar para ficar.

Deus, éramos todas meio nômades, mudando de uma situação temporária para outra. Era exaustivo. E deprimente.

Uma caminhonete parou perto de mim, bloqueando o sol. Estreitei os olhos na direção do motorista. *George*. Respirei fundo, me levantei e fui até a janela do lado do motorista.

– Não esperava encontrar você aqui, George.

Ele inclinou a cabeça.

– Não. Imagino que você não espere muito da vida, não é, Ellie?

Soltei o ar, alisando algumas mechas de cabelo que escaparam do meu rabo de cavalo. Olhei ao longe sem ver nada, sentindo-me sem forças. Sem vontade de nada além de ser honesta.

– Não, acho que não. – *Nunca esperei. Nunca vou esperar. Ter esperanças é perigoso demais.*

– Deduzo que as coisas não foram muito bem aí dentro.

– Não, não foram.

George ficou em silêncio por um instante, olhando ao longe antes de se concentrar em mim.

– Dominic se mudou temporariamente para a minha casa.

– Ok. – Eu não sabia como me sentia a esse respeito. Na verdade, nem pensei no Dominic.

Ele apontou com a cabeça para o outro lado da caminhonete.

– Quer uma carona?

– Para onde?

– Para casa.

Meus olhos se demoraram um pouco nele antes de eu assentir lentamente.

– Precisa de ajuda para subir?

– Não, eu consigo. – Dei a volta pela frente do veículo, deslizei as muletas por trás do banco da frente e usei o degrauzinho para me alçar até o banco. Ele saiu do estacionamento, e eu olhei por sobre o ombro enquanto a Pérola Platinada ficava cada vez menor. O instinto me disse que aquela seria a última vez que eu estaria ali, e eu não sabia se isso era bom ou ruim. Não tinha nenhuma outra oportunidade de emprego e praticamente nenhuma habilidade que não incluísse meu corpo nu. Recostei-me no banco e deixei que George determinasse exatamente qual caminho levava para casa.

Seguimos em relativo silêncio, e fiquei feliz com isso, porque estava exausta. Não dormira mais do que meia hora na noite anterior e aproveitei essa oportunidade para descansar os olhos enquanto o movimento do veículo embalava meu sono. Estava cansada demais para pensar e fiquei aliviada com a privação dos meus pensamentos desesperados, grata pelo fato de que a perda do emprego, depois de tudo, não pareceu mais do que apenas uma preocupação distante... pelo menos naquele momento. Eu sabia que essa sensação era temporária, por isso decidi aproveitar a calmaria enquanto ela durasse.

Quando paramos diante de uma casa térrea numa pacata rua residencial de Morlea, olhei para George, confusa. Ele indicou a casa com a cabeça.

– Venha. Não vamos entrar. Vamos só até a garagem, e vou deixar a porta aberta. Dominic está no trabalho.

– O que estamos fazendo?

– Venha comigo.

Saí da caminhonete hesitante, apanhando as muletas e olhando ao redor da rua tranquila, perfilada de árvores. Uma mulher andava ali perto, com um beagle pequeno na guia trotando ao seu lado. Ela sorriu e cumprimentou George, que retribuiu o cumprimento.

Ele abriu a porta da garagem e entrou, me chamando. Aproximei-me devagar e vi que era um espaço aberto, menor do que o do Gabriel, mas com uma bancada de trabalho semelhante em toda uma lateral e uma geladeira velha zunindo nos fundos. No meio do ambiente, havia um saco de boxe pendurado no teto.

Entrei.

– George, o que estamos fazendo?

– Vou ensinar você a se defender.

– De quem? Do Dominic?

George estava batendo no saco de leve, mas abaixou os braços quando eu disse isso, olhando para mim com uma expressão que revelava desapontamento; tristeza talvez.

– Dominic não é um mau rapaz, Ellie, não de verdade. Mas sim, dele também. – Ele suspirou, parecendo mais velho do que eu considerara. – Nem todos os homens tirarão vantagem de você só porque têm a oportunidade, mas você tem que aprender a identificá-los e se manter afastada. Você andou misturada com um pessoal errado, pequena Ellie.

Um som de escárnio surgiu do fundo da minha garganta.

– A vida me misturou com esse pessoal errado.

– Não duvido disso. Mas a vida também lhe trouxe o Gabriel. – Ele me encarou por um minuto, e a maneira como me olhou fez com que me sentisse exposta, como se ele entendesse mais de mim do que tinha motivos para entender. – Agora que você sabe a diferença, fique longe do pessoal errado. – Fez uma pausa. – Mesmo assim, de vez em quando, alguém vai surpreendê-la, e não de uma maneira boa.

Certo. Dominic.

– E é aí que você vai ter que saber como acertá-los de modo que não consigam mais se levantar.

Arqueei uma sobrancelha.

– Vai me ensinar a lutar?

– Isso mesmo.

– George, de que isso vai adiantar?

– Vai ajudar a ver que não tem que aceitar nada disso. Eu acho, pequena Ellie, que você tem aceitado por muito, muito tempo. Estou certo?

– Que escolha eu tinha? – resmunguei. Eu não sabia o que pensar desse homem diante de mim.

– Talvez não tivesse muitas opções. Mas vou aumentá-las para você. Venha. – Ele se inclinou e pegou algo que depois jogou na minha direção.

Apanhei-as contra o peito com uma das mãos e baixei o olhar. Luvas de boxe. A situação toda era ridícula.

– Estou de muletas.

– Já está conseguindo apoiar um pouco do peso nesse pé?

O médico disse que eu podia começar a tentar e experimentei, mas não muitas vezes. Em geral, só quando precisava me equilibrar – como agora, supus.

– Um pouco – admiti.

George assentiu.

– Deixe as muletas de lado por enquanto. O saco vai equilibrar você, se precisar. – Apontou para as luvas com a cabeça. – Calce-as. O segredo para dar um bom soco é abaixar o queixo de modo que seu braço venha de frente. Aproxime-se.

Calcei as luvas lentamente e depois manquei pela garagem, onde George firmava o saco de pancadas. Deixei as muletas de lado e fiquei ereta, equilibrando-me na perna boa e nas pontas dos pés da perna engessada. Com cuidado, bati no saco.

– Imagino que tenha ensinado Gabriel a socar. – Pensei no nariz ensanguentado do Dominic, na expressão de incredulidade dele, na dor. Quase me retraí quando o momento no qual eu tentava não pensar voltou para mim em cores vivas.

– Isso mesmo. Ensinei os dois. Disse para eles só brigarem por dois motivos: se alguém os acertasse primeiro ou para proteger a honra de uma mulher.

Heim? Bati no saco com mais força.

– Isso mesmo. Bata com mais força, Ellie. Mostre quem manda aqui.

Ri de leve, fazendo o que George pediu. Passamos os dez minutos seguintes com ele me orientando enquanto eu socava e socava, cada vez mais forte, tomando cuidado com as costelas, com cautela, para não me machucar e retardar minha melhora. Conforme fui batendo com mais força, uma sensação considerável de satisfação surgiu em mim. Eu me sentia... forte, ou que poderia ser forte. Talvez.

George segurou o saco, lançando-me um amplo sorriso.

– Muito bem. Foi um bom começo. Volte aqui uma vez por semana e vamos torná-la uma pugilista campeã.

Ri de novo, assentindo enquanto tirava as luvas.

– Ok, George.

– Bom. – Ele me avaliou por um instante. – Agora me parece que você precisa de um emprego.

Endureci.

– Você tem um emprego para mim?

– Não é nada muito excitante. Mas você pode ter percebido que precisamos de alguém para atender o telefone no *showroom* da pedreira. No momento, nós atendemos quando podemos, ou a chamada cai na secretária eletrônica, mas isso não está dando muito certo. Nós tínhamos alguém trabalhando na recepção uns meses atrás, mas ela pediu demissão para cuidar dos netos em período integral. Acabamos não tendo tempo para contratar outra pessoa. Parece que nós dois faremos um favor um ao outro, se você conseguir suportar o tédio.

Mordi o lábio inferior.

– Não tenho experiência em atender telefones.

– Você pode aprender.

Você pode aprender.

Ante essas palavras, um farfalhar de nervoso começou na minha barriga. Mesmo assim, foi legal alguém botar fé em mim. Quando foi a última vez que isso aconteceu? Eu não me lembrava. A sensação era boa. Deus, como era boa. Assenti.

– Está bem. Obrigada, George.

Ele sorriu quando voltamos para a caminhonete.

– Muito bem, então. Tire mais uma semana para melhorar. Você pode começar na outra segunda-feira, às nove. Tudo bem assim?

– Tudo bem. – Manquei até a caminhonete do George e olhei de relance para ele quando ligou o motor. – George, Dominic trabalha lá e eu...

– Você não vai mais ter problemas com Dominic. – Seu maxilar se retesou um pouco. Ele me olhou nos olhos, fixamente. – Ok?

Assenti.

– Ok.

Olhei para seu perfil forte, para a pele muito bronzeada, com rugas marcando as linhas de expressão do riso, evidenciando que ele tinha um sorriso amplo e que o mostrava com frequência. Ele tinha cabelos grisalhos muito espessos e os olhos azuis mais claros que já vi. Era um homem bonito. Um homem bondoso. O tipo de homem que imaginei que fosse abrir aquela porta gasta no dia em que minha mãe e eu batemos.

– Por que está sendo tão bom comigo? – perguntei antes de pensar a respeito.

Ele olhou rápido para mim antes de voltar a se concentrar na estrada.

– Porque confio no Gabriel, e ele merece ser feliz.

Inclinei a cabeça, pensando na sua resposta. Sim, ele merecia ser feliz. Mas a resposta do George implicava que a minha felicidade estava ligada à do Gabriel. Eu não tinha certeza se isso era verdade, e não tinha certeza se queria que isso fosse verdade. Parecia o tipo de responsabilidade que eu não merecia receber.

– Você não tem que chamar a casa dele de sua. Pode ir embora de novo. É um direito seu. Mas não desse jeito... não sem uma palavra de adeus. Ele merece mais do que isso.

Assenti, abaixando o olhar para as mãos, no meu colo, cutucando as unhas.

– Eu sei.

Dirigimos para a casa do Gabriel e meu nervosismo crescia à medida que nos aproximávamos. Comecei a mexer na bainha da camiseta. Como ele reagiria à minha volta? Nem me despedi dele, apenas desapareci. George tinha razão; Gabriel merecia muito mais do que isso. Muito mais do que eu. Mesmo assim, eu ainda estava profundamente magoada com o que Dominic contara a respeito da Chloe. Gabriel foi um amigo para mim de um jeito como ninguém fora antes. Talvez eu devesse me concentrar nisso – numa amizade com Gabriel. Ele queria Chloe, e, sério, como poderia não querer? E ela estava evidentemente atraída por ele e o tinha em alta conta. E daí se eu tivesse sentimentos mais intensos pelo Gabriel? Eu poderia deixá-los de lado e me concentrar no que era melhor para *ele*. Eu poderia fazer isso. Era o que eu *faria*. Fiquei repetindo essas palavras para mim pelo caminho até lá, esperando me convencer disso quando a hora chegasse.

CAPÍTULO DEZESSEIS

Seja corajoso mesmo com as palavras.
Mesmo em seus pensamentos.
Racer, o Cavaleiro dos Pardais

GABRIEL

Ouvi a caminhonete do George antes de vê-la e saí da garagem, tirando as luvas enquanto o coração batia acelerado no peito. *Ah, meu Deus, por favor, permita que ela esteja com ele*. Estreitei o olhar enquanto a caminhonete se aproximava e notei o contorno de duas cabeças pelo para-brisa. Soltei um suspiro de alívio.

A caminhonete parou e vi quando George saltou para fora, acenando de leve e sorrindo, gesticulando que ajudaria Ellie a sair. Ela desceu do veículo e olhou nervosa para mim enquanto se ajeitava nas muletas.

George começou a voltar para o lado do motorista, despedindo-se de lá mesmo de nós dois.

– Obrigado, George – eu disse, desejando que ele entendesse a profunda sinceridade das minhas palavras.

Ele assentiu quando entrou de novo no veículo.

– Oi – eu disse, me voltando para Ellie, que estava parada no caminho para a entrada, com a mesma incerteza nos olhos enquanto mordia o lábio, fazendo com que eu sentisse vontade de beijá-la e de confortá-la ao mesmo tempo.

– Oi.

Apontei para o balanço da varanda.

– Quer se sentar ali comigo?

Ela olhou de relance para trás.

– Sim.

Eu a ajudei a subir os dois degraus, embora ela já fosse capaz de se mover com as muletas, e nos sentamos no balanço, um pouco constrangidos por um momento. A varanda estava sombreada, e a hortelã que crescia na lateral da casa perfumava o ar.

Senti-me como um menino em seu primeiro encontro, com uma garota que não tinha certeza se queria estar ali comigo. E me senti como um homem que precisava se desculpar e não sabia por onde começar. Soltei o ar devagar. Imaginei que o melhor seria mergulhar de vez.

– Jesus, me desculpe, Ellie.

Ela olhou para mim, virando um pouco o corpo do jeito que o meu estava, então ficamos praticamente de frente um para o outro.

– Você não tem do que se desculpar.

– Depois de tudo, não consegui mantê-la a salvo...

– Você não tem nenhuma responsabilidade com isso. – Ela baixou o olhar. – A verdade é que provoquei o Dominic. Eu o encorajei a fazer o que fez. – Seus olhos estavam carregados de culpa, e isso condoeu meu coração, embora não pudesse negar a onda de ciúmes quente e desconfortável que percorreu meu corpo. Fiquei nervoso, com vontade de socar alguma coisa de novo. Ou melhor, alguém. Meu irmão beijara Ellie antes de *mim*.

– Você quis beijá-lo?

– Não.

Prendi o lábio inferior entre os dentes, observando-a por um momento, imaginando o motivo de ela ter permitido, pensando que talvez nem ela mesma soubesse.

– Acho que devemos colocar a responsabilidade do que aconteceu no Dominic. O que me diz?

Um leve sorriso, um leve assentimento.

– Mas não quero ficar entre você e o seu irmão. Isso não é certo.

Olhei para além dela, observando as árvores que estavam acima do seu ombro e o sol alto no céu, lembrando como minhas entranhas se reviraram quando vi Dominic prensando Ellie no corredor, o rosto dele sobre o dela.

Cerrei os olhos brevemente, tentando apagar a imagem que ainda estava gravada na minha mente.

– O que eu disse antes é verdade. Dominic e eu temos precisado de espaço. Temos um relacionamento complicado, Ellie, e isso não tem nada a ver com você. – Eu percebi que, por algum tempo, por anos provavelmente, Dominic se considerou o meu cuidador, de muitas maneiras. E me senti... sufocado, embora nunca tivesse me dado conta do quanto. Ele estudava na faculdade local quando comprei a casa, e lhe perguntei se gostaria de morar comigo por um tempo. Esse tempo se estendeu por anos, e já havia passado da hora de uma mudança.

Precisávamos de espaço, de modo geral. O que aconteceu com Ellie foi a gota proverbial que fez o copo d'água transbordar. Uma gota bem gorda e pesada, mas, mesmo assim, uma gota. Expulsei Dominic de casa pelo que ele fez com Ellie, mas devia ter lhe pedido que se mudasse muito antes disso. Teria sido melhor para nós dois.

Os olhos desconfiados da Ellie se moveram pelo meu rosto antes de ela assentir.

– George me ofereceu um emprego na pedreira. Eu... eu posso voltar para casa agora. Consigo me movimentar muito melhor e, com o meu carro consertado... – Ela franziu a testa de leve, desviando o olhar para longe, como se algo a incomodasse a despeito das suas palavras.

– Fique aqui. – Minhas palavras soaram tão sérias, mesmo para meus ouvidos. Balancei a cabeça de leve. – Estamos a dez minutos da pedreira, e posso levá-la e trazê-la de carro. Como vai conseguir dirigir por uma hora e meia todos os dias ainda usando o gesso na perna direita?

Ela abaixou o olhar para a perna.

– Acho que conseguiria, mas... imagino que não seria a coisa mais segura a fazer.

– Não.

Nós dois ficamos em silêncio por um minuto enquanto Ellie cutucava as unhas, um hábito que notei que ela tinha quando estava nervosa ou insegura.

– Gabriel, Dominic me contou por que você foi à Pérola Platinada. Me contou sobre a Chloe...

Ah, Deus. Recostei-me, soltando o ar, ainda mais bravo com o meu irmão, pela sua necessidade insaciável de afastar Ellie. Sua necessidade insaciável de controlar. Usei o dedão do pé para empurrar o balanço.

– O que ele disse?

– Que você tinha sonhos com relação a ela... Que foi à Perola Platinada para encontrar alguém que o ajudasse a estar pronto para *ela*. Que... que esse era o meu papel. E agora que ela está aqui...

Emiti um som fraco, da base da garganta, que se transformou num suspiro.

– Existe um pouco de verdade nisso. – Ela se retraiu muito sutilmente, e baixei o olhar para minhas mãos, organizando meus pensamentos. – Quando Chloe me procurou, deixei minha mente vagar... com as possibilidades. Mas a verdade, Ellie, é que a Chloe me fez perceber que eu estava pronto para tentar recuperar essa última parte de mim, a parte que me impedia de tentar me relacionar. Ela *foi* o catalisador que me mandou para a Pérola Platinada naquela noite. A *ideia* dela... – Fiz uma pausa, visualizando Ellie como ela estava naquela noite, sentada na minha frente com sua maquiagem pesada e saltos altos demais. – E foi então que encontrei você. Eu não esperava por isso, Eloise, mas aqui está você. E é por *você* que me apaixonei.

Ela ergueu os olhos para mim e piscou rápido, e a esperança reservada ali quase acabou comigo. Mas ela foi rapidamente substituída por incerteza, talvez até por certa medida de pânico.

– Não, Gabriel.

– Não o quê?

Ela balançou a cabeça.

– Você não deveria me amar.

Soltei o ar.

– É tarde demais. Eu já amo. Sinto muito, mas não posso retirar o que eu disse.

Seus olhos passearam pelo meu rosto como se tentasse desvendar alguma mentira nos meus olhos, algum indício de logro na minha expressão. Captei de novo aquela centelha fugidia de esperança antes de ela piscar e afastá-la. *Ellie*.

Suspeitei que ela também sentisse algo por mim, embora não estivesse pronta para admitir, nem para si mesma. Pensei nisso pela primeira vez naquela noite, enquanto ela olhava para o pardal sobre a cornija da lareira. Percebi nos olhos dela o mesmo anseio que eu sentia, vi o rubor no seu rosto quando o toquei, o modo como ela se recostou na minha mão em vez de se afastar. E então, na noite anterior, no jantar, como ela observava a todos timidamente sob os cílios, parecendo encabulada, feliz e absolutamente indefesa. Eu segurei sua mão debaixo da mesa e notei que sua pele se arrepiou.

Ela olhou para mim e sorriu com aquele mesmo sorriso encantador que me dera enquanto segurava o arco-íris nas mãos, aquele que iluminava seu rosto e seus olhos e parecia fazê-la brilhar de uma maneira indescritível. Quase fiquei sem fôlego de novo e soube então que estava apaixonado por ela. E isso me assustava e me energizava, e me deixava fraco de desejo. Isso me fazia querer *tocar* nela, conhecê-la de todas as maneiras possíveis, *amá-la* de todos os modos possíveis, e me fazia querer ser tocado e amado também.

Amá-la começou a curar aquela última parte de mim que ainda se sentia vulnerável. Por isso eu esperaria. Esperaria a Ellie pelo tempo que ela precisasse.

– Eu... – O que quer que ela fosse dizer se dissolveu.

Sorri para ela.

– Tudo bem. Você não tem que dizer nada até estar pronta. Mas já aprendi a lição de nunca deixar passar a oportunidade de dizer às pessoas que amo como me sinto a respeito delas. E isso é uma espécie de lema segundo o qual me norteio. – Sorri de novo e ela inclinou a cabeça, com um leve sorriso surgindo nos seus lindos lábios. Olhei de relance para a sua boca, sentindo um desejo imenso de beijá-la. Mas não hoje. Não no dia depois em que o meu irmão *tirou* algo dela.

Ela desviou o olhar, direcionando-o para a estrada por um minuto antes de voltá-lo para mim.

– Desculpe por ter ido embora sem avisar. Eu simplesmente... – Suas palavras sumiram e ela balançou a cabeça. – Simplesmente sou boa em fugir, eu acho.

Inclinei a cabeça, tentando prender o olhar dela, fazer com que sorrisse.

– Não me importo de ir atrás de você, Ellie. Só me deixe pegá-la de vez em quando.

Na semana seguinte, caímos na mesma rotina que tínhamos antes. Víamos o nascer do sol juntos, e Ellie conversava comigo enquanto eu trabalhava no William. Com a admissão do que eu sentia por ela, houve certa tensão, inexistente antes, uma espécie de conhecimento pairando no ar ao qual nenhum de nós se referia. Eu lhe dissera como me sentia, e agora ficava esperando que ela fizesse o mesmo. *Ansiando*. Eu a via sentada no pátio sozinha, durante as tardes, com os braços apoiados nos joelhos e o olhar perdido nas árvores, e a deixava com seus pensamentos tanto quanto precisasse, pedindo a Deus que alguns deles fossem sobre mim.

À noite, deitado na cama, eu pensava nela, incapaz de conter as fantasias que corriam à solta em minha mente. Imaginando a sensação da pele dela sob minhas mãos, o gosto da sua boca, como seria unir meu corpo ao dela. Pensamentos sobre intimidade não me assustavam mais tanto quanto antes porque, quando eu imaginava tocar alguém, já não era mais uma mulher desconhecida, sem nome, sem rosto. Agora eu visualizava alguém específico, alguém que eu amava. Visualizava Ellie.

Chloe passava em casa quase todos os dias, e nós conversávamos à vontade um com o outro, como fizemos desde o início.

Apesar de o assunto ser extremamente pessoal, Chloe tinha um jeito de me fazer sentir confortável, tranquilo. Ela seria uma excelente terapeuta um dia. Era acolhedora e intuitiva, e me descobri desejando que mantivéssemos contato depois que aquele projeto chegasse ao fim.

Não podia negar que fiquei pensando como teria sido se não tivesse conhecido Ellie, se Chloe tivesse aparecido e eu me sentisse pronto para dar seguimento a um relacionamento com ela, e ela também quisesse isso. Chloe era vibrante e linda, e de convivência muito fácil. Eu gostava dela e talvez, em outra circunstância, poderia até amá-la. Seria um tipo confortável de amor, imaginei. Mas ela nunca atearia fogo no meu coração como Ellie fazia. Nunca me emocionaria e me cativaria, nem me faria sentir mil sensações diferentes ao mesmo tempo. Eu sabia disso como conhecia a sensação da pedra sob minhas mãos, do mesmo modo que entendia de que maneira mover o cinzel para criar um canto arredondado em vez de plano, quanta pressão aplicar para lascar um pedaço, mas sem quebrar. *Porque Ellie é minha*. Não para possuir. Mas para amar.

Talvez fosse algo que eu visse nos seus olhos que me fazia lembrar da dor que também vivenciei. Talvez fosse o mesmo motivo pelo qual eu amava tudo o que amava: porque falava alto ao meu coração e à minha alma. Talvez não fosse nada passível de explicação, e nada que precisasse de explicação, de todo modo.

O meu amor por Ellie era como um sopro de vida dentro de mim.

Por isso, de certa forma, parecia meio estranho dividir detalhes íntimos da minha vida com uma mulher enquanto a única mulher que eu desejava estava sentada em algum outro lugar da mesma casa.

Um dia, depois que Chloe saiu, encontrei Ellie sentada no pátio, e ela se virou e sorriu para mim.

– Estive pensando.

Eu ri.

– Pensar faz bem.

– Qual é a sua sobremesa predileta?

Franzi a testa de leve, confuso com a pergunta.

– Hum... Torta de merengue de limão.

Ela inclinou a cabeça.

– Ah.

– Resposta errada? – brinquei.

– Não. – Ela mordeu o lábio. – Mas não deve ser muito fácil de fazer.

– Quer fazer uma sobremesa para mim?

– Acho que sim. Se estiver tudo bem para você. E jantar também.

– Claro que tudo bem. Se estiver com vontade.

Ela sorriu, e o sorriso foi maior dessa vez.

– Você se importaria de ir rapidinho comigo até o mercado?

Ri, com a esperança tomando conta do meu coração. Ela ia preparar um jantar e uma sobremesa para mim. Algo na normalidade disso tudo fez com que me sentisse bem.

– Nem um pouco. – Inclinei a cabeça, sorrindo.

Fomos até o supermercado, em Morlea. Empurrei o carrinho pelos corredores enquanto Ellie lia no celular os ingredientes de uma receita que ela devia ter pesquisado. Tentei não sorrir o tempo todo, mas foi bem difícil. Ver Ellie andando pelo mercado – mesmo de muletas – me deixava feliz de um jeito que percebi que talvez fosse um pouco excessivo. Ainda assim, parecia que éramos um casal, e me permiti apreciar isso. Eu me sentia à vontade com ela ao meu lado; percebi que me movia para perto dela, que resvalava no seu braço em vez de me afastar.

Quando estávamos no caixa, notei os olhares, as pessoas falando, observando-me incomodadas, como de costume. Vi que Ellie também havia notado, embora continuasse o que estava fazendo, tirando as compras do carrinho. Ela parecia envergonhada – por mim, presumi – e isso tirou um pouco o brilho do nosso passeio. Algo na expressão dela me preocupou, mas eu não sabia exatamente por quê.

Meus olhos se moveram para os jornais expostos, nos quais vi um pequeno artigo sobre Wyatt Geller. Já nem era mais uma manchete em destaque. Essa realidade pesou no meu estômago. Apesar de verificar as notícias on-line todas as manhãs, fui de certa forma bem-sucedido em impedir que minha mente se concentrasse no assunto. Eu estava completamente impotente, e só me restava ter esperança e rezar para que a polícia conseguisse uma pista. Pensar a respeito sem parar não ajudaria ninguém, muito menos a mim.

Ellie ficou calada durante o caminho de volta para casa, mas, assim que chegamos, ela pareceu voltar ao normal, e a ajudei a guardar as compras antes de voltar para fora, para terminar o trabalho no jardim, que havia começado no dia anterior.

Eu devia estar trabalhando havia apenas uma hora, quando ouvi a porta da frente bater e levantei o olhar de onde estava ajoelhado, diante de um canteiro de flores no qual espalhava um saco de composto orgânico. Levantei devagar, e meus olhos se dirigiram para Ellie, que tinha a camiseta manchada de alguma coisa verde e o rosto sujo de farinha até os cabelos, que também estavam grudados por conta do mesmo molho verde que manchava a camiseta, num desalinho completo.

– Ellie? Você está bem? – Observei seu rosto, deduzindo que acontecera algum desastre culinário, mas sem entender por que ela parecia tão incrivelmente devastada.

Ela veio cambaleando pelos degraus, parou diante de mim e respirou fundo, de maneira entrecortada, usando a mão para empurrar para trás uma mecha de cabelo suja de comida. Os olhos dela estavam tão carregados de puro sofrimento que fiquei sem fala. Meu coração se contraiu quando a olhei.

O que estava acontecendo?

– Quando eu tinha doze anos, um dos amigos do meu pai foi até o meu quarto enquanto eu dormia. – *Ah, não, Jesus Cristo*. Continuei a olhar para ela, incapaz e relutante em desviar dos olhos arregalados e sofridos dela.

Ela fracassou ao tentar preparar o jantar e essa era a sua reação. *Por quê?* Por que um simples fracasso trouxe à tona aquele sofrimento profundo? Ela estaria tentando me chocar de novo, com algo do seu passado que ela acreditava que a tornaria repulsiva e não merecedora de amor? Fiquei imobilizado, esperando que ela desse voz a mais alguma coisa que, em seu entendimento, faria com que eu sentisse o mesmo desgosto que ela evidentemente sentia por si mesma. *Pode me contar, minha doce menina. Eu dou conta.*

Ela respirou fundo, e seu corpo todo estremeceu.

– Ficamos juntos. – Ela levantou o queixo como se estivesse se preparando para uma reação. Não ofereci nenhuma. *Você foi estuprada, Eloise. Por que não diz isso?* Um tremor profundo pareceu trespassá-la de novo, seus ombros se ergueram, seus olhos ficaram bem fechados por um momento. – Ele me trazia doces e depois ria, dizendo que por isso era o meu *p-papaizinho*, meu docinho.

Docinho.

Lamento, meu cartão de danças está cheio para esta noite, docinho.

Então, o que trouxe um bom rapaz como você para este antro de pecados, docinho?

Ah, Deus. Ah, Cristo. Era como se alguém estivesse esmagando minhas entranhas num torno. Ele era velho o bastante para ser pai dela, e ela era apenas uma garotinha.

Ela respirou fundo de novo, e fiz de tudo para não a abraçar, pois sabia que meu gesto calaria suas palavras e, nesse instante, ela precisava liberá-las.

– Meu pai nos flagrou um dia e pensei... eu pensei... Bem, ele n-não se importou. Ele nunca se importou. Isso continuou por um ano e depois ele c-começou a n-namorar uma mulher do outro lado da cidade e... e parou de ir para a casa do m-meu pai. Era errado, eu acho, mas, quando ele parou de me procurar, e-eu fui pra c-casa dele e implorei p-pra ele não ir embora. Eu *implorei*. – Ela praticamente cuspiu essa palavra, como se fosse veneno. – Pensei ser amada por ele e por isso implorei para que não me deixasse. Ele me deixou, claro, mas não sem uma despedida, para se lembrar de mim depois.

Um som surgiu da garganta dela. Não foi bem um gemido, tampouco um soluço, mas algo que revelava uma devastação profunda, um som que imaginei que devia estar alojado dentro dela por tempo demais.

Senti como se meu corpo, minha *alma*, irradiasse dor. Ela me lançou um olhar chocado, como se tivesse acabado de sair de uma névoa estranha; em seguida, virou-se e cambaleou para longe, mais rápido do que todas as vezes em que a vi nas muletas, como se a dor na perna fosse a menor das suas preocupações naquele momento.

Ah, Jesus. Agora que ela não podia me ouvir, gemi alto, sofrendo pela confissão dela, pelo modo como se revelou absolutamente vulnerável diante de mim. Ela fora usada – *abusada* – tão horrivelmente e se odiava por confundir isso com amor. *Deus, minha doce Eloise*. Eu conheço esse tipo de dor, sei como é se sentir tão desesperado por amor que você tenta encontrá-lo em qualquer lugar. Você o cria, se for preciso. Mas a diferença entre mim e ela é que nunca fui abusado e dispensado pelas pessoas que *deveriam* me amar e me manter seguro. Meu coração doía por ela. E percebi mais uma vez que alma sensível ela era, como ela queria tanto o amor que até tentou encontrá-lo no mais feio dos lugares, na primeira atenção que recebera da parte de um homem.

Ellie, minha Ellie.

Um senso de proteção tomou conta de mim, e a necessidade de confortá-la foi tão grande que se tornou uma necessidade profunda e agonizante. De pronto percebi que meu desejo de amá-la era maior, mais *poderoso* do que o meu medo. Não era de *prática* que eu precisava. Era de amor. Preenchendo o meu coração de modo que não restasse lugar para mais nada.

Levei as mãos à nuca e inclinei a cabeça para trás, olhando o céu claro de outono, rezando para que meu amor bastasse para nós dois.

CAPÍTULO DEZESSETE

Você recebeu esse sofrimento porque
é forte o bastante para resistir.
Shadow, o Barão do Ossinho da Sorte

ELLIE

Eu tremia tanto que mal conseguia respirar. Ai, meu Deus, o que eu fiz? E por quê? Eu não conseguia clarear as ideias. Sentia-me tão cheia de sofrimento e pesar que era como se tudo isso estivesse porejando da minha alma.

Eu só queria fazer o jantar e uma sobremesa para o Gabriel. Pensei que poderia fazer o que Chloe fizera com tanta facilidade – era só preparar uma refeição. Nunca cozinhei de verdade – só preparava coisas que podiam ser feitas no micro-ondas –, mas pensei que "não devia ser tão difícil assim". Uma simples refeição e uma sobremesa idiota. E então tudo começou a descer ladeira abaixo. Comecei pela torta, mas a massa ficou aguada e o merengue não deu certo, mas pensei: "Bem, pelo menos teremos o jantar". Daí queimei o macarrão, e eu nem sabia que isso era possível, e o pesto que eu batia no liquidificador explodiu e me atingiu em cheio.

Eu gritei, e a derrota e a infelicidade formaram um nó horrível no meio da minha garganta. Não conseguia fazer nada certo, nunca faria *nada* certo. Eu era tão inútil, e Gabriel dissera que me amava, mas eu não merecia isso. Chloe preparara o jantar e aquilo pareceu tão simples, tão fácil de fazer, mas não para mim.

Tínhamos ido ao supermercado, e todos olharam para mim com tanto desdém. Lembrei-me das palavras do Dominic, de como Gabriel merecia ter a vida que lhe fora reservada. Ficou claro que as pessoas na cidade não acreditavam que meu lugar fosse junto dele, e eu descartara isso. Mas então a torta, o jantar e todas as escolhas horríveis que fiz na vida, o fato de nunca fazer nada certo, nem uma coisinha, veio com tudo para cima de mim e...

– Oi. – A palavra soou suave, e olhei para trás, assustada com meus pensamentos maníacos e dolorosos. Gabriel me lançou um sorriso triste ao fechar as portas francesas que davam para o pátio, para onde eu me refugiara. Dei-lhe as costas, abaixando os braços ao longo do corpo, incerta quanto ao que fazer, ao que dizer, sabendo apenas que ele me diria que fosse embora, pois não me queria mais ali. Mas ele faria isso de uma maneira educada, porque Gabriel era assim. Ele me ofereceria uma carona, me diria que não me preocupasse com a cozinha suja. E isso doeria, ah, como doeria, mas...

Senti-o se aproximar de mim, o corpo grande assomando sobre o meu, o calor dele permeando o frio que percorria minhas veias. Estremeci. Ele pressionou o corpo contra o meu, e inspirei rápido, surpresa quando seus braços me envolveram e me levaram para junto dele, que inclinou a cabeça para a frente de modo que sua bochecha ficou colada à minha têmpora. Fiquei imóvel ante o contato. *Ah, Gabriel*. Ele parecia tão firme, tão certo, tão confiante; e, apesar de eu estar nauseada pelo terror da minha confissão, algo dentro de mim se rejubilou com essa vitória dele. Ele estava me abraçando. Estávamos tão próximos quanto duas pessoas poderiam ficar, e não senti nenhuma hesitação no seu abraço. Fechei os olhos ante a intensidade do momento, e lágrimas surgiram e escorreram pelo meu rosto.

– Estraguei o jantar – sussurrei.

Senti seu sorriso acima da minha orelha.

– Eu vi.

Assenti, num movimento rígido contra o peito dele.

– A torta também.

– Também percebi isso.

– Ah.

Ficamos calados por um momento enquanto meu corpo parava de tremer, no abrigo cálido dos seus braços. Ele continuou a me abraçar enquanto minha respiração se acalmava.

– Eu devo cansar você – comentei, e consegui ouvir uma nota de desespero no meu tom. Eu precisava lhe dar uma via de escape, mas isso doía tanto. Ele disse que me amava, que me queria, mas por certo não haveria de querer *isto*. Ele não *deveria* querer isto. *A mim*.

– Não. Mas isso é o que há de pior para hoje?

Senti-o sorrir de novo. Ele estava brincando comigo, e a realidade disso tanto me surpreendeu quanto me acalmou. Ele não estava horrorizado. *Por quê?*

– Eu... Por hoje – respondi, virando a cabeça ligeiramente, envergonhada demais para enfrentar seu olhar. Eu me sentia vazia e sensível; sensível demais.

Ele riu com suavidade e, dessa vez, estremeci de prazer com o som masculino da sua risada no meu ouvido, na minha pele.

Gabriel. Assim como o anjo. Meu anjo. Quero que ele seja meu anjo. Fechei os olhos e visualizei seus braços como asas imensas ao meu redor, me protegendo do mundo, e essa visão provocou um sorriso.

A verdade era que o que lhe contei *era* o pior de tudo. Aquilo de que mais me envergonhava. A coisa que ficara enterrada bem fundo, como um segredo doentio. Aquilo que, até agora, nunca havia partilhado com nenhuma outra alma viva.

– Eu amo você, Eloise. Isso não vai mudar.

Abri os olhos. Ele era a única coisa sólida em todo o vasto mundo, e cedi ao seu encontro, com um sonzinho estrangulado escapando da garganta.

– Por que isso a assusta tanto?

– Por que... por que tenho medo de que você desista.

– Eu pareço um homem que ama precipitada e descuidadamente?

– Não. – A palavra saiu num sussurro entrecortado. Gabriel não me parecia um homem que fizesse *nada* assim.

– Não vou desistir.

Ele disse isso com tanta determinação, com tanta certeza, como se essa simplesmente não fosse uma opção. Eu queria acreditar nisso. Deus, como eu queria acreditar, mas não sabia como.

– Posso lhe mostrar uma coisa? – ele sussurrou.

Eu me sentia enormemente desajustada, frustrada e assustada. E distorcida. Tão incerta dos motivos pelos quais Gabriel ainda me amava... e pelos quais começara a me amar, para começo de conversa.

– T-tudo bem.

Ele se afastou e me pegou pela mão, apanhando as muletas, que eu deixara largadas no chão, e entregando-as a mim. Passei pela cozinha, onde parecia ter havido uma guerra de *paintball* amarela e verde.

– Antes posso só trocar de blusa?

– Claro.

Enfiei-me no quarto, peguei uma camiseta limpa e usei uma toalha úmida para limpar o máximo de sujeira do rosto e dos cabelos.

Quando terminei, me encontrei com Gabriel, que esperava no corredor, e saímos em direção à caminhonete dele.

– Para onde estamos indo?

– Vamos nos mudar em vez de limpar a cozinha.

Surpreendi a mim mesma ao rir, e Gabriel sorriu. Dirigimos em silêncio por uns dez minutos. Eu ainda tentava apaziguar meu coração acelerado, procurando chegar a um acordo com meu colapso emocional, ainda com um pouco de vergonha e de incerteza, mas também com uma sensação de que algo dentro de mim inflara além da capacidade e se rompera. Senti uma leveza que não sabia explicar.

Gabriel olhou de relance para mim e sorriu calorosamente, estendendo a mão para pegar a minha, segurando-a até chegarmos à saída de uma estradinha perimetral. Pensei em outra estradinha como aquela, na qual estivera recentemente – em como Tommy Hull exigira o "pagamento" pela carona e depois batera em mim. Uma sensação distante de raiva me pegou ante essa lembrança, e desejei ter brigado com ele, desejei tê-lo socado como George me ensinara. Ou, melhor ainda, desejei não ter subido no caminhão dele.

Nem todos os homens tirarão vantagem de você só porque têm a oportunidade, mas você tem que aprender a identificá-los e se manter afastada.

Acho que tinha muita dificuldade em saber quem eles eram. Os homens que se aproveitavam eram o que eu conhecia. Minha normalidade. Eram os homens *bons* que me eram desconhecidos, estranhos. Parecia irônico, mas eram os homens bons que me assustavam. Como Gabriel.

Gabriel fez uma série de curvas e depois encostou a caminhonete, sorrindo antes de descer e dar a volta para me ajudar a descer também. Olhei ao redor enquanto caminhávamos para a parte da frente do veículo. Aquela área era densamente arborizada, e as folhas das árvores eram de tantas cores diferentes – dourado-claro, vermelho e alguns pontos de roxo.

Mais adiante havia uma ponte vermelha coberta passando por cima de um riacho. À medida que nos aproximávamos dela, inalei o ar fresco do outono e da água corrente.

– Era isso que queria me mostrar?

– Ali adiante. Tudo bem com a sua perna?

– Sim, tudo certo.

Observei a ponte enquanto nos aproximávamos. Para mim, sempre houve algo de singular e antigo nas pontes cobertas, algo simples e romântico. Mas, até então, eu não passara muito tempo pensando em romance. Não antes do Gabriel.

Ele me conduziu até a beirada da ponte e caminhamos ao longo dela pelo lado de fora, onde havia uma borda pequena logo acima do riacho raso, sombreada pela projeção do teto. Olhei para Gabriel curiosa, e ele tirou os sapatos e começou a enrolar o jeans. Observei enquanto ele fazia isso e franzi a testa de leve, mas o imitei em seguida, chutando o meu único sapato. Ele se sentou, enfiou os pés na água e riu. Então sorriu para mim, que ainda estava de pé, com um olho semicerrado. Borboletas farfalharam na minha barriga, e me sentei ao lado dele, acomodando o quadril para que o gesso não tocasse na água, enquanto molhava o outro pé. Um jorro de riso subiu pela minha garganta enquanto a água fria rodopiava pelos meus dedos.

– Ai, que frio! – Ri de novo. Mas aquilo era gostoso, como seda fresca deslizando pela minha pele para fazer cócegas no tornozelo. Fez com que me sentisse presente e viva.

Gabriel se encostou na lateral da ponte e apontou para baixo, para a nossa frente. Ali havia um vale de flores silvestres de cada matiz, cercado pelas árvores vibrantes que mudavam suas cores. Vivi em Vermont a vida toda e nunca passei mais de um minuto admirando a beleza da paisagem. Sentada ali com Gabriel, eu estava encantada – quase desarmada – por ela.

– Existem arco-íris em todas as partes – Gabriel disse, inclinando a cabeça na minha direção, sorrindo.

Ri de leve, observando-o, sentindo-me de súbito tímida com a proximidade dele, pelo modo como olhava para mim. Uma brisa levou uma mecha de cabelo para meu rosto, e a afastei, fechando os olhos e inspirando fundo enquanto o perfume das flores silvestres abaixo encontrava seu caminho até nós.

– Quero lhe dar tudo isso – Gabriel disse com suavidade.

Abri os olhos e olhei para ele, para a expressão séria do seu lindo rosto, para o modo como seus olhos pareciam penetrar minha alma. O jeito como ele parecia saber tudo a meu respeito. E, agora, imagino que realmente saiba. Da maior parte, pelo menos.

Meu coração acelerou, e desviei o olhar ao sentir o rosto corar ante a proximidade dele, o amor em suas feições. Eu não sabia o que fazer com isso ainda, pois nunca vivenciara algo assim. Voltei a me perder na paisagem, sentindo a corrente de água enquanto movia o pé langorosamente dentro dela, com a brisa acariciando meu rosto e bagunçando meus cabelos.

– Você não pode me dar o vento, Gabriel – comentei com suavidade, fitando-o novamente, capturada pelo seu olhar.

Ele estendeu os braços e tocou meu rosto com as duas mãos, e meu coração estremeceu quando me inclinei instintivamente em direção ao seu toque. Assim como no pátio, antes, não parecia haver hesitação nele, apenas uma certeza amorosa. Seus lábios formaram um doce sorriso.

– Posso tentar. Deixe-me tentar, Ellie.

Suspirei quando meus próprios lábios formaram um sorriso. Entendi o que ele queria dizer. Ele queria me dar a paz desse momento, a... poesia desse lugar, o romance, os perfumes, os sons e o cenário da beleza que nos cercava. Ele queria me dar amor. E, Deus, eu queria aceitar, eu só estava com medo demais de estender a mão para pegar. Ainda temia que isso me fosse tirado. E, se fosse, eu jamais seria capaz de seguir em frente. Jamais me recuperaria.

Algumas folhas saíram voando das árvores, rodopiando preguiçosamente na brisa suave, e senti um desprendimento ligeiro dentro de mim também. Fiquei imaginando como as árvores conseguiam se libertar das coisas de que já não precisavam mais, e pensei se eu também conseguiria fazê-lo.

– Como você consegue? – perguntei. – Como consegue se desprender do medo?

Ele também foi ferido antes. Muito, mas muito profundamente. Como foi que conseguiu superar aquilo, enquanto eu não parecia ser capaz? Ainda me apegava com tanta firmeza ao medo.

– Do medo? – ele me perguntou, percorrendo meu rosto com os olhos.

– Do medo de amar.

Um olhar de triste compreensão surgiu.

– Porque, Ellie – ele disse, e sua voz estava tão carregada de convicção que me fez piscar de surpresa –, eu *venço* toda vez que ouso amar. Quero dizer que venço cem vezes por dia, *mil* vezes, ao amar o nascer do sol e o vento, e o modo como a chuva bate na minha janela. – Fez uma pausa, o polegar deslizando com suavidade pelo meu maxilar, acariciando meu rosto como se eu fosse preciosa. – E você, acima de tudo, você. Quero olhá-la e dizer que um homem mau não me impediu de presentear com o meu coração a garota que o clamou para si. Você recebe o meu coração, Eloise.

Você. E, puxa, como espero que você o queira. Mas, se não quiser, ainda assim não lamentarei dá-lo a você. Mesmo assim, não me arrependerei de amá-la, porque isso significa que eu venço.

Senti um salto no peito e arquejei. As palavras dele, o modo como olhava para mim com tanta intensidade, me partiram ao meio, me rasgaram e, ainda assim, juntaram meus pedaços, tudo ao mesmo tempo. *Ah, Gabriel*.

Seu polegar continuou a se mover no meu rosto, seu toque tão dolorosamente carinhoso que me fez sentir vontade de chorar. Ele me procurara como um homem que entrava em pânico toda vez que alguém se aproximava dele e agora tocava em mim com tanta certeza, com força e segurança. Deus, como eu tinha orgulho dele, mas, mais do que isso, eu me sentia profundamente honrada por ele ter me escolhido, profundamente grata por ele ter sabido do pior de mim e me amar mesmo assim. Eu me sentia sem ar com o absoluto milagre disso.

O olhar do Gabriel se moveu para a minha boca e se demorou nela. Vi que ele engolia com esforço e sabia que ia me beijar. As borboletas na minha barriga começaram a bater as asas quando ele se inclinou na minha direção, parecendo hesitante, mas certo, e mais lindo do que qualquer outro homem que já vi. Seus lábios se entreabriram de leve e, em seguida, pressionaram os meus, macios e suaves, e gemi com o prazer do encontro das nossas bocas. Ele deslizou para perto de mim até não haver mais espaço entre nós, e enrolei meus braços devagar ao redor do seu pescoço, entrelaçando os dedos na maciez dos seus cabelos bastos.

Inclinei a cabeça e abri a boca para que ele pudesse me explorar, e ele gemeu, lançando uma centelha de desejo entre minhas pernas. Ele aceitou meu convite, resvalando a língua ao longo da minha, experimentando, e depois com mais confiança, à medida que nossas línguas dançavam e se saboreavam.

Quando, por fim, ele se afastou, arfando um pouco, precisei de um minuto para entender onde eu estava, de tanto que me envolvi no beijo. Um sorriso surgiu no meu rosto antes de eu abrir os olhos e, quando enfim os abri, ele me observava, parecendo feliz e um pouco aturdido. Seus lábios ainda estavam entreabertos, úmidos e rosados por causa do nosso beijo, e ele estava ligeiramente corado. Pensei comigo: "Sou o primeiro beijo desse homem lindo. Os lábios dele só tocaram nos meus". E desejei que fosse o meu primeiro também; embora, de certa forma, tenha ficado me questionando se já havia beijado alguém algum dia, pois não conseguia me lembrar agora. Talvez porque esse fosse o primeiro beijo em que estive de fato presente – não só com o corpo, mas com a mente e o coração também.

Ele levantou a mão e enxugou a umidade do meu lábio inferior com o polegar. Ri com leveza; senti-me mais feliz do que nunca, maravilhada pela delicadeza quase insustentável do momento, e dele.

Ficamos sentados ali mais um tempo, movendo os pés na água, com Gabriel prendendo o tornozelo no meu e, de novo, ri e me apoiei nele. Observamos as árvores começarem a se despir – as folhas coloridas flutuando até o chão – e conversamos sobre nada importante, sentindo a paz do momento, a alegria extraída da companhia do outro.

Será que *um dia* cheguei a sonhar com romance e com cavaleiros brancos? Ainda menina, será que imaginei que um dia um belo príncipe com o coração no olhar seguraria meu rosto nas mãos e me beijaria? Não conseguia me lembrar disso agora, mas desejei que pudesse, porque queria imaginar que aquela garotinha estava em algum lugar dentro de mim e que aquele momento era para nós duas, e por todos os sonhos que achei que estivessem perdidos. *Perdidos para alguém como eu.*

Secamos os pés ao sol e depois voltamos para a estrada. Fiquei pensando em como aquele dia passara do sofrimento e das lágrimas e de um jantar destruído para a alegria e a paz, e também a caminhada sob uma ponte coberta. E o nosso primeiro beijo. O beijo mais belo que já experimentei.

CAPÍTULO DEZOITO

Todos nós temos um superpoder. Qual é o seu?
Gambit, o Duque dos Ladrões

GABRIEL

Passamos cada momento do dia juntos naquele fim de semana, observando o amanhecer, passeando de carro, visitando os meus lugares prediletos na região e dirigindo até algumas cidadezinhas, onde passeamos pelos centrinhos tranquilos e comemos em restaurantes caseiros.

Compramos diversos tipos de xarope de bordo de Vermont, e fiz panquecas para ela de manhã, quando os testamos para compará-los. Gotículas de xarope de bordo grudaram nos seus lábios, e ela riu quando as limpei com beijos, meu sangue se aquecendo enquanto o desejo se espalhava pelo meu corpo.

Deleitei-me com a nossa proximidade física recém-descoberta, ainda um pouco nervoso no começo, mas, acima de tudo, imensamente feliz com todas as sensações que ela me ajudava a descobrir. Não só o meu amor por ela fazia com que eu ansiasse uma intimidade maior como eu também me acostumara ao seu toque, aos poucos, nas últimas semanas, e isso fez toda a diferença. Mesmo agora, Ellie me tocava com quase tanta hesitação quanto eu a tocava, e isso me ajudou a ganhar confiança naquilo que no passado fazia com que me sentisse tão impotente. Não havia como eu ter sabido; por certo não existia uma maneira de eu ter adivinhado, mas era como se eu fosse atraído pela Ellie porque nosso passado – e o nosso coração – se alinhava como se tivéssemos sido *destinados* a curar um ao outro.

No domingo, fizemos um piquenique no almoço, num gramado sob uma bétula enorme, que lançava, com suas folhas douradas, vermelhas e laranja, sombras nos cabelos de Ellie de modo que ele também parecia dourado. Ela estava deitada na manta que havíamos levado, e a luz mosqueada do sol por entre a folhagem se movia sobre o seu rosto, me deixando sem ar. Estava tão linda que vislumbrá-la me enchia de desejo. Parecia tranquila e feliz, e seus olhos estavam repletos de algo que eu esperava ser amor. Inclinei-me sobre ela e a beijei repetidas vezes, até pensar que enlouqueceria. Mas eu sabia que Ellie precisava ser quem avançaria o sinal entre nós. Sabia que precisava deixá-la nos conduzir nessa direção, se era para aquilo parecer certo. Queria lhe dar isso, portanto rolei para o lado e fixei o olhar no céu, que apareceria entre os intervalos das folhas, tentando recuperar o fôlego, esfriar o sangue, obrigar meu corpo a se acalmar.

Queria tanto tocar nela, sentir seus seios nas minhas mãos, percorrer os mamilos com a língua e senti-los endurecer, resvalar os dedos pela maciez do interior das suas coxas. Quase gemi, mas consegui me conter.

A ironia da situação não me escapou. Eu buscara a sua ajuda para me sentir à vontade perto de uma mulher, e agora eu morria de frustração por me conter... por causa dela. Lembrei-me da conversa que tive com George a respeito de confiar nos meus instintos, porém, e percebi que isso era o que eu já sabia bem lá no fundo: que ela precisava de mim tanto quanto eu precisava dela. E eu estava disposto a fazer o que fosse necessário para que ela soubesse o quanto era preciosa para mim – seu corpo e seu coração.

Ela apoiou os braços no meu peito, sorrindo para o meu rosto enquanto eu ria.

– O que foi? – perguntei.

Ela deu de ombros e seu sorriso se ampliou.

– Não sei. Só estou… feliz.

Uma folha caiu e aterrissou nos cabelos dela, e eu a tirei, sorrindo, para depois prender o seu olhar. *Case comigo*, quis dizer. *Fique comigo para sempre*.

– Eu também – sussurrei em vez disso. Ficamos ali deitados por uns minutos, ouvindo os pássaros piando enquanto voavam pelas folhas acima de nós.

Ellie usou um dedo para delinear o contorno de um botão da minha camisa, e esse pequeno movimento me pareceu erótico de alguma forma, aquele seu dedo delgado se movendo lentamente ao redor do disco minúsculo. Quase não refreei um gemido.

– Quando fomos ao supermercado em Morlea, as pessoas ficaram olhando para nós… de um jeito estranho. É por isso que fomos para as outras cidades neste fim de semana? Para você não encontrar ninguém que o conhecesse? – Ela levantou o olhar para mim, com dúvida e insegurança nele, como se estivesse perguntando se os olhares não aconteceram por causa dela.

– Não tem nada a ver com você, Ellie.

Ela inclinou a cabeça, movendo o dedo ao redor do botão.

– Então… por quê? Por que olham para você daquele jeito?

Fiquei em silêncio por um minuto.

– Acho que basicamente porque não se sentem à vontade. – Confusão surgiu nos seus olhos. – Assim que voltei para casa, todos estavam muito felizes. Eu era o centro das atenções onde quer que fosse. Virei uma espécie de herói local. – Voltei o pensamento para aquela época, em como tudo me parecera excessivamente claro;

o mundo parecia oscilar diante de mim cada vez que eu pisava fora de casa, como se nada daquilo fosse real. Como se eu tivesse muita dificuldade para me apegar à verdade de que conseguira fugir da escuridão em que estivera. – Eu estava espantado, nervoso...

– O que era natural – Ellie replicou de pronto.

– Não foi só o fato de eu estar subitamente livre de novo; também estava tentando lidar com a morte dos meus pais. Estava sofrendo com a perda deles. E estava tentando lidar com o fato de ter tirado a vida de alguém. – Olhei de relance para ela, mas sua expressão não mudou. Ela já sabia dessa parte. Todos sabiam. – Foi muito difícil para mim. – Fiz mais uma pausa. – Um dia, George me levou com o Dominic para um bazar. Ele achou que eu poderia me divertir, me sentir um adolescente normal, sabe? Chegamos lá, e as luzes, as pessoas... Foi como se tudo começasse a se fechar à minha volta e eu meio que... que enlouqueci um pouco. Morri de medo e me joguei no chão como se aquele fosse um campo de guerra e eu estivesse sob fogo cruzado. Tiveram que me carregar de lá.

– Ah, Gabe...

– Depois disso, quase não saí mais em público. Eu me perdia entalhando, no conforto das pessoas e das coisas que eu conhecia.

Ela ficou quieta enquanto eu pensava um pouco na situação.

– Depois que voltei a andar pela cidade, as pessoas ficaram desconfiadas. Elas não sabiam como reagir a mim, como me abordar, e por isso não o faziam. Acho que ficavam imaginando que eu poderia surtar de novo. Mesmo agora. – Ri, mas foi uma risada sem graça. Acabou num suspiro.

As sobrancelhas dela se apertaram de um jeito charmoso e ela assentiu, como se compreendesse.

– Mas já faz tanto tempo. Você era um adolescente na época. Eles deveriam... tentar.

– Talvez eu também devesse me esforçar mais.

– Talvez – ela disse com suavidade. O ar estava fresco, e eu a puxei para perto para garantir que ficasse aquecida. Ela enganchou uma perna na minha.

– Você ainda... tem problemas por ter tirado a vida de um homem? – A voz dela soou suave e hesitante.

– Não. Já fiz as pazes com isso. Não é algo de que gosto, mas faria de novo, se precisasse. De certa forma, foi a coisa mais fácil com que tive de lidar depois. Era por isso que todos me elogiavam... por ter encontrado coragem para fugir, a despeito do que tive de fazer. Esse era um assunto que ninguém tinha medo de mencionar. São as coisas sobre as quais ninguém quer falar, as coisas que as pessoas evitam, aquelas que ficam presas dentro de você como um segredo sujo que podem, de alguma forma, ser sua culpa.

Ela me encarou.

– Mas você não se sente mais assim.

Balancei a cabeça.

– Não. Não mais.

Ficamos os dois calados por alguns minutos, com a cabeça dela repousando no meu coração. Fiquei imaginando se ela também estaria pensando nos seus segredos, nas coisas que prendera por tempo demais dentro de si.

– Pode me falar dos seus pais? – ela perguntou.

Sorri.

– Foram os melhores pais do mundo. Meu pai era pacato, um pensador. E minha mãe era uma tagarela. Não conseguia ir a nenhum lugar sem parar para conversar com alguém.

– O que mais? – Sua voz soou desejosa.

– Ela amava ler. Sempre carregava um livro na bolsa. Às vezes, eu procurava por ela nos jogos enquanto era a vez do outro time, e ela estava sempre com o nariz enterrado num livro. – Sorri ante essa lembrança, por perceber que herdara dela o meu amor pelos livros.

Ellie ficou em silêncio por um momento antes de sussurrar:

– Deve ter sido um choque terrível descobrir que eles haviam morrido enquanto você estava ausente.

Ausente.

– Foi. – A resposta saiu parte palavra, parte respiração, e me calei por um minuto ante a lembrança de George me contando sobre a morte deles, na sala daquela delegacia impessoal, e da dor terrível que senti em seguida. – Mas depois... Depois fiquei imaginando se ter dois anjos extras do meu lado me ajudou a sair daquele porão, sabe?

A cabeça da Ellie pendeu para trás, e sua expressão chocada me fez parar. Ela estaria pensando nos seus anjos particulares? Quem ela perdera? Baixou o olhar de novo, apoiando o rosto no meu peito.

– No que está pensando, Ellie?

– Eu... – Balançou a cabeça de leve. – Em nada. Só que... isso é uma ideia encantadora.

– E quanto a você? Os seus pais ainda estão vivos? – Lembrei-me do que ela dissera sobre a forma como o pai a tratara e fiquei imóvel, esperando que respondesse. O momento era tão tranquilo, eu não queria destruí-lo. Mas ansiava saber mais sobre ela, tudo, o bom e o ruim, todas as coisas que formavam sua identidade.

– Acho que meu pai deve estar – ela respondeu. – Não sei. Saí da casa dele assim que terminei o colégio e não falei mais com ele.

Um nó se formou na minha garganta. Notei que ela nunca mencionara a mãe.

– Sinto muito.

– Não precisa. Já superei.

Superou mesmo, Ellie? Não acredito nisso, e acho que você também não.

Meu coração ficou pesado, e tivemos muitas coisas pesadas nos últimos tempos, por isso a rolei de costas, surpreendendo-a e fazendo-a rir. Sorri para ela antes de lhe dar um beijo rápido, melhorando o clima.

Voltei a rolá-la e ficamos frente a frente, com os cotovelos apoiados na manta e a cabeça apoiada nas mãos. Peguei uma mecha do seu cabelo e a acariciei com os dedos, maravilhando-me com a textura sedosa. Deitados ali sob o sol, eles eram uma mistura de dourado e ruivo.

– Quero que nossos filhos tenham os seus cabelos – murmurei. – Ele é lindo demais para não ser passado adiante.

Ela pareceu levemente surpresa ao piscar para mim.

– Mãe? Eu? – Ela balançou a cabeça de leve, fazendo com que mais daqueles cabelos cor de mel se espalhassem pelo ombro enquanto ela ria. Mas a risada foi superficial, sem nenhuma alegria.

Olhei-a com atenção.

– Por que não? Não quer ter filhos um dia?

– Eu... eu não sei. Nunca pensei sobre. – Ela mordeu o lábio, olhando por cima do meu ombro. A expressão no seu rosto era bem parecida com medo. *Mas por quê?*

– Acho que você seria uma excelente mãe – disse com suavidade, inclinando-me para a frente e beijando-a de novo. Eu acreditava que ela tinha um coração cheio de amor para dar, mesmo que não soubesse. Eu enxergara a ternura dentro dela, experimentara sua natureza gentil. Estava vivenciando isso agora.

Recostei-me e o olhar dela se suavizou. Depois de um instante, ela perguntou:

– Como foi sua entrevista com a Chloe? Ainda se sente bem quanto a isso, agora que já aconteceu?

Sabia que ela estava mudando de assunto, mas não me importei. Aprendi que Ellie confiaria em mim quando estivesse pronta e nem um segundo antes disso.

– Sim. Foi bom mesmo. – Refleti um instante mais sobre a pergunta. – Foi bom conseguir falar sobre o que me aconteceu e ter a sensação real de que superei. Algumas das coisas sobre as quais falamos trouxeram à tona lembranças difíceis, mas, uma hora depois, eu já estava bem, sabe? No começo, eu demorava tanto para voltar a me sentir bem depois que uma lembrança ou outra me assaltava. Agora... sinto que estou no controle.

Ela assentiu, e não pude deixar de ver o orgulho em seus olhos. Tal ideia me aqueceu, fez com que me sentisse bem, como se a minha sobrevivência fosse uma conquista que eu podia reivindicar. Ela abriu a boca para dizer alguma coisa, depois a fechou, evidentemente reconsiderando o que esteve prestes a comunicar. Observei-a enquanto diversas expressões passavam pelo seu rosto.

– Ellie, você pode me perguntar qualquer coisa. Tudo o que contei a Chloe é seu também, se quiser. Não há nada que tenha dado a ela que não daria a você.

Ela sorriu um sorriso meio triste.

– Só não sei bem o que perguntar. Acho... acho que como? *Como* você sobreviveu àquele tipo de horror?

Lambi os lábios, olhando para o campo atrás dela, pensando em como aquilo me parecia familiar de uma maneira meio estranha e distorcida. *Deitado com Eloise no campo de narcisos.*

– Assim que fui sequestrado, claro que morri de medo. Estava traumatizado e confuso, e desesperado para sair dali. Mas, depois de um tempo, foi o tédio que começou a acabar comigo. Eu sabia que, se tinha esperanças de sair dali algum dia, eu teria de permanecer são. Teria de manter a mente ocupada. Fazia cálculos mentalmente, muito mesmo, mas isso não me ajudou com a minha solidão.

Fiz uma pausa, rememorando aqueles dias, relembrando-os como os mais desolados de todo o tempo em que passei lá embaixo.

– Um dia, eu estava rabiscando alguma coisa na parede com uma moeda de um centavo que achara no chão quando uma lasca se soltou.

– Você começou a cavar um túnel? – ela perguntou com os olhos arregalados.

Ri.

– Não. Eu estava num porão. Eu poderia ter lascado a parede inteira durante cinquenta anos que ainda estaria no subsolo.

Seu rosto se fechou, e seu olhar revelou um horror pesaroso, evidentemente imaginando – talvez pela primeira vez – os detalhes da situação em que eu me encontrara.

– Aprendi a entalhar desde bem novo. Era habilidoso, para um garoto; talvez tivesse um dom promissor. Eu tinha a moeda e um clipe e os usei para entalhar uma figura, meio rudimentar a princípio, mas tudo o que eu tinha era tempo, por isso trabalhei nela. Comecei muitas vezes com pedaços menores de diferentes lugares – atrás do aquecedor, de algumas caixas de roupas velhas que ele deixara lá embaixo, nos cantos escuros, que não podiam ser notados, e entalhei um conjunto de estatuetas e as nomeei de acordo com as coisas que eu amava. Tinha tanto medo de me esquecer de como era o amor, e elas me ajudaram a me lembrar. Eram uma corte real de esperança e minhas amigas. Minhas únicas amigas. Foram o motivo de eu não desmoronar. Mantiveram minha mente e minhas mãos ocupadas e minha esperança viva. Elas me lembravam de que existiam pardais nas árvores e campos de narcisos, e melhores amigos; e, por mais que eu estivesse num caixote frio e empoeirado, eu poderia ver essas coisas de novo e a fé me manteria vivo até eu conseguir isso.

– Ah, Gabriel – ela sussurrou, com lágrimas nos olhos. – Elas o encorajaram quando você não tinha mais nada.

Sorri de leve.

– Isso. – Inclinei a cabeça, pensando. – Talvez fosse mais fácil aceitar o encorajamento de personagens, mesmo sendo personagens criados por mim, do que de mim mesmo. Engraçado, mas deu certo. Foi como se personificassem as pessoas e as coisas que eu amava e me ajudavam a lembrar de suas palavras de sabedoria, das coisas que me diriam, se pudessem.

Uma lágrima desceu pelo rosto dela, e eu a capturei com o polegar.

– Por favor, não fique triste. Foi assim que sobrevivi. Foi assim que me salvei. É por isso que estou deitado aqui com você agora.

Ela se inclinou para a frente e me beijou nos lábios, amparando meu rosto com as mãos.

– Chloe disse que você é extraordinário. E agora sei exatamente por quê.

Sorri, contente por ela não me perguntar mais detalhes naquele momento. Eu lhe contaria, mas, por algum motivo, tinha a sensação de que não era o momento. Ela também estivera presa num porão escuro. Não por um atormentador, mas pelas circunstâncias. Circunstâncias que, quando a conheci, me deram a ideia de que a Pérola Platinada não era o seu lugar. As circunstâncias dela haviam mudado, mas eu sentia que, de certa forma, ela ainda estava lutando pela sua salvação.

CAPÍTULO DEZENOVE

Belas coisas acontecem quando você menos espera.
Lemon Fair, a Rainha do Merengue

Ellie

Chloe ficou em Morlea naquele fim de semana, por isso teve tempo de fazer um pouco de turismo na região. Ela foi até a casa do Gabriel naquela noite para se despedir e agradecer-lhe o tempo que lhe concedera.

Saí da sala para que tivessem privacidade para conversar por alguns minutos e, quando voltei, eles estavam se abraçando. Chloe estava de frente para mim, de modo que pude ver a expressão de afeto e de tristeza em seu rosto. Seus olhos estavam fechados, bem apertados, e por um momento apenas os observei, com um traço de ciúme que fazia com que me sentisse mesquinha. Desviei o olhar bem quando se soltaram e, quando me avistou, Chloe se apressou para junto de mim e também me envolveu num abraço apertado.

– Não conseguimos passar muito tempo juntas, Ellie. Fica para a próxima vez?

Ela recuou e segurou minhas mãos, apertando-as e sorrindo.

– Você vai voltar? – perguntei.

– Ah, com certeza. Venho entregar pessoalmente uma cópia publicada da pesquisa quando ela estiver concluída. – Seu sorriso se ampliou. – Vou deixar Gabriel orgulhoso dela.

Retribuí o sorriso.

– Tenho certeza de que vai.

Ela hesitou por um momento, parecendo levemente incerta.

– Conversei com o Dominic a respeito do que ele fez. Acho que ele está muito confuso por dentro…

– Está tudo bem, Chloe, de verdade.

– Não está, não. Não há nada de bom nisso. Eu só… eu só queria poder ajudar.

Sorri para ela.

– Você ajudou sendo uma amiga para mim.

O sorriso dela foi amplo e contagioso.

– Ligue para mim quando quiser conversar, está bem? Se precisar de um ouvido. Gabe tem o meu número.

Gabe.

– Pode deixar.

Ela sorriu de novo.

– Ok, certo. Cuide-se.

– Você também, Chloe.

Ela se voltou para Gabriel, inclinou-se e se equilibrou nas pontas dos pés para beijá-lo no rosto.

– Obrigada de novo – ela sussurrou. Havia tanto sentimento em seu tom que quase fiquei envergonhada por estar ali.

Ele ama você, Ellie, lembrei.

Só porque ele acabou não conhecendo a Chloe antes, aquela vozinha zombeteira dentro de mim ralhou. Bloqueei-a o melhor que pude.

Eu não a culpava nem um pouco pelo afeto evidente que sentia pelo Gabriel, talvez até pelo amor. Ela sabia o que eu sabia – que ele sobrevivera a seis anos no inferno cercando-se de amor. De esperança. O quanto a mente dele devia ser forte – e o quanto seu coração devia ser belo – para ele se apegar a isso? Para *escolher* o amor em vez do medo um dia após o outro? Claro, ele teve sorte de ter um monte de amor em que se apoiar. Nem todos são tão abençoados assim. Mas, pensando bem, tenho a sensação de que Gabriel teria feito uso de qualquer ínfima centelha de amor – de *esperança* – para permanecer forte. Era simplesmente quem ele era.

Gabriel, um menino que não se permitira esquecer como era o amor, e eu, uma garota que se certificou de não se lembrar.

Preparamos o jantar naquela noite – uma lasanha pré-cozida que era praticamente impossível de estragar, ainda que, caso eu estivesse sozinha, provavelmente teria sido capaz disso, e comemos no pátio. As noites estavam ficando mais frias, por isso Gabriel acendeu um aquecedor externo e o levamos para perto da mesa.

Depois que limpamos a cozinha, nos enroscamos no sofá e assistimos a TV, mas resolvemos nos deitar cedo, já que eu começaria a trabalhar na pedreira na manhã seguinte e queria estar bem descansada. Também estava um pouco nervosa. E se não conseguisse dominar o sistema de telefonia e acabasse passando vergonha?

Só tive dois empregos na vida. Quando saí da casa do meu pai, trabalhei num cinema por pouco mais de um ano, mas não conseguia pagar mais do que o aluguel de um quartinho dos fundos, de uma mulher que o havia anunciado no jornal. Quando chegara lá, percebi o motivo de ele ainda estar vago. Ela devia ter uns vinte e cinco gatos, e o lugar inteiro cheirava a peixe e areia para gatos suja. Mas era só o que eu conseguia pagar, e era melhor do que continuar na casa do meu pai, por isso aceitara ficar lá.

No ano seguinte, conheci Kayla por intermédio de alguns conhecidos, e ela me contara a respeito da Pérola Platinada. Ficava relutante em me despir para qualquer um, mas, dessa maneira, consegui poupar quinhentos dólares para comprar um carro, o valor do depósito necessário para alugar um apartamento e, com isso, consegui sair da casa dos gatos.

Por isso, agora, minha experiência profissional incluía tirar pipocas do chão e deslizar seminua por uma barra.

Fui me deitar, mas não consegui dormir e, depois de vinte minutos me virando e me mexendo na cama, levantei e abri a janela, inspirando o frescor da noite. Ajoelhei e apoiei os braços no parapeito, observando o céu limpo e estrelado por alguns instantes, tentando absorver a beleza, como Gabriel parecia fazer com tanta facilidade. Em vez disso, a beleza da noite pareceu dolorosa de alguma maneira e fez com que me sentisse mais vazia por dentro.

Suspirando, fechei a janela e fui cambaleando para fora do quarto até a garagem, o mais silenciosamente que consegui. William estava ali, liso e branco, e seu rosto risonho fez com que meu coração pesasse um pouco menos.

Passei um dedo pela sua cabeça, maravilhando-me uma vez mais ante o que aquilo fora mais ou menos um mês atrás. A rapidez com que Gabriel deu vida ao que antes não parecia absolutamente nada de mais. Senti-me quase como se conhecesse aquele rapazinho, como se ele pudesse ter personalidade própria. Suspirei.

– E se eu não me sair bem amanhã? E se eu meter os pés pelas mãos?

William continuou a sorrir e me a encarar com aqueles seus olhos encorajadores. Soltei o ar.

– Bem, claro que você diria isso.

Ouvi um barulho e me virei rápido. Vi Gabriel parado na entrada, de camiseta e calças largas de moletom, apoiando o quadril na soleira e me observando com curiosidade. Senti um calor subir ao pescoço e ri, um som envergonhado feito basicamente de ar.

Gabriel sorriu. Dei-lhe as costas quando o calor do pescoço chegou às bochechas.

Senti Gabriel se aproximar de mim por trás, e ele desceu as mãos pelos meus braços, beijando o topo da minha cabeça.

– Você vai se sair muito bem.

Virei a cabeça para o lado, mas não o olhei.

– Como sabe disso?

– Porque você é inteligente e pode aprender qualquer coisa.

Você é inteligente e pode aprender qualquer coisa.

Você é uma menina tão boa, tão inteligente, Ellie. Não se esqueça disso, está bem? Não importa o que aconteça, não se esqueça disso.

Senti uma dor profunda no coração e empurrei aquelas palavras para longe, sem querer pensar nelas – ou de onde elas vieram –, não quando me sentia tão vulnerável.

Passei a mão por trás da cabecinha dura do William e senti a força sólida do Gabriel nas minhas costas. A dor dentro de mim aumentou de repente, e a honestidade saiu rolando pela minha língua.

– Sempre fingi ser feita de pedra, mas, na verdade, eu me sinto como se fosse de areia, capaz de desmoronar a qualquer segundo. – Eu sentia isso há tanto, mas tanto tempo que chegava a *doer*.

Gabriel, ainda atrás de mim, passou os braços ao meu redor, como fizera no dia em que eu arruinara o jantar. Esticou-se e apoiou a mão sobre a minha, no topo da cabeça do William.

– Mas é disso que as pedras são feitas, Eloise. Areia e pressão – ele apertou de leve o braço que me envolvia –, e tempo. É só isso, meu doce amor. Apenas areia, pressão e tempo.

Deixei que suas palavras rolassem dentro de mim, querendo desesperadamente a pressão – o amor – dos seus braços ao meu redor para me ajudar a conquistar a mesma confiança em mim que ele parecia ter. Isso era parte do que me preocupava. Por quanto tempo? *Quanto* tempo até que eu me sentisse firme e competente? Quanto tempo até que eu não estivesse mais fingindo?

Gabriel me ensinara tantas lições, e todas elas eram importantes para mim porque ele as passara com honestidade. O que ele dissera não foram apenas palavras e chavões – eram verdades que ele *conquistara* ao longo do seu próprio trajeto de dor e de sofrimento.

Apenas areia, pressão e tempo.

– Tentei olhar para as estrelas – murmurei depois de um momento, querendo que ele soubesse que eu prestara atenção a cada palavra que me dissera. Queria que ele entendesse que o admirava mais do que qualquer pessoa; mesmo que nem sempre eu conseguisse viver as suas palavras do modo como ele fazia. – Tentei apreciar a beleza ao meu redor, mas acho que não fiz direito.

Gabriel soltou o ar, suspirando.

– Gratidão não é um Band-Aid, Ellie. Você ainda tem que viver seus sentimentos para processá-los. A gratidão foi feita para tornar as coisas suportáveis. Às vezes, ela faz você chegar ao fim do dia e, às vezes, apenas ao momento seguinte. É só isso.

– Eu estava querendo mesmo é um Band-Aid – disse, tentando inserir um pouco de bom humor no meu tom.

Ele riu e isso me confortou.

Ficamos calados por um instante.

– Você deve estar me achando uma louca por vir aqui conversar com uma estátua.

– Não. Elas são boas ouvintes. Mas eu também sou – ele murmurou contra meu ouvido, atraindo-me de modo que meu corpo se apoiasse no dele. – Por que você é tão dura consigo mesma? Não precisa ser.

Eu não tinha uma resposta para isso, portanto apenas sorri, fitando-o.

– Obrigada.

Ele assentiu, e seus olhos percorreram meu rosto como se em busca de ler meus pensamentos. Por fim, simplesmente me beijou e segurou minha mão, me levando de volta para casa, onde fui para a cama e, então, adormeci.

Comecei a trabalhar na manhã seguinte. George simplesmente me entregou o manual de instruções do sistema de telefonia antes de sair em direção à pedreira, de onde eu já ouvia o som das máquinas e dos caminhões começando a fazer o que quer que fosse.

Gabriel riu de leve ante a minha expressão de surpresa e disse:

– Não tem ninguém atendendo os telefonemas agora. Mesmo que você só consiga atender a metade, já estaremos no lucro. – Sabia que ele só estava dizendo isso para que me sentisse melhor, mas deu certo e, assim que ele saiu do *showroom*, abri o manual de instruções e comecei a descobrir como tudo funcionava.

Dominic chegou às nove e meia, e meu coração deu um pulo de nervoso, mas ele simplesmente deu um sorriso reservado e foi para seu escritório. Nenhum pedido de desculpas, nada.

O dia passou rápido enquanto eu aprendia sozinha sobre o sistema, atendia os telefonemas, deixando passar alguns e só desligando na cara de dois. Antes que me desse conta, Gabriel voltou, para perguntar se eu queria almoçar com ele e, depois, várias horas mais tarde, para me buscar e voltarmos para casa.

Ele olhou para mim na cabine da caminhonete, com seu sorriso amplo.

– Gostou?

Assenti, e uma sensação de conquista fez com que me sentisse feliz e relaxada.

A semana voou e, apesar de eu melhorar, aprendendo a operar o fax e a copiadora e me tornando apta a fazer os agendamentos com o calendário on-line, a frieza do Dom diminuía o meu contentamento no trabalho. Além de não falar comigo, ele literalmente me dava as costas quando eu entrava na saleta de descanso para pegar café enquanto ele estava ali, ou fingia não me ouvir quando eu lhe fazia uma pergunta direta. Tentei desconsiderar sua imaturidade, mas sentia seu absoluto desdém por trás dela, o que tornava mais difícil não me sentir afetada. Recusei-me a contar qualquer coisa para o Gabriel, na esperança de que Dominic superasse sua birra e desistisse.

Mas Gabriel cobria a pequena distância de seu estúdio até o *showroom* toda noite, e eu fugia para o estúdio dele sempre que possível, a fim de observar suas lindas mãos trabalhando num bloco de pedra, ciente de que, apesar de a peça ter começado do nada, logo seria algo milagroso.

Observar suas mãos se movendo sobre um pedaço de pedra me fazia estremecer, imaginando qual seria a sensação de tê-las se movendo sobre mim.

À noite, depois do jantar, namorávamos no sofá como dois adolescentes, e eu o incitava mentalmente a colocar a mão debaixo da minha blusa, a me despir, a tocar na minha pele, a liberar o desejo refreado que mais parecia uma fogueira dentro de mim. Mas, noite após noite, apesar do seu desejo evidente, ele se afastava, e eu dizia a mim mesma que ele simplesmente não estava pronto ainda.

Na sexta-feira daquela semana, Gabriel me levou para a minha consulta após o trabalho, durante a qual examinaram minha perna e chegaram à conclusão de que o gesso podia ser retirado. Ri alto quando todo aquele peso saiu de mim.

– Liberdade! – eu disse, e Gabriel riu do outro lado do consultório.

– Agora você pode literalmente fincar os dois pés no chão – ele comentou.

Sorri, mas, por dentro, suas palavras provocaram incerteza e medo, que me atravessaram.

Paramos a caminho de casa e compramos champanhe para comemorar minha independência e planejamos pedir pizza para o jantar.

Fiquei feliz em não ter mais de arrastar uma perna que pesava o dobro da outra para todo canto, mas também me senti vagamente triste. Gabriel tinha razão. Eu estava literalmente de pé agora. Não havia mais um motivo real para continuar na casa dele. Afastei esse pensamento por enquanto. Queria aquele fim de semana com ele, mesmo que fosse o último.

Assim que passei pela porta, anunciei ao Gabriel que depilaria a perna. Vê-la sob a luz brilhante do consultório médico me garantiu que sem dúvida já passara da hora. Para falar a verdade, as duas pernas precisavam de um pouco de cuidado. Fazia semanas que eu não dava muita atenção à minha aparência, o que foi bom para variar um pouco das depilações constantes que uma *stripper* precisa fazer, mas eu não queria pensar nisso agora. Não estava me depilando por motivos estéticos. Estava me depilando, com toda a honestidade, porque minhas pernas estavam horríveis.

– Deixe-me ajudar – Gabriel pediu.

Eu ri.

– A depilar minhas pernas?

Ele deu um sorriso com o canto da boca.

– É.

Dei de ombros.

– Se você quiser.

Demoramos um pouco mais no jantar, com nossas doses de champanhe para comemorar, Gabriel rindo porque me levantei várias vezes para correr sem sair do lugar e pular, simplesmente porque podia, e também porque precisava fortalecer a musculatura. Jurei que nunca mais deixaria de tomar cuidado do meu corpo.

Depois de limparmos a cozinha, ele me puxou pela mão.

– Venha. – Eu o segui para o seu quarto. Olhei de relance para a mobília simples, para as prateleiras repletas de pilhas de livros de capa dura ou brochura, para a pequena escrivaninha, onde havia um laptop aberto, e para a cama, arrumada com uma colcha azul-marinho e com uma série de travesseiros apoiados contra a cabeceira.

Gabriel me levou direto para o banheiro, onde havia uma banheira grande. Ele abriu a torneira e eu me sentei na beirada, rolando a barra da minha calça de ioga para cima e pondo as pernas dentro da banheira. Ri.

– Isso definitivamente é uma coisa que nunca fiz.

Gabriel sorriu ao enrolar a barra do seu jeans e entrar na banheira, se ajoelhando. Ri de novo.

– Vai molhar seus jeans.

– Não ligo. Relaxe. Deixe-me mimar você.

Apoiei na parede, assistindo enquanto ele tirava a proteção de uma lâmina descartável e ensaboava as mãos. Suspirei. Apenas sentir os pés mergulhados na água quente enquanto eu relaxava já estava bom demais. Ele espalhou a espuma do sabão com gentileza numa perna, e observei suas mãos deslizarem pela minha pele. Não consegui deixar de pensar no trabalho dele. Devia ser assim que filhotinhos de cachorro, e, coelhos anjos deviam se sentir. Cuidados. Apreciados. Levados à vida. Devia ser assim que as folhas e flores e as vinhas entremeadas que costumavam ser blocos de pedra se sentiam. Libertadas. Renovadas. Tornadas belas por suas mãos habilidosas.

Engoli em seco. O momento subitamente se tornou tão intenso, tão íntimo, tão erótico, enquanto as mãos deslizavam pelas minhas pernas, massageando com suavidade, até me fazer gemer. Vi o pomo de adão do Gabriel se mover quando ele também engoliu com força. Sua expressão estava muito concentrada, muito absorta na tarefa.

Ergueu o olhar para mim ao apanhar a lâmina, e suas pupilas pareciam levemente dilatadas. Ocorreu-me que aquela não era apenas a primeira vez que ele tocava na minha pele. Aquela era a primeira vez que ele tocava numa mulher. Uma ternura explodiu no meu peito enquanto eu o via deslizar a lâmina lentamente pela minha perna. Fiquei sem ar.

A lâmina se movia com suavidade pela minha perna, os dedos seguindo logo atrás, certificando-se de não ter sobrado nenhum pelo. Os joelhos dos jeans já estavam encharcados àquela altura, mas Gabriel não parecia ter notado. O vapor subia no ar, e percebi que nunca fora tocada de tal maneira. Nenhuma vez. Jamais. *Acariciada. Amada.*

Gabriel enxaguou a lâmina e virou a perna depilada para um lado e para o outro, avaliando o seu trabalho do mesmo jeito que fazia quando esculpia. Seus dedos se moveram pelo meu tornozelo e depois até os pés, que suas mãos massagearam com adoração. Foi tão gostoso que gemi de novo, um gemido mais longo dessa vez. Os olhos do Gabriel dispararam para os meus, parecendo levemente vidrados.

– Você é tão linda, Eloise. Cada pedacinho seu. – Ele passou um dedo no ossinho do tornozelo de novo e por cima do arco do meu pé. – Você é uma obra de arte.

Uma obra de arte.

Já haviam dito que eu era bonita antes. Já me disseram que eu era linda, sexy, irresistível, mas, de alguma maneira, nenhuma dessas palavras foi absorvida. Foram apenas... palavras. Como se só tivessem se acomodado sobre a superfície da minha pele. Mas senti as palavras do Gabriel entrando pelos meus poros, no meu sangue, nos ossos. Chegando à minha alma. Senti suas palavras como se fossem uma bênção. E ele só havia se referido ao meu tornozelo.

Borboletas farfalharam no meu estômago, e minhas roupas pareceram me apertar de tanto que minha pele estava sensível. A cada movimento, minha camiseta resvalava nos mamilos, tornando-os rijos e sensíveis. Um pulso ritmado de desejo vibrava no meu interior, e minha calcinha estava úmida e apertada.

– Gabriel...– sussurrei. Quis que ele me beijasse. Quis que emergisse daquela poça rasa de água, se inclinasse sobre mim e me beijasse, e depois me pegasse no colo e me levasse para a cama, mas eu não sabia como pedir.

Parecia que ele queria também, então por que não o fazia? Ele não tinha que supor se eu me prevenia contra uma gravidez. Ele sabia tudo sobre mim, depois de ter cuidado de mim enquanto estive doente demais para fazê-lo sozinha. Qual era o problema então? O que o impedia? Será que duvidava que eu fosse saudável? Será que pensava que eu ia para a cama com os homens da boate? Que estivesse manchada? Já fiz muitas escolhas imbecis na vida, mas nunca arrisquei minha saúde. *Será que eu devia certificá-lo disso?*

Ou ele hesitava por causa da sua própria inexperiência? Estaria preocupado que eu fosse recusar? Que não saberia o que fazer?

Ele passou as mãos ensaboadas pela outra perna e arrastou a lâmina do mesmo modo. Quis arquear as costas com a sensação, de pronto tão estimulada que pensei em eu mesma deslizar para dentro da água e beijá-lo. Mas a dúvida também me assolou, portanto permaneci sentada enquanto ele terminava o trabalho e depois enxaguava minhas pernas e pés, erguendo-se e saindo da banheira com as calças encharcadas molhando o tapete do banheiro.

Ele apanhou uma toalha e, quando pus as pernas para fora da banheira, ele as enxugou.

Observei seu rosto enquanto fazia isso, e ele parecia tão intenso, tão concentrado. Tive certeza de que ele ia pedir que passasse a noite com ele, ou que faria algum movimento nessa direção. Portanto, quando ele se inclinou, me beijou no rosto e sussurrou um "boa-noite", fiquei imóvel, só piscando.

Gabriel se levantou e saiu com passos meio rígidos para o quarto. Eu o segui e sussurrei meu "boa-noite" ao passar por ele, na porta do quarto. Hesitei alguns segundos, para que ele tivesse a oportunidade de me pedir que ficasse, e nós dois nos encaramos por alguns momentos antes de eu virar a cabeça e sair. Ouvi quando ele soltou o ar aos trancos atrás de mim.

Voltei para o meu quarto e tomei uma chuveirada fria, depois fui para a cama, ainda me sentindo frustrada e confusa. Enquanto ficava deitada no silêncio, percebi que eu não sabia o que era desejar tanto assim. Nunca vivi nada parecido antes. Nunca soube o que era *desejar*, não de verdade, e, de repente... fiquei maravilhada. E algo caloroso e gostoso se moveu dentro de mim. *Ai, meu Deus*. Gabriel dera isso para mim. E, por mais que isso tivesse me deixado meio louca, também fez com que me sentisse poderosa e viva.

Ergui-me na cama, com um sorriso leve no rosto enquanto eu levava o lençol ao peito. Ele estava esperando que *eu* estivesse pronta? Seria aquele mais um presente que Gabriel tentava me dar? A experiência de saber que eu queria um homem e me oferecia a ele, em vez de ser tomada? Gemi. Claro que seria bem a cara do Gabriel estar pronto há semanas e esperar até que eu também estivesse.

Saí da cama, nervosa e incerta, mas mesmo assim sentindo um desejo tão intenso que me consumia.

Abri a porta devagar e fui para o corredor, olhando para a porta fechada do seu quarto. Meus nervos estavam à flor da pele, sentia como se algo zunisse dentro das veias e quase fui embora, mas juntei coragem e andei rápido até a porta dele; girei a maçaneta e entrei.

Seu quarto estava escuro, com apenas o abajur aceso ao lado da cama. Ele estava deitado debaixo do lençol, com o peito nu e um livro na mão. Quando me viu, a preocupação cobriu seu rosto. Ele se apoiou num cotovelo.

– Ellie? Você está bem?

Assenti num movimento duro, com o coração batendo tão forte que parecia ecoar nos meus ouvidos.

– Você está lendo...

Ele deixou o livro de lado.

– Não. – Balançou a cabeça. – Já li a mesma frase quinze vezes.

– Ah... – Minha voz saiu num sussurro rouco, e limpei a garganta. Gabriel estava imóvel, esperando. – Eu quero você – disse numa torrente sussurrada de palavras. – Pensei que talvez você...

você me quisesse também. – Engoli em seco, pressionando as mãos contra a porta fechada atrás de mim.

Uma expressão de afeto puro percorreu as feições do Gabriel, e deixei de respirar por um segundo antes de minha respiração se tornar acelerada. Quis me embebedar com aquele olhar, torná-lo parte de mim para sempre.

– Eu quero – ele disse. – Eu quero... também. – Seu sorriso leve e torto, cheio de amor e de uma pontada de provocação trouxe relaxamento aos meus ombros.

Ele afastou o lençol e saiu da cama. Estava de cueca boxer, e meu coração deu um salto quando vi o contorno da sua ereção através do tecido fino. Engoli de novo; sua beleza me afetou em dobro dessa vez, em comparação com a primeira em que o vi seminu. Dessa vez... ah, *dessa vez*, eu tocaria nele e muito mais.

Se nos virmos sem roupa de novo, que não seja por causa de um trabalho ou de um acidente. Que seja porque nós dois queremos e que tenha algum significado.

Sim.

Sim, sim!

Com o quadril, ele me pressionou suavemente contra a porta e levou as mãos ao meu rosto, beijando-me enquanto eu me derretia nele e meu corpo se suavizava para se moldar à firmeza dele.

– A gente se encaixa direitinho, não acha? – ele murmurou, e uma onda de desejo percorreu meu sangue com as suas palavras.

Gabriel foi beijando meu pescoço com suavidade, resvalando os lábios na minha pele, e senti algo nele que não notara antes: ele não estava mais se contendo. Não havia nenhuma reserva no seu toque, nenhuma incerteza no seu beijo. Eu me oferecera a ele, e ele pretendia se entregar por inteiro também.

Ele me levou para a cama e me cobriu com o corpo quando me deitei.

– Talvez você tenha de me mostrar como fazer isso. Nunca fiz antes – sussurrou com um sorriso tímido nos lábios e certa vulnerabilidade nos olhos.

Levei a mão ao seu rosto.

– Acho que também nunca fiz isso antes. Não assim. Vamos descobrir o que fazer juntos.

Ele me olhou com muita intensidade antes de me beijar de novo.

Despimos um ao outro devagar, sob o brilho suave do abajur. Não senti um segundo de vergonha enquanto seu olhar percorria meu corpo nu e, por um instante, a ausência de desconforto me confundiu. Mas então entendi: era *assim* que se sentir mulher devia ser. Nunca havia imaginado.

Nós nos tocamos e nos beijamos com mãos amorosas e coração aberto, e tive razão ao pensar que nunca vivi nada parecido antes. Foi algo generoso e gentil, e foi *tudo*. Tudo o que eu nunca conheci.

Queria tocar em cada parte dele, conhecer seu corpo do modo como passei a conhecer seu coração. Explorar um homem pela primeira vez porque eu queria, manter os olhos abertos e a mente concentrada no momento porque não havia nenhum outro lugar em que eu gostaria de estar. Queria mesmo sentir prazer, conhecer a excitação de me entregar totalmente à pessoa com quem eu estava.

Comecei pelos pés dele, e Gabriel riu de leve quando passei as mãos pelos dedos, subindo pelas panturrilhas. Também sorri, mas não porque ele riu, mas porque eu nunca soube que o riso e a alegria podiam acompanhar o sexo. Tudo era novo e maravilhoso, e eu sentia uma espécie de reverência selvagem ante a descoberta da minha paixão. Eu também podia sentir isso. Nunca havia imaginado. Puxa, nunca antes.

O riso do Gabriel se transformou em gemido quando fui subindo pelas coxas, massageando os músculos, observando seu rosto para me certificar de que ele estava bem com o meu toque, vendo-o inchar e endurecer e sentindo, em reação, um jorro úmido entre minhas coxas.

Fui subindo, deslizando as mãos sobre a solidez do seu peito, ao longo dos ombros largos, tracejando com um dedo o contorno do abdome rijo até ele sugar o ar e levar os lábios aos meus.

Gabriel me virou e deslizou as mãos pela minha pele como se eu fosse um tesouro que ele acabara de descobrir – aquelas lindas mãos de artista que tinham o poder de trazer à tona a beleza interna. E era assim que eu me sentia: bela, adorada, *amada*.

Ele me beijou e tocou cada pedacinho meu, e fiquei com a sensação de que ele estava me consertando enquanto eu o consertava. Nos exploramos pelo que pareceram horas, até eu estar suada e desesperada, e o olhar meio sofrido dele me revelou que se sentia do mesmo modo.

Quando ele se pressionou para dentro do meu corpo, nós dois arfamos, nossos olhos se encontraram na luz fraca do quarto, e ali estava a mesma sensação de conexão que tanto me aterrorizara, só que agora multiplicada por mil.

Tentei me focar no rosto dele, na beleza da sua concentração, no modo como seus olhos se fecharam e os cílios formaram arcos escuros acima das bochechas, no modo como os lábios se entreabriam de prazer. Tentei observá-lo enquanto ele se movia, primeiro devagar, encontrando o ritmo, e depois acelerando, mas o meu prazer crescente era tão grande que me perdi enquanto ele me assolava e me cobria, fazendo com que eu gritasse seu nome uma vez depois da outra. Agarrei o lençol e pressionei a cabeça contra o travesseiro.

– Sim, Eloise – eu o ouvi dizer. – Assim. – Logo antes de ele gemer e estremecer, despencando sobre mim, com a respiração entrecortada junto ao meu pescoço e um leve latejar onde ainda estávamos unidos.

Mais tarde, ainda deitada nos braços dele, com seus dedos descendo langorosamente pelo meu braço, quis gargalhar de alegria. Estava certa: cada parte do seu corpo parecia ter sido feita exatamente para o meu.

Posteriormente, enquanto eu olhava para o teto, ouvindo a respiração do Gabriel se aprofundar, percebi que ele me dera exatamente o que dissera que daria. Sua respiração junto ao meu pescoço era como um vento tranquilizador; seu sorriso, a luz do sol; seu toque, mil arcos-íris dançando sobre minha pele, e o amei tanto que pensei que meu coração poderia explodir.

CAPÍTULO VINTE

Serei um cobertor de amor aquecendo você.
Lady Eloise dos Campos de Narcisos

GABRIEL

Abri os olhos lentamente, espreguiçando-me enquanto a noite anterior me voltava numa súbita onda de entusiasmo sonolento: o modo como Ellie viera até mim, a maneira como meu coração disparara ao vê-la na soleira da minha porta, as palavras que ela dissera, palavras que estive esperando ouvir por tanto tempo. *Eu quero você.*

Ellie estava sentada na beirada da cama, olhando para a luz do amanhecer que espreitava por trás da persiana. Meus olhos perscrutaram as linhas femininas das suas costas macias, o modo como a cintura afinava e depois se alargava na curva dos quadris, e senti um leve latejar de desejo, apesar de termos passado a noite fazendo amor.

– Não vá – eu disse, com a voz grossa de sono.

Ela se virou, com seus olhos suaves e vulneráveis, os lábios inchados por conta das diversas maneiras como usamos a boca na noite anterior. Ela parecia delicada, tão delicada. E eu estava certo – ela era ainda mais bonita à primeira luz da manhã, ainda mais depois de uma noite sendo amada.

– O sol está começando a nascer – ela disse rápido, empurrando os cabelos por cima do ombro. – Não quero que você o perca só porque estou aqui.

Sorri.

– Abra a persiana. Podemos assistir a ele da cama do mesmo jeito que faríamos no pátio.

Ela olhou para a janela e depois para mim, então se levantou e suspendeu a persiana para a vista da aurora, logo acima da floresta atrás da minha casa. O quarto foi banhado por uma pálida luz dourada, e sua pele nua ficou iridescente. Ela se virou para mim e deslizou para baixo do lençol, sorrindo ao abrir as coxas debaixo de mim, criando um berço perfeito para o meu quadril. E ela aceitou o meu corpo de novo enquanto o amanhecer nos recebia para um dia novinho em folha.

Finalmente, descobri o que era amar uma mulher: de corpo, coração e alma.

Passamos o fim de semana explorando um o corpo do outro e aprendendo tudo o que nos dava prazer. Eu me sentia insaciável por ela, satisfeito, mas, ao mesmo tempo, constantemente faminto. No sábado, não saímos da cama a não ser para comer e tomar banho; mas, no domingo, saímos para andar, para que Ellie pudesse exercitar a perna e sentir a liberdade de andar sem as muletas para retardá-la. Ela mancava um pouco, mas o médico disse que isso diminuiria com o passar do tempo.

Andávamos de mãos dadas quando passamos por outra ponte coberta, como aquela a que fomos no fim de semana anterior, e atraí Ellie para mim, recostando-me contra a madeira antiga e áspera, e a beijei. Ela riu e retribuiu o beijo, e senti como se o mundo inteiro tivesse parado e nós fôssemos os únicos dentro dele.

Fui arrancado do meu sonho quando estacionamos na entrada da minha casa e vi um carro que não reconhecia estacionado lá. Saímos e dois homens de terno saíram do carro, vindo na nossa direção.

– Gabriel Dalton? – o loiro de terno azul-marinho perguntou, estendendo a mão.

Apertei-a, assentindo.

– Pois não?

– Sou o detetive Cotterill.

Fiquei um tanto confuso, mas imaginei que fosse algo relacionado ao caso da Ellie; por isso, quando ela se aproximou de mim, eu a apresentei, mas ele apenas lhe dispensou um olhar breve.

– Pensei se poderia responder a algumas perguntas.

O outro homem deu a volta no carro e se apresentou como detetive Barbosa, e apertei a mão dele antes de responder ao detetive Cotterill.

– Sim, claro. Hã... Vamos entrar.

Levei-os até a porta da frente, deixei que entrassem e apontei para a sala de estar.

– Gostariam de beber alguma coisa?

Ambos recusaram e nos sentamos. Olhei de relance para a Ellie, e ela parecia um pouco nervosa.

– Imagino que seja a respeito do caso da Ellie?

O detetive Cotterill meneou a cabeça.

– Não. Trata-se de um menino que foi sequestrado na cidade.

– Wyatt Geller?

O detetive Cotterill ergueu o olhar do seu bloco de notas.

– O senhor o conhece?

– Sei a *respeito* dele. Tenho acompanhado o caso pelo noticiário.

Ele me olhou de um jeito estranho.

– Entendo. Algum motivo especial para isso?

Franzi a testa, alternando o olhar entre ele e o detetive Barbosa, que se recostara no sofá, apoiando um braço no encosto e um tornozelo sobre o joelho.

– Se os senhores não sabem, eu também fui sequestrado quando...

– Sim, estamos a par disso.

O que estava acontecendo ali?

– Ok, então devem entender por que estou interessado no caso Wyatt Geller.

Nenhum dos detetives respondeu; em vez disso, voltaram-se para Ellie.

– É a senhorita Eloise Cates?

– Sim – ela respondeu, deslizando para perto de mim.

Coloquei a mão no joelho dela, de maneira protetora, e o detetive Cotterill seguiu o movimento por um instante antes de voltar o olhar para meu rosto.

– E a senhorita trabalha na... hã, no clube para cavalheiros Pérola Platinada? – Ele fez a descrição de uma maneira bem educada, mas olhou para ela com desdém, revelando exatamente o que pensava a respeito do trabalho dela. *Bastardo preconceituoso*. A raiva desceu pela minha coluna.

– Eu trabalhava. Já não trabalho mais lá – Ellie respondeu.

– Foi lá que conheceu o senhor Dalton?

– Sim.

– Com que frequência vai à Pérola Platinada, senhor Dalton?

– Não vou mais lá.

– Hum... – ele murmurou. – Conversamos com o gerente de lá. – Folheou seu bloco de notas. – Rodney Toller. Ele disse que o senhor se mostrou bem obcecado pela senhorita Cates e deixou muitas das outras moças bem constrangidas; quase teve de ser levado para fora algumas vezes.

Ellie balançou a cabeça.

– Não, isso não é verdade.

– Essa é uma versão inexata do que aconteceu. Desculpe, detetive, mas do que se trata isto?

– Há muitos paralelos entre o seu caso e o de Wyatt Geller. Estamos simplesmente tentando descobrir o motivo. Sabe o que poderia ser, senhor Dalton?

– De que maneira nossos casos são semelhantes?

– Não podemos partilhar essa informação no momento. Pensamos se talvez já estivesse ciente disso.

Fiz uma pausa.

– Está sugerindo que sei de alguma coisa sobre o desaparecimento do menino que não contei à polícia...

– Nunca dissemos isso, senhor Dalton. Afinal, o seu sequestrador está morto. O senhor o apunhalou, correto? – Pela sua expressão, ele sabia muito bem o que eu fizera. Babaca condescendente. Ao lado dele, o detetive Barbosa cutucava os dentes com um palito.

Meu coração começou a bater rápido, e me esforcei para não deixar evidente que aquilo estava me afetando. Estava confuso e aborrecido por estar sendo questionado como se fosse um suspeito no caso.

– Preciso de um advogado?

– Por que precisaria de um advogado?

Soltei o ar.

– Escutem aqui, detetives, não sei nada sobre o caso Wyatt Geller que não tenha sido noticiado. E não saberei quais são os paralelos entre nossos casos se não me disserem quais são as semelhanças.

O detetive Cotterill fechou o bloco de anotações e o guardou no bolso de dentro do terno, junto à caneta que estava segurando.

– Agradecemos pelo seu tempo, senhor Dalton, senhorita Cates – ele disse, levantando-se.

O que foi aquilo? Também me levantei, esfregando as mãos nos quadris. O detetive Cotterill acompanhou meu movimento e me lançou um sorriso reservado.

– Se pensar em algo que devamos saber, ligue para nós. – O detetive Barbosa tirou um cartão de visitas do bolso e o entregou para mim.

Acompanhei os detetives até a porta e me despedi brevemente, fechando-a atrás deles.

– O que foi isso? – Ellie perguntou, indo para junto de onde eu permanecia de pé, ao lado da porta.

– Não faço a mínima ideia. – Olhei para ela e lhe lancei um olhar encorajador. – Acho que só estão cobrindo todas as bases. – Ainda assim, um frio percorreu meu sangue ante a novidade de que nossos casos eram parecidos. Como? E por quê? E pelo que aquele menininho estaria passando neste exato minuto? Deus, eu não queria pensar nisso. Mas não consegui evitar.

Já estivera nessa situação.

Eu já sabia.

CAPÍTULO VINTE E UM

Somos uma equipe. Se você sofre, eu sofro.
Racer, o Cavaleiro dos Pardais

Ellie

As semanas se passaram sem mais nenhum contato da polícia. Deduzi que apenas estivessem cumprindo seu dever ao questionar Gabriel, apesar do modo como o fizeram e a menção à Pérola Platinada ter ao mesmo tempo me chocado e envergonhado. Olharam para o Gabriel como se ele fosse um pervertido, e nada poderia estar mais longe da verdade. Até mesmo eu havia percebido que ele não pertencia àquela boate no segundo em que o vi lá.

Os detetives distorceram os fatos de uma maneira que tornara Gabriel irreconhecível, e me enchi de raiva e de uma necessidade ardente de defendê-lo. No entanto, não havia nada que pudesse fazer.

Ele era tudo para mim. Se eu pudesse me arrastar para dentro da pele do Gabriel e viver lá, teria feito isso com muita satisfação. Eu me sentia mais completa quando ele estava enterrado dentro de mim, com os olhos fechados e os lábios entreabertos de paixão. Nenhuma outra mulher jamais provocou aquela expressão nele. Ela era minha e apenas minha. O sol nascia e se punha nos olhos dele, e eu estava tão apaixonada que não queria outra coisa além de passar cada minuto nos seus braços. Era só neles que eu me sentia completamente em paz.

Gabriel tinha todas as coisas que lhe traziam paz e alegria. Tinha seu trabalho, o amanhecer, o vento e as gotas de chuva na janela. Mas eu não precisava de nada disso. Para mim, *ele* era todas essas coisas – eu *só* precisava dele e de nada mais.

Gabriel me pedira que ficasse em sua casa, então foi o que fiz. Deduzi que um dia teria de voltar ao meu apartamento, mas o nosso relacionamento era tão novo e tão maravilhoso que eu não queria passar um segundo longe dele. Felizmente para mim, eu não tinha que fazer isso, já que também trabalhávamos juntos.

Eu levava o telefone comigo sempre que possível e atendia aos telefonemas no seu ateliê, onde o observava trabalhar. Se o barulho e a distração atrapalhavam seu foco, ele nunca reclamou. Ele vinha trabalhando em outro entalhe arquitetônico para uma biblioteca na Alemanha, uma faixa folheada, como a chamava, que ficaria na frente de uma estrutura. Era linda, cheia de trepadeiras, com flores e borboletas. Se eu estreitasse os olhos, podia jurar que aquelas borboletas começavam a bater as asas, ganhando vida. Elas eram muito reais.

De vez em quando eu ficava no escritório com o Dominic e, embora eu o evitasse ao máximo, seu comportamento continuou frio. Na maioria das vezes, ele me ignorava, mas às vezes eu me sentia indefesa, em carne viva. Parecia que meu amor por Gabriel de alguma forma revelara as minhas partes mais sensíveis, e eu me sentia exposta, despida de uma maneira que não previ. Ou talvez tivesse previsto. Talvez fosse esse o motivo de eu ter resistido com tanto fervor. Mas agora... agora eu era como as obras de arte que o Gabriel criava: todos os cantos afiados foram desbastados de modo que minhas entranhas, as partes que me deixavam vulnerável e sensível, estavam do lado de fora, não mais enclausuradas sob uma camada dura de pedra. Era uma ironia que eu tivesse tirado a roupa para me sustentar e nunca tivesse me sentido mais nua do que estando totalmente vestida. Eu sentia como se apenas um olhar enviesado pudesse me fazer sangrar.

No passado me protegi do escárnio, mas, de repente, o desprezo do Dominic de alguma forma trouxe à tona todo o sofrimento por que passei, e eu não tinha nenhuma armadura para me proteger dessas lembranças. Estava completamente exposta. Quando Dominic olhava para mim como se eu fosse lixo, os nomes pelos quais fui chamada quando era *stripper* se repetiam bem alto na minha cabeça: *puta ordinária, vagabunda barata, bunda gostosa*. E isso ia mais fundo ainda, para os lugares na minha mente que eu não visitava havia anos – lugares sombrios e dolorosos que eu não queria ver nunca mais.

Mesmo assim, quando Dominic me dava as costas em vez de olhar para mim, eu não conseguia deixar de me lembrar do quanto me magoava ver as meninas na escola entregando convites de festa para todas as outras meninas, menos para mim, do modo como eu tentava minimizar isso, fingindo não me importar. Como secretamente eu ansiava por inclusão e apreço, e como isso era uma dor profunda no meu estômago, a qual parecia nunca ir embora.

Só de pensar a respeito eu já me sentia constrangida e repulsiva de novo. Lembrei-me de como pensava se minhas roupas puídas e pequenas demais eram o motivo para que me ignorassem, ou se seria o fato de eu ser tímida e retraída, de nunca tentar abordá-las primeiro. Ou, pior de tudo, se elas conseguiam ver que eu não era amada nem benquista pela pessoa que supostamente deveria me amar mais do que todas e, por isso, não desejavam se arriscar com alguém que não conseguia nem a aprovação do próprio pai.

Lembrei-me de ter sonhado que um dia alguém me convidaria para uma festa, e eu iria e todos gostariam de mim e, de repente, teria amigos e a vida não seria tão ruim o tempo todo.

Passei por cenas inteiras nas quais eu voltava para casa da escola, com minha imaginação como única companheira. E de repente fiquei preocupada: e *se* eu fosse, um dia, convidada para uma festa, como arranjaria dinheiro para comprar um presente? Eu não poderia aparecer de mãos abanando. Por isso, uma noite, quando meu pai estava desmaiado no sofá, roubei cinco dólares da carteira dele e usei o dinheiro para comprar um pequeno kit de maquiagem numa farmácia. Eu pegava esse kit e ficava olhando para ele às vezes, e era como uma fogueira pequena que eu continuava alimentando, o símbolo do meu sonho de menina de um dia ser aceita. De um dia ser amada.

E então Cory, o amigo do meu pai, fez o que fez. Depois daquilo, rastejei para fora da cama cheia de dor, ainda fedendo a ele – um misto de suor e de cerveja – e peguei o kit de maquiagem de dentro da gaveta onde o escondia. Sentei diante do espelho e abri aquele kit, espalhando a maquiagem no rosto. Cobri as pálpebras, as bochechas e os lábios de modo a parecer a palhaça berrante, triste e hedionda que me sentia por dentro. Fiquei me encarando por muito tempo no espelho, até estar cansada demais para continuar acordada e voltei para a cama, sem me importar com as manchas de sangue no lençol ou com a maquiagem que sujou a fronha. Ah, Deus, essa lembrança me rasgou como uma faca quente. Senti vontade de gritar e cair de joelhos. Não queria me lembrar dessas coisas. Queria afastá-las, me esquecer delas por completo, mas, principalmente, não queria sentir as emoções que elas evocavam. Não me sentia forte o bastante.

Eu me sentia tentada a ficar atrás do Gabriel enquanto caminhávamos pelo mundo, para que ele pudesse me proteger das coisas que eu imaginava serem aptas a me ferir. Meu cavaleiro de armadura brilhante. E, quem sabe, pensei, era assim que o amor verdadeiro deveria ser: descascar as camadas externas e descobrir suas partes sensíveis para que elas também pudessem se curar. A questão era que eu não sabia o que fazer para conseguir isso. Então, em vez de me curar, continuei descascada e sangrando.

Certa tarde, fui ao ateliê, apertando o suéter ao redor do corpo. Uma rajada de vento me seguiu, e empurrei a porta para fechá-la, rindo ao me virar para o Gabriel.

– Caramba, de repente ficou um gelo lá fora.

Ele virou a cabeça, com as mãos ainda se movendo sobre a peça em que trabalhava.

– Vamos ter de acender a lareira hoje à noite.

Assenti, assumindo meu lugar na cadeira que costumava ocupar, e o observei trabalhar por alguns minutos, vendo suas mãos gentis e habilidosas se movendo sobre a pedra, mãos que agora se moviam de um modo bem parecido sobre mim.

Era diferente vê-las trabalhar agora em comparação à época em que o observei revelar William. Naqueles dias, eu só ficava imaginando como seria o toque delas. Agora eu sabia como era e vê-lo trabalhar me enchia de uma felicidade tremenda.

Olhei de relance para a prateleira onde o William ficava, e ele não estava mais lá. Franzi a testa.

– Gabriel, onde está o William?

Ele fez uma pausa e olhou para mim.

– Ah, a transportadora veio buscá-lo hoje de manhã. Estavam prontos para recebê-lo. Acho que o exterior do museu está quase terminado.

Um choque doloroso me enrijeceu, e água gelada pareceu correr pelas minhas veias.

– Você não me contou.

Gabriel olhava para mim de um jeito estranho.

– Você estava na cidade, pegando aquelas coisas para o George... Ellie, você está bem? – Ele começou a andar na minha direção.

Uma perda tão intensa que me assustou se instalou no fundo do meu estômago. Passei os braços ao redor do corpo, tentando conter as emoções. Deus, aquilo era ridículo. Era só uma estátua... só...

– Ei – Gabriel disse suavemente ao me puxar da cadeira, envolvendo-me com os braços. – Eu sinto muito. Não achei que você ficaria assim. Desculpe.

Derreti-me nele, passando meus braços ao redor do seu pescoço e pressionando o rosto contra o seu peito, inalando o seu cheiro – de *conforto*, *tranquilidade* – e balançando a cabeça.

– Não, não... Desculpe, eu... – murmurei. – Não sei por quê...

Ele se inclinou para trás e me segurou mais afastada, de modo a me olhar nos olhos, com tanta compreensão nos dele, como se simplesmente soubesse como eu me sentia. Ele sempre sabia.

– Eu devia ter deixado você se despedir. Sinto muito.

Balancei a cabeça de novo, tentando sorrir.

– Não, estou sendo ridícula. Eu acho... Eu só acho que... me apaixonei por você enquanto William... – Eu não sabia como terminar essa frase. *Ganhava vida? Nascia?* Será que eu pensava no William como se ele fosse uma criança? A representação física do meu amor por Gabriel? Respirei fundo. – Eu me apaixonei por você durante a criação do William. Ele era especial para mim. – Tentei rir de novo, e dessa vez a risada saiu mais natural, apesar de o nó na minha garganta continuar.

– Você me ama? – Sua voz estava maravilhada.

Pisquei.

– Puxa, você não sabia?

Ele sorriu, um sorriso tão feliz – e um tanto tímido – que meu coração deu uma cambalhota. Senti vergonha ao perceber que nunca lhe proferira tais palavras, apesar de meu coração arder de amor por ele todas as noites em que fazia amor comigo e me segurava em seus braços.

– Eu tinha esperanças... Mas é muito bom ouvir as palavras.

Abracei-o.

– Ah, Gabriel, eu amo você. Amo tanto... – Quase me choquei ao perceber que não lhe dissera isso com todas as palavras. Porém, ao abraçá-lo, entendi que me contivera não porque não sabia que o amava, mas porque as palavras não pareciam grandes o suficiente para descrever o sentimento. *Eu o idolatro? Eu o admiro? Eu preciso de você? Eu dependo de você?* Como juntar todo o conjunto e expressar essa mistura em apenas três palavras tão pequenas? O amor não era para ser tranquilizador e sereno? O meu amor por Gabriel, no entanto, parecia... desesperado.

Ele me beijou, cercado por todos aqueles lindos objetos, as criações do seu coração, e alegria e tristeza e incerteza se misturaram no meu. O amor *não era* para ser desesperado. Era? Será que eu estava tão arruinada que não sabia *amar* direito?

– Acho que visitaremos o William para contar a grande novidade – ele disse de brincadeira.

Funguei e ri, piscando para conter as lágrimas que se juntaram nos meus olhos.

– Na França?

– E por que não?

Dei de ombros.

– Não sei. Isto é, talvez, um dia. – Eu só queria o William ali. Comigo. Onde eu poderia vê-lo toda vez que quisesse. – Mas acho que ele já sabe. Acho que ele foi o primeiro a saber.

– Ah, Ellie – Gabriel disse num sussurro. – Eu amo você.

Ficamos ali por um tempo, até eu me sentir melhor no calor da força dos braços dele.

– Nesse meio-tempo, farei com que me mandem uma foto dele quando o colocarem no lugar, ok?

Assenti, mas por dentro a dor se empoçou mais uma vez. Eu não queria ver William lá. E, embora isso fosse irracional, não consegui deixar de imaginar se ele estaria se sentindo solitário.

– Ok.

– Ok – ele sussurrou, inclinando-se e me beijando nas pálpebras, no nariz e nos lábios, até eu rir de leve.

Consegui me recompor e, quando Gabriel voltou a trabalhar, olhou para mim brevemente e disse:

– A cidade tem um festival de outono todo ano. Você deve saber do que estou falando: abocanhar maçãs em uma bacia de água, montes de feno, esse tipo de coisa. – Ele se concentrou no trabalho por um instante. – Vai ser nesse fim de semana. Fiquei pensando se você não gostaria de ir. – Fez uma pausa, depois completou: – Você sabe que conversamos a respeito de eu me esforçar um pouco mais com as pessoas da cidade. Fiquei pensando se isso não seria um começo.

Inclinei a cabeça.

– Acho que é uma boa ideia. Eu adoraria ir.

O sorriso dele foi suave.

– Ok, que bom. – Fez uma nova pausa, e depois sua testa se crispou. Esperei que ele falasse. – Havia um artigo sobre Wyatt Geller no jornal, hoje de manhã. Meu nome foi mencionado.

Pisquei.

– Mencionado como?

Ele só balançou a cabeça.

– Mencionou que fui interrogado... e que existem algumas semelhanças entre o meu caso e o dele.

Ele fez parecer que aquilo não era nada, mas fiquei me perguntando uma vez mais se a polícia teria sido tão hostil com ele se Gabriel não estivesse ligado à Pérola Platinada. *A mim*. Fiquei em silêncio pensando sobre o assunto, com meu estômago despencando. Balancei a cabeça. Deus, alguma parte dele devia lamentar o dia em que pisou na boate. Será que meu relacionamento com ele lhe causaria mais problemas? Será que sua posição frágil perante a comunidade pioraria, em vez de melhorar, por ele estar associado a mim? Cutuquei as unhas da mão, e o franzido em minha testa se acentuou.

– Não faça isso – Gabriel disse.

Virei os olhos para ele.

– O que não devo fazer?

– O que quer que esteja pensando agora mesmo, pode parar.

Soltei o ar, e uma mecha de cabelo caiu no meu rosto. Não consegui impedir o sorriso que se formou no meu rosto.

– Como você sabia...?

Ele sorria para mim da sua estação de trabalho, diante da qual estava sentado.

– Eu conheço você, Eloise. – Havia tanto amor em sua voz que fiquei sem ar por um segundo, e uma onda de calor me percorreu. Sim, ele me conhecia, e me amava mesmo assim.

Abaixei as mãos e assenti.

Ele pegou uma ferramenta e depois fez uma pausa.

– Ah, outra coisa, Chloe vai vir para cá por uns dois dias. Quer me aplicar um teste que ajudará a embasar uma parte do seu projeto. Ela não pensou ser necessário a princípio, mas agora acha que sim, por qualquer que seja o motivo. – Ele deu de ombros.

– Ah, tudo bem. Ela precisa viajar para fazer esse teste?

– Ela disse que ele precisa ser aplicado pessoalmente. – Fez uma pausa por um momento. – Acho que ela também gosta daqui. Deve ter ficado atraída pela região.

Fiquei pensando se não eram as pessoas que a atraíam, mais especificamente o Gabriel, mas deixei o ciúme de lado. Eu gostava da Chloe, confiava nela.

– Tudo bem, então. Vamos mostrar aos concidadãos desta cidade como você é incrível e como... suas habilidades em abocanhar maçãs não têm limites. – Sorri. – Se você consegue conquistar um caso complicado como eu, consegue conquistar qualquer coisa.

Ele riu e meu coração ficou mais leve. Apesar de que, quando olhei de relance para o lugar do William na prateleira, a mesma sensação de perda voltou a se instalar, como se uma parte de mim também tivesse ido embora, junto ao William.

CAPÍTULO VINTE E DOIS

Não perca a esperança. Você nunca sabe
o que o amanhã pode reservar.
Shadow, o Barão do Ossinho da Sorte

ELLIE

A manhã do Festival de Morlea chegou ensolarada e fria. Eu não queria sair do casulo quente da cama do Gabriel, mas a ideia de ir até a cidade com ele me deixou um pouco ansiosa; então, em vez de ficar deitada remoendo esse pensamento, me obriguei a sair de baixo dos seus braços e fui nas pontas dos pés para o chuveiro.

Acabara de enxaguar o xampu quando Gabriel abriu a porta de vidro para se juntar a mim. Ri e engasguei com a água devido à surpresa. Mas logo meu riso se transformou em gemidos enquanto ele idolatrava meu corpo sob o jato quente de água, despertando--me por completo do jeito mais delicioso.

Vesti uma calça jeans com rasgos estrategicamente dispostos e um suéter largo vinho, com a barra rendada. Tomei um cuidado extra com os cabelos, fazendo escova ao secá-los e moldando cachos largos, como o Gabriel preferia.

– Todo esse cabelo – ele me sussurrava no silêncio da noite, na cama que partilhávamos. – Eu poderia me enrolar nele. – E o modo como me olhava quando o cabelo caía sobre os seios fazia com que me sentisse a mulher mais linda do mundo.

Quando saí do banheiro, o sorriso do Gabriel me deixou contente por eu ter me esforçado mais com minha aparência. Sabia que ele me achava bonita com ou sem maquiagem – e até preferia quando eu estava sem.

– Pronta?

Assenti e peguei a mão dele ao deixarmos a casa, transpondo o trajeto de dez minutos de carro até a cidade e estacionando numa área gramada que fora designada como estacionamento para o evento.

Casais caminhavam em direção ao parque onde o festival estava acontecendo, vestindo jeans e suéteres, cachecóis e jaquetas leves. O cheiro de pipoca e de caramelo foi trazido pela brisa e agarrei a mão do Gabriel, com uma sensação de excitação que me parecia familiar, ainda que de um passado distante – como se eu tivesse vivido aquilo alguma vez, mas já tivesse me esquecido. *Expectativa entusiasmada*, era isso. Fazia mesmo tanto tempo desde que me sentira assim?

Olhei para o Gabriel, que estava observando as pessoas que passavam por nós. Ele percebeu meu olhar e sorriu, apesar de haver certo nervosismo em sua expressão. Apertei a mão dele, me apegando à esperança que dançava em minhas veias. Talvez aquilo fosse acabar bem. *Por favor, permita que seja bom*.

Ouvi um grito feminino de animação e voltei o olhar para Chloe, que vinha na nossa direção, com um sorriso no rosto e os braços bem abertos. Ri alto de surpresa quando ela me prendeu num abraço apertado e deu mais um gritinho para depois me soltar e também esmagar Gabriel, enquanto ele retribuía o abraço e o sorriso.

– Meu Deus, o dia não poderia estar mais bonito, concordam? – ela perguntou ao recuar, com as faces coradas, os olhos cintilantes e os cachos balançando ao redor do rosto. Ela vestia jeans escuros, um suéter branco, um par de botas de cano longo marrons e um cachecol verde, laranja e amarelo enrolado no pescoço, com muito estilo. Ela exalava classe e beleza, como uma capa de revista de moda.

Baixei o olhar para o meu visual, aquele com o qual me senti tão bem havia menos de uma hora, e de repente me senti fora de moda e barata. Não havia pensado em comprar roupas novas. Passei o peso para o outro pé, querendo me esconder atrás do Gabriel, mas me forçando a não fazer isso.

– Muito obrigada de novo, Gabriel, por dispor de um tempo para mim neste fim de semana. Só vou precisar de uma hora sua, prometo. Estou tão contente por ter escolhido *este* fim de semana para vir para cá. Isto é incrível. – Ela abriu os braços para abarcar todas as barraquinhas, as pessoas, as pilhas de abóboras. – O outono é a minha estação favorita.

Gabriel riu.

– Sem problemas. Estou contente que você esteja aqui. Já viu o George?

– Sim, ele está ali com o Dominic. – Seus olhos dispararam para mim, com uma expressão de preocupação antes de ela apontar para trás e acenar. O nervosismo me golpeou no estômago ante a menção ao Dominic. Gabriel não disse que ele estaria ali. Mas, a julgar pelo seu rosto, ele também não sabia, ou não tinha certeza.

– Pode dizer a eles que estamos aqui? – Gabriel pediu à Chloe. – Vou comprar um café com leite temperado com abóbora para a minha garota.

Chloe abriu um amplo sorriso.

– Claro. – Ela pôs uma das mãos no meu braço e sorriu de modo encorajador, depois se afastou com alegria.

– Você sabia que o Dominic estaria aqui?

Gabriel olhou para mim e balançou a cabeça.

– Ele não disse que viria. Mas pensei que as coisas estivessem melhores entre vocês dois. Ele tem incomodado você? – Suas sobrancelhas se uniram numa carranca.

Balancei a cabeça.

– Não. Ele só não gosta de mim.

Ele levantou meu queixo, para que eu o olhasse nos olhos.

– Ellie, o problema é ele, não você. Ele vai superar o que quer que o esteja incomodando, está bem? Eu prometo. Por favor, não deixe que ele mexa com a sua cabeça.

– Eu sei. Não vou deixar – menti. Olhei para as pessoas passeando ao nosso redor e percebi que algumas nos encaravam. – Eu queria ter vestido algo melhor. Devia ter comprado uma roupa nova.

Ele franziu a testa de novo, olhando para a minha roupa.

– Você está linda.

Ri com zombaria, cutucando as unhas.

– Você me acha bonita de calças de moletom.

– Ei – ele disse com suavidade, envolvendo minhas mãos com as dele para que parasse de cutucar as unhas. – O que foi? Eu teria lhe comprado roupas novas, se você queria...

Meus olhos dispararam para os dele.

– Não quero que me compre roupas.

Ele fez uma pausa.

– Então você mesma poderia tê-las comprado. Só quis dizer que eu a teria levado para fazer compras.

Assenti, sentindo-me mesquinha e infeliz, uma choramingona e, provavelmente, uma chata de galochas. Forcei um sorriso.

– Desculpe. Eu só queria que este fosse um dia bom para você. E cá estou eu, tornando-o sobre mim. Estou bem, de verdade. Acho que só preciso de um pouco de cafeína. Aquele café com leite que você mencionou parece ótimo.

Ele sorriu, mas seus olhos ainda continham uma centelha de preocupação. Ampliei o sorriso para garantir que estava bem, e ele tomou minha mão.

– Se a minha garota quer cafeína, minha garota terá cafeína. Vamos lá.

Ele me comprou um café com leite e abóbora que mais parecia uma sobremesa do que um simples café, e notei mais olhares enquanto estávamos na fila. Esforcei-me para ignorá-los. Gabriel me garantiu que só estavam curiosos a respeito dele. Mas, mesmo assim, a atenção – e o medo de que pudessem estar me julgando – abafou um pouco meu bom humor e me deixou pouco à vontade.

Levamos os cafés e as sobremesas e nos sentamos em uns montes de feno que haviam sido distribuídos tanto como decoração quanto como assentos, e me senti melhor enquanto ríamos e bebericávamos os cafés.

Alguns minutos depois, George, que vimos com a Chloe e diversos casais, gesticulou para que nos juntássemos a eles. Reconheci alguns dos homens como funcionários da pedreira e deduzi que deviam estar ali com suas famílias.

– Quer ir lá para cumprimentá-los? – Gabriel perguntou.

– Vá você. – Apontei com a cabeça para eles. – Vou ficar sentada aqui para que a cafeína e o açúcar cheguem ao meu sistema circulatório. – Sorri para ele. Para falar a verdade, eu estava gostando daquele lugarzinho de onde poderia apenas observar o evento, e não estava com vontade de jogar conversa fora.

– Certeza?

– Claro. – Empurrei-o. – Pode ir. E, quando você voltar, pode me mostrar aquela sua habilidade de pescar maçãs com a boca da qual tanto se gabou.

Gabriel riu ao se levantar.

– Fechado. – Ele me lançou um sorriso por cima do ombro ao se afastar, e meu coração deu uma cambalhota. Vi quando ele se juntou ao grupo e senti meus lábios se erguerem um pouco. Eu adorava vê-lo interagir com outras pessoas, amava o modo como prestava atenção quando os outros falavam, a maneira como sorria com tanta sinceridade. E percebi que, embora Dominic tivesse dito que eu era ruim para o irmão dele, na minha opinião Gabriel estava ainda mais relaxado desde que nos aproximamos mais.

Eu conseguia enxergar quem ele foi um dia – o menino confiante e tranquilo para o qual todos se sentiam atraídos – e entendi que ele sempre teria sido assim, se sua vida não tivesse sido tão terrivelmente interrompida quando era pequeno. Ele teria sido "o" cara, aquele sobre o qual as garotas sussurrariam nos corredores, aquele que não pareceria muito real, mas um herói das telas de cinema, tão charmoso sem o mínimo esforço, tão absolutamente cativante, e mesmo assim bondoso e verdadeiro. Será que ele teria se sentido atraído por mim ao crescer, se tivesse sido a pessoa que deveria ter sido? Será que teria me notado? Eu achava que não, e isso fez meu coração doer.

Observei Chloe conversar animadamente com ele, e sorri ante a exuberância dela e com o fato de que eu a percebia dali de onde estava, naquele evento tão cheio.

Gabriel inclinou a cabeça para perto dela, ouvindo com atenção e, depois de alguns minutos, voltou a se endireitar e rir. Ela também riu, agarrando os ombros dele e dizendo algo que fez os dois rirem ainda mais. Eles eram tão lindos juntos: alegres e despreocupados. Senti uma pontada de dor me atravessar.

– Ela está apaixonada por ele, sabe?

Girei a cabeça para a esquerda e vi Dominic parado, também observando Gabriel e Chloe. Suas palavras apertaram meu coração, mas não parecia haver maldade na expressão dele. Em vez disso, havia algo como... tristeza. *Por quê?* Pensei que ele quisesse que Gabriel e Chloe ficassem juntos. Engoli em seco, virando para onde os dois ainda estavam, com seus cabelos castanhos quase do mesmo tom.

Percebi que Chloe aproveitava todas as oportunidades para tocar em Gabriel, o modo como o olhar dela se voltava para ele mesmo quando outra pessoa do grupo se juntava à conversa. Claro que ela estava apaixonada por ele. Ele era lindo de uma maneira difícil de explicar, a menos que você o conhecesse. Ele era bom e generoso, inteligente e talentoso. Deus, quem *não* se apaixonaria por ele?

– Eu sei – respondi com suavidade.

Voltei a olhar para Dominic, e ele me fitava pensativamente, ainda que não de modo descortês, e fiquei surpresa pela ausência de hostilidade em sua expressão. Era a primeira vez que ele olhava para mim com outra perspectiva que não fosse condenatória. Ele pareceu voltar a si e se aprumou, perscrutando ao redor.

– Estou faminto. Vou dar uma olhada nas barraquinhas de comida. Quer alguma coisa?

– Não, obrigada – respondi, surpresa com a oferta.

Ele assentiu e se virou, desaparecendo na multidão. Voltei a observar Gabriel, Chloe e George com o grupo de famílias da pedreira, e Gabriel interceptou meu olhar, sorrindo e acenando de leve. Também sorri e levantei o copo descartável de café, brindando de longe.

Ele voltou a se concentrar no grupo quando George disse alguma coisa e eu observei um casal passar por eles, lançando um olhar curioso para Gabriel, e depois a esposa sorriu de leve para o Gabriel, que ria do que estava sendo dito.

Era exatamente disso que ele precisava: que a cidade o visse em seu estado natural, interagindo com aqueles com quem se sentia à vontade. Eles só precisavam ver quem ele era de verdade e também se apaixonariam por ele. Como poderiam deixar de se apaixonar?

Enquanto Gabriel estava sentado comigo, nós dois fomos alvo de olhares curiosos. As pessoas de Morlea evidentemente sabiam quem ele era. Mas agora que eu estava sentada sozinha no fardo de feno bebendo meu café, eu era quase anônima.

Fiquei olhando ao redor mais um minuto. Sorri quando vi um menininho segurando uma abóbora pesada demais para ele. Ele oscilou e quase capotou antes que o pai pegasse a abóbora, rindo ao equilibrá-lo. Ri com suavidade ante a demonstração de afeto parental.

Um grupo barulhento jogava numa das barraquinhas, a uma pequena distância de onde eu estava, e, quando exclamaram em coro, meu olhar foi atraído para eles. Quem quer que estivesse brincando evidentemente vencera, porque todos comemoravam. Eles se afastaram quando o vencedor se virou, abrindo um sorriso que eu já vira antes. Meu sangue gelou, e a cena diante de mim tremeluziu. Um dos homens que me surrou no estacionamento naquela noite. Livre por ter pagado fiança. *Ah, não. Ai, meu Deus.* Eu ainda não sabia o nome dele, nem me dera ao trabalho de descobrir, na verdade, pois não quis pensar nele em termos pessoais.

Fiquei de pé, cambaleando para a frente e comecei a me virar quando nossos olhares se cruzaram. *Ai, Deus, ai, Deus, vou vomitar.*

O café doce que acabara de tomar subiu pela garganta, e cobri a boca com a mão, temendo vomitar ali mesmo onde estava.

Meu instinto foi o de fugir, para evitá-lo a todo custo, mas o homem se inclinou e sussurrou algo no ouvido da mulher ao lado dele, e ela veio direto para cima de mim. Pisquei, congelada bem onde estava, num terror confuso. *Por favor, não permita que isto esteja acontecendo. Não aqui.*

– Sua vaca estúpida! – ela berrou para mim, parando a alguns metros de onde eu estava. Tudo pareceu se calar ao meu redor conforme as pessoas se viraram para nos olhar. Olhei de relance para o Gabriel, e ele parecia estar atento à história que um dos homens que trabalhavam na pedreira contava.

Comecei a me virar. Talvez se eu simplesmente me afastasse, todos voltariam ao que estavam fazendo.

– Não me dê as costas – ela gritou. – Acha que pode mentir sobre o meu namorado e se safar? Só porque ele a rejeitou? Você mereceu o que recebeu.

Foi isso o que ele disse para ela? Que eu dera em cima dele e ele... foi forçado a me surrar até eu perder a consciência? Quase gargalhei ante a loucura daquilo, mas meu coração batia tão forte que eu não conseguia sequer dar uma risadinha.

Cruzei os braços diante do peito, abraçando-me enquanto o homem que batera em mim se aproximava dela.

– Vamos. Não posso ficar perto dela.

Graças a Deus. Meus olhos voltaram para onde Gabriel estivera parado, mas não o vi mais lá. Uma onda de ansiedade desceu pela minha espinha quando ouvi sua voz:

– Saia daqui agora. – As palavras foram pronunciadas num grunhido alto que me fez dar um pulo, surpresa com o comando frio em seu tom.

Ele estava parado logo atrás de mim e eu me virei, piscando quando ele se pôs na minha frente.

– Gabriel, está tudo bem – murmurei.

A namorada do homem ainda estava imprecando obscenidades contra mim, mas bloqueei sua voz enquanto Gabriel avançava, dando a impressão de que pretendia sair no braço com o homem. *Ai, meu Deus, não. O que eu deveria fazer?*

– Não chegue perto de mim, cara – avisou o homem, recuando. As pessoas que ainda não estavam olhando se viraram para ver o que estava acontecendo, e um silêncio se abateu sobre a multidão.

Num esforço para se afastar, o homem tropeçou, mas logo se endireitou e recuou. Levantou as mãos.

– Isso foi só uma coincidência. Estamos indo embora.

Eu não conseguia ver o rosto do Gabriel, mas ouvi a raiva em sua voz quando ele disse:

– Se isso não fosse atingir Ellie mais ainda, eu faria com você exatamente o que você fez com ela, seu desgraçado.

Levei as mãos à boca, sem perceber que havia lágrimas escorrendo pelo meu rosto até senti-las nos dedos.

– Ei, calma. – George correu com Dominic logo atrás, e cada um deles segurou um braço do Gabriel, afastando-o do homem. Chloe estava logo atrás deles, e parecia chocada.

O homem recuou, parecendo aliviado por Gabriel estar sendo forçado a recuar. Apesar do que fizera comigo, ele era um covarde. Se eu já não tinha percebido isso antes, notei nesse momento.

Mesmo assim, eu estava tremendo de medo e de vergonha. Algum dia, em breve, eu teria de enfrentar aqueles homens num tribunal. Como conseguiria fazer isso? Achei que não seria capaz. Eu não era forte o bastante. Eu *nunca* seria forte o bastante.

Foi então que os sussurros – as fofocas – ao meu redor foram captados...

– ... isso aconteceu antes, quando ele era menor, sabe. Lembra daquela feira em que...?

– ... parece legal, mas depois... a violência...

– ... às vezes as vítimas se tornam agressores. Fizeram estudos sobre...

– Você ouviu que ele era suspeito no caso...?

– Quem é a moça com ele? Ouviu do que aquela outra mulher a chamava?

Vagabunda.

Prostituta.

Lixo.

Balancei a cabeça, tentando não ouvir nada dos comentários, nauseada com o horror do que acabara de acontecer.

Gabriel se livrou da pegada do George e do Dominic quando o homem, a namorada e os outros que estavam com eles começaram a se afastar, xingando e cuspindo no chão.

– Se voltar a chegar perto dela, será a última coisa que vai fazer, sua imitação barata de ser humano – Gabriel gritou para as costas deles.

A namorada se virou e mostrou o dedo do meio, mas o homem fingiu não ouvir Gabriel, desaparecendo em meio à multidão.

– Ai, meu Deus, o que foi isso? – Chloe sussurrou. – Você está bem? – ela me perguntou.

Assenti de um jeito endurecido. Por diversos segundos, Gabriel ficou olhando fixamente na direção em que o grupo foi e depois se virou para mim, soltando o ar.

– Ellie, Jesus... Eu sinto muito. Você está bem?

Balancei a cabeça, meus olhos disparando na direção de todos aqueles olhares, todas aquelas palavras sussurradas, todos os julgamentos.

– Podemos ir embora? Vamos embora, sim?

Dominic falou com o Gabriel:

– Quem era...?

– Um dos homens que a atacaram – Gabriel respondeu.

Senti o calor da vergonha subindo pelo pescoço, chegando às bochechas e me deixando tonta. Virei o corpo na direção do Gabriel, querendo me fundir a ele.

Não olhei para o Dominic. Não conseguia. Eu sabia exatamente o que veria no rosto dele se olhasse. O olhar dizendo que a culpa era minha, que a minha presença na vida do Gabriel não traria nada além de sofrimento e repúdio.

– Podemos ir? – repeti. – Por favor.

– Ellie... – Gabriel murmurou, aproximando-se, enxugando uma lágrima do meu rosto. – Eu nunca a teria deixado sozinha se pensasse que...

– Você não tinha como saber. Nem eu pensei que... – Balancei a cabeça de novo.

– Gabriel, por que não encerra por hoje? – George sugeriu. – Leve Ellie para casa, ponham os pés para cima e deixem isso para lá, está bem?

Ele olhava diretamente para mim, como se eu fosse a mais traumatizada. Talvez fosse mesmo. Acho que era.

– Ok. – Gabriel ainda me olhava com preocupação enquanto afastava uma mecha do meu cabelo. – Vamos embora. – Assentiu para George, Dominic e Chloe e tomou meu braço, se dirigindo para o estacionamento.

Mal percebi o trajeto de volta para casa, quando paramos na entrada da casa do Gabriel. Fiquei surpresa. Não tínhamos acabado de sair da feira havia apenas alguns minutos?

Entramos e Gabriel me levou para o sofá, onde me enrosquei numa das pontas. Ele se sentou ao meu lado e me puxou para os seus braços, beijando o topo da minha cabeça.

– Sinto muito que isso tenha acontecido. Sinto não ter lidado bem com a situação.

Ele sentia muito? Eu atraí toda aquela atenção negativa e ele estava se desculpando?

Balancei a cabeça.

– Você não tem por que se desculpar. Obrigada por me defender. – *De novo.*

Ele exalou um suspiro longo.

– Eu a defenderia até a morte, Eloise.

Inclinei a cabeça para trás e o encarei.

– Acho que faria isso mesmo. – Mordi o lábio por um momento. Eu estava do avesso. A culpa me corroía e fechei os olhos com força. – Eu sinto tanto.

– Ellie, não se culpe.

Baixei os olhos, relembrando o olhar de ódio da mulher que me chamara de nomes horríveis.

– Por que as mulheres são tão malvadas com as outras? – sussurrei.

– Nem todas são assim. Veja a Chloe.

Sim, veja a Chloe. Meu coração despencou, e não gostei como cada menção ao nome dela me provocava ciúmes quando ela sempre fora tão boa comigo. Isso fazia com que me sentisse mesquinha.

– Verdade.

Gabriel me atraiu mais para si, e ficamos abraçados em silêncio por um tempo. Estava perdida nos meus pensamentos, repassando os acontecimentos da manhã. Eu chegara lá com tantas esperanças. Uma tristeza profunda me encheu quando fitei os olhos do Gabriel. *Nunca vou ser boa o bastante para ele.*

– Eu queria que tudo corresse bem para você. Eu queria...

– Psiu, isso não importa. Não ligo para isso. Aquelas pessoas... Elas podem pensar o que quiserem. A pessoa que me importa é *você*.

Lancei-lhe um sorriso trêmulo, deslizando para mais perto dele e envolvendo sua cintura com os braços.

– Eu só... Dominic tem razão. Você deveria ter a vida que lhe fora destinada.

Ele franziu a testa.

– O que isso quer dizer?

– Só que você deveria ter a vida que teria sido sua, caso não tivesse sido raptado.

Ele ficou em silêncio por um bom tempo antes de falar de novo.

– Eu estou vivendo a vida que deveria ter, Eloise. Minha vida, do jeito que ela é, o bom e o ruim, é a vida que eu deveria ter tido. Eu poderia passar os dias pensando que fui cosmicamente trapaceado, mas que bem isso me faria? Estou aproveitando a minha vida... aquela que me foi dada. É só o que cada um de nós pode fazer. Imaginar algo diferente é negar que existe um propósito no sofrimento pelo qual talvez tenhamos de passar. Sim, sofri muito, mas talvez... talvez aquilo tenha acontecido para que, por causa das minhas ações, ninguém mais fosse ferido pelo homem que me sequestrou. Ah, não sei de nada... Nem tento descobrir. Só confio que esta vida, *a minha vida*, é a vida que eu deveria ter, e encontro paz nisso.

Meu amor por ele encheu meu peito com tanta força que, por um momento, não consegui respirar. Ele era tão bom e tão positivo, mas tive de pensar se Gabriel aceitaria qualquer coisa para si porque era capaz de encontrar paz em *qualquer* resultado – esse era seu dom. Estava na gentileza da sua alma, no seu desejo e na sua habilidade de sempre escolher a felicidade, a todo custo. Vislumbrar a menor centelha de luz quando outros só conseguiriam enxergar a escuridão ao redor. Talvez Dominic estivesse certo – talvez fosse dever daqueles ao *redor* dele, daqueles que o amavam, exigir mais para ele do que ele seria capaz de exigir para si.

CAPÍTULO VINTE E TRÊS

Tudo bem chorar. É como o coração expressa sua dor.
Gambit, o Duque dos Ladrões

Gabriel

Ellie parecia tão vulnerável – ainda mais do que antes – e eu parecia incapaz de fazer ou dizer qualquer coisa para confortá-la.

Chloe veio em casa para aplicar o teste de que precisava e odiei apressá-la, considerando o fato de ela ter se deslocado até Morlea, mas o modo como Ellie olhava para nós dois juntos me preocupava. Ela nos observava com uma espécie de entendimento triste, quase de determinação pesarosa, que eu não compreendia muito bem o que poderia significar, mas achava que não era algo bom. Será que ela pensava que eu sentia alguma coisa pela Chloe? Eu sussurrava que a amava uma centena de vezes ao dia. "Só você." Ela não via isso nos meus olhos? Não sentia isso a cada batida do meu coração?

– Olá? – George me chamou ao entrar no estúdio, carregando uma caixa.

– Oi, George. – Virei e me aprumei, girando os ombros.

– Trouxe o pedaço de pedra que você queria. – Ele apontou para a caixa que deixou na mesa, próximo à porta.

– Obrigado.

George se aproximou e observou o entalhe que eu estava quase terminando. Passou a mão pela lateral.

– Está lindo. As borboletas parecem de verdade.

Sorri e dei de ombros.

– Espero que gostem.

– Elas vão amar. – Fez uma pausa, apoiando-se na mesa atrás dele. – Como está Ellie?

Franzi a testa de leve.

– Quer dizer, depois do festival?

– Isso, e também de forma geral.

Apertei os lábios e depois suspirei.

– Não sei, George, ela parece tão... frágil. – Fiz uma careta. – Não sei muito bem como descrever.

– Você a transformou, Gabriel. Ela está tendo dificuldades para entender quem é agora. – Ele pareceu preocupado enquanto me avaliava. – Receio que talvez ela ache que não é ninguém sem você. Você se tornou o mundo inteiro dela.

Respirei fundo, pois suas palavras fizeram sentido. Elas feriram, mas eram verdadeiras. Uma parte minha *queria* ser o mundo inteiro dela, mas outra, mais racional, sabia que isso não seria bom para Ellie.

– O que posso fazer?

– Eu a encorajei a aprender a se defender. Pensei que isso a fortaleceria um pouco. Mas ela não voltou, apesar de eu a ter convidado. Acho que ela andou ocupada.

Ocupada. Comigo. Sorri, mas foi um movimento triste. Lembrei-me de George me ensinando a dar socos depois que voltei para casa. Eu estava com quinze anos e passava horas na garagem dele, movendo-me ao redor do saco de pancadas, despejando minha raiva nele em vez de fazer isso com o mundo, em vez de fazer isso comigo. E isso ajudou. Mas foi apenas uma pequena parcela da minha recuperação.

– O que mais?

Ele balançou a cabeça.

– Ah, Gabriel, eu lhe diria, se soubesse. Apenas... tente se lembrar de como se sentiu naqueles anos depois que chegou em casa. – Ele se endireitou, sorrindo com suavidade antes de se virar e seguir para a porta.

– Obrigado, George – agradeci. Fiquei ali sentado, refletindo sobre aquela época, pensando em como basicamente fiquei isolado, precisando aprender a confiar em mim mesmo de novo, como tive de redescobrir o meu lugar no mundo e como duvidei que ele existisse. Foi difícil e solitário, mas, puxa, foi necessário. E tive de me esforçar para conseguir. Ninguém poderia ter feito aquilo por mim, mesmo que tivessem tentado.

Suspirei. Não, eu não poderia fazer o esforço que Ellie precisava fazer por si mesma, mas eu poderia amá-la durante esse processo. E era exatamente o que eu *faria*. Se ela precisasse de forças, eu seria sua rocha; se precisasse de conforto, eu seria o lugar acolhedor para o qual voltar. Eu seria qualquer coisa que ela precisasse que eu fosse. Mas, mesmo assim, algo nisso parecia perigoso – queria que Ellie descobrisse seu valor, e não que o meu amor o determinasse por ela. Ela nunca seria verdadeiramente feliz assim. Passei os dedos pelos cabelos, frustrado.

Você não pode me consertar, sabe?, ela dissera. *Não*, eu pensara, *posso apenas amar você.* E estava certo. Tudo o que eu podia fazer era amá-la.

O dia seguinte foi cinzento e chuvoso e, enquanto eu trabalhava no meu estúdio para concluir os últimos detalhes da faixa folheada para a biblioteca na Alemanha, fazia pausas de vez em quando para admirar o cenário de aquarela do lado de fora. A porta se abriu e Ellie entrou, sorrindo e fechando o guarda-chuva com um pacote debaixo do braço.

– Oi – saudei-a, com um sorriso.

– Oi! Dominic foi até a cidade e pegou a sua encomenda na loja de materiais de construção.

– Ah, obrigado. – Eu me esquecera desse pedido. – Ele disse como Sal está?

Suas sobrancelhas se uniram.

– Dominic? – Balançou a cabeça. – Dominic não fala muito comigo. – Seu rosto corou um pouco e franzi a testa. Eu havia perguntado se o Dominic vinha tratando-a mal, e ela havia negado, mas não acreditei muito nela.

Apertei os lábios, e ela pareceu ler meus pensamentos.

– Eu disse que está tudo bem entre nós. Ele só é... meio calado perto de mim.

Calado? Dominic? Isso não parecia certo. Suspirei.

– Ellie, posso falar com ele, se você resolver que precisa disso. Você não deveria se sentir constrangida no trabalho.

Ela sorriu, mas o sorriso não chegou aos seus olhos.

– Não preciso que fale com ele. Está tudo bem. Mesmo. – O sorriso dela se iluminou. – Parece que você já está terminando. – Ela indicou com a cabeça a peça na minha frente.

– Pois é. Mais umas duas horinhas e devo terminar. – Concentrei-me no entalhe enquanto Ellie começava a desfazer o pacote. Fiquei envolvido nos detalhes e, quando levantei o olhar, alguns minutos depois, fiquei surpreso ao ver Ellie parada diante de um armário aberto.

Endireitei a coluna quando ela se virou. Sua expressão estava levemente atordoada.

– Essas são...

Meus olhos se desviaram para trás dela, e então notei qual armário ela abrira. Levantei e me aproximei. Bem devagar, tirei as peças do armário, colocando-as na mesa perto de nós, uma a uma.

Os olhos dela se encontraram com os meus, arregalados e cheios de compaixão.

– São, mesmo – ela sussurrou.

Olhei para elas por um momento, deixando que os sentimentos que traziam à tona me envolvessem. Peguei a primeira e disse:

– O nome dele é Racer, o Cavaleiro dos Pardais. Racer foi o apelido que o meu pai me deu. Ele começou a me chamar assim depois que ganhei uma corrida no primeiro ano. Ele disse que eu era o menino mais rápido que ele já vira. Acho que o apelido pegou.

Ela parecia ter congelado, com os lábios entreabertos enquanto alternava o olhar entre mim e a estatueta.

– Cavaleiro dos Pardais... Por causa dos pássaros que ficavam do lado de fora da janela do seu quarto.

Sorri de leve.

– É. – Olhei para a estatueta, para a armadura que ela usava, para o minúsculo passarinho empoleirado em seu ombro. – Dá para ver que ele é o mais bonito, por motivos óbvios. – Lancei-lhe um sorriso mais amplo e ela piscou para mim, depois riu com suavidade.

– Ele... ele representava você?

Pensei nisso por um momento.

– Acho que sim.

Acomodei Racer e peguei a segunda estatueta, olhando para seu sorriso perpétuo.

– Shadow, o Barão do Ossinho da Sorte. Shadow era o cachorro da nossa família.

Fiz uma pausa, puxando o lábio inferior entre os dentes por um instante.

– Acho que o "Ossinho da Sorte" foi por causa da sua predileção em enterrar ossos, mas também era uma lembrança da minha mãe secando um osso no parapeito da janela em todos os dias de Ação de Graças para que eu e meu irmão o rompêssemos. Sempre considerei esse desejo muito importante.

Sorri com a lembrança antes de voltar a colocar a estatueta na mesa e pegar a seguinte, estudando o modo como seus lábios se curvavam ligeiramente para cima num sorriso zombeteiro, o brilho de um arteiro nos olhos.

– Gambit, o Duque dos Ladrões. Meu irmão e eu costumávamos colecionar revistas em quadrinhos. Gambit era o meu personagem predileto dos X-Men. Ele era um antigo ladrão cujos poderes incluíam manipular objetos com energia cinética, agilidade aumentada e charme hipnótico. – Sorri, abaixando-o.

– Há um adesivo dele na cômoda do quarto de hóspedes.

– Verdade. Aquela era a cômoda do meu quarto quando eu era criança.

Apanhei a estatueta seguinte, olhando para o rosto sábio e maternal.

– Lemon Fair, a Rainha do Merengue. Lemon Fair era um rio ao qual meu pai nos levava quando éramos pequenos. Nós acampávamos... Ele chamava aquilo de "passatempo dos meninos". – Pigarreei, pois a lembrança me emocionou.

Ellie estava imóvel, observando-me com muita intensidade.

– Merengue de limão é a sua sobremesa predileta.

– É – disse num sopro. – Minha mãe costumava fazer merengue para mim nas ocasiões especiais.

Olhei para a última boneca, subitamente muito nervoso. Dirigi o olhar para a prateleira no alto, que continha um cesto com pequenos itens que entalhei quando dei vida às estatuetas – filõezinhos de pão, espadas, pentes e livros. Pensei em mostrá-los primeiro, mas aquilo não era muito importante. O que importava era a última boneca, e o motivo de eu estar tentando ganhar tempo.

Engoli com força enquanto substituía Lemon Fair pela última estatueta. Olhei nos olhos da Ellie.

– Lady Eloise – disse com suavidade –, dos Campos de Narcisos. – A testa dela se contraiu em confusão enquanto olhava para mim e para a menina de pedra. – Minha mãe colecionava livros infantis. Ela costumava ler uma série para mim sobre uma menina chamada Eloise. Meu pai dava narcisos para a minha mãe na primavera. Eram suas flores prediletas. Ela dizia que eram as flores mais alegres que existem.

Baixei o olhar para a boneca em minhas mãos.

– Ela, Lady Eloise, era quem me segurava pela mão e me levava para longe quando *ele* descia as escadas. – Ellie pareceu chocada. Ela balançou a cabeça como se tentasse negar alguma coisa e, ao mesmo tempo, tentasse compreender. – Acho... acho que eu a amava mais do que aos outros porque foi ela quem me salvou quando mais precisei.

Observei Ellie quando sua expressão passou do choque e da confusão para tristeza e sofrimento. Seus olhos pararam em mim, e vi uma dor tão profunda dentro deles que estendi a mão para ela.

– É esse o motivo? – ela perguntou num sussurro entrecortado.

Fiquei confuso.

– É o motivo do quê?

– De você me amar? É por causa... *dela*? – Apontou com a cabeça para a estatueta enquanto uma lágrima rolava em seu rosto. – Puxa – ela soltou o ar, trêmula –, agora tudo faz sentido.

– Deus, não, Eloise. Amo você por si mesma. Eu a amava antes de saber o seu verdadeiro nome.

– Mas... – Ela parecia devastada, e isso me revirou as entranhas. Deus, nunca imaginei que ela pudesse reagir assim, que fosse pensar que eu... O quê?... A tivesse transformado numa representação em carne e osso da estatueta que eu segurava na minha mão?

Estendi-a para ela, dando um passo à frente e colocando-a na sua mão, cobrindo-a com a minha.

– É só uma estatueta, Ellie. Um pedaço de pedra.

Soltei das mãos dela e ela a segurou, estudando os detalhes da garotinha, o sorriso tranquilizador, os cabelos longos e fluidos, as flores que ela segurava em suas mãozinhas minúsculas. Ela foi a última que entalhei e, como minha habilidade melhorava a cada estatueta criada, era a mais bela, a mais detalhada. Eu via as mãos de Ellie tremendo enquanto a segurava.

Ela conteve um breve soluço e recuou, deixando a bonequinha escorregar. Tudo pareceu acontecer em câmera lenta. Os olhos da Ellie se arregalaram enquanto ela dava um passo à frente para tentar apanhar Lady Eloise. Por um segundo pensei que tivesse conseguido, mas seus dedos apenas resvalaram nela, enviando-a para mais longe da mão, acelerando-a para o chão, onde bateu forte e se quebrou em centenas de pedaços. Fiquei parado bem onde estava.

Ellie gritou e caiu de joelhos diante de garota despedaçada.

– Ai, meu Deus. Não. Não! Gabriel, eu... eu sinto muito. Foi sem querer. – Ela usou as mãos para juntar os pedaços, formando uma pequena pilha. Suas mãos tremiam tanto que me perguntei como ela estava conseguindo fazer aquilo.

Tentei me aproximar, mas ela se levantou de repente, correndo para a mesa perto da porta, na qual pegou um saco plástico. Voltou correndo e se ajoelhou de novo, apanhando todos os cacos e colocando-os no saco.

– Vou consertar. Eu... eu... eu... vou conseguir. – Ela deu mais um soluço angustiado.

Saí do transe estranho em que parecia estar, a cena se tornando mais clara quando caí de joelhos diante dela.

– Ellie, pare, meu amor. Por favor. Isso não tem importância. Está tudo bem.

Ela balançou a cabeça com determinação.

– Importa, sim. Ela era...

Peguei-a nos braços, acariciando-lhe os cabelos.

– Psiu. Não tem importância – repeti.

– Você sempre diz isso. Você sempre aceita tudo. Mas é importante. Muito. – Ela respirou fundo e tremulamente e começou a chorar. – Me desculpe. Me desculpe.

A angústia subiu no meu peito ao testemunhar a extensão do sofrimento dela. Parecia profundo demais e infinito para ser causado apenas por conta de uma boneca quebrada. Deus, o que eu deveria fazer? Como poderia atenuar seu sofrimento? Acariciei seus cabelos e beijei a face molhada pelas lágrimas.

– Ellie, meu doce amor, você está partindo meu coração.

Ela se refugiou em mim, chorando com ainda mais intensidade, e tudo o que pude fazer foi ampará-la nos meus braços até que finalmente as lágrimas cessassem. Por fim, depois do que pareceu um bom tempo, ajudei-a a se levantar. Ela insistiu em levar o saco plástico com as partes quebradas, abraçando-o junto ao peito. Liguei para o George e disse que ela estava se sentindo mal e que eu a levaria para casa.

Você não pode me consertar, sabe?

Não. Posso apenas amar você.

Naquela noite, fiz amor com ela, tentando lhe mostrar com o meu corpo todo o amor que havia no meu coração. Segurei-a nos braços e sussurrei palavras de amor e de devoção no escuro, e ela se aninhou em mim, aceitando o conforto que eu tanto queria oferecer. Mas seu silêncio me disse que ela se retraíra em si mesma e só me restava esperar que ela voltasse para mim, no raiar da manhã.

Mas, quando o sol surgiu, abri os olhos e vi que ela aproximara uma poltrona da janela. Estava encolhida nela, observando um raio de sol que surgia. Ergui-me sobre um cotovelo.

– Bom dia.

Ela se endireitou e se virou, com uma expressão suave e triste.

– Bom dia – sussurrou.

– O que está fazendo aí?

Ela mordeu o lábio inferior e virou o rosto para a janela por um segundo. Levantou e se aproximou da cama, sentando-se na ponta. As feições dela estavam tão pesadas de tristeza que meu coração começou a bater mais rápido.

– Acho que você sabe que tenho que ir, Gabriel.

– Ir? Para onde? – O pânico tomou conta do meu peito e eu me sentei.

Ela respirou fundo, como se estivesse tentando se acalmar.

– Fiquei acordada a noite inteira, pensando...

– Ellie, se isso é por causa da estatueta...

Ela balançou a cabeça.

– Não, não é por isso. Quero dizer, acho que sei que o que sente por mim não existe por conta de eu ter, por acaso, o mesmo nome da estatueta de pedra que você entalhou. – Suspirou. – Eu só... não posso continuar fazendo isso com você, Gabriel. Não posso continuar a fazer isso *comigo*.

Um nó se formou na minha garganta, e fui até ela, de joelhos, e a tomei nos meus braços. Ellie não se opôs; muito pelo contrário, ela se fundiu em mim, como sempre fazia.

– Eu o amo tanto – ela disse. – E sei que me ama, mas não posso deixar de me perguntar o motivo. Tentei tanto e tudo dentro de mim... tudo simplesmente *dói*. Estou tão perdida, e não sei se consigo me encontrar aqui. E eu preciso, Gabriel. Preciso me encontrar. Preciso entender quem eu sou sem você. Preciso descobrir a que me apegar e do que desapegar.

– Deus, Ellie – engasguei. – Por favor... – Eu a apertei com mais força, com um pânico e uma dor aguda se debatendo dentro de mim. A agonia de perder outra pessoa em minha vida partia meu coração. *Fique. Deixe-me ajudá-la. Você não precisa fazer isso sozinha*. Eu queria dizer essas palavras para ela, *implorar* que não fosse embora, mas algo me impediu, talvez a lembrança da conversa que tive com George, talvez a lembrança do que era estar no lugar dela. Muito provavelmente ambos. Havia verdade em suas palavras, e eu sabia instintivamente que impedi-la seria em parte motivado pelo meu egoísmo. Mas, caramba, como doía. Doía demais.

– Para onde você vai? – consegui perguntar. *Como vou me impedir de ajudá-la? Como sobreviverei imaginando como você estará?*

Ela balançou a cabeça de leve ao meu encontro. Sentia a umidade das suas lágrimas no meu peito nu.

– Vou voltar para o meu apartamento. De lá... eu não sei.

– Você não...

Ela afastou a cabeça para trás e me encarou, com os olhos cheios de lágrimas e de carinho.

– Não. Eu não sou mais a Crystal. Nunca mais poderei ser. Encontrarei outro trabalho.

Soltei o ar e enxuguei uma lágrima do seu rosto. Ela fez uma pausa antes de me perguntar baixinho:

– Você pagou as minhas despesas médicas?

Abri a boca e depois a fechei, despreparado para aquela pergunta, incerto se ela ficaria brava ou não. Ela encostou dois dedos nos meus lábios e depois os afastou para poder me beijar.

– Obrigada.

Soltei o ar, aliviado, entendendo que a aceitação do meu presente também era um presente para mim. Meu amor por ela era tão intenso naquele momento que meu corpo inteiro tremia por causa dele.

– Você vai voltar? – Minha voz não passou de um sussurro rouco, um pedido alquebrado.

A tristeza enevoou suas feições, e o lábio dela tremulou.

– Eu preciso... – Ela cerrou os olhos por um momento como se suas palavras a estivessem machucando fisicamente. – Eu preciso que você siga em frente, como se eu não fosse voltar. Preciso que faça isso. – Abriu os olhos bem quando uma lágrima escapou e rolou pela face. *Esmagada*. Eu me sentia como se minha alma fosse esmagada.

Inclinei-me para a frente e pressionei a testa contra a dela e, por um instante, apenas respiramos juntos. Eu queria implorar. Queria gritar e suplicar que ficasse. Rogar que ela quisesse voltar para mim. Que não me deixasse, antes de mais nada, mas não pude. Ela entenderia que, ao não lutar para que ficasse, eu estava lutando para que ela se curasse?

– Fique hoje. Pode ficar comigo hoje?

Ela me olhou nos olhos por um momento antes de responder, com tanta suavidade que a palavra foi mais ar que som.

– Sim.

Deitamos na cama e puxei as cobertas sobre nós, determinado a esquecer o mundo nesse último dia.

Nós nos amamos com tristeza e intensidade, nos esforçando para agrupar uma vida inteira de toques em apenas uma manhã. Senti-me desesperado e de coração partido, mas sabia em meu coração que impedi-la de ir seria aprisioná-la, e isso era algo que eu não faria jamais. Por isso, nos refugiamos temporariamente da dor da despedida e nos deleitamos com o momento: nosso calor e nossos ossos, e o emaranhado de pernas e braços. *Nosso amor*.

Não conversamos. Conversar só nos faria mais mal, e eu não achava que conseguiria suportar, e tampouco queria isso para Ellie. Quando ela por fim saiu dos meus braços, eu a deixei ir. Fiquei lá deitado ouvindo-a arrumar seus pertences no outro quarto, já sentindo a falta do calor da pele dela, do perfume dos seus cabelos e do modo como o seu sorriso era o mesmo que abrir uma janela num dia de verão.

Ouvi o som baixo do seu choro e quis ser aquele que enxugaria suas lágrimas. Mas eu sabia que isso só pioraria as coisas. Também sabia que Ellie precisava encontrar a felicidade e, se ela acreditava que precisava fazer isso sozinha, seria errado tentar impedi-la. Tentei me consolar ao saber que estava fazendo a coisa certa para ela, mas não consegui.

Senti um nó no estômago quando me levantei da cama que dividimos nas últimas semanas e vesti os jeans que tinha largado numa cadeira, na noite anterior. Usei o banheiro e, quando saí, Ellie acabava de sair do quarto de hóspedes, carregando sua mala.

– Liguei para o George para pedir uma carona – ela disse.

Fiquei feliz que ela o tenha feito. Achava que não conseguiria lidar com mais um adeus. Sorri triste e peguei sua mala, indo para a porta da entrada. Senti que a tristeza do momento era demais para suportar, como se fosse capaz de me sufocar.

Abri a porta. A caminhonete do George já estava esperando do lado de fora, embora com a traseira virada para a casa, muito provavelmente para nos dar a privacidade da qual ele acreditava que precisaríamos.

Apoiei-me na soleira e enfiei as mãos nos bolsos, para me impedir de agarrá-la e implorar que ficasse.

– Vou sentir saudades. – Parecia ser a única coisa a dizer e, pela expressão no seu rosto, eu sabia que ela ouvira meu coração inteiro nessas palavras.

Ela afastou os cabelos dos olhos e levou a mão ao meu rosto. Sorriu com tanta ternura que quase a agarrei, embora tivesse prometido a mim mesmo que não faria isso.

– Você sempre será o grande amor da minha vida, Gabriel Dalton. – E então se virou e foi embora.

Fechei a porta e me encostei nela, deslizando até estar sentado no chão. Apoiei a cabeça nas mãos e deixei que a dor agonizante me envolvesse.

CAPÍTULO VINTE E QUATRO

O que quer que faça, faça-o com todo o seu coração.
Lemon Fair, a Rainha do Merengue

Ellie

Não fiz muita coisa além de chorar naqueles primeiros dias. Entrar no meu apartamento me pareceu surreal – como se aquele espaço tivesse existido em outra vida. Sob alguns aspectos, acho que era bem isso mesmo.

O sofrimento de deixar o Gabriel foi tão agudo que chegou a ser uma dor física; senti como se meu corpo e minha alma estivessem presos debaixo de uma rocha pesada. Tudo me doía, a pele e os ossos, e até o fundo da minha alma. Eu sabia, em meu coração, que fiz o que era certo para nós dois, mas isso não queria dizer que não fosse agonizante.

Tive medo e senti-me tão incrivelmente sozinha; imaginei que acabaria afundando. Mas eu soubera, sentada junto à janela do quarto do Gabriel à noite, ouvindo o barulho suave da sua respiração, que, se eu afundasse, teria de fazer isso sozinha. Não era justo para nenhum de nós eu me esconder atrás dele – tanto física quanto emocionalmente – em vez de enfrentar o mundo.

Eu tinha de libertá-lo para escolher Chloe, caso ela fosse a mulher destinada a ficar com ele, se as coisas tivessem tomado outro rumo. Visualizei-os juntos de novo, como estiveram no Festival de Outono de Morlea – o quanto estavam bonitos e alegres –, e soube instintivamente que lhes negar a oportunidade de uma vida como aquela seria egoísmo. Eu o amava, de corpo e alma, e me preocupava com a sua felicidade acima da minha. Mesmo assim, visualizá-lo amando-a era como ter uma faca afiada cravada nas minhas partes mais sensíveis; imaginar as mãos dele se movendo pelo corpo dela como se moveram pelo meu, vê-los casados, com lindas criancinhas de cabelos castanhos. Cerrei os olhos contra essa imagem, afastando-a. Não me faria bem algum ficar pensando nessas coisas.

Eu ligara para a minha senhoria assim que cheguei, para lhe agradecer por ter sido tão paciente comigo e dizer que já tinha o dinheiro do aluguel atrasado e que estava postando o cheque para saldar a dívida. Eu só recebera três semanas pelo meu trabalho no escritório da pedreira, e precisava me certificar de ter o bastante para tirar o carro da oficina e fazer compras de supermercado até conseguir encontrar outro emprego. Com o pensamento imerso nas contas a pagar e na procura por um emprego, uma onda renovada de medo e de solidão me assolou, mas eu estava determinada a resolver a questão. *Eu tinha de fazer isso, simplesmente tinha*. Se Gabriel me ensinara alguma coisa foi que a vida não precisava ser repleta de sofrimento e de incerteza o tempo inteiro. Havia algo merecedor de amor em mim; Gabriel também me mostrara isso. Eu só precisava descobrir o que era e, quem sabe – ah, Deus –, quem sabe encontrar um modo de *me* amar.

Minha vida inteira passara sob meus pés, e eu não soube a que me agarrar, em que me segurar para não cair. Não sabia como me aprumar. E então me apeguei à única coisa sólida em minha vida: Gabriel. Tornara-me emocionalmente dependente dele de uma maneira que eu não considerava saudável para nenhum de nós.

Cada coisinha me fazia duvidar e sofrer, e eu sentia mil inseguranças que talvez nem fossem reais. Perdi a capacidade de discernir e, em meu coração, entendi que o meu tipo desesperado de amor sufocante acabaria se tornando uma prisão para o Gabriel. Eu o amava demais para sujeitá-lo a uma segunda prisão perpétua. Ele já passara por uma sentença semelhante. Deixá-lo foi a coisa mais difícil que já fiz, mas foi a mais certa. Eu sabia que era certo.

Então, depois de alguns dias, nos quais me permiti afundar na tristeza, levantei e limpei o apartamento, esfregando cada cantinho e abrindo as janelas por um tempo para arejá-lo com o ar frio do outono.

Liguei para a oficina onde estava o meu carro e disse ao rapaz que atendeu o telefone que iria até lá para buscá-lo. Calcei os tênis e vesti uma jaqueta para caminhar os cinco quilômetros de distância. Eu acordara com torcicolo, e o desconforto foi piorando à medida que eu andava. Minha perna doía um pouco, e minhas passadas foram ficando cada vez mais lentas, mas, apesar das minhas dores, foi ótimo me exercitar, e o ar fresco fez maravilhas aos meus pulmões.

Ricky estava na recepção quando entrei na oficina, e o cheiro de café e de óleo automotivo me golpeou, e o ar quente do interior logo me aqueceu. Ricky sorriu para mim com alegria.

– Ora, ora, veja quem apareceu. Você está ótima.

Retribuí o sorriso enquanto Ricky dava a volta no balcão para me abraçar.

– Oi, Ricky. Muito obrigada por abrigar o meu carro. E desculpe por ter demorado tanto para vir buscá-lo.

Ele sacudiu a cabeça e voltou para trás do balcão, procurando numa gaveta até encontrar uma chave com o meu nome escrito numa etiqueta grande. Ele a deu para mim por cima da bancada.

– Quando contei para o meu pai que você estava vindo, ele me disse que não cobrasse de você. Disse que você já passou por coisa demais.

Pisquei de surpresa.

– Obrigada. Eu, uau... Eu não poderia...

– Você *pode*. E, sério, cai fora daqui logo, antes que o sovina do meu pai mude de ideia. – Ele riu, e uma onda de calor invadiu meu peito. Levei a mão ao coração, como se conseguisse sentir o calor que emanava de dentro dele.

– Obrigada, Ricky. Não tenho como dizer o quanto isso significa para mim. Eu... Poderia agradecer ao seu pai por mim, também?

– Pode deixar. O seu carro está no estacionamento de trás. Vê se se cuida, está bem?

Assenti, fazendo um esforço tremendo para conter as lágrimas.

– Vou fazer isso – falei com sinceridade. Ou, pelo menos, eu daria o meu melhor ao tentar.

Assim que entrei no carro, virei a chave na ignição e ouvi o motor ligar com facilidade. Recostei a cabeça no banco, grata por isso. O dinheiro que o Ricky e seu pai me pouparam significava muito para mim naquele momento.

Ao passar pelo centro da cidade a caminho de casa, vi uma propaganda anunciando um desconto de dez dólares no serviço de pedicure numa esmalteria a que eu ia à vezes, quando dispunha de um dinheirinho extra. Aquela era uma pequena extravagância a que eu me dava o direito de vez em quando. Claro que eu não tinha dinheiro sobrando agora, mas mesmo assim estacionei numa vaga do outro lado da rua, girando o meu pescoço duro por sobre os ombros. Deus, sentar naquela cadeira de massagem enquanto meus pés ficavam submersos em água quente parecia tão bom; encarei a vitrine da esmalteria com anseio, como se estivesse atravessando o deserto e o estabelecimento fosse um oásis verdejante.

Eu não deveria gastar vinte e cinco dólares em algo desnecessário; no entanto, pensei que gastaria duzentos e cinquenta no carro, e agora esse dinheiro estava no meu bolso. Por certo Ricky e seu pai não se importariam se eu gastasse uma pequena porção dele em uma hora de mimos. Só isso e nada mais.

Atravessei a rua e entrei no salão cheio. Lien Mai me saudou do seu lugar, à mesa de pedicure, onde usava uma lixa elétrica nas unhas acrílicas de uma senhora.

– Faz tempo, Crystal. Precisa de uma pedicure?

– Olá, Lien. Sim, mas parece que você está ocupada.

– Não, não. Desmarcaram. Senta, senta. – Ela apontou para uma cadeira massageadora grande ao fim de uma fileira. *Ah, o paraíso*. Fui até ela, e uma moça pequenina de cabelos pretos e muito lisos sorriu educadamente e começou a encher a cuba com água quente e sabão. Sentei-me e liguei a massagem, suspirando ao me acomodar e submergir os pés na água.

– Que cor? – a moça perguntou, referindo-se ao esmalte.

Fechei os olhos.

– Tanto faz. Pode escolher.

Ela riu, alegre.

– Tá precisando disso, né?

Sorri sem abrir os olhos.

– Nem me fale.

Quando ela esfregou um creme esfoliante nos pés e nas panturrilhas, uma dor se elevou forte demais no meu peito, e quase arquejei. Visualizei as mãos lindas do Gabriel se movendo pela minha pele e, por um segundo, a dor da saudade foi tão intensa que eu não sabia o que fazer em seguida. Concentrei-me na minha respiração e, depois de alguns minutos, o pior passou, e achei que conseguiria seguir em frente.

Fiquei ouvindo as conversas do salão enquanto meus músculos relaxavam na cadeira massageadora. O telefone tocava incessantemente e, algumas vezes, alguém atendia, mas parecia que a maioria das ligações não era atendida.

– Vocês não têm ninguém para atender ao telefone? – perguntei à moça no banquinho à minha frente.

Ela balançou a cabeça.

– Não. Lien quer contratar alguém, mas é muito ocupada.

Um farfalhar de excitação me percorreu.

– Tenho experiência nisso.

Ela olhou para mim.

– Mesmo? – Virou-se para Lien. – Lien, ela quer emprego para atender telefone.

Lien estava se despedindo da mulher diante dela e as duas se levantaram; Lien, com certo esforço. Quando a mesa deixou de esconder seu corpo, notei que ela estava grávida. Meus olhos se arregalaram.

– Verdade? Quer emprego, Crystal? – Ela veio andando até a minha cadeira e parou perto de mim, com a mão na cintura.

– Sim, eu adoraria ter um emprego. E tenho experiência atendendo telefonemas. Recentemente trabalhei numa pedreira em Morlea. Posso lhe dar referências.

– Hum. Bom. Volta amanhã para teste.

Senti a preocupação dentro de mim, mas sorri e concordei. Eu poderia fazer isso. Eu poderia tentar. Senti que essa oportunidade havia me caído no colo, quase como se fosse algo predestinado.

Quando Lien se afastou de novo, sussurrei para a moça:

– Em que mês ela está?

– Ela ainda tem oito semanas.

Refreei um arquejo. *Puxa vida*. O corpo pequenino dela não tinha como ficar maior do que estava agora.

No dia seguinte, quando cheguei ao salão, estava nervosa, mas, depois de uma ou duas horas, consegui dominar o sistema de telefonia e já anotava recados e marcava horários como se estivesse ali houvesse meses. O salão era bem movimentado e constantemente havia pessoas entrando sem hora marcada, mas dei conta do recado.

Conforme o dia foi passando, eu me sentia mais realizada e, quando Lien se aproximou do balcão, lá pelas três da tarde, ela me disse que fosse ao escritório, nos fundos, para assinar o contrato de trabalho. Fiquei tonta de felicidade, e o primeiro pensamento que cruzou minha mente foi "tenho que ligar para o Gabriel para contar a novidade". Mas a realidade logo voltou, fazendo com que eu estremecesse de leve e fechasse os olhos de tristeza. Dei uma passada no banheiro para me recuperar antes de ir para a sala dos fundos que servia como escritório para a Lien.

– Lien, tenho que contar uma coisa antes de assinar a documentação.

– O quê?

– Bem, meu nome não é Crystal. É Eloise. Ellie, como apelido.

Ela me observou por um momento, depois assentiu.

– É bom. Você fica melhor como Ellie.

Uma risada curta borbulhou na minha garganta. Deus, como eu queria que fosse assim. Queria de verdade.

CAPÍTULO VINTE E CINCO

Algo me diz que vou amar você para sempre.
Lady Eloise dos Campos de Narcisos

ELLIE

Caí numa rotina de trabalho na Esmalteria Lien Mai e, depois de umas duas semanas, eu praticamente administrava o negócio. Não só atendia as chamadas, mas também fazia pedidos junto a fornecedores e cuidava do estoque. Eu adorava o ambiente casual do salão, os altos e baixos das conversas que aconteciam ali, tanto em inglês quanto em vietnamita, o modo como os dias passavam voando e o fato de eu chegar tão cansada em casa que só me restava cair na cama.

Numa sexta-feira muito fria, despertei e me ergui na cama. Tivera o mesmo sonho de novo, aquele em que a voz da minha mãe me chamava em meio à escuridão. Só que, dessa vez, as paredes se alargavam em vez de se estreitarem e ela me incentiva a seguir em frente. *Ele está esperando por você*, ela me disse. Ele? O único ele que eu queria era o Gabriel.

Mas talvez ele *estivesse* esperando. Porém, eu também tive esse sonho enquanto morava com ele. Só que... Eu me movera na direção errada ao querer ir até ele, e acabara com ele diante de mim, mas ainda estávamos separados por uma barreira. Eu tive de retornar para seguir o caminho que me levaria de volta para ele, o caminho em que não haveria nada para nos separar. Não sabia se deveria ter esperanças, mas, de todo modo, o caminho de antes estava me esmagando. Eu dei a volta não só pelo Gabriel, mas também por minha causa.

A sensação do sonho se agarrou em mim de modo que não consegui voltar a dormir. Saí da cama, tremendo de frio, e aumentei um pouco a calefação. Começara a chuviscar, e parei diante da janela por alguns minutos, olhando para a escuridão lá fora, onde a luz dos postes se refletia nas poças do estacionamento abaixo.

Virando, avistei a mala que ainda não havia desfeito depois que vim da casa do Gabriel. Suspirei. Parecia que eu só conseguia dar passos pequenos, e esse também devia ser um deles.

Esvaziei a mala e, quando estava largando a roupa suja no cesto, minha mão resvalou em algo plástico; sobressaltei-me e peguei o saco plástico do qual havia me esquecido por completo enquanto me afundava na minha tristeza. Ergui-o e o encostei no peito. *Lady Eloise dos Campos de Narcisos*. Parecia estilhaçada além de qualquer conserto. Mas talvez... apenas talvez... Deixei o saco na mesinha que eu tinha ao lado da janela e acendi uma luminária no canto. Peguei uma toalha de mão do banheiro e, depois, com muito, muito cuidado, esvaziei o conteúdo do plástico, espalhando as peças para ver se havia algo reconhecível. Sim, um pezinho e um buquê de flores, e as duas metades do seu belo rosto. *Esperança*.

Sentei à mesa, vasculhando uma gaveta até encontrar um tubo de supercola que havia comprado por algum motivo do qual agora não me lembrava.

Senti-me completamente subjugada, mas deduzi que o melhor seria começar pelo começo, por isso peguei os pedacinhos de um pé e comecei dali. Não consegui deixar de visualizar aquela menina destroçada como milhares de pedaços de mim e, conforme eu trabalhava, encontrando as partes que se encaixavam, fiquei imaginando se a tarefa que eu fazia com as mãos não seria uma representação do trabalho que eu precisava fazer em mim. Por isso me inclinei sobre a mesa até a luz da manhã começar a atravessar as cortinas e pensei em todas as coisas da minha vida que também se quebraram e se fragmentaram.

Pensei na minha mãe, e isso foi o mais difícil de tudo. Pensei no dia em que ela me deixou com Brad – a dor oca que ainda estava grudada em mim como uma segunda pele, o sofrimento de ser abandonada, deixada sozinha e com medo.

Enquanto minhas mãos se moviam, encontrando os pedaços e tentando encaixá-los, deixando de lado os que não davam certo e pegando outro até que as linhas e os ângulos fossem os certos, minha mente foi divagando. Algo no movimento constante das mãos e na maneira como minha mente ficava parcialmente centrada na tarefa fez com que me sentisse segura. Não consegui ignorar os pensamentos a respeito do Gabriel e fiquei imaginando se ele encontrava um consolo semelhante no seu trabalho assim que voltara para casa.

Não tentei impedir ou controlar os caminhos que a minha mente tomava. Não tentei refrear nada. Pensei em tudo e deixei que doesse. Lágrimas rolaram pelo meu rosto, entrando nos meus ouvidos, e as enxugava com a manga quando os olhos ficavam embaçados demais, mas não saí da mesa naquela noite, nem uma vez.

Pensei em como minha mãe estava naquele dia, no quanto estava doente – e em *pânico* –, e um nó se formou na minha garganta, tão grande que achei que fosse sufocar. Mas não sufoquei. Continuei a trabalhar e continuei a sofrer.

Como seria estar na pele dela? Qual foi o seu desespero ao saber que estava morrendo e que sua última opção era deixar a filha única com um estranho? Ela não tinha como saber que Brad me trataria como tratou. Pelo que me pareceu, ela mal o conhecera. Ela se arriscara e paguei o preço. Mas ela não tinha como saber. Ela se fiou apenas na sua esperança. Era tudo o que lhe restava.

Senhor, dai-me forças, por favor. Não tenho escolha, não tenho escolha.

– Ah, mamãe – arfei, minha voz fina como a da menina abandonada que fui um dia. – Eu a perdoo. Sinto muito pelo tanto que você sofreu também.

Uma semana depois de ter sido deixada na casa do Brad, ele me disse que minha mãe fora encontrada morta na varanda de alguém. Ela ficara lá, toda encolhida, e morrera como um animal perdido. Ele me deu a notícia e depois tomou uma golada de cerveja, como se aquilo não tivesse a mínima importância. Dentro de mim, uma parte inteira do meu coração se soltara e se desintegrara.

Aprendera a me enclausurar por trás do que parecia uma fachada dura, de modo que ninguém voltasse a me magoar do jeito que minha mãe fez ao me deixar sem se despedir. Mas a casca era muito fina, tão fina e tão facilmente quebrada.

Então, veio o amigo do meu pai, Cory, que me tomara e abusara de mim – que me *estuprara*, apesar de eu nunca ter dito essa palavra antes, nem mesmo para mim. Pensara que o amava por ele ter sido a primeira pessoa em tanto tempo a parecer me querer, a primeira pessoa a me notar.

Meus sentimentos por Cory foram um tipo diferente de amor desesperado e sufocante, mas eu não queria que esse fosse o meu modo de entregar o coração. Queria oferecer algo inteiro – mesmo que tivesse sido partido, e os pedaços, colados; mas, ainda assim, inteiro.

Bem quando a manhã chegou, supervisionei o meu trabalho e percebi que havia colado dois pezinhos descalços. Ri, maravilhada. Ainda havia algumas falhas, alguns pontos que faltavam, partes que deviam ter virado pó, mas cada minúsculo dedinho dos pés estava completamente reconhecível. Algo em mim também amou essas partes que faltavam. Para mim, elas significavam as coisas as quais precisávamos largar – a dor à qual me apeguei por tanto tempo, a raiva, a tristeza, a culpa. E esses espaços vazios eram partes tão importantes quanto as que a faziam inteira. Sorri, triunfante, enxugando as últimas lágrimas e alongando o pescoço e as costas.

Abrindo a persiana, vislumbrei o brilho que surgia no horizonte. Lembrei-me da história do Gabriel sobre ele ter visto um feixe de luz através da janela pintada daquele porão e lembrei-me do meu próprio pensamento de que às vezes isso é a esperança – apenas um feixe de uma luz distante. Para mim naquela manhã, a esperança foi exatamente isso.

Minha vida entrou em uma rotina que consistia no trabalho no salão e na reconstrução da estatueta de pedra. Eu passava a maior parte dos fins de semana juntando os pedaços da menina, repassando a minha vida, meus sofrimentos, todas as instâncias em que meu coração se partira e virara pó.

Foi exaustivo, foi difícil, mas segui em frente, amparada pela representação do meu trabalho: a arte que fora a esperança do Gabriel tanto tempo atrás. E, desse modo, era como se ele estivesse sempre comigo. Eu não estava absolutamente sozinha. Na verdade, por mais sofridas que fossem, de algum modo as noites que passei debruçada sobre a mesa me ofereceram o meu maior consolo.

Você não pode me consertar, disse um dia ao Gabriel. E eu tinha razão. Precisava me consertar sozinha. E ele me amara o bastante para me fazer crer que isso era possível. *Que eu merecia ser consertada*.

O outono se tornou inverno e os dias encurtaram; as árvores do lado de fora da minha janela viraram esqueletos.

Comemorei o Dia de Ação de Graças e o Natal com Lien Mai e a família dela, levando Kayla como acompanhante. As reuniões eram repletas da mesma combinação de inglês com vietnamita que me trazia um sorriso ao rosto, e eu sentia, ao mesmo tempo, saudades imensas enquanto imaginava o que Gabriel estaria fazendo e proximidade e afeição pelos meus novos amigos.

Alguns dias depois do Natal, dei uma olhada na caixa do correio, que vinha negligenciando havia uma semana, e fiquei surpresa ao encontrar o que parecia ser um cartão de Natal do George. Com dedos trêmulos, rasguei o envelope e li a mensagem breve que ele havia escrito:

Querida Ellie,

Espero que esteja passando o Natal de uma maneira que traga paz ao seu coração. Sentimos sua falta por aqui. Chloe veio para o Natal e vai passar duas semanas conosco – ela também sente saudades. Penso muito em você, pequena Ellie, e espero que esteja bem.

Com amor,
George

Li o cartão enquanto subia e o segurei junto ao peito, apertando os olhos para conter as lágrimas, depois me sentei num degrau para recuperar o fôlego. Puxa, eu sentia tanta saudade deles que, naquele momento, não sabia se sobreviveria. *Chloe veio para passar o Natal.* Uma adaga me atravessou o coração. Por certo ela estava lá por causa do Gabriel. O trabalho dela devia estar concluído, mas, mesmo que não estivesse, ela não precisaria de duas semanas para Gabriel lhe dar mais informações. Não, a visita dela devia ser por motivos pessoais.

Deixei as lágrimas escorrerem, sentindo tanta dor que era como se minha alma fosse rasgada. Mas eu tinha de aceitar que Gabriel e Chloe poderiam estar juntos agora. Desejara isso para ele. Eu lhe dera espaço para que explorasse seus sentimentos.

Você vai voltar?

Eu preciso que você siga em frente, como se eu não fosse.

Fiquei sentada lá por um momento enquanto as lágrimas secavam no vento frio, encarando o estacionamento vazio. Ainda havia alguns montinhos de neve que não tinham derretido com a chuva leve que tivemos na semana anterior. Vislumbrei algo roxo e inclinei a cabeça, surpresa, estreitando o olhar para tentar entender o que era aquilo, mas estava distante demais.

Desci a escada e me agachei perto da neve, respirando fundo ante o que vi. Era uma flor roxa crescendo em meio ao gelo.

– Mas como? – murmurei, deslizando um dedo pela pétala macia.

Gratidão não é um Band-Aid, Ellie. Você ainda tem que viver seus sentimentos para processá-los. A gratidão foi feita para tornar as coisas suportáveis. Às vezes, ela faz você chegar ao fim do dia e, às vezes, apenas ao momento seguinte.

Ouvi as palavras dele como se elas fossem sussurradas na minha mente e fechei os olhos para impedir que mais lágrimas surgissem. Depois de um momento, voltei a olhar para a flor, confortando-me com aquele momento, encontrando gratidão e *esperança* numa flor delicada que, de alguma maneira, descobrira um modo de florescer, mesmo no frio escuro.

No Ano-Novo, bebi champanhe demais com Kayla enquanto assistíamos à queda da bola na Times Square, transmitida pela TV.[1] Quase liguei para o Gabriel, mas me obriguei a não fazer isso. Visualizei-o beijando Chloe quando o relógio marcasse meia-noite e chorei tanto que Kayla me perguntou se deveria chamar a ambulância. Isso me fez sorrir em meio às lágrimas, e depois chorei um pouco mais, e ri um pouco mais até adormecer exausta.

Em três de janeiro, Lien Mai deu à luz um menino saudável, e a visitei na maternidade com um "buquê" de bexigas azuis. Sentei na cadeira junto à cama dela e peguei o embrulhozinho nos braços, olhando o rostinho perfeito de James Allen Nguyen, ficando total e absolutamente apaixonada por ele.

– Tenha um filho seu um dia – Lien disse. – Não vai ficar com o meu. – E depois ela riu, com um brilho no olhar que dizia que sabia das coisas, enquanto me via embalando seu menininho.

Também ri e, quando ele agarrou meu dedo, inspirei fundo.

– Ah, Lien, veja, ele discorda.

Lien gargalhou.

– Ok, nós dividimos ele.

E, de certa forma, foi o que fizemos. Depois de uma licença maternidade de duas semanas, Lien levava James para o salão duas vezes por semana, das nove ao meio-dia, quando a mãe dela o pegava. James dormia no carrinho, no escritório, que era bem ventilado, e, se eu estivesse desocupada e Lien atarefada, eu me sentava lá com ele para dar a mamadeira, olhando os lindos olhi-

1 Evento que acontece em comemoração ao Ano-Novo. A queda da bola representa os últimos sessenta segundos do ano. (N. E.)

nhos rasgados, acariciando os cabelos escuros em sua testa. Eu o amava tanto que chegava a doer.

Pensei muito na vida ali também, em silêncio, enquanto alimentava o bebê da minha amiga. Acho que o amor fazia isto comigo: trazia tudo o que estava enterrado em mim à superfície para eu poder examinar com cuidado e atenção, dispensando aquilo de que estava pronta para abrir mão e deixando o resto para as noites escuras que eu passava remendando Lady Eloise.

Pensei se eu queria tentar descobrir como estaria meu pai e decidi que não; não queria saber. Ele era uma parte pequena na reconstrução do meu coração, e encontrei paz em saber que seria assim. Desejara tanto o amor dele, a sua aceitação, mas ele não fora capaz de me dar nada disso. E eu sabia agora, *acreditava*, que era por causa dele, e não minha.

Também pensei bastante no que queria fazer da vida enquanto alimentava James.

Você e os seus sonhos de uma vida inteira, eu dissera com desdém para Gabriel havia muito tempo.

Tenho alguns, ele respondera, ao me lançar aquele seu lindo sorriso. *Aposto como você também*.

Mas a verdade é que nunca tive. Nunca ousei sonhar porque, na minha cabeça, os sonhos nunca se realizavam. Era doloroso *demais* sonhar, desejar algo que nunca aconteceria e que eu não confiava que conseguiria obter. Mesmo os livros que eu adorava quando era pequena, as histórias que passava horas lendo na biblioteca da escola depois da aula, quando adolescente, inspiravam tantos sonhos que, por isso, desisti deles. Mas agora... Agora eu me via permitindo que minha mente e meu coração unissem forças enquanto se aventuravam na misteriosa terra da esperança e dos sonhos. *O que eu faria se pudesse fazer qualquer coisa? Como seria?*

Pensei na minha mãe e em como desejei que ela ficasse boa, como teria feito qualquer coisa para confortá-la. Pensei no menininho meigo nos meus braços e em como cuidar dele me trazia paz e felicidade, e fiquei imaginando se eu poderia ser enfermeira. Será que eu seria uma boa enfermeira? Seria capaz de passar nas aulas necessárias? Sempre me saí bem na escola, apesar da minha vida doméstica. Tinha boas notas; eu estudara com empenho e conseguira o meu diploma do ensino médio. Pelo menos isso eu tinha.

Claro que frequentar uma escola de enfermagem custaria dinheiro. Dinheiro que eu não tinha. Suspirei, sem dispensar meu sonho, mas deixando-o na categoria das possibilidades futuras. Francamente, um milagre teria de chegar à minha porta se eu quisesse tornar aquele sonho realidade.

Em fevereiro, esse milagre chegou, bem quando eu pegava a bolsa para ir ao mercado. Ouvi uma batida à porta e franzi a testa.

Quem poderia ser?

A única pessoa que vinha ao meu apartamento era Kayla, e ela estava trabalhando.

Abri a porta e encontrei uma mulher mais velha, de cabelos loiros cortados na linha do queixo, parada ali, parecendo um tanto nervosa. Inclinei a cabeça, pois algo nela me parecia familiar.

– Posso ajudar?

Ela limpou a garganta.

– Você é Eloise Cates?

– Sim.

Ela soltou o ar.

– Ah, que bom. Sou MaryBeth Hollyfield.

Hollyfield.

– Ah! – exclamei. – Hã... – Recuei um passo. – Gostaria de entrar?

MaryBeth meneou a cabeça.

– Não, só tenho um minuto. – Ela olhou para baixo, onde um Honda Accord esperava no estacionamento. Abriu a bolsa e pegou um cheque. – Isto é para você. – Estendeu-o para mim.

Peguei-o, confusa. Lendo, vi que se tratava de um cheque nominal a mim, no valor de dez mil dólares. Pisquei.

– Isto não é meu – disse, tentando devolvê-lo.

Ela balançou a cabeça.

– Não, é seu. Deveria ter sido seu. Minha mãe deixou cinco mil dólares para você. Era todo o dinheiro que ela tinha quando morreu. Ela já gastara quase todo o dinheiro que poupara para a velhice e, nos seus últimos anos, viveu dos juros – uma ninharia – do pouco que lhe restava e da aposentadoria que recebia. – MaryBeth baixou o olhar, e uma expressão de vergonha atravessou seu rosto. – Contestamos o testamento dela e ganhamos. Imagino que você nunca tenha sido notificada. Parecia impossível encontrá-la...

Olhei para ela em choque.

– Não, acho que ninguém me encontraria. Minha mãe morreu e... e eu fui... – Minhas palavras morreram quando balancei a cabeça.

– Bem, de todo modo, sempre me senti mal com isso. Meu irmão e eu não agimos certo com nossa mãe. Sempre terei isso pesando na minha consciência. Não posso fazer nada a esse respeito agora. Mas vi seu nome no jornal há alguns meses, e ele não saiu da minha cabeça desde então. Eu não sabia muito bem como calcular os juros, por isso dupliquei o valor. Espero que, de algum modo, minha mãe fique sabendo que fiz o que era certo. Só lamento ter demorado tanto. – Ela deu um sorriso triste e se virou para ir embora.

Olhei para o cheque e de novo para MaryBeth.

– Obrigada – disse alto. Eu não sabia o que mais dizer.

MaryBeth fez uma pausa, virando-se para mim.

– Minha mãe a amava muito – ela disse. E, com isso, desceu os degraus, entrou no carro e saiu do estacionamento.

Minhas pernas pareciam gelatina quando fechei a porta do apartamento e me sentei junto à mesa.

Não fui ao mercado naquele dia. Em vez disso, trabalhei nas mãos de Lady Eloise, deixando que minha mente divagasse com picolés vermelhos e arco-íris que se formavam na água, talvez não por causa da sujeira, mas a *despeito* dela. Mas, principalmente, pensei numa mulher que me amara, uma mulher que foi uma espécie de bote salva-vidas. E me lembrei das palavras do Gabriel a respeito de ter dois anjos extras ao seu lado. Talvez eu também tivesse, mas estivera tomada demais pela dor para reconhecer seus cutucões amorosos e gentis.

Mais ou menos uma semana depois da visita de MaryBeth Hollyfield, outra pessoa bateu à minha porta. Se achei que ficara surpresa com a visita anterior, fiquei ainda mais chocada com esta: Dominic.

Fiquei imobilizada ao abrir a porta. Ele estava escondido no casaco de inverno e num gorro e, por um segundo, não o reconheci. Estava com as mãos enfiadas nos bolsos e sua expressão era de nervosismo, insegurança. Por um momento, apenas o encarei.

– Olá, Ellie – disse ele por fim.

Uma pontada de incerteza me perfurou, e minha testa se enrugou.

– Dominic? O que está fazendo aqui?

Ele olhou por cima do ombro como se estivesse tentando ganhar tempo e, quando voltou a olhar para mim, soltou o ar com força, formando uma nuvem diante de si.

– Pensei que talvez a gente pudesse conversar.

– Sobre o quê?

– Você pode vir para fora um instante? Não espero que me convide para entrar, mas, se puder me dar uns minutos apenas... Hã... A gente poderia conversar na escada?

Mordi o lábio, quase tentada a mandá-lo para o inferno, mas ele parecia tão encabulado, tão diferente das vezes em que estive com ele, e, bem no fundo, eu queria ouvir o que ele tinha a dizer. E estava desesperada para ter notícias do Gabriel, mas sabia que não perguntaria nada. Eu queria muito, mas também percebia que isso poderia me fazer retroceder, emocionalmente falando, e não podia me arriscar. Eu me esforçara demais a cada passo que dei para a frente.

– Espere – murmurei, voltando para dentro para pegar meu casaco e vesti-lo. Enfiei as mãos nos bolsos grandes e fechei a porta ao sair.

Dominic se acomodou num degrau mais embaixo e me sentei no degrau da entrada.

– Eu lhe devo um pedido de desculpas.

Tentei não mostrar minha surpresa ante suas palavras e simplesmente esperei que ele continuasse.

Ele soltou o ar de novo.

– Fui injusto com você, Ellie, e sinto muito por isso.

– Por que está fazendo isso hoje? Faz meses que fui embora. O que o fez perceber isso agora?

– Chloe. Chloe me fez perceber.

Franzi a testa.

– Chloe?

Ele assentiu e sorriu de leve.

– É, nós temos... Hã, nós temos passado bastante tempo juntos. Ela veio passar o Natal comigo. – Ele parecia satisfeito e um tanto constrangido.

Pisquei. Chloe viera... por causa do Dominic? Puxa. Era esse o motivo da tristeza na expressão dele quando comentara que Chloe amava Gabriel? Porque ele próprio estava se apaixonando por ela? O afeto que Chloe sentia pelo Gabriel era apenas fraterno e ela *de fato* se apaixonara pelo Dominic? Não consegui conter o alívio que senti, apesar de saber que isso não era justo. Eu deveria estar aliviada por Gabriel não ter encontrado o amor, se eu mesma o afastei do meu?

Como se estivesse lendo meus pensamentos, Dominic disse:

– Chloe ama o Gabriel, mas não está apaixonada por ele. Eu não devia ter dito aquilo para você. Não só foi cruel, como também foi uma mentira.

Pisquei para ele por um instante, antes de assentir.

– Está... está tudo bem.

– Não, não está.

Sorri de leve.

– Tudo bem, não está. Como foi que tudo começou entre você e a Chloe?

– Ela partiu para cima de mim com toda a artilharia depois daquele terrível incidente na casa do meu irmão. – Ele fez uma careta. – Fiquei bravo com ela por um tempo também. – Balançou a cabeça. – Mas a única pessoa merecedora de desprezo era eu.

Estudei-o por um instante. Ele parecia sincero, e sua expressão era humilde, com um toque de acanhamento. Por um instante ele me lembrou Gabriel, na primeira vez em que o vi, quando me pediu ajuda para suportar a proximidade de outra pessoa, e senti uma pontada no meio do peito.

– Eu… Bem, agradeço o seu pedido de desculpas. Eu perdoo você, Dominic. Pode me retirar oficialmente da sua consciência pesada.

Ele fez uma pausa, seus olhos percorreram meu rosto por um segundo. Constrangida, desviei o olhar.

– Posso explicar por que fiz o que fiz? Por que a tratei de maneira tão horrível?

Voltei meu olhar para ele de novo, notando a esperança nos seus olhos.

– Claro.

Ele assentiu de leve, olhando adiante de modo que seu perfil ficasse voltado para mim. Daquele ângulo, ele se parecia ainda mais com Gabriel. Eles tinham o mesmo nariz, os mesmos ossos altos nas faces, as mesmas orelhas. Por um momento, doeu olhar para ele. Mas, quando ele ficou de frente para mim de novo, vi as diferenças entre os rostos, o que os tornava exclusivos.

– Eu estava com o Gabe no dia em que ele foi sequestrado. Talvez você saiba disso, mas o que provavelmente não sabe é que o Gabriel foi até aquele terreno abandonado porque eu havia ido até lá, apesar de a nossa mãe ter me proibido. Agi como um moleque mal-educado e desobedeci à minha mãe, e ela mandou o Gabriel ir atrás de mim para me procurar. – Respirou fundo e deixou o ar sair pelo nariz. – Foi por minha causa que ele estava lá, naquele dia. Se eu ao menos tivesse obedecido à minha mãe, se não tivesse sido um babaquinha teimoso, meu irmão nunca teria sido levado.

Estudei-o por um momento, a força com que fechava a boca, o sofrimento em seus olhos enquanto se lembrava daquele dia. Não queria que ele se saísse dessa com tanta facilidade, mas entendia como as coisas que as pessoas guardavam dentro de si podiam consumi-las por dentro, fazendo que descontassem em quem não merecia.

"Escolha" é uma palavra tão enganadora, não?

Sim, foi isso o que Chloe quis dizer. Escolhas, mesmo as nossas, vinham tão carregadas pelas coisas que vieram antes, tão maculadas pelas trapalhadas passadas. Quem sabia disso melhor do que eu?

– Você não tinha como saber – eu disse com suavidade. – Foi apenas uma circunstância terrível. Você era apenas um menino. Não teve a intenção de que ele se machucasse.

Ele olhou para mim por longos minutos, e pude ver a gratidão em seus olhos um segundo antes de ele desviá-los.

– É o que a Chloe diz. Entendo isso racionalmente, mas fiquei carregando essa culpa horrível. Parece que a carrego pela vida inteira. – Fez uma pausa antes de prosseguir. – Depois que ele foi levado, meio que virou uma celebridade. – Balançou a cabeça e fez uma careta. – Uma celebridade do pior tipo, mas... – Fez nova pausa, estreitando o olhar para longe. – Meus pais estavam sofrendo tanto e todos só sabiam falar do Gabriel e eu meio que... meio que fiquei em segundo plano.

– Você sentiu ciúme – murmurei, me solidarizando com o menininho de oito anos que ele fora, com a criança que deve ter sentido tanto medo e tanta confusão enquanto seu mundo inteiro virava de ponta-cabeça. Eu entendia essa sensação.

Ele assentiu.

– Sim. Ciúme e tristeza, e culpa. – Ele soltou o ar demoradamente. – Acho que me culpei porque ele foi sequestrado, me odiei pela inveja que senti pela atenção que ele recebia e por eu ter me tornado invisível; mais tarde, eu me responsabilizei por fazer com que recuperasse sua vida. Senti como se isso fosse reparar os erros que cometi contra ele. Ao longo dos anos, fiz o que pude para encorajá-lo a viver a vida que deveria ter tido – a vida pela qual eu me responsabilizava por terem lhe roubado.

Mas isso acabou se tornando um controle distorcido. Quando você apareceu... Bem, você sabe o que eu achei. Deixei isso bem claro.

Ele balançou a cabeça e franziu a testa.

– Não lhe dei uma chance. Eu a julguei sem conhecê-la. Eu a magoei, quando já a haviam magoado tanto. Tentei afastá-la e consegui, e lamento muito por isso.

– Você não me afastou, Dom. Admito que não facilitou as coisas em nada. Mas eu parti por motivos próprios. – Também lembrei que Dominic estava embriagado naquela noite terrível em que me beijou, mas ele não tentou usar isso como desculpa, e por isso gostei ainda mais do seu pedido de perdão.

Ele apertou os lábios.

– O que eu posso dizer para que você volte?

Soltei o ar demoradamente e balancei a cabeça.

– Nada. Não agora. Mas agradeço que tenha vindo até aqui. – Sorri. – Foi corajoso da sua parte, e o perdoo de verdade. Mas tenho algumas coisas para resolver, e estou me esforçando para conseguir.

Ele assentiu.

– Entendo. Puxa, se tem alguém que entende, esse alguém sou eu. Também estou trabalhando em mim. Quero que saiba disso.

– Obrigada, Dominic.

Ele sorriu para mim.

– Cuide-se, está bem? – Ele se levantou, e eu o imitei.

– Você também. Ei, Dom?

– Oi.

Inclinei a cabeça.

– Gabriel me disse uma coisa um dia. Disse que a vida que *tem* é a vida que deveria ter. Ele não se sente passado para trás nem enganado; é grato pela vida que leva a despeito do sofrimento por que passou. Disse isso com sinceridade, Dom, e ele encontrou paz desse jeito. E acho que as pessoas que o amam têm que fazer isso também. E não só por ele, mas por si mesmas.

Ele me olhou por uns instantes como se estivesse repassando as palavras na mente. Depois sorriu.

– Acho que você tem razão. Adeus, Ellie.

– Adeus, Dominic.

Naquela noite, sonhei que estava no beco escuro de novo, só que dessa vez meus braços estavam abertos nas laterais do corpo e, quando estreitei o olhar, vi um fio de luz ao longe. *Continue andando, meu amor. Você está quase lá*, ouvi um sussurro, e foi o que fiz.

Um silêncio se fez no tribunal lotado quando meu nome foi chamado, e fui para a frente. Minhas mãos tremiam de leve quando coloquei uma folha de papel sobre a tribuna, alisando os vincos. Respirei fundo, concedendo-me um minuto para me preparar antes de olhar para os homens sentados à mesa com seus advogados. Forcei-me a manter contato visual com cada um deles, mas o único que olhou para mim foi o de cabelos escuros, aquele que se entregara e denunciara os amigos. Sua expressão era inescrutável, mas tudo bem. Não queria nada deles. Nem pretendia influenciar na sua sentença – eu deixaria isso para a corte. Eu estava ali por motivos mais importantes.

Limpei a garganta, olhando de relance para as palavras que escrevera na noite anterior, sentada à mesa, com a estatueta de pedra semiconcluída apoiada na toalha dobrada num dos cantos.

– Vários meses atrás os homens julgados hoje me surraram tão violentamente que eu não sabia se sobreviveria. Bateram em mim e sangraram meu rosto de maneira que nem eu mesma me reconhecia. Fraturaram minhas costelas, minha perna, meu espírito. Fizeram tudo isso atrás de uma lixeira. Menciono isso porque é relevante – entendam, eles me consideravam lixo e, verdade seja dita, eu também pensava isso de mim.

Respirei fundo, olhando de relance para os três pares de olhos fixos em mim. Passei o olhar de um homem para o outro, depois para o terceiro, antes de desviá-lo.

– Quero que recebam a punição que merecem, mas, resumindo, não vim aqui hoje por causa deles. Estou aqui por minha causa. Estou aqui por que foi preciso que eu quase morresse para perceber que não sou lixo. Sou uma mulher, com um coração, com uma alma, com sofrimentos e arrependimentos. Cometi erros, fiz escolhas ruins, mas não mereço ser surrada. Não mereço ser usada. E não mereço ser deixada para morrer numa poça de sangue, num estacionamento vazio. Precisei quase morrer para perceber que as palavras que vocês me disseram só me atingiram porque eu concordava com elas. Porém, não concordo mais. Não sei o que os levou a achar que era justificado bater em uma mulher até deixá-la inconsciente, mas espero que descubram. Mas isso não é da minha conta. Vou repetir: não estou aqui por vocês. Estou aqui por mim.

Dobrei a folha e assenti para o juiz, que retribuiu o aceno. Virando, fui para o corredor do tribunal. Quando saí, soltei o ar demoradamente, recostando-me na parede, com uma sensação de conquista e de orgulho que inflou meu peito. Terminou. Acabou.

O som de uma porta à minha direita chamou minha atenção, e vi um homem de cabelos grisalhos saindo. Algo em seu andar me pareceu familiar e, por um instante, pensei se não era o George. Mas resolvi não o seguir. Decidi que aquele dia era sobre mim, e mais ninguém.

CAPÍTULO VINTE E SEIS

> Você sabe o que tem que fazer, certo? É a sua obrigação. Sua única escolha.
> *Racer, o Cavaleiro dos Pardais*

Gabriel

A primavera chegou cedo, e flores em botão despontaram nas árvores e romperam a terra. Fiquei grato por a pedreira voltar a abrir para a temporada, e na maior parte dos dias eu trabalhava tanto que não me restavam forças para pensar. Em seguida, eu me dirigia para meu estúdio, onde me perdia em qualquer uma das peças que tivesse para entalhar no momento.

Sentia tanta, mas tanta saudade de Ellie que havia uma dor oca constante dentro do meu peito. As festas de fim de ano vieram e passaram, e fiquei pensando se ela se sentia solitária, se as celebrara de algum modo, e me senti tão triste que achei que não fosse suportar.

Será que ela estava se escondendo do mundo numa bolha de autopreservação, impedindo a entrada de qualquer um? Ou, pior, será que ela estava permitindo a entrada de pessoas que poderiam feri-la? Teria encontrado um emprego? Estaria comendo bem? Eu queria desesperadamente ver como ela estava, de alguma maneira, de qualquer maneira. Cheguei até a pensar em passar de carro pelo apartamento dela só para ver as luzes em sua janela, mas não o fiz. Sabia que, se estivesse ali, seria incapaz de ir embora, sabia que acabaria na porta dela, e ela não queria isso. Por isso me contive.

Mas, inferno, eu queria. Queria tanto que a vontade me corroía por dentro, como se algo dentro de mim me devorasse bem devagar. Esses foram os dias em que vivi momento a momento, encontrando algo pelo que ser grato, alguma beleza que me fizesse acreditar que o sofrimento nem sempre seria tão ruim.

Fui com mais frequência à cidade e, apesar de os sussurros terem piorado depois do ocorrido no outono e por causa dos artigos nos jornais que continuavam a mencionar o meu nome, descobri que não me importava mais tanto assim, e isso me possibilitou suportar as fofocas.

Num dia ameno de março, parei no estacionamento da loja de materiais para construção. O ar cheirava a terra úmida, com uma pontada de ozônio. Ia chover, ainda que as nuvens de tempestade parecessem bem distantes.

A sineta sobre a porta tocou quando entrei na loja, e o cheiro familiar de pó e de óleo atingiu minhas narinas. Era sábado e o lugar estava cheio, pois os clientes estavam começando a se preparar para seus projetos domésticos e de jardinagem da primavera.

Fui lá só para buscar uma encomenda, por isso fui direto para a fila de pessoas que esperavam o Sal no caixa. Enquanto eu aguardava, minha mente se perdeu nos projetos que eu queria fazer em casa. Planejava me exaurir limpando o jardim para prepará-lo para a poda e a adubagem que teria de fazer quando ficasse mais quente.

Um homem na caixa registradora riu de alguma coisa dita por Sal, e eu parei de pronto; meu corpo inteiro ficou rígido. Foi como se eu estivesse me movendo num túnel escuro e, de repente, eu estava *lá*, de volta ao porão úmido, ouvindo os passos acima da minha cabeça e a mesma risada congestionada de muco.

Pisquei, forçando-me a sair daquela lembrança como se estivesse nadando para a superfície de uma piscina na qual acabara de mergulhar.

Eu conhecia aquela risada.

Espiei por cima do cliente à minha frente e vi o homem que estava sendo atendido no caixa. Ele devia estar na casa dos sessenta, era alto e usava chapéu e botas de vaqueiro com esporas nos calcanhares. Minha testa se crispou por baixo do boné que eu usava. Quem usava botas de vaqueiro em Vermont?

Você vai marcar o meu assoalho com essa coisa. Pare de andar perto das paredes.

A lembrança dessas palavras me golpeou com tanta força que foi como ser atingido por uma tábua na cabeça, e dei um salto para trás. Era algo muito estranho de se dizer, e mais tarde ficara pensando no significado daquelas palavras, a que elas estariam se referindo. *Será que...*

O homem à minha frente na fila olhou de relance para trás e franziu a testa, depois voltou a olhar para a frente. Ah, Jesus. Não podia ser... podia? Meu sequestrador, Gary Lee Dewey, recebera uma visita – apenas uma – e eu me lembrava da tosse catarrenta, do barulho metálico estranho dos sapatos dele, do que Gary lhe dissera. A cozinha ficava bem em cima da minha cabeça, e eu ouvia quando a torneira era aberta e partes da conversa chegavam até mim pelo duto de aquecimento. Eu ficara atordoado ao ouvir vozes e só levei um momento para decidir o que fazer antes de começar a gritar pedindo ajuda. Uma porta fora fechada e as vozes sumiram. Eu havia deduzido que quem quer que estivesse ali não me ouvira. Mas talvez *tivesse* me ouvido. Talvez ele *soubesse* que eu estava ali e não se importava porque era igual a Gary Lee Dewey. Ou desejava ser.

Deus, mas aquela era apenas uma lembrança antiga. Nada de concreto. *Só que...*

O homem de botas de vaqueiro agradeceu Sal e se afastou do caixa, seguindo para a porta. Quando passou por mim, senti um cheiro forte de cigarro – muito provavelmente a causa daquela tosse horrível.

Sem me permitir pensar muito, virei e também saí, ficando um pouco mais para trás para que ele não me notasse. Ele entrou numa picape preta como outra qualquer, e eu o segui quando ele saiu do estacionamento.

Fiquei alguns carros atrás e continuei dirigindo, até ele parar na entrada para carros de uma casa a uns dez quarteirões daquela onde eu passara seis anos miseráveis da minha vida.

Parando junto à calçada algumas ruas além, pensei no que fazer. Ligar para a polícia? Será que uma risada e o som de botas bastariam para que as autoridades fossem investigar? Pensei nos dois detetives que me questionaram e fiquei ainda mais em dúvida. Se aquilo acabasse resultando em nada, como era provável, eu pareceria ainda mais louco.

Mas eu ignorara meus instintos antes, por causa do meu orgulho, e, como consequência, Ellie acabou surrada e ensanguentada atrás de uma lixeira. Soltei o ar com força, virando minha caminhonete e voltando para a casa onde o homem supostamente vivia. Dessa vez, não havia nenhum veículo na entrada da casa. Pensei que talvez ele tivesse entrado na garagem, mas eu o vira sair da picape ao passar pela casa. Será que ele apenas deu uma passada em casa antes de voltar a sair, ou aquela não era a casa dele?

– Jesus – murmurei –, ajude-me agora, se tiver um tempinho.

Dirigi diante da casa, estacionei no quarteirão acima e voltei a pé, tentando parecer o mais normal possível. Havia uma mulher com roupa de corrida do outro lado da rua. Diminuí o passo quando ela passou por mim e entrei no caminho que dava para a casa em que o homem havia entrado. Tirei o boné, enfiei-o no bolso de trás da calça e espiei pela janela da garagem. Ela estava com a luz apagada e o vidro era escuro, mas não vi nenhum carro estacionado ali dentro. Soltei o ar, aliviado.

Havia uma fila de juníperos entre a casa e a do vizinho, e dei a volta, totalmente escondido pelas árvores, plantadas uma junto da outra. A última coisa de que eu precisava era que a polícia aparecesse enquanto eu investigava a casa. Se eu ainda não era considerado um suspeito no caso Wyatt Geller, muito provavelmente seria, depois de algo assim.

O porão, abaixo da linha do jardim, tinha janelinhas escurecidas, cercadas por uma proteção metálica. Gradeadas. Meu coração começou a bater mais rápido. Claro que não era incomum ter grades nas janelas dos porões, mas, ao vê-las, considerando o fato de as janelas serem escuras, meu sangue gelou.

Olhei para o pequeno espaço coberto de pedriscos entre a janela e a cerca de metal, imaginando se eu caberia ali. Eu só precisava dar uma espiada no porão. Se não visse nada, sairia dali para depois pensar se deveria ou não chamar a polícia. Preferia fazer isso com um pouco mais de informações do que apenas com uma lembrança antiga e meus instintos. Eu não sabia se a polícia agia em razão de coisas assim.

Olhando ao redor para me certificar de que estava fora da vista da rua e de algum vizinho, retorci-me para entrar num dos poços formados pelo espaço entre a janela e a proteção de metal e me agachei para olhar através da janela, protegendo os olhos da luz. Estava escuro lá dentro, e tive de pressionar a testa contra as grades.

Havia movimento do outro lado da janela. Pressionei o rosto ainda mais contra o doloroso metal. O vidro escurecido parecia do mesmo tipo que havia nas janelas de Gary Lee – à prova de som, inquebráveis. *Ai, Jesus, Jesus...* Uma sombra se moveu atrás do vidro, pequena como a de uma criança.

Ouvi um som atrás de mim e me virei bem quando algo pesado me atingiu na cabeça. Tudo ficou escuro.

O mundo parecia líquido ao meu redor; cores e luzes surgiam através da neblina em minúsculas alfinetadas de dor. Gemi e tentei amparar a cabeça, mas minhas mãos estavam amarradas. Esforcei-me para recobrar os sentidos, e um jorro de adrenalina me tirou das profundezas da inconsciência em que estivera mergulhado.

Abri os olhos e olhei ao redor, de pronto avistando um menino assustado na ponta do sofá em que eu estava. Ele estava esquelético e aterrorizado.

– Wyatt Geller? – Minha voz saiu rouca.

Seus olhos se arregalaram quando ele assentiu.

De cima ouvi uma voz:

– Maldição, vem pra cá e me ajude a dar um jeito nessa merda. O meu computador tá cheio de coisa que vai fazer a polícia chegar à sua casa em quinze minutos. – Ele fez uma pausa como se estivesse ouvindo alguém do outro lado da ligação. – Sei o que me disse. Vou me livrar disso, só vem logo me ajudar. – Voltou a se calar e depois resmungou algum tipo de despedida antes de desligar.

Por um instante houve apenas o silêncio, depois o ouvi andando de um lado a outro, reconhecendo o clique-claque do que agora sabia pertencer às botas de vaqueiro.

Forcei as amarras das mãos, sentindo-me mais alerta. Minha cabeça latejava de dor. Meus pés também estavam amarrados, e eu fora largado no sofá num posição estranha, que forçava minhas costas. Endireitei-me o máximo que pude e comecei a puxar as amarras freneticamente.

– Preciso de ajuda – disse a Wyatt.

– Ele disse que só ficaria lá em cima por um segundo. E vai me matar, se eu ajudar você. E vai matar os meus pais também.

Olhei de relance para a escada, o medo lambendo minha coluna. Já estive numa situação assim antes. Ah, meu Deus, *já estive assim*. Lutei para controlar os batimentos cardíacos, com a necessidade premente de me libertar. Eu sabia por experiência própria que, quanto mais tempo ficássemos ali, menor seria a nossa chance de fugir.

O homem no andar de cima se surpreendera com a minha presença, e eu tinha de aproveitar essa vantagem para nos libertarmos. Caso contrário, ele acabaria pensando num plano, se acalmaria, um reforço chegaria – talvez tudo isso junto –, e nós não teríamos a mínima chance. *Eu sabia*. Sabia disso melhor do que ninguém. Era agora ou daqui a seis anos. Mais provavelmente nunca.

Voltei os olhos para Wyatt.

– Ele matará nós dois, se não me ajudar. Ajude-me com isto e eu o ajudarei a sair daqui.

Ele tremia tanto; até seus lábios tremulavam.

– Eu só quero ir para casa.

– Eu sei, Wyatt. Deus, acredite em mim, eu sei. Seus pais estão esperando por você – Brent e Robin, eles querem muito que você volte para casa. Ajude-me, por favor.

Ouvir o nome dos pais fez com que o lábio dele começasse a tremer mais e seus olhos marejaram.

– Eles querem você de volta – repeti. – Ajude-me para que eu possa levá-lo para casa. É agora ou nunca, Wyatt. Esta é a nossa melhor chance. Por favor.

Ele ficou parado mais um momento enquanto eu mantinha a respiração em suspenso, e depois deslizou para perto de mim, olhando de relance mais uma vez para a escada. Soltei o ar, aliviado, e me virei, sustentando as mãos na direção dele para que ele conseguisse desfazer os nós.

– Eu... eu fui escoteiro. S-sou bom com nós.

– Ótimo, Wyatt. Perfeito. Apenas seja rápido, por favor.

Ele só conseguiu mexer nas amarras por uns trinta segundos antes de ouvirmos os passos ficarem mais altos e a porta no alto do porão ser aberta. Wyatt saltou para longe de mim, de volta ao canto em que estivera encolhido, e eu me virei rápido, apoiando a cabeça de novo e gemendo, como se estivesse recobrando a consciência naquele momento.

O homem das botas de vaqueiro apareceu diante de nós. Ele tirara o chapéu.

– Acordou – ele observou. Seu rosto estava corado e havia manchas de suor nas axilas da camisa azul-clara.

– Quem é você?

– Não importa. – Ele fez uma pausa. – Vou ter que enterrar você. Sinto muito. Você não devia ter metido o nariz onde não foi chamado. Maldição. – Virou-se, passando a mão pelos cabelos loiros e finos, andando de um lado a outro por alguns minutos. Eu me empenhava em soltar a corda frouxa ao redor dos pulsos. – Merda, merda, merda – ele murmurou.

Olhei de relance para Wyatt, e seu rosto estava branco de medo enquanto se encolhia no sofá, como se tentasse desaparecer nas almofadas do encosto. Seus olhos alternavam entre mim e o homem.

A corda se afrouxou e libertei uma das mãos, ficando totalmente imóvel no segundo em que ele se virou para mim.

– Vai me matar? – Procurei ganhar tempo. Eu já sabia a resposta.

– Que porra de escolha eu tenho?

O som do meu coração reverberava nos meus ouvidos. Eu tinha que fazer alguma coisa agora, antes que a pessoa para quem ele havia ligado chegasse. Eu até poderia ter chance contra um homem, estando com os pés presos, mas jamais conseguiria dominar dois. Eles me apagariam de novo, e eu sabia que, dessa vez, não despertaria. Eu tinha de agir agora porque, Deus era testemunha, eu preferia morrer a deixar escapar a oportunidade de Wyatt fugir.

Mais uma vez tentando controlar os batimentos cardíacos, visualizei Eloise, o sorriso estampado em seu rosto quando o prisma lançou arco-íris por todo o quarto, o modo como ela segurara um com as mãos. *Se eu não sair daqui, se eu nunca souber se você teria ou não voltado, continue pegando arco-íris, Ellie. Segure-os em suas mãos e saiba que a amei até o último respiro.* Sussurrei as palavras na minha mente, esperando que os sentimentos por trás delas fossem levados – *de alguma forma* – direto para o seu coração.

Trovões começaram a ecoar alto, sacudindo a casa, e todos nos assustamos; o homem desviou o olhar para trás, na direção das janelas. Minha chance. Segurei a corda na mão enquanto dava o bote com toda a força de que dispunha.

Surpreendido, o homem gritou quando meu peso se chocou contra ele. Nós dois caímos, mas ele levou a pior na queda, amortecendo a minha com seu corpo. Um grunhido alto escapou do peito dele enquanto eu me erguia sobre os joelhos o mais rápido possível, com os pés atados, segurando a corda com as mãos e passando-a pelo pescoço dele.

– Corra! – gritei para Wyatt enquanto usava toda a minha força para estrangular o homem.

Percebi um movimento na minha visão periférica – Wyatt passando por mim para subir a escada. *Deus, permita que ele consiga sair*. Mas eu não podia verificar. Aquela era a luta da minha vida contra o homem debaixo de mim. Ele tentava afastar a corda do pescoço enquanto eu puxava com força, procurando desesperadamente asfixiá-lo. Ele era grande e forte, mas usei a força dos braços e das pernas – a força que eu conseguira carregando pedras e subindo e descendo o morro da pedreira como se estivesse me preparando para esse momento.

Lutamos e nos debatemos pelo que pareceu uma eternidade enquanto eu rezava para conseguir detê-lo pelo tempo necessário para que Wyatt saísse de lá. Meus braços faziam tanta força que já tremiam de cansaço. A certo ponto, num jorro de energia renovada, ele se ergueu e me derrubou para trás. Foi para cima de mim, agora em vantagem. Permiti que meu olhar se desviasse para o sofá. Wyatt não estava mais lá. *Graças a Deus, graças a Deus*. Será que conseguira fugir da casa? Teria ido à casa de algum vizinho?

Com a certeza de que Wyatt não estava mais ali, meu corpo e minha força de vontade se fortaleceram de novo, e soltei um grito gutural, erguendo as pernas e batendo os joelhos na barriga do homem. Ele emitiu um gorgolejo de dor e recuou um pouco. Mas, quando tentei sair de baixo dele, ele levou o punho para trás e me socou no rosto. Estrelas pipocaram ao meu redor, e minha cabeça se chocou no piso de concreto. Por um minuto, pensei que voltaria a desmaiar, mas não desmaiei. Usei minhas últimas reservas para agarrar a camisa dele, puxando-o na minha direção e empurrando-o para o lado, para poder atacá-lo. O soco que desferi foi desajeitado e ineficiente, já que nos movimentávamos, mas tentei de novo e dessa vez atingi seu rosto, produzindo um som nauseante de ossos fraturados e de sangue derramado. Ele gritou e, de repente, ouvi passos, uma porta sendo aberta e gritos no andar de cima.

Dois rapazes negros de pronto surgiram sobre nós, gritando e afastando o homem de cima de mim, segurando-o quando caí para trás, arquejando em busca de ar.

– O menino está bem – um deles disse, dirigindo as palavras a mim enquanto o homem mais velho tentava inutilmente se libertar. Suas forças se acabaram, bem como sua disposição. Havia uma marca vermelha ao redor do seu pescoço, onde eu tentara estrangulá-lo, e a expressão dele era de confusão. – A polícia está a caminho.

Ante essas últimas palavras, o homem ainda fez mais uma tentativa de fugir, sem sucesso. Os rapazes que o seguravam pareciam zagueiros de um time de futebol americano. Ao longe, ouvi sirenes se aproximando e, do lado de fora da janela, o suave gotejar da chuva.

Senti sangue escorrendo pelo rosto, sabia que um olho estava inchando, mas não dei a mínima. A ajuda estava ali.

– O menininho está bem – um deles repetiu. – Ele está com a minha namorada.

Dei um sorriso fraco e ergui um polegar no ar. Foi só o que consegui fazer.

A chuva batia na janela do hospital, e o barulho abafava as idas e vindas no corredor diante da minha porta. Estava recostado contra um travesseiro, apreciando o primeiro momento de que dispunha para ficar sozinho com meus pensamentos desde que a equipe de resgate me carregou escada acima daquele porão, que, mais tarde, soube ser de Neil Hardigan, agora sob custódia da polícia local.

Minha cabeça estava tonta com tudo o que acontecera desde que eu entrara na loja do Sal na tarde anterior. Eu ainda custava a acreditar que tudo não era parte de um sonho estranho e confuso. No entanto, a alegria que me movia ao pensar que Wyatt Geller estava nesse instante em casa com os pais me parecia extremamente real. Eles vieram ao meu quarto pela manhã e mal conseguiram dizer muita coisa. A mãe me abraçou com tanta força e por tanto tempo que chegou a machucar meu corpo castigado, mas não foi um problema. *Eles tinham o filho de volta*. Eu não tivera a sorte de reencontrar meus pais no dia em que fui levado ao hospital, depois de ter enfrentado o trauma que Wyatt enfrentou. Mas ele teve. Ele teve, e fui parte disso, e isso me consolava demais.

Chegamos ao hospital juntos, ele e eu, e mais tarde fiquei sabendo que, depois que Wyatt saiu do porão, destrancou a porta da frente e correu para a rua, balançando os braços em frenesi, aterrorizado demais para conseguir gritar.

Por acaso três universitários passavam a caminho de casa, depois de terem jogado basquete numa quadra do bairro, e estavam andando pelo outro lado da rua naquele exato momento. Pararam quando viram Wyatt, e a única moça no grupo ficou com ele e ligou para a polícia enquanto os dois rapazes correram para dentro da casa para me ajudar. Wyatt recobrou a voz quando os três se apressaram para junto dele e lhes disse onde me encontrar.

– O moço bom está com os pés amarrados – ele ficou repetindo, como num mantra.

Um carro estava estacionando na entrada da casa na mesma hora em que Wyatt passou correndo – muito provavelmente o homem para quem Neil Hardigan telefonara – e, quando os universitários passaram por ele, o carro deu marcha ré na mesma hora e fugiu em disparada. A polícia, com as informações retiradas do computador de Neil Hardigan, mais tarde prendeu o homem, que enchia o carro com seus pertences para fugir.

A polícia também me deu a entender que as informações que estavam colhendo do disco rígido da casa de Neil Hardigan não só o manteriam preso por muito, muito tempo, mas também revelavam um grupo de pedófilos na região, incluindo informações sobre Gary Lee Dewey. Gary não mantivera esse tipo de informação em casa, mas Neil, sim, e, com a sua prisão, as autoridades tiraram a sorte grande. Homens ligados aos dois estavam sendo presos em toda a Costa Leste naquele exato instante.

A polícia me interrogara extensivamente no dia anterior e me contou que a mídia local acampara na entrada do hospital durante a noite. Era tudo muito surreal. Era familiar.

A porta se abriu e George entrou, segurando um pacote. Ele o deixou na mesa ao lado do meu leito e apoiou a mão no meu ombro, dando um leve aperto. Eu vira Dominic e ele apenas de passagem na noite anterior. Eles pareceram atordoados, calados, e George segurava as lágrimas ao dizer:

– Esta é a segunda vez que você foge de um porão e vai parar no hospital. Não vamos mais repetir isso, que tal?

Ri, concordando de todo o coração.

– Como está se sentindo hoje?

Fiz uma careta ao esticar o pescoço.

– Com vontade de dar o fora daqui.

George sorriu.

– A enfermeira me informou que o médico logo vai aparecer com os papéis da sua alta.

Assenti, olhando para o lugar onde George deixara o pacote.

– O que é isso?

– Não sei. Uma mulher da enfermagem disse que foi deixado para você.

Ergui uma sobrancelha.

– Hum.

Peguei o pacote e vi que meu nome estava escrito nele. Era tão leve que fiquei pensando se havia alguma coisa dentro dele.

Deixando-o no colo, puxei a fita e tirei o papel pardo em que estava embrulhado. Havia uma caixa branca dentro dele, e levantei a tampa com cuidado. Sobre uma camada de papel de seda branco havia uma folha dobrada. Abri-a e li a linha uma vez, e depois outra.

Para Gabriel, revelador da beleza, salvador de almas.

Meu coração começou a bater mais rápido enquanto deixava o bilhete de lado e tirava mais uma folha de papel de seda para, finalmente, revelar o que fora colocado com cuidado num ninho de algodão.

Emiti um arquejo estrangulado ao levantar Lady Eloise dos Campos de Narcisos, maravilhado ao virá-la nas mãos, estudando cada ângulo. Ela fora remontada, pedaço por pedaço, fragmento por fragmento, de modo a ficar inteira de novo, ainda que imperfeita. Havia rachaduras minúsculas e faltavam alguns pedacinhos por toda a peça, dos dedos dos pés aos cabelos, mas, de alguma forma... Ah, de alguma forma, ela estava ainda mais bonita.

Ellie. Ah, Deus, Ellie.

Coloquei a estatueta de volta em seu ninho macio e peguei o bilhete de novo, e meus olhos percorreram cada volteio e cada curva da escrita dela. A letra cursiva da Ellie. Nunca a vira antes, mas agora eu sabia como ela era, e a estudei cobiçoso, desesperado por mais uma porção dela que eu não tivera até então.

– Ellie? – George perguntou baixinho.

Só assenti. Depois de um minuto, olhei para ele.

– E se ela não voltar, George?

Os olhos do George se encheram de compaixão. Ele ficou sem dizer nada por tanto tempo que eu já não tinha mais certeza se havia feito a pergunta. Mas, por fim, ele disse:

– Então acho que você vai ter que encontrar um significado naqueles que ficaram.

Uma tristeza profunda me apertou por dentro, conforme o amor enorme que eu sentia pela Ellie emergiu para se misturar à miríade de emoções das últimas vinte e quatro horas. Eu queria mais do que uma estatueta. Eu a queria. Sentia falta dos sorrisos dela, da bondade dela, da beleza interior, da mente inteligente, da pele suave, do corpo moldado ao meu todas as noites. Depois de tanto tempo sem ser tocado, recuperar por um breve período essa capacidade fazia com que sentisse falta da sensação. Da sensação que o toque *dela* proporcionava. E, naquele momento, não a ter ao meu lado doeu demais, a ponto de eu não me achar capaz de suportar.

Abaixei a cabeça, segurando-a com as mãos, enquanto sentia o aperto do George no meu ombro e sua presença reconfortante acalmava meu coração. E chorei.

CAPÍTULO VINTE E SETE

É agora ou nunca. Mire no coração.
Shadow, o Barão do Ossinho da Sorte

Mergulhe fundo.
Gambit, o Duque dos Ladrões

Com toda a sua força, meu amor.
Lemon Fair, a Rainha do Merengue

Acredito em você. Tenha coragem. Por mim. Por *nós*.
Lady Eloise dos Campos de Narcisos

GABRIEL

Abril foi um torvelinho de entrevistas e de cerimônias. Só participei de uma entrevista em um grande canal de TV, e essa foi com o Wyatt e os pais dele. O medo no olhar do Wyatt desaparecera, e ele parecia um menino diferente daquele que conheci no porão, e aquilo agora parecia ter acontecido há milhões de anos. Ele tinha força de vontade. Ficaria bem. E, se precisasse de alguém com quem conversar, eu estaria sempre à sua disposição.

Organizaram alguns jantares para mim na cidade, e eu os encarei como uma oportunidade para recomeçar com as habitantes de Morlea. Fiquei constrangido por ser visto como herói, mas, apesar disso, participei deles, e, depois que tudo passou, fiquei satisfeito por ter ido.

Ainda assim, foi bom quando as coisas se aquietaram e foi possível retomar a vida pacata que eu tanto apreciava.

Dominic me surpreendeu um dia com um cachorrinho preto ainda filhote que encontrara vagando pela pedreira, evidentemente abandonado por alguém. Não acreditei na sua história – ele achou que eu estava solitário e tentou me arranjar uma companhia.

– Não precisa ficar com ele, se não quiser – ele disse. – Só pensei em oferecê-lo a você. A escolha é sua.

Sorri ante a necessidade dele de ser mais cuidadoso quando tentava me orientar ou guiar minha vida de alguma maneira. Gostei que tivesse reconhecido o quanto fora controlador no passado e os problemas que isso causou ao nosso relacionamento, mas também entendia que ele me dera o filhote porque se preocupava comigo.

– Olha só, Dom, não precisa pisar em ovos perto de mim. Eu aviso se precisar que você pegue mais leve, está bem?

Ele assentiu, soltando uma risada.

– Tá, tudo bem.

Voltei minha atenção para o filhote, que olhava alternadamente para mim e para o Dom, esperando descobrir se tinha um novo lar ou não. Imaginei que não me faria mal ter um amigo. Por isso acolhi o cachorrinho de olhar triste e o batizei de Dusty.

Eu estava nos fundos da casa consertando uma parte da cerca, num dia de primavera de céu azul, quando ouvi o Dusty e seu latido agudo de filhote. Ergui-me devagar, tirei o boné e alisei o cabelo suado para trás antes de pôr o boné de volta.

Dusty perseguia uma borboleta ali perto, pulando e saltitando em meio aos narcisos que cresciam no campo atrás do meu jardim. Por um minuto, deixei que aquele momento penetrasse em minha pele – a estranha mistura da perda que eu carregava comigo e a tranquilidade de um filhote se aventurando num campo amarelado. Como a vida sabia ser extraordinária: tão repleta de momentos de beleza gloriosa e de desespero esmagador. E tantas vezes tão entremeados que nem podemos separar uns dos outros.

Dusty de repente perdeu o interesse na borboleta e começou a correr em outra direção.

Virei e vi Eloise vindo da frente da casa, ao meu encontro.

Meu coração parou por um instante e minha respiração falhou, enquanto eu permanecia imóvel, sem nem piscar, como se ela fosse uma visão, um sonho que logo desapareceria em fumaça e sumiria se eu fechasse os olhos por um segundo.

Mas não, ela era real, e sorria ao se aproximar, segurando uma espécie de bolsa debaixo de um braço e uma caixa pequena amarrada com um barbante na outra mão, usando um vestido florido de verão que balançava entre os tornozelos conforme ela caminhava. O cabelo – todo aquele lindo cabelo de camaleão – estava solto e se curvava diante dos seios e nas costas. O sol brilhava nele, e tive um vislumbre da primeira vez em que a vi sob as luzes do palco. A cor do cabelo dela me fizera pensar num pote de mel deixado no peitoril de uma janela, e pensei a mesma coisa agora. Só que, dessa vez, havia algo novo em seus olhos – um tipo de serenidade tranquila.

– Oi – eu disse num sopro quando ela parou na minha frente. Tirei o boné e, sem olhar, larguei-o na direção da minha caixa de ferramentas. Meus olhos perscrutavam o rosto da Ellie, absorvendo-o com meus sentidos, com o coração acelerado pelo inesperado daquilo, dela.

– Oi – ela respondeu. Sorriu um tanto nervosa e meiga ao suspender o que eu agora identificava como uma bolsa térmica e uma caixa de bolo. – Preparei o seu jantar. Macarrão ao pesto com frango. E também assei uma torta – de merengue de limão. – Seu sorriso se ampliou. – Só precisei de duas tentativas antes de conseguir uma perfeita. Você tinha razão. Posso fazer muitas coisas, se me empenhar o bastante. – Mordeu o lábio. – Às vezes é na segunda tentativa que dá certo.

A esperança cresceu no meu peito e soltei uma leve risada, assentindo.

– Verdade.

Dusty veio correndo na direção dela, balançando o rabo e latindo com alegria aos seus pés. Ela deixou a bolsa térmica no chão e a caixa sobre ela. Riu e se agachou, acariciando a cabeça do Dusty e coçando seu queixo.

– Olá! Quem é você?

Limpei a garganta.

– O nome dele é Dusty. Dominic o deu para mim.

– Dusty – ela murmurou, passando a mão sobre os pelos pretos dele. – É um nome bonito. – Ele rolou no chão e lhe apresentou a barriga, e ela riu ao coçá-la por um momento antes de voltar a se levantar.

Engoli em seco.

– Li todos os artigos a seu respeito. Eu... – Fez uma pausa, olhando ao longe por um instante, enquanto seus olhos marejavam. – Guardei cada um deles. Assisti ao programa do qual você participou com a família do Wyatt e... Puxa, eu fiquei com tanto medo quando soube o que você havia feito. Tive medo, mas, principalmente, muito orgulho. Tanto orgulho... – As palavras dela se perderam quando ela lambeu os lábios, se aproximando.

– Obrigado. – Eu me sentia congelado de tanto nervoso, como se estivesse parado diante de um precipício, à espera de que Ellie me dissesse se eu ia voar ou despencar. Não sabia se ela estava ali para dizer que ia ficar, e o medo de perdê-la mais uma vez aumentou dentro de mim. Meu peito parecia apertado de tanto desespero e anseio.

Me diga que vou voar, Ellie. Por favor.

Ela assentiu.

– Tenho tantas coisas para contar. Quero contar sobre a minha mãe. – Ela sorriu tão suavemente que o sorriso mais pareceu uma ligeira inclinação triste dos lábios. – Quero contar o quanto eu era amada, e como perder esse amor do jeito que perdi me estilhaçou em milhares de pedaços.

Ela fez uma pausa, inclinando a cabeça, com os cabelos deslizando pelo ombro.

– Quero contar tudo, mas, principalmente, quero contar que percebi que passei tempo demais tentando me manter inteira quando o que eu mais precisava era me desfazer por completo. Você tornou possível que eu tivesse coragem o bastante para fazer isso. E sinto muito por ter tido que fazer isso sozinha. Sinto muito se o fiz sofrer.

Ela puxou o ar tremulamente, abaixando o olhar por um momento.

– Quis visitá-lo no hospital, quis muito. Mas não estava pronta, e não podia ir vê-lo para depois ir embora de novo. Não podia fazer isso com você nem comigo.

– Eloise – eu disse, e minha voz saiu estrangulada, repleta de todas as emoções que atravessavam meu corpo. – Você voltou?

Ela piscou, parecendo assustada.

– Se ainda me quiser.

Emiti um ruído que foi parte respiração, parte gemido ao tomá-la nos braços. O alívio e a gratidão jorravam de cada parte do meu corpo, como a luz quente do sol. Senti-me fraco.

– Querer você? Deus, estive à sua espera. E teria esperado para sempre.

Ela deixou escapar um soluço quando me abraçou com mais força, enterrando o rosto no meu pescoço.

– Nunca deixei de amar você, nem por um minuto, nem mesmo por um segundo. Nunca. Quero amá-lo, se você deixar, Gabriel. Quero amá-lo com o tipo de amor que você merece.

– Deixar? Puxa, Eloise. Eu também amo você. Eu a amei antes e a amo agora. E vou amar para sempre.

Ela sorriu em meio às lágrimas, um sorriso meio maravilhado antes de balançar a cabeça de leve.

– Ainda sou um trabalho em andamento. Acho que sempre vou ser.

– Todos nós somos, meu amor. Todos nós.

Ela pendeu a cabeça para trás, e levei meus lábios aos dela e a beijei como se fosse a primeira vez, levando o tempo de que precisava para me familiarizar de novo com o sabor dela – a mesma doçura que eu jamais saberia nomear, mesmo se tentasse.

– Você esteve comigo todo esse tempo – ela sussurrou entre lágrimas. – O seu amor, as suas palavras, o modo como fazia me sentir. – Sorri, beijando-a no rosto, nas pálpebras, na testa lisa. – Eu tinha que... – ela choramingou quando levei os lábios de volta aos dela, sua língua resvalando na minha por longos minutos antes de ela se afastar um pouco. – Quero que entenda para poder me perdoar.

– Não há nada para perdoar. – Beijei seu pescoço e ela soltou o ar tremulamente.

– Eu só... Ah... Eu tinha... – Ela riu sem ar. – Ah, Gabriel, me leve para dentro.

Também ri, pegando-a nos braços. Dusty começou a latir nos meus calcanhares, disparando na frente como se precisasse nos mostrar o caminho.

– Espere, a comida. – Ela riu de novo.

Curvei-me e segurei o barbante da caixa da torta e a alça da bolsa térmica com a mão que estava debaixo dos joelhos dela. Então, avancei com cuidado pelo campo de narcisos, tentando não esmagá-los.

Deixei a comida na bancada da cozinha e carreguei Ellie para o quarto, onde a abaixei. Deixei o Dusty para fora.

– Desculpe, amigo, mas você não tem permissão para ver o que vai acontecer aqui dentro.

Ele choramingou e ouvi o barulho das suas unhas batendo no chão conforme ele se afastava do meu quarto. Provavelmente indo destruir um dos meus sapatos em retaliação, mas eu não dava a mínima.

Mais tarde, quando Eloise e eu por fim nos soltamos, com os membros lânguidos, o coração desacelerando e a respiração voltando ao normal, acariciei os cabelos dela e sussurrei todas as palavras de amor que havia guardado no coração. Contei o quanto sentira sua falta e ela me disse a mesma coisa.

Ela me contou dos seus sofrimentos do passado, do seu coração partido, mas, principalmente, do seu processo de cura e como aprendera que a reparação é um lento processo.

– Um dia – ela disse, usando um dedo para tracejar meu malar –, você me falou que a pedra nada mais é do que areia, tempo e pressão. – A mão saiu de perto do meu rosto para pousar no meu peito. – Eu era a areia, tão fácil de sucumbir. Você me deu a pressão, Gabriel, a sustentação, o amor. A confiança que você tinha em mim era tudo de que eu precisava para dar uma chance a mim mesma. E então você me deu o presente mais abnegado de todos: tempo. Tempo para que eu pudesse me desfazer e depois me montar de novo.

Deitados na quietude do quarto, com nossos corpos nus pressionados levemente um contra o outro, eu olhei para seus olhos desguarnecidos e vi uma força firme que apenas tremeluzia antes. E, por mais impossível que pudesse ser, eu me apaixonei ainda mais por ela. E ouvi o mesmo sussurro em minha alma que ouvi na primeira vez em que nos encontramos: *ela é minha*.

Minha para cuidar. Minha para amar.

Mais tarde, quando saímos do quarto, fomos para a cozinha e encontramos a torta de merengue de limão espalhada no chão com a caixa meio rasgada e um cachorrinho nem um pouco arrependido. Fiquei imóvel, virando-me para Ellie, que agarrou o lençol junto ao peito e se curvou para a frente de tanto rir.

– Posso fazer outra depois – ela disse.

Tomei-a nos braços e dançamos por um momento, eu de cueca, ela, enrolada no lençol, e o chão todo melecado de torta, e a amei do fundo da minha alma.

– Seja minha esposa – murmurei no ouvido dela.

Ela se afastou um pouco para me olhar, com seus olhos suaves e o vislumbre de um sorriso nos lábios.

– Porque eu sei fazer torta de merengue de limão?

Eu ri.

– Bem, não. Mas mal isso não faz.

Ela também riu, envolvendo-me pelo pescoço e me atraindo para si.

– Estou estudando enfermagem.

Inclinei a cabeça, surpreso, mas contente.

– Então, seja enfermeira e minha esposa.

Ela sorriu.

– Não deveríamos esperar um pouco? Dar mais um tempo?

– Não preciso de mais tempo. E você?

Ela inclinou a cabeça, com os olhos repletos de amor e de honestidade, e balançou a cabeça. Sua expressão era feliz e, talvez, um pouco maravilhada também.

– Não – ela respondeu. – Não. – Levou uma das mãos ao meu rosto, com um sorriso meigo. – Você sempre teve tanta certeza a meu respeito. Obrigada por esse presente. Obrigada por me esperar até que eu também tivesse essa certeza sobre mim.

Beijei-a, com o coração inflado. Do lado de fora da janela, os narcisos formavam um carpete amarelo e, dessa vez, Eloise estava nos meus braços, e era como se eles tivessem sido feitos para ela e apenas para ela. Eu já não lamentava mais os anos que me senti aterrorizado demais para estar perto de alguém. Na minha solidão, no meu medo, eu, de alguma forma, me resguardei para Eloise. Ela era a única mulher para mim. Juntos nós entalharíamos o nosso futuro. E, pela primeira vez em muito tempo, eu estava verdadeiramente em casa.

EPÍLOGO

Ellie

– Oi – Gabriel sussurrou, curvando-se para me beijar. – Ela está dando trabalho para dormir? – Ele afagou com o dedo a bochecha macia da nossa filha, Mila. Apesar de estar dormindo, o contato fez com que ela voltasse instintivamente a mamar, aninhada no meu peito. Depois de algumas sucções, a boquinha em forma de botão de rosa relaxou.

– Não. – Sorri para ela, amando-a a cada batida do meu coração. – Eu só não estava pronta para colocá-la de novo do berço. E também o sol está nascendo. – Eu voltaria a trabalhar em meio período dentro de alguns dias e queria aproveitar cada minuto que tinha em casa com a minha família. Por mais que eu amasse ser enfermeira e isso me desse uma satisfação que nada me dera antes, os últimos dois meses em casa com minha filha recém-nascida foram os melhores da minha vida.

Gabriel trouxera seu trabalho para casa e fazia suas esculturas na garagem, como quando fiquei com ele da primeira vez. Na época, eu lhe fizera companhia, e pedacinhos do meu corpo e do meu coração foram se curando enquanto eu via suas lindas e adoradas mãos se moverem sobre uma pedra supostamente imutável. Mas agora eu segurava nossa filha nos braços enquanto o via trabalhar, e falávamos dos nossos planos e sonhos para o futuro.

Passeamos demoradamente em pontes cobertas, empurrando o carrinho ao longo das estradas de terra. Cochilamos enquanto o bebê dormia e fizemos piqueniques no quintal, com nossa filha entre nós, sobre a manta, enquanto admirávamos o milagre que havíamos criado.

Gabriel se sentou na poltrona ao lado da minha e observou o suave feixe de luz que surgia entre as árvores.

Luz. Esperança.

– Que tal se a gente for jantar na cidade hoje? – ele sugeriu.

Sorri e assenti.

– Parece uma boa ideia.

– Quer que eu a pegue?

Eu teria ficado o dia inteiro com Mila nos braços, mas também amava ver Gabriel segurando-a, por isso assenti e a entreguei. Ele a segurou com cuidado, observando o rostinho adormecido, e absorvi a reverência amorosa do olhar dele. Às vezes, ao vê-los juntos o meu coração se enchia tanto e tão rápido que eu inspirava o ar e sentia como se meus pulmões fossem entrar em colapso pela pressão. *Amor sublime.*

Ele passou a mão pela pelugem cor de pêssego que ela tinha no alto da cabeça e sorriu para mim.

– Ainda acho que são os seus – ele disse, referindo-se à cor dos meus cabelos.

Ri com suavidade.

– Teremos que esperar que mais alguns fios apareçam antes de termos certeza. – Eu o amava só por ele desejar isso, por ele fazer com que me sentisse bela, não só pelo meu corpo, ou rosto, ou pelos meus cabelos, mas pelo meu coração e minha alma.

O homem que me amara sem hesitação.

Infalivelmente.

O homem que me amara o bastante para esperar que eu amasse a mim mesma.

O homem que me ajudara a ficar inteira de novo, firme. E, tão importante quanto isso, o homem que me ajudara a ver que existe beleza mesmo nos espaços vazios.

O sol continuou a subir, lançando sua luz sobre a terra, iluminando a escuridão e afastando as sombras do que já foi. A cada novo dia, isso me lembrava de que, embora a vida pudesse ser solitária e sofrida, ela também era cheia de arco-íris na água, de campos de narcisos, de anjos que surgiam das pedras. Era repleta de flores delicadas que, contra todas as probabilidades, encontravam forças para virar suas pétalas em direção ao sol e vicejar. Era cheia de milagres, que aconteciam quando você menos esperava, e do conhecimento duramente conquistado de que a cura, assim como a pedra, é areia, pressão e tempo.

AGRADECIMENTOS

Tantas pessoas me ajudaram a dar vida a esta história. Eu não teria conseguido sem vocês.

Em primeiro lugar, agradeço a Angela Smith, que leu os três primeiros capítulos e me deu direcionamento e confiança. Nunca se apagará da minha cabeça a imagem de você lendo no seu Kindle, no leito hospitalar. Obrigada por sempre ter um tempo para mim.

Agradeço a Marion Archer, cuja orientação e apoio foram inestimáveis. E que sempre me incentiva a fazer as pessoas chorarem um pouquinho mais.

Obrigada a Karen Lawson, que me presenteou mais uma vez com o Livro-Sabe-Tudo-Da-Karen. Jamais conseguirei ficar sem ele.

Minha gratidão às minhas leitoras-beta, Elena Eckmeyer, Cat Brancht e Michelle Finkle. Prezo demais suas opiniões.

Um agradecimento especial a Amy Pierpont por seu cuidado e sua atenção aos detalhes. A concentração e o intento que empregou ao editar esta história serão para sempre apreciados. A sua avaliação ajudou a me tornar uma contadora de histórias e escritora melhor, e isso é um verdadeiro presente.

Agradeço a Madeleine Colavita pela sua perícia e por fazer esta história brilhar.

Foi maravilhoso trabalhar com toda a equipe Forever. Obrigada por tornarem a minha primeira experiência editorial tão boa.

Minha imensa gratidão a Kimberly Brower, a melhor agente do universo. Obrigada por ser minha defensora e por sempre ter todas as respostas.

A você, leitora, obrigada por escolher passar seu tempo com minha história quando existem tantas outras por aí. Obrigada por recomendar meus livros para outras pessoas, pelo seu apoio infinito e pelas adoráveis mensagens que tanto estimo.

Obrigada à Máfia da Mia, todos vocês significam tudo para mim. E foi aí que a Pérola Platinada nasceu! (Obrigada, Nelle Obrien.)

Agradeço a todos os que blogueiam, tuitam, postam no Instagram, nos grupos de livros, obrigada por espalharem seu amor pelos meus livros com suas resenhas, suas mensagens, seus comentários, suas adoráveis brincadeiras e maravilhosas fotos ensaiadas. Eu não teria como ser mais grata.

E agradeço ao meu marido. Acima de tudo, a você.

SOBRE A AUTORA

Mia Sheridan é uma autora listada entre os mais vendidos do *New York Times*, do *USA Today* e do *Wall Street Journal*. Sua paixão é tecer histórias de amor a respeito de pessoas destinadas a ficar juntas. Mia mora em Cincinnati, no Estado de Ohio, com seu marido. Eles têm quatro filhos aqui na terra e uma no céu.

Saiba mais sobre Mia em:

MiaSheridan.com
Twitter, @MSheridanAuthor
Instagram, @MiaSheridanAuthor
Facebook.com/MiaSheridanAuthor

TIPOGRAFIA GRANJON E TRADE GOTHIC

PAPEL DE MIOLO HOLMEN BOOK 55g/m²

PAPEL DE CAPA CARTÃO 250g/m²

IMPRESSÃO IMPRENSA DA FÉ

- Qual interesse específico manifestei na infância?

____

- Que papel eu exercia nas brincadeiras em grupo?

____

- O que aprendi com facilidade?

____

- Qual era meu brinquedo favorito?

____

- Que aspecto da minha imagem ou personalidade pode se tornar um diferencial?

____

- Como seria meu visual se ele expressasse fielmente minha essência?

____

- Que pequenas mudanças posso fazer para que minha casa, meu quarto ou minha mesa de trabalho tenham minha cara?

____

- Que hobby criativo tem a ver comigo?

____

- Se eu fosse um poema, qual seria o título?

____

- Que pessoas farão parte do seu mundo?

____

- Como será a sua casa?

____

- O que você quer que as pessoas falem de você?

____

Sobre a sua essência

- Que atividades o energizam?

____

- O que você tem prazer em fazer?

____

- Em que atividades você se envolve tanto que o tempo parece voar?

____

- O que faria até de graça?

____

- O que as pessoas lhe pedem porque você faz melhor que os outros?

____